Vergiss die Toten nicht

MARY HIGGINS CLARK

Vergiss die Toten nicht

Roman

Aus dem Amerikanischen von
Karin Dufner

WILHELM HEYNE VERLAG
MÜNCHEN

Die Originalausgabe erschien unter dem Titel *Before I Say Good-Bye*
Bei Simon & Schuster, New York

2. Auflage

Umwelthinweis:
Dieses Buch ist auf chlor- und säurefreiem Papier gedruckt.

Satz: Leingärtner, Nabburg
Druck und Bindung: Wiener Verlag, Himberg
Printed in Austria
ISBN 3-543-17857-2

Für Michael V. Korda,
meinen lieben Freund und
wundervollen Lektor,
mit großem Dank
für fünfundzwanzig schöne Jahre

PROLOG

Die fünfzehnjährige Nell MacDermott machte kehrt und schickte sich an, zum Ufer zurückzuschwimmen. Ihr Körper prickelte vor jugendlicher Begeisterung, als sie sich umsah und die strahlende Sonne am wolkenlosen Himmel und die schaumgekrönten Wellen betrachtete. Obwohl sie erst vor einer Stunde in Maui angekommen war, fand sie bereits, dass es hier viel schöner war als in der Karibik, wo die Familie in den letzten Jahren die Weihnachtsferien mit dem Großvater verbracht hatte.

Allerdings war der Begriff »Familie« ein wenig übertrieben, denn diese bestand seit vier Jahren nur noch aus Großvater und Nell selbst. Damals hatte man Cornelius MacDermott, den allseits bekannten New Yorker Kongressabgeordneten, mitten aus einer Sitzung des Repräsentantenhauses geholt, um ihm eine schreckliche Mitteilung zu machen: Sein Sohn und seine Schwiegertochter, beide Anthropologen, die sich gerade auf einer Forschungsreise im brasilianischen Dschungel aufhielten, waren beim Absturz ihrer kleinen Chartermaschine ums Leben gekommen.

Mr. MacDermott war sofort auf schnellstem Wege nach New York geflogen, um Nell von der Schule abzuholen, denn er wollte, dass sie die Hiobsbotschaft von ihm erfuhr.

Bei seiner Ankunft traf er seine Enkelin weinend im Zimmer der Schulkrankenschwester an.

»Heute Morgen nach der Pause hatte ich plötzlich das Gefühl, Mama und Papa wären bei mir, um sich von mir zu verabschieden«, sagte sie, während er sie in den Armen hielt. »Sehen konnte ich sie zwar nicht, aber ich spürte, wie Mama mich küsste und wie Papa mir übers Haar strich.«

Noch am selben Tag übersiedelten Nell und die Haushälterin, die sich um sie kümmerte, wenn ihre Eltern auf Reisen waren, in das Backsteinhaus in der 79. Straße an der Ostseite von Manhattan, wo schon ihr Großvater und ihr Vater aufgewachsen waren.

Kurz kamen Nell diese Erinnerungen in den Sinn, als sie in Richtung Strand schwamm. Ihr Großvater saß dort in einem Liegestuhl unter einem Sonnenschirm. Nur widerwillig hatte er ihr erlaubt, vor dem Auspacken noch kurz ins Wasser zu gehen.

»Aber schwimm nicht zu weit raus«, hatte er sie ermahnt und sein Buch aufgeschlagen. »Es ist schon sechs Uhr, und der Bademeister macht gleich Feierabend.«

Gerne wäre Nell noch länger im Wasser geblieben, doch sie bemerkte, dass der Strand inzwischen fast menschenleer war. Außerdem würde ihr Großvater sicher bald Hunger bekommen und ungeduldig werden, und sie hatten noch nicht einmal ihre Koffer ausgepackt. Vor vielen Jahren hatte ihre Mutter sie gewarnt, dass man am besten einen großen Bogen um Cornelius MacDermott machte, wenn ihm der Magen knurrte oder wenn er ein Nickerchen brauchte.

Selbst aus dieser Entfernung erkannte Nell, dass er noch in sein Buch vertieft war. Allerdings wusste sie, dass dieser Zustand nicht von Dauer sein würde. Also gut, sagte sie sich und schwamm ein wenig schneller, dann legen wir eben ein bisschen Tempo vor.

Plötzlich jedoch hatte sie das Gefühl, die Orientierung

zu verlieren. Es war, als zöge sie etwas gewaltsam in die entgegengesetzte Richtung. *Was mochte das sein?*

Der Strand verschwand aus ihrem Blickfeld, als sie hin- und hergerissen und unter Wasser gezerrt wurde. Erschrocken öffnete sie den Mund, um zu schreien, und schluckte dabei eine ordentliche Portion Salzwasser. Hustend und keuchend rang sie nach Atem und versuchte, sich über Wasser zu halten.

Eine Springtide! Während ihr Großvater sich an der Rezeption anmeldete, hatte sie gehört, wie zwei Hotelpagen sich darüber unterhielten. Einer von ihnen hatte von einer Springtide auf der anderen Seite der Insel erzählt, bei der vergangene Woche zwei Männer ertrunken waren. Seinen Worten zufolge waren sie gestorben, weil sie gegen den Sog angekämpft hatten, anstatt sich einfach aus der Gefahrenzone treiben zu lassen.

Eine Springtide entsteht durch das Zusammentreffen zweier entgegengesetzter Strömungen. Während Nell mit den Armen ruderte, fiel ihr diese Definition ein, die sie im *National Geographic* gelesen hatte.

Trotzdem konnte sie sich nicht entspannen, da die heftigen Wellen sie unbarmherzig nach unten und fort vom Ufer zogen.

Ich darf nicht aufs offene Meer abgetrieben werden, dachte sie in Todesangst. Das darf nicht passieren! Dann schaffe ich es nie wieder zurück. Kurz gelang es ihr, einen Blick auf den Strand und den bunt gestreiften Sonnenschirm zu erhaschen.

»Hilfe!«, stöhnte sie leise. Schreien war unmöglich, denn sobald sie den Mund öffnete, raubte ihr ein Schwall Salzwasser den Atem. Und die Strömung, die sie immer weiter hinauszog, war so stark, dass sie sich nicht dagegen wehren konnte.

In ihrer Verzweiflung drehte sie sich auf den Rücken und ließ die Arme schlaff herabhängen. Doch schon kurz darauf begann sie wieder, sich gegen den schrecklichen Sog zu wehren, der ihren Körper immer weiter fort von der Küste trug, wo niemand ihr würde helfen können.

Ich will nicht sterben, sagte sie sich. *Ich will nicht sterben.* Eine Welle hob sie empor und spülte sie weiter hinaus. »Hilfe!«, wimmerte sie wieder und brach dann in Tränen aus.

Und dann, so plötzlich, wie es angefangen hatte, war es auch wieder vorbei. Von einem Moment auf den anderen gaben die unsichtbaren Ketten sie frei, und sie musste die Arme bewegen, um nicht unterzugehen. Offenbar war es das, was die Hotelpagen gemeint hatten, dachte sie. Sie war über die Springtide hinausgetrieben worden.

Du darfst nicht wieder hineingeraten, nahm sie sich vor. Schwimm darum herum.

Aber sie war so entsetzlich müde. Das Ufer war zu weit entfernt. Nell blickte zur Küste hinüber. Niemals würde sie dort ankommen. Die Augen fielen ihr zu. Das Wasser fühlte sich so warm an wie eine Decke. Sie wurde schläfrig.

Schwimm, Nell, du schaffst es!

Das war die Stimme ihrer Mutter, die sie anflehte, nicht aufzugeben.

Los, Nell!

Der strenge Befehl ihres Vaters rüttelte sie auf und riss sie aus ihrer Teilnahmslosigkeit. Gehorsam paddelte Nell noch ein Stückchen hinaus und umschwamm dann die Springtide in einem großen Bogen. Obwohl sie bei jedem Atemzug aufschluchzte und ihre Arme bleischwer waren, hielt sie durch.

Quälende Minuten später ließ sie sich erschöpft von einer großen Woge in Richtung Ufer tragen. Die Welle schwoll an, brach in sich zusammen und spülte Nell an den harten, feuchten Strand.

Zitternd und bebend rappelte sie sich auf. Sie spürte, wie kräftige Hände sie auf die Füße zogen. »Ich wollte dich gerade rufen«, sagte Cornelius MacDermott gereizt. »Für heute ist Schluss mit Schwimmen, junges Fräulein. Gerade wurde die rote Flagge gehisst. Offenbar gibt es hier in der Nähe Springtiden.«

Nell, die keinen Ton herausbrachte, konnte nur noch nicken.

Mit besorgter Miene zog MacDermott seinen Bademantel aus und legte ihn Nell um die Schultern. »Du bist ja ganz ausgekühlt, Nell. Du hättest nicht so lange im Wasser bleiben sollen.«

»Danke, Opa, alles in Ordnung.« Nell beschloss, ihrem geliebten Großvater ihr Abenteuer zu verschweigen. Außerdem brauchte er nicht zu erfahren, dass sie wieder einmal mit ihren Eltern in Kontakt getreten war. Denn der ausgesprochen pragmatische MacDermott hätte das nur barsch als die Hirngespinste eines jungen Mädchens abgetan.

Siebzehn Jahre später
Donnerstag, 8. Juni

I

Eilig machte sich Nell auf den Weg von ihrer Wohnung an der Ecke Park Avenue und 73. Straße zum Büro ihres Großvaters, Ecke 72. Straße und York Street. Da er sie so dringend zu sich beordert und auf ihr pünktliches Erscheinen um drei Uhr gepocht hatte, vermutete sie, dass sich die Krise um Bob Gorman zugespitzt hatte. Und deshalb freute sie sich nicht unbedingt auf die bevorstehende Sitzung.

Da sie tief in Gedanken versunken war, bemerkte sie die bewundernden Blicke nicht, die einige Passanten ihr zuwarfen. Schließlich waren sie und Adam glücklich verheiratet. Allerdings wusste Nell, dass viele Menschen sie attraktiv fanden. Sie war hoch gewachsen, schlank und hatte eine sportliche Figur. Ihr kurzes, kastanienbraunes Haar wellte sich in der feuchten Luft, ihre Augen waren dunkelblau, und sie hatte einen hübsch geschwungenen Mund. Als junges Mädchen hatte Nell ihren Großvater häufig auf Empfänge begleitet, doch zu ihrem Kummer hatten die Medien sie immer nur als »aparte Erscheinung« bezeichnet.

»Apart – das ist so, als würde mir ein Mann sagen, dass es ohnehin nur auf die inneren Werte ankommt. Es klingt so gönnerhaft. Nur einmal möchte ich, dass man mich ›schön‹,

›elegant‹, ›hinreißend‹ oder einfach nur ›chic‹ nennt«, hatte sie mit zwanzig geklagt.

Und ihr Großvater hatte wie immer darauf erwidert: »Sei um Himmels willen nicht so albern. Du solltest dich freuen, dass du Verstand mitbekommen hast und weißt, wie man ihn einsetzt.«

Leider wusste Nell genau, worüber ihr Großvater heute mit ihr sprechen wollte, denn er würde von ihr verlangen, dass sie besagten Verstand in seinem Sinne benutzte. Seine Pläne mit ihr und Adams Einwände dagegen würden garantiert auch ein Thema sein.

Cornelius MacDermott war inzwischen zweiundachtzig Jahre alt, hatte aber kaum etwas von der Durchsetzungsfähigkeit eingebüßt, dank derer er nun schon seit vielen Jahrzehnten einer der beliebtesten Kongressabgeordneten der Vereinigten Staaten war. Mit dreißig war er zum Vertreter seines Wahlkreises in Manhattan gewählt worden, in dem er auch seine Kindheit verbracht hatte. Fünfzig Jahre lang hatte er diesen Posten innegehabt und jeder Versuchung widerstanden, sich für den Senat zu bewerben. An seinem achtzigsten Geburtstag hatte er jedoch beschlossen, nicht mehr zu kandidieren. »Ich habe nicht vor, Strom Thurmonds Rekord zu brechen und der Abgeordnete mit der längsten Amtszeit Washingtons zu werden«, verkündete er.

Doch anstatt sich aus dem Berufsleben zurückzuziehen, hatte MacDermott ein Beraterbüro eröffnet, um dafür zu sorgen, dass der Staat und die Stadt New York auch weiterhin auf dem Kurs seiner Partei blieben. Wenn er einen neuen Kandidaten empfahl, kam das für den Betreffenden einem Ritterschlag gleich. Vor einigen Jahren hatte er den berühmtesten Wahlwerbespot seiner Partei entwickelt. Nach der Frage »Was haben die anderen schon groß für euch getan?« wurden schweigende Menschen mit verdatterten Mienen eingeblendet. MacDermott wurde überall auf der Straße erkannt und freundlich und respektvoll begrüßt.

»Ich kann nicht mal den Fuß vor die Tür setzen, ohne in eine Kamera grinsen zu müssen«, pflegte er sich bei Nell über die Folgen seines Prominentenstatus zu beschweren.

»Wenn die Leute dich übersehen würden, würdest du eingehen wie eine Primel, das weißt du ganz genau«, lautete Nells Standardantwort.

Als Nell in der Firma ihres Großvaters ankam, winkte sie der Empfangsdame zu und marschierte schnurstracks in sein Privatbüro. »Welche Laune hat er denn heute?«, erkundigte sie sich bei Liz Hanley, MacDermotts langjähriger Sekretärin.

Liz, eine attraktive Sechzigjährige mit dunkelbraunem Haar, war der Inbegriff der Tüchtigkeit. Sie verdrehte die Augen. »Es war eine dunkle und stürmische Nacht«, erwiderte sie.

»Ach du meine Güte, so schlimm?«, seufzte Nell. Sie klopfte an die Bürotür und trat ein. »Einen schönen Tag, Herr Kongressabgeordneter.«

»Du kommst zu spät, Nell«, polterte Cornelius MacDermott und drehte sich in seinem Bürostuhl zu ihr um.

»Nach meiner Uhr nicht. Es ist Punkt drei.«

»Ich habe gesagt, du sollst *gegen* drei hier sein.«

»Ich musste noch eine Kolumne abgeben, und mein Redakteur ist leider genau so ein Pünktlichkeitsfanatiker wie du. Wo bleibt denn das Siegerlächeln, mit dem du sonst die Herzen deiner Wähler eroberst?«

»Das fällt heute flach. Setz dich, Nell.« MacDermott wies auf das Sofa neben dem Eckfenster, durch das man den östlichen und nördlichen Teil der Stadt erkennen konnte. Dieses Büro hatte er sich wegen der Aussicht auf seinen langjährigen Wahlkreis ausgesucht.

Nell nannte ihn sein Lehnsgut.

Also ließ sie sich auf dem Sofa nieder und sah ihren Großvater erwartungsvoll an. Seine blauen Augen waren ungewöhnlich müde, und auch das aufmerksame Funkeln in seinem Blick suchte man heute vergebens. Obwohl er dank seiner aufrechten Haltung für gewöhnlich selbst im Sitzen größer wirkte, als er eigentlich war, machte es nun den Eindruck, als wäre er geschrumpft. Selbst sein berühmter weißer Haarschopf schien schütter geworden zu sein. Nell bemerkte, dass er die Hände ineinander krampfte und immer wieder die Achseln zuckte, als wolle er sich von einer unsichtbaren Last befreien. Bestürzt stellte sie fest, dass man ihrem Großvater zum ersten Mal, seit sie denken konnte, sein wahres Alter ansah.

Lange starrte er in die Ferne, dann stand er auf und setzte sich in einen bequemen Sessel neben dem Sofa.

»Nell, wir stecken in einer Krise, und du musst uns helfen. Dieser Mistkerl, Bob Gorman, ist für eine zweite Amtszeit nominiert und will jetzt plötzlich nicht mehr kandidieren. Man hat ihm einen lukrativen Job als Geschäftsführer in einer dieser neuen Internetfirmen angeboten. Er ist zwar bereit, noch bis zur Wahl im Amt zu bleiben, aber angeblich kann er von seinen Abgeordnetendiäten nicht leben. Natürlich habe ich ihn darauf hingewiesen, dass er vor zwei Jahren, als ich ihm die Nominierung verschaffte, von nichts anderem gesprochen hat als von seiner Verpflichtung gegenüber der Bevölkerung.«

Nell wartete ab. Sie wusste, dass ihrem Großvater in der vergangenen Woche Gerüchte zu Ohren gekommen waren, Gorman wolle nicht mehr für eine zweite Amtsperiode kandidieren. Offenbar hatten sich diese inzwischen bestätigt.

»Nell, es gibt da einen Menschen – und meiner Ansicht nach nur einen einzigen –, der ihn ersetzen und dafür sorgen könnte, dass unsere Partei diesen Sitz behält.« MacDermott runzelte die Stirn. »Du hättest es schon vor zwei

Jahren tun sollen, als ich mich aus der Politik zurückzog, das weißt du ganz genau.« Er hielt inne. »Es liegt dir doch im Blut. Anfangs warst du ja auch Feuer und Flamme, aber Adam hat es dir ausgeredet. Das darf nicht wieder vorkommen.«

»Mac, bitte hack nicht ständig auf Adam herum.«

»Ich hacke auf niemandem herum, Nell, ich sage dir nur, dass ich dich kenne. Du bist die geborene Politikerin. Seit deiner Jugend habe ich dich als meine Nachfolgerin herangezogen. Zugegeben, ich war über deine Ehe mit Adam Cauliff alles andere als erfreut. Doch vergiss nicht, dass ich ihm den Start in New York erst ermöglicht habe, indem ich ihn an Walters und Arsdale weiterempfahl, ausgezeichnete Architekten und außerdem meine besten Parteifreunde.«

Mac presste die Lippen zusammen. »Ich stand ganz schön dumm da, als Adam nach weniger als drei Jahren den Bettel hingeworfen, ihnen ihre Chefsekretärin abgeworben und sein eigenes Büro eröffnet hat. Meinetwegen, in der Geschäftswelt mag so etwas üblich sein. Allerdings kannte Adam meine Pläne für dich und deine Karriereabsichten von Anfang an. Warum hat er seine Meinung geändert? Du solltest für meinen Sitz kandidieren, als ich in den Ruhestand ging, und das wusste er. Schon damals hatte er kein Recht, es dir madig zu machen, und dasselbe gilt auch heute noch.«

»Mac, ich bin gerne Journalistin. Auch wenn es dir noch nicht aufgefallen sein sollte, bekomme ich ziemlich großes Feedback.«

»Ich gebe zu, dass du verdammt gute politische Kolumnen schreibst. Aber du weißt selbst, dass der Job nicht genug für dich ist.«

»Hör zu, mein Zögern hat nicht nur damit zu tun, dass Adam mich gebeten hat, auf eine Kandidatur zu verzichten.«

»Nein? Womit dann?«

»Wir beide wünschen uns Kinder, das weißt du doch. Deshalb hat er mir vorgeschlagen, mit einer politischen Karriere noch zu warten. In zehn Jahren bin ich erst zweiundvierzig. Das ist doch ein gutes Alter, um in die Politik einzusteigen.«

Verärgert stand ihr Großvater auf. »Nell, in zehn Jahren ist der Zug für dich abgefahren. Die Welt verändert sich zu schnell, als dass man sich so viel Zeit lassen könnte. Gib es zu, du brennst doch geradezu darauf, deinen Hut in den Ring zu werfen. Erinnerst du dich noch, was du zu mir gesagt hast, als du meintest, du würdest mich von nun an Mac nennen?«

Nell beugte sich vor, verschränkte die Hände ineinander und stützte das Kinn darauf. Sie wusste es noch ganz genau. Damals war sie im ersten Semester in Georgetown gewesen, und sie hatte sich gegen seinen anfänglichen Widerstand durchgesetzt. »Du hast mich immer als deine beste Freundin bezeichnet, und alle deine Freunde nennen dich Mac«, hatte sie verkündet. »Wenn ich dich weiter mit Opa anspreche, bleibe ich für immer ein Kind. Aber in der Öffentlichkeit möchte ich deine Assistentin sein.«

»Was soll das heißen?«, hatte er erwidert.

Nell erinnerte sich, wie sie das Wörterbuch hochgehalten hatte. »Hör dir die Definition an. Ein Assistent ist ein untergeordneter, vertrauter Helfer. Und das bin ich doch zurzeit für dich.«

»Zurzeit?«

»Bis du in den Ruhestand gehst und ich für deinen Sitz kandidiere.«

»Erinnerst du dich, Nell?«, riss Cornelius MacDermotts Stimme sie aus ihren Gedanken. »Damals warst du eine aufmüpfige Studentin, aber du hast es ernst gemeint.«

»Ich weiß«, entgegnete sie.

Er baute sich vor ihr auf, beugte sich vor und hielt sein

Gesicht ganz nah an ihres. »Nutze die Gelegenheit, Nell. Sonst wirst du es einmal bereuen. Wenn Gorman bestätigt, dass er nicht kandidiert, werden sich alle um die Nominierung reißen. Ich will, dass der Parteivorstand dich von Anfang an ganz oben auf die Liste setzt.«

»Und wann soll es losgehen?«, fragte sie zögernd.

»Beim Jahresempfang am dreißigsten. Du und Adam seid eingeladen. Gorman wird ankündigen, dass er sich nach dem Ende seiner Amtszeit zurückzieht. Er wird ein paar Tränen vergießen und schluchzen, wie schwer ihm die Entscheidung gefallen sei. Doch eines habe ihm den Schritt erleichtert. Dann wird er sich die Augen abtupfen, sich die Nase putzen, auf dich zeigen und ausrufen, dass *du*, Cornelia MacDermott Cauliff, dich um den Sitz bewirbst, den dein Großvater fünfzig Jahre lang innegehabt hat. Cornelia tritt in die Fußstapfen von Cornelius. Der Anfang eines dritten Jahrtausends.«

Offenbar zufrieden mit sich und dieser Zukunftsvision, lächelte er. »Nell, alle werden begeistert sein.«

Reumütig erinnerte sich Nell an ihre quälende Ungeduld vor zwei Jahren, als Bob Gorman für Macs Sitz kandidiert hatte. Alles in ihr hatte gedrängt, seinen Platz einzunehmen. Mac hatte Recht. Sie war die geborene Politikerin. Wenn sie jetzt nicht in den Ring stieg, würde es zu spät sein – zumindest für eine Kandidatur für diesen Sitz, mit dem sie eigentlich ihre politische Karriere beginnen wollte.

»Was stört Adam denn daran, Nell? Früher hat er sich doch auch nicht in deine Angelegenheiten eingemischt.«

»Stimmt.«

»Habt ihr Probleme miteinander?«

»Nein.« Sie bemühte sich, diese Andeutung mit einem beiläufigen Lächeln als absurd abzutun. Seit wann ging das jetzt schon so?, fragte sie sich. Wie lange war Adam schon geistesabwesend und zog sich von ihr zurück? Anfangs war er ihren besorgten Fragen mit einem Scherz ausgewichen.

In letzter Zeit jedoch reagierte er zunehmend gereizt. Erst vor kurzem hatte sie ihm geradeheraus gesagt, sie wolle es wissen, falls mit ihrer Ehe irgendetwas im Argen lag. »Egal, was es ist, du musst es mir erzählen, Adam. Die Ungewissheit ist das Allerschlimmste.«

»Wo *ist* Adam überhaupt?«, erkundigte sich ihr Großvater jetzt.

»In Philadelphia.«

»Seit wann?«

»Seit gestern. Er hält einen Vortrag bei einer Tagung für Architekten und Innenarchitekten. Morgen kommt er zurück.«

»Ich erwarte, dass er am dreißigsten mit dir bei dem Empfang erscheint und dir zu deiner Entscheidung gratuliert. In Ordnung?«

»Ich bezweifle, dass er mir dafür Beifall klatschen wird«, sagte sie ein wenig niedergeschlagen.

»Bei eurer Hochzeit war er ganz begeistert davon, Ehemann einer zukünftigen Politikerin zu werden. Weshalb hat er es sich anders überlegt?«

Du bist der Grund, dachte Nell. Adam ist eifersüchtig, weil du so viel von meiner Zeit in Anspruch genommen hast.

Am Anfang ihrer Ehe war Adam froh gewesen, dass sie auch weiterhin als Macs Assistentin arbeitete. Doch als ihr Großvater in den Ruhestand ging, hatte sich das schlagartig geändert.

»Nell, jetzt können wir endlich ein Leben führen, in dem sich nicht alles um den allmächtigen Cornelius MacDermott dreht«, hatte Adam gemeint. »Ich habe es satt, dass du ständig nach seiner Pfeife tanzt. Glaubst du, das wird besser, wenn du für seinen früheren Sitz kandidierst? Dann will ich dir mal etwas sagen: Er wird dir keine Chance zum Atmen lassen und dich weiter herumkommandieren.«

Der erhoffte Nachwuchs blieb aus, aber Adam redete

immer weiter von Kindern. »Du hast bis jetzt nur für die Politik gelebt«, flehte er. »Gönn dir ein wenig Ruhe, Nell. Das *Journal* möchte, dass du eine regelmäßige Kolumne schreibst. Vielleicht tut dir die Freiheit gut.«

Sein Bitten hatte sie in dem Entschluss bestärkt, auf eine Kandidatur zu verzichten. Doch als Nell nun die Argumente ihres Großvaters überdachte und sich überlegte, wie er sie auf die ihm eigene Weise gelenkt und ermutigt hatte, musste sie sich ehrlicherweise eingestehen: Es genügte ihr nicht, die Politik von außen zu kommentieren. Sie wollte dabei sein.

»Mac, ich werde meine Karten offen auf den Tisch legen«, sagte sie schließlich. »Adam ist mein Mann, und ich liebe ihn. Du hingegen kannst ihn nicht einmal leiden.«

»Das stimmt nicht.«

»Dann lass es mich anders ausdrücken. Seit Adam seine eigene Firma aufgemacht hat, suchst du ständig ein Haar in der Suppe. Falls ich für diesen Posten kandidiere, wird es wieder sein wie früher. Du und ich werden den Großteil des Tages zusammen verbringen. Damit das klappt, musst du mir versprechen, dass du Adam genauso behandeln wirst, wie du es im umgekehrten Fall von ihm erwarten würdest.«

»Kandidierst du, wenn ich schwöre, ihn liebevoll an meine Brust zu drücken?«

Als Nell eine Stunde später Cornelius MacDermotts Büro verließ, hatte sie ihm die Zusage gegeben, sich um Bob Gormans Sitz im Kongress zu bewerben.

2

Zum dritten Mal ging Jed Kaplan nun schon an dem im Parterre gelegenen Architekturbüro Cauliff und Partner vorbei. Das umgebaute Backsteinhaus an der Ecke 27. Straße und Seventh Avenue verfügte über ein Schaufenster, dessen Inhalt ihn magisch anzog. Es handelte sich um das Modell eines modernen, vierzigstöckigen Wohn- und Bürokomplexes, überragt von einem Turm mit goldener Kuppel. Die postmoderne Fassade aus Kalkstein bildete einen interessanten Kontrast zu dem warmen Farbton des Backsteinturms, der leuchtete, während sich die Kuppel stetig drehte.

Jed schob die Hände in die Taschen seiner Jeans und beugte sich vor, bis sein Gesicht fast das Fenster berührte. Einem unbeteiligten Beobachter wäre er wohl nicht weiter aufgefallen. Er war durchschnittlich groß, hellblond und schlank.

Allerdings täuschte dieser Eindruck. Denn Jeds Körper unter dem ausgeblichenen Sweatshirt war hart und muskulös, und er verfügte trotz seiner Magerkeit über erstaunliche Kräfte. Bei näherer Betrachtung hätte man bemerkt, dass seine Haut durch zu viel Sonne und Wind ledrig geworden war. Und wer ihm in die Augen blickte, wurde in den meisten Fällen spontan von einem beklommenen Gefühl ergriffen.

Jed war achtundreißig Jahre alt und hatte sich bisher überwiegend allein in der Welt herumgetrieben. Als er nach fünf in Australien verbrachten Jahren zurückgekommen war, um seiner verwitweten Mutter einen seiner seltenen Besuche abzustatten, hatte er erfahren, dass sie das kleine Grundstück in Manhattan verkauft hatte, das sich seit vier

Generationen im Familienbesitz befand. Früher hatte das Haus ein Pelzgeschäft beherbergt, das einst sehr erfolgreich war, aber nun kaum noch etwas abwarf. Die Wohnungen über dem Laden waren vermietet.

Als Jed von dem Verkauf erfuhr, war er in die Luft gegangen und hatte sich heftig mit seiner Mutter gestritten.

»Was hätte ich anderes tun sollen?«, jammerte die Mutter. »Das Haus ist baufällig, die Versicherung wird immer teurer, die Steuern steigen, die Mieter ziehen aus. Das Pelzgeschäft steht kurz vor der Pleite. Falls du es noch nicht mitbekommen haben solltest: Heutzutage ist es verpönt, Pelz zu tragen.«

»Vater wollte, dass ich das Haus einmal erbe!«, schimpfte Jed. »Du hattest kein Recht, es zu verkaufen.«

»Dein Vater wollte auch, dass du mir ein guter Sohn bist, heiratest, eine Familie gründest, Kinder hast und einer anständigen Arbeit nachgehst. Aber du bist nicht einmal nach Hause gekommen, als ich dir schrieb, dass er im Sterben liegt.« Sie brach in Tränen aus. »Wann hast du das letzte Mal ein Foto von Königin Elizabeth oder Hillary Clinton in einem Pelzmantel gesehen? Adam Cauliff hat mir einen ordentlichen Preis für das Haus bezahlt. Jetzt habe ich Geld auf der Bank und kann für den Rest meines Lebens ruhig schlafen, ohne mir Sorgen wegen der Rechnungen machen zu müssen.«

Jeds Verdruss wuchs, als er das Modell des Neubaus betrachtete. Verbittert las er die Inschrift unter dem Turm: »Ein Signal der Ästhetik, das den Stil des neuesten, faszinierendsten Wohnviertels von Manhattan prägen wird.«

Der Turm sollte auf dem Grundstück gebaut werden, das seine Mutter an Adam Cauliff verkauft hatte.

Dieser Grund war ein Vermögen wert. Doch Cauliff hatte seiner Mutter eingeredet, dass nicht viel damit anzufangen sei, da gleich daneben eine denkmalgeschützte Ruine, die alte Vandermeer-Villa, stand. Und Jed wusste genau, dass seine Mutter auch nicht im Traum an einen Verkauf gedacht hätte, hätte Cauliff sie nicht beschwatzt.

Ja, er hatte ihr einen angemessenen Preis dafür bezahlt. Aber dann war die Villa abgebrannt. Ein Baulöwe namens Peter Lang hatte sich das Anwesen sofort unter den Nagel gerissen und plante, es mit der ehemaligen Parzelle der Kaplans zusammenzulegen. Auf diese Weise würde ein Filetstück entstehen, das um einiges mehr wert war als die beiden einzelnen Grundstücke zuvor.

Jed hatte gehört, dass eine Obdachlose, die in der Vandermeer-Villa kampierte, ein Feuer angezündet hatte, um sich zu wärmen. Warum hat die Alte das verdammte Baudenkmal nicht abgefackelt, *bevor* Cauliff meiner Mutter unser Haus abgeluchst hat?, schimpfte Jed in sich hinein. Hass und Zorn stiegen in ihm auf. Ich werde mir diesen Cauliff vorknöpfen, schwor er sich. Gott ist mein Zeuge, den kaufe ich mir. Da die Bruchbude nicht mehr unter Denkmalschutz steht, wäre unser Grundstück nun mehrere Millionen wert.

Unwirsch wandte er sich vom Fenster ab. Der Anblick des Modells verursachte ihm Übelkeit. Er ging zur Seventh Avenue, wo er eine Weile unentschlossen stehen blieb. Dann wandte er sich nach Süden. Um sieben stand er am Hafen vor dem World Financial Center und betrachtete neidisch die kleinen, schnittigen Jachten, die auf den Wellen auf und nieder tanzten.

Besonders stach ihm ein offenbar nagelneuer, zwölf Meter langer Kabinenkreuzer ins Auge. Gotische Buchstaben am Heck verkündeten, dass das Schiff *Cornelia II* hieß.

Cauliffs Boot, dachte Jed.

Seit seiner Rückkehr nach New York hatte Jed eingehende Erkundigungen über Adam Cauliff eingezogen. Inzwischen kam er häufig zum Hafen, und immer stellte er sich dieselbe Frage: Was mache ich mit diesem Stinktier und seinem Boot?

3

Nach der letzten Sitzung des Architekturkongresses in Philadelphia aß Adam mit zwei seiner Kollegen zu Abend, checkte dann rasch aus seinem Hotel aus und fuhr mit dem Auto zurück nach New York.

Da er erst um halb elf Uhr abends aufgebrochen war, herrschte auf der Autobahn kaum Verkehr.

Beim Abendessen hatte Ward Battle ihm das Gerücht bestätigt, dass man inzwischen gegen Walters und Arsdale – die Firma, bei der Adam gearbeitet hatte, bevor er sich selbstständig machte – wegen illegaler Preisabsprachen und Bestechlichkeit ermittelte.

»Soweit ich gehört habe, ist das nur die Spitze des Eisberges, Adam. Und das bedeutet, dass man Ihnen als ehemaligem Mitarbeiter vermutlich eine Menge Fragen stellen wird. Ich fand, Sie sollten das wissen. Vielleicht kann MacDermott ja dafür sorgen, dass man Sie in Ruhe lässt.«

Mac und etwas für mich tun, dachte Adam höhnisch. Wohl kaum. Wenn er glaubt, dass ich in eine Schmiergeldaffäre verwickelt bin, wird er für die noch das Pech kochen, um mich zu teeren und zu federn.

Beim Essen hatte er sich jedoch nichts anmerken lassen.

»Ich brauche mir keine Sorgen zu machen«, sagte er zu Battle. »Bei Walters und Arsdale war ich nur ein kleines Licht.«

Er hatte nicht mit dieser Enthüllung gerechnet und daher eigentlich geplant, in Philadelphia zu übernachten. Deshalb erwartete ihn Nell erst für den kommenden Tag. Als Adam den Lincoln Tunnel verließ, überlegte er, ob er nach links abbiegen und nach Hause fahren sollte. Doch stattdessen nahm er den Weg nach rechts, und fünf Minuten später stellte er seinen Wagen in einem Parkhaus in der 27. Straße ab.

Den Koffer in der einen, den Schlüssel in der anderen Hand, ging er zu Fuß zu seinem einen halben Häuserblock entfernten Büro. Obwohl sich die Schaufensterbeleuchtung automatisch abgeschaltet hatte, konnte man den eleganten Umriss des Modells vom Vandermeer Tower im Schein der Straßenlaternen sehen.

Adam blieb stehen und betrachtete ihn, ohne das Gewicht des Koffers in der linken Hand zu spüren. Er bemerkte auch nicht, dass er nervös an seinem Schlüssel herumnestelte.

Kurz nach ihrer ersten Begegung hatte Cornelius MacDermott lachend zu ihm gesagt: »Adam, Sie sind das perfekte Beispiel dafür, wie Schein und Sein sich unterscheiden können. Obwohl Sie aus einem kleinen Kaff in North Dakota stammen, sehen Sie aus wie ein Elitestudent aus Yale und sprechen auch so. Wie schaffen Sie das bloß?«

»Indem ich nicht vorgebe, etwas zu sein, das ich nicht bin. Oder sollte ich Ihrer Ansicht nach einen Blaumann tragen und mit einem Rechen über der Schulter herumlaufen?«, hatte Adam gekränkt entgegnet.

»Seien Sie doch nicht so empfindlich«, hatte Mac gebrummt. »Das sollte ein Kompliment sein.«

»Schon gut.«

Mac hätte es sicher besser gefallen, wenn Nell einen Elitestudenten aus Yale geheiratet hätte, dachte Adam. Einen reichen Schnösel, dessen Vater es mithilfe seiner Ellenbogen in New York weit gebracht hatte. Nun, Mac mag ein wichtiger Mann im Kongress gewesen sein, doch sein Wissen über North Dakota hat er aus einem Westernvideo, sagte sich Adam und beschloss, sich nicht weiter den Kopf über den Großvater seiner Frau zu zerbrechen.

In diesem Moment bemerkte er, dass sich am Ende der menschenleeren Straße etwas bewegte. Als er sich umblickte, sah er einen Mann, der sich in einem Hauseingang herumdrückte. Rasch eilte er zur Bürotür und drehte den Schlüssel um. Heute Nacht überfallen zu werden, hätte ihm gerade noch gefehlt.

Erst als er wohlbehalten in seinem Büro angekommen war und die Tür hinter sich abgesperrt hatte, legte sich seine Aufregung. Der hübsche Eichenschrank enthielt einen Fernseher und eine Hausbar. Adam riss die Schranktür auf und schenkte sich ein ordentliches Glas Chivas Regal ein. Dann setzte er sich aufs Sofa und trank genüsslich den Scotch. Oberflächlich betrachtet, machte er den Eindruck eines Mannes, der sich nach einem langen Arbeitstag entspannte.

Adam war kein Mensch, der in der Masse unterging. Dank seiner kerzengeraden Haltung wirkte er größer als einen Meter achtzig. Außerdem sorgte er durch ständige sportliche Betätigung dafür, dass er schlank und fit blieb. In seinem schmalen Gesicht fielen einem zuerst die hellbraunen Augen und das einnehmende Lächeln auf. Er war froh darüber, dass sich inzwischen einige graue Strähnen durch sein dunkelbraunes Haar zogen; denn er wusste, dass er sonst einen zu jungenhaften Eindruck gemacht hätte.

Adam schlüpfte aus seinem Sakko, lockerte die Krawatte und öffnete den obersten Knopf seines Hemdes. Das Mobiltelefon steckte in seiner Hemdtasche. Er holte es heraus und legte es auf den Tisch neben das Glas. Ganz bestimmt würde Nell heute nicht mehr im Hotel anrufen und erfahren, dass er abgereist war. Wenn sie ihn überhaupt erreichen wollte, würde sie seine Mobilfunknummer wählen. Doch auch das war unwahrscheinlich, denn schließlich hatten sie erst heute Nachmittag vor ihrem Termin mit ihrem Großvater miteinander gesprochen. Adam vermutete, dass sie einen geeigneten Moment abwarten würde, um das Ergebnis dieses Treffens mit ihm zu erörtern.

Also gehört dieser Abend ganz allein mir, dachte Adam. Ich kann tun und lassen, was ich will. Ich könnte sogar das Modell aus dem Fenster nehmen, mein Entwurf wurde sowieso abgelehnt. Wahrscheinlich wird Mac nicht traurig darüber sein, überlegte er bitter. Aber nachdem er eine Stunde lang die verschiedenen Möglichkeiten Schritt für Schritt gegeneinander abgewogen hatte, beschloss er, nach Hause zu fahren. Er fühlte sich im Büro beengt und hatte nur wenig Lust, hier auf der Klappcouch zu übernachten.

Es war fast zwei Uhr, als er sich auf Zehenspitzen in seine Wohnung schlich und das Flurlicht anknipste. Im Gästebad duschte er, zog sich um und legte dann seine Kleider für den nächsten Tag ordentlich zurecht. Dann ging er leise ins Schlafzimmer und schlüpfte ins Bett. Nells regelmäßiger Atem sagte ihm, dass es ihm gelungen war, sie nicht zu wecken. Er war erleichtert. Denn er wusste, dass sie stundenlang nicht würde einschlafen können, wenn sie erst einmal aufgewacht war.

Er hingegen litt nicht unter derartigen Schwierigkeiten. Die Müdigkeit übermannte ihn schlagartig, und ihm fielen die Augen zu.

Freitag, 9. Juni

4

Lisa Ryan wachte auf, lange bevor ihr Wecker um fünf Uhr klingelte. Jimmy hatte wieder eine unruhige Nacht gehabt, sich herumgewälzt und im Schlaf geredet. Drei- oder viermal hatte sie ihm beschwichtigend den Rücken getätschelt.

Endlich, vor wenigen Stunden, war er tief eingeschlafen. Und sie wusste, dass sie ihn jetzt wachrütteln musste. Sie selbst hätte eigentlich noch im Bett bleiben können, und sie hoffte, nachdem er gegangen war, noch ein wenig dösen zu können, bevor sie die Kinder weckte.

Ich bin so müde, dachte Lisa. Ich habe kaum ein Auge zugetan, und heute wird ein langer Arbeitstag. Sie war Maniküre und von neun bis um sechs durchgehend ausgebucht.

Früher war ihr Leben nicht so anstrengend gewesen. Doch als Jimmy seine Arbeit verloren hatte, war es ziemlich schnell bergab gegangen. Fast zwei Jahre lang hatte seine Arbeitslosigkeit gedauert, bis ihm Cauliff und Partner seine jetzige Stelle vermittelt hatten. Die Familie hatte sich zwar ab und zu etwas dazuverdienen können, aber sie zahlte immer noch Rechnungen, die sich während der Arbeitslosigkeit angehäuft hatten.

Leider hatten die Umstände von Jimmys Kündigung

nicht unbedingt dazu beigetragen, seine Lage zu verbessern. Sein Chef hatte ihn gefeuert, weil er eine Unterhaltung zwischen Jimmy und einem Kollegen mitgehört hatte. Jimmy hatte den Verdacht geäußert, dass jemand in der Firma in die eigene Tasche wirtschaftete. Diese Vermutung hatte er deshalb, weil der verwendete Beton nicht annähernd der im Leistungsverzeichnis aufgeführten Qualität entsprach.

Nach diesem Vorfall erhielt Jimmy auf jede seiner Bewerbungen dieselbe Antwort: »Tut uns leid, wir brauchen Sie nicht.«

Und die Erkenntnis, dass es naiv, dumm und sinnlos von ihm gewesen war, diese Bemerkung überhaupt zu machen, hatte Jimmy sehr verändert. Lisa war sicher, dass er kurz vor einem Nervenzusammenbruch stand, als überraschend der Anruf von Adam Cauliffs Sekretärin kam. Jimmys Bewerbung sei an die Baufirma Krause weitergeleitet worden, und zu seiner großen Erleichterung war er kurz darauf eingestellt worden.

Doch anders als erwartet besserte sich Jimmys Gemütszustand nach dem Arbeitsantritt nicht. Lisa hatte sogar mit einem Psychologen gesprochen, der sie gewarnt hatte, Jimmy leide offenbar an einer Depression, die er wahrscheinlich nicht allein überwinden könne. Aber als sie Jimmy vorschlug, eine Therapie zu machen, hatte dieser sich wütend geweigert.

Seit einigen Monaten fühlte sich Lisa viel älter als dreiunddreißig. Der Mann, der nun neben ihr im Bett lag, war nicht mehr ihr Sandkastenfreund, der immer gewitzelt hatte, er habe sie schon im Laufstall geliebt. Inzwischen verhielt Jimmy sich unberechenbar. Er brüllte sie und die Kinder an und entschuldigte sich im nächsten Moment unter Tränen. Außerdem hatte er zu trinken angefangen und genehmigte sich nun jeden Abend zwei oder drei Gläser Scotch, die er nicht sehr gut vertrug.

Lisa war sicher, dass diese Veränderung nicht mit einer Affäre zusammenhing. Inzwischen verbrachte Jimmy jeden Abend zu Hause und hatte sogar das Interesse an den gelegentlichen Baseballabenden mit seinen Freunden verloren. Selbst seine Schwäche für manchmal riskante Pferde- und Baseballwetten hatte sich gelegt. Am Zahltag überreichte er seiner Frau den uneingelösten Gehaltsscheck und die Lohnabrechnung.

Lisa hatte versucht, ihm zu erklären, dass er sich keine finanziellen Sorgen mehr zu machen brauchte. Die Schulden auf ihrer Kreditkarte, die sich während seiner Arbeitslosigkeit angesammelt hatten, waren fast abbezahlt. Doch das schien ihn nicht zu kümmern. Eigentlich war ihm mittlerweile alles egal.

Sie wohnten noch immer in dem kleinen Häuschen in Little Neck, einem Stadtteil von Queens, das bei ihrer Hochzeit vor dreizehn Jahren eigentlich als Übergangslösung gedacht gewesen war. Doch obwohl in den ersten sieben Jahren drei Kinder gekommen waren, hatten sie anstelle eines neuen Hauses Stockbetten angeschafft. Früher hatte Lisa darüber gewitzelt, aber inzwischen ließ sie es lieber, weil sie Jimmy nicht kränken wollte.

Als der Wecker schließlich klingelte, stellte sie ihn ab und drehte sich seufzend zu ihrem Mann um. »Jimmy!« Sie rüttelte ihn an der Schulter. »Jimmy!«, rief sie wieder, diesmal ein wenig lauter, versuchte aber, sich ihre Besorgnis nicht ansehen zu lassen.

Endlich gelang es ihr, ihn zu wecken. »Danke, Schatz«, murmelte er benommen und verschwand im Bad. Lisa stand auf, ging zum Fenster und zog die Jalousie hoch. Es versprach ein sonniger Tag zu werden. Nachdem sie sich das hellbraune Haar zu einem Knoten aufgesteckt hatte, griff sie nach ihrem Morgenmantel. Da sie auf einmal nicht mehr schläfrig war, beschloss sie, mit Jimmy zu frühstücken.

Als er zehn Minuten später in die Küche kam, schien er erstaunt, sie dort vorzufinden. Er hat gar nicht mitgekriegt, dass ich aufgestanden bin, dachte Lisa traurig.

Sie beobachtete ihn gründlich, achtete allerdings darauf, dass er ihren forschenden Blick nicht bemerkte. Heute Morgen wirkt er so schrecklich hilflos, sagte sie sich. Bestimmt glaubt er, ich würde wieder mit dem Thema Therapie anfangen.

»Der Tag ist viel zu schön, um im Bett zu bleiben«, verkündete sie deshalb bemüht fröhlich. »Ich dachte, ich setze mich auf ein Tässchen Kaffee zu dir und schaue mir später draußen an, wie die Vögel aufwachen.«

Jimmy war ein kräftiger Mann. Sein früher feuerrotes Haar hatte inzwischen einen Kupferton angenommen, und durch das Arbeiten im Freien war seine Haut tief gebräunt. Lisa stellte fest, dass seine Falten tiefer geworden waren.

»Das freut mich aber, Lissy.«

Er trank seinen Kaffee im Stehen und lehnte den Toast und die Cornflakes ab, die Lisa ihm anbot.

»Mit dem Abendessen brauchst du nicht auf mich zu warten«, meinte er. »Die hohen Tiere halten heute eine ihrer Fünf-Uhr-Besprechungen auf Cauliffs schicker Jacht ab. Vielleicht will er mich ja in stilvollem Rahmen rausschmeißen.«

»Warum sollte er dich denn rausschmeißen?«, fragte Lisa und hoffte, dass man ihr ihren Schreck nicht anhörte.

»War nur ein Witz. Aber *vielleicht* würde er mir sogar einen Gefallen damit tun. Wie läuft das Fingernagelgeschäft? Könntest du uns damit durchfüttern?«

Lisa umarmte ihren Mann. »Ich glaube, dir würde es viel besser gehen, wenn du mir erzählst, was dich bedrückt.«

»Jeder hat ein Recht auf seine Meinung.« Jimmy Ryan nahm seine Frau fest in seine kräftigen Arme. »Ich liebe dich, Lissy. Das darfst du nie vergessen.«

»Das weiß ich. Und …«

»Mit Dank zurück.« Kurz grinste er wegen der Floskel, über die sie sich als Teenager stets vor Lachen ausgeschüttet hatten.

Dann wandte er sich um und ging zur Tür. Während sie sich hinter ihm schloss, glaubte Lisa zu hören, wie er »Es tut mir leid« flüsterte. Aber sie war sich nicht sicher.

5

An diesem Morgen beschloss Nell, Adam ein ganz besonderes Frühstück zu bereiten. Allerdings ärgerte sie sich schon im nächsten Moment über ihre Idee, ihn mit etwas Essbarem dazu zu bewegen, ihre Karrierepläne zu billigen, obwohl das doch ganz allein ihre Entscheidung war. Aber diese Erkenntnis hinderte sie nicht daran, ihr Vorhaben dennoch in die Tat umzusetzen. Mit einem reumütigen Lächeln erinnerte sie sich an das Kochbuch ihrer Großmutter mütterlicherseits. »Der Weg zum Herzen eines Mannes führt durch den Magen«, stand auf dem Einband. Ihre Mutter, Anthropologin und eine schauderhafte Köchin, hatte ihren Vater häufig mit diesem Motto aufgezogen.

Beim Aufstehen hatte Nell gehört, dass Adam bereits duschte. Sie war zwar aufgewacht, als er in der vergangenen Nacht nach Hause gekommen war, hatte jedoch beschlossen, sich schlafend zu stellen. Ja, sie mussten dringend miteinander reden, aber zwei Uhr morgens schien ihr nicht der richtige Zeitpunkt zu sein, das nachmittägliche Gespräch mit ihrem Großvater zu erörtern.

Sie würde wohl nicht darum herumkommen, das Thema beim Frühstück anzuschneiden. Denn heute Abend hatte sie eine Verabredung mit Mac, und bis dahin wollte sie alles geklärt haben. Am Vorabend hatte Mac angerufen und sie an das Essen erinnert, das anlässlich des fünfundsiebzigsten Geburtstages seiner Schwester stattfand. Nells Großtante Gerti würde im Restaurant des Four Seasons feiern.

»Mac, glaubst du allen Ernstes, wir hätten das vergessen?«, fragte Nell ihren Großvater. »Natürlich kommen wir.« Allerdings verkniff sie sich die Bemerkung, dass sie ihre mögliche Kandidatur lieber nicht bei Tisch diskutieren wollte. Das war zwecklos, denn natürlich würde Mac darauf zu sprechen kommen. Und deshalb musste sie Adam heute Morgen eröffnen, dass sie beschlossen hatte, sich um den Posten zu bewerben. Er würde ihr nie verzeihen, wenn er es zuerst von Mac hörte.

Meistens fuhr Adam gegen halb acht Uhr morgens ins Büro. Nell versuchte, spätestens um acht an ihrem Schreibtisch zu sitzen und an der nächsten Kolumne zu arbeiten. Davor frühstückten sie zwar stets zusammen, jedoch schweigend und in die Morgenzeitung versunken.

Wäre es nicht schön, wenn Adam begreifen würde, wie wichtig es mir ist, Macs Sitz im Kongress zu gewinnen und in diesem aufregenden Wahljahr an vorderster Front dabei zu sein?, dachte sie, während sie den Eierkarton aus dem Kühlschrank holte. Und wie angenehm wäre es, wenn ich nicht ständig zwischen den beiden Männern hin- und hergerissen wäre, die mir auf dieser Welt am meisten bedeuten. Warum nur betrachtet Adam meine politischen Ambitionen als Bedrohung für sich und unsere Ehe?

Früher hat er mich verstanden, überlegte sie weiter, als sie den Tisch deckte, frisch gepressten Orangensaft einschenkte und nach der Kaffeekanne griff. Er sagte, er freue sich schon auf einen guten Platz auf der Besuchergalerie im Kapitol. Das war vor drei Jahren. Weshalb hat er seitdem seine Meinung geändert?

Sie versuchte sich von Adams geistesabwesender Miene nicht abschrecken zu lassen, als dieser sich am Frühstückstisch niederließ, das *Wall Street Journal* zur Hand nahm und ihr nur beiläufig zunickte.

»Danke, Nell, aber ich habe wirklich keinen Hunger«, sagte er, als sie ihm das fertige Omelett servieren wollte. Dafür also habe ich mir solche Mühe gegeben, dachte sie.

Sie setzte sich ihm gegenüber und überlegte, wie sie ihr Vorhaben am besten angehen sollte. Sein abweisender Blick verriet ihr, dass nun nicht der richtige Moment war, um über ihre mögliche Kandidatur für einen Sitz im Kongress zu sprechen. Pech gehabt, mein Lieber, sagte sie sich, und sie spürte, wie ihre Wut wuchs. Dann muss ich eben auf deinen Segen verzichten.

Sie griff nach ihrer Kaffeetasse und betrachtete die Titelseite der *Times*. Einer der Leitartikel fiel ihr auf. »Mein Gott, Adam, hast du das schon gelesen? Möglicherweise will der Staatsanwalt gegen Bob Walters und Len Arsdale wegen verbotener Preisabsprachen ermitteln.«

»Ich weiß«, erwiderte er gleichmütig.

»Du hast fast drei Jahre lang bei ihnen gearbeitet«, fuhr sie erschrocken fort. »Wird man dich befragen?«

»Wahrscheinlich«, entgegnete er gelassen. Dann grinste er höhnisch. »Sag Mac, er hat nichts zu befürchten. Die Familienehre bleibt unbefleckt.«

»Adam, so habe ich das nicht gemeint!«

»Komm schon, Nell, ich kenne dich doch. Du suchst gerade nach einem Weg, mir zu vermitteln, dass der Alte dich zu einer Kandidatur überredet hat. Wenn er heute Morgen die Zeitung aufschlägt, wird er dich sofort anrufen und dir erklären, dass es deine Chancen auf einen Wahlerfolg schmälert, wenn mein Name mit derartigen Ermittlungen in Verbindung gebracht wird. Ich habe doch Recht, oder?«

»Was meine Kandidatur angeht, schon«, antwortete Nell ruhig. »Allerdings traue ich dir nicht zu, dass du etwas Unehrliches getan haben könntest.«

»Ehrlichkeit ist in der Baubranche ein dehnbarer Begriff, Nell«, erwiderte Adam. »Zu deinem Glück sind meine Ansprüche in dieser Hinsicht sehr hoch, einer der Gründe, warum ich bei Walters und Arsdale gekündigt habe. Glaubst du, der heilige Mac wird damit zufrieden sein?«

Zornig sprang Nell auf. »Adam, ich verstehe, dass du verärgert bist, aber lass es bitte nicht an mir aus. Und da du es gerade erwähnt hast: Meine Antwort lautet Ja. Ja, ich habe beschlossen, mich um Macs Sitz zu bewerben, da Bob Gorman nicht mehr kandidieren will. Und ich fände es nett, wenn du mich unterstützt.«

Achselzuckend schüttelte Adam den Kopf. »Nell, ich bin immer offen zu dir gewesen. Seit unserer Hochzeit habe ich erkannt, dass die Politik ein Beruf ist, der einen Menschen voll und ganz in Anspruch nimmt. Das kann sehr belastend für eine Ehe sein. Viele überstehen das nicht. Doch die Entscheidung liegt natürlich bei dir, und ich sehe, dass du sie bereits getroffen hast.«

»Ja, das ist richtig«, entgegnete sie in mühsam beherrschtem Ton. »Also sei bitte so gütig, dich damit abzufinden, auch wenn es dir noch so schwerfällt. Denn eines muss ich dir sagen, Adam: Es ist noch viel belastender für eine Ehe, wenn ein Partner den andern ständig an der Verwirklichung seiner Wünsche hindert. Die ganze Zeit über habe ich dich in deiner Karriere gefördert. Nun bist du an der Reihe. Hilf mir, oder leg mir wenigstens keine Steine in den Weg.«

Er schob seinen Stuhl zurück und stand auf. »Das war's

dann wohl.« Im Hinausgehen drehte er sich noch einmal um. »Du brauchst mit dem Abendessen nicht auf mich zu warten. Wir haben eine Sitzung auf der Jacht, und danach gehe ich irgendwo in der Stadt einen Happen essen.«

»Adam, heute ist Gertis fünfundsiebzigster Geburtstag. Sie wäre sehr enttäuscht, wenn du nicht kommst.«

Er sah sie an. »Nell, nicht einmal Gerti zuliebe, obwohl ich sie sehr gern habe. Verzeih mir, aber ich habe nicht die geringste Lust auf einen Abend mit Mac.«

»Bitte, Adam. Du könntest doch nach der Sitzung kommen. Es macht nichts, wenn es später wird. Lass dich wenigstens blicken.«

»Mich blicken lassen? Offenbar bist du schon voll im Wahlkampf. Tut mir leid, Nell.« Raschen Schrittes ging er in Richtung Flur.

»Dann brauchst du überhaupt nicht mehr hier aufzutauchen.«

Adam blieb stehen und drehte sich zu ihr um. »Nell, ich hoffe, du hast das nicht ernst gemeint.«

Schweigend starrten sie einander an. Dann war er verschwunden.

6

Dina Crane, Sam Krauses neue Freundin, war alles andere als beglückt, als er am Freitagmorgen ihre Verabredung für den Abend telefonisch absagte.

»Wir könnten uns in Harry's Bar treffen, wenn du fertig bist«, schlug sie vor.

»Hör zu, es geht um etwas Geschäftliches, und ich weiß nicht, wie lange es dauert«, erwiderte er barsch. »Wir müssen eine Menge Kram besprechen. Ich rufe dich am Samstag an.«

Sam Krause legte auf, ohne Dina die Gelegenheit zu geben, etwas darauf zu entgegnen. Er saß in seinem Büro, Ecke Third Avenue und 40. Straße. Die Wände des großen, hellen Raums wurden von Gemälden geschmückt, welche die von der Baufirma Sam Krause errichteten Wolkenkratzer darstellten.

Obwohl es erst zehn Uhr war, hatte sich seine ohnehin schon gereizte Stimmung wegen eines Anrufs der Staatsanwaltschaft noch verschlechtert. Man wollte dringend mit ihm sprechen.

Krause ging zum Fenster und blickte mürrisch auf die fünfzehn Stockwerke unter ihm liegende Straße hinab. Er beobachtete, wie sich ein Auto geschickt durch den dichten Verkehr schlängelte. Als der Wagen hinter einem Laster, der plötzlich anhielt und zwei Fahrspuren blockierte, stecken blieb, spielte ein finsteres Lächeln um seine Lippen.

Doch dieses Lächeln verschwand schlagartig, als Sam klarwurde, dass seine Lage mit der dieses Autofahrers vergleichbar war. Um es zu seiner jetzigen Position zu bringen, hatte er so manche Klippe umschiffen müssen. Nun aber wurde ihm ein schier unüberwindliches Hindernis in den Weg gestellt. Zum ersten Mal seit seiner Jugend fühlte er sich plötzlich wieder wie ein Gejagter.

Krause war fünfzig Jahre alt, kräftig gebaut und von durchschnittlicher Größe. Seine Haut war wettergegerbt, und er hatte schütteres Haar. Da er sich meist nicht um die Meinung seiner Mitmenschen scherte, legte er keinen großen Wert auf sein Äußeres. Allerdings wirkte er wegen seines unerschütterlichen Selbstbewusstseins, seines scharfen Verstandes und der zynisch funkelnden schiefergrauen

Augen anziehend auf Frauen. Manche Menschen achteten ihn, doch es gab noch mehr, die sich vor ihm fürchteten. Gemocht wurde er nur von wenigen. Sam empfand für sie alle nur Spott und Verachtung.

Das Telefon läutete, und kurz darauf surrte die Gegensprechanlage seiner Sekretärin. »Mr. Lang«, meldete sie.

Sam verzog das Gesicht. Die Immobilienfirma Lang war gemeinsam mit Cauliff und Krause bei diesem Bauvorhaben der Dritte im Bunde. Sam beneidete Peter Lang um seine Herkunft aus reichem Hause. Gleichzeitig musste er zugeben, dass der Mann wirklich ein Genie war, wenn es darum ging, scheinbar wertlose Grundstücke in Goldgruben zu verwandeln.

Er schlenderte zum Schreibtisch und hob den Hörer ab. »Ja, Peter? Ich dachte, Sie wären auf dem Golfplatz.«

Peter rief tatsächlich aus der Villa an der Küste von Southampton an, die er von seinem Vater bekommen hatte. »Da haben Sie sogar Recht. Ich wollte nur nachfragen, ob die Sitzung wirklich stattfindet.«

»Das tut sie«, erwiderte Sam und legte auf, ohne sich zu verabschieden.

7

Nells Zeitungskolumne trug den Titel »Stadtgespräch« und wurde dreimal wöchentlich im *New York Journal* veröffentlicht. Sie setzte sich aus vermischten Meldungen darüber zusammen, was sich gerade in der Stadt tat. Die Themen reichten von Kunst und Politik bis hin zu Prominenten und Sozialem. Nell verfasste die Kolumne seit zwei Jahren, also seit Mac in den Ruhestand getreten war und sie Bob Gormans Bitte, auch weiterhin das New Yorker Kongressbüro zu leiten, abgelehnt hatte.

Mike Stuart, der Verleger des *Journal*, war ein langjähriger Freund von Nell und Mac. Die Kolumne war sein Vorschlag gewesen.

»Mit deinen vielen Leserbriefen arbeitest du im Grunde kostenlos für uns, Nell«, hatte er zu ihr gesagt. »Du hast einen ausgezeichneten Stil und außerdem Verstand. Was hältst du davon, dich zur Abwechslung mal dafür bezahlen zu lassen, dass du deine Meinung verbreitest?«

Ich werde wohl auch diese Kolumne aufgeben müssen, wenn ich kandidiere, dachte Nell, als sie in ihr Arbeitszimmer ging.

Auch? Was soll denn das?, fragte sie sich. Nachdem Adam am Morgen das Haus verlassen hatte, hatte Nell sich mit wütender Verbissenheit in die Arbeit gestürzt. In weniger als einer halben Stunde räumte sie den Tisch ab, spülte das Geschirr und machte das Bett. Dann fiel ihr ein, dass Adam sich am Vorabend im Gästezimmer ausgezogen hatte. Als sie dort nachsah, fand sie auf dem Bett sein marineblaues Sakko und seinen Aktenkoffer.

Die hat er in seiner Wut heute Morgen wohl vergessen, dachte Nell. Wahrscheinlich wollte er zu einer Baustelle, denn er hatte nur eine leichte Windjacke an. Wenn er sein Sakko und den Aktenkoffer braucht, muss er eben noch einmal nach Hause kommen – oder noch besser, die Sachen von jemandem abholen lassen. Heute spiele ich nicht den Laufburschen. Sie hängte das Sakko in den Schrank und brachte den Aktenkoffer in den kleinen Raum, den sie beide als Arbeitszimmer benutzten.

Eine Stunde später saß sie, frisch geduscht und in ihrer »Uniform« – wie sie Jeans, schlabberiges Sweatshirt und Turnschuhe nannte –, an ihrem Schreibtisch. Inzwischen konnte sie sich der Erkenntnis nicht länger verschließen, dass ihr Verhalten nicht unbedingt zur Entspannung der Lage beigetragen hatte. Hatte sie Adam nicht selbst gesagt, dass er heute Abend nicht nach Hause zu kommen brauchte?

Was ist, wenn er das ernst genommen hat?, fragte sie sich. Doch an so etwas durfte sie gar nicht denken. Auch wenn wir zurzeit eine schwere Krise durchmachen, ändert das nichts an unseren Gefühlen füreinander.

Gewiss ist er jetzt schon im Büro, überlegte sie weiter. Ich rufe ihn an. Sie griff nach dem Hörer, zog die Hand aber wieder zurück. Nein, das werde ich nicht tun. Vor zwei Jahren, als er mich bat, nicht für Macs Sitz zu kandidieren, habe ich nachgegeben. Und das bereue ich seitdem jeden Tag. Wenn ich jetzt den ersten Schritt mache, wird er das als bedingungslose Kapitulation betrachten. Und es gibt überhaupt keinen Grund, warum ich auf eine Karriere verzichten sollte. Schließlich gibt es inzwischen genügend Frauen im Kongress, die Ehemänner und Kinder haben und sie lieben. Außerdem ist es ungerecht. Ich habe Adam ja auch nicht gebeten, seine Karriere als Architekt aufzugeben oder sich beruflich einzuschränken.

Also arbeitete Nell entschlossen die Notizen für die Kolumne durch, die sie an diesem Morgen schreiben wollte. Nach einer Weile aber legte sie sie wieder weg. Sie konnte sich einfach nicht konzentrieren.

Ständig musste sie an die vergangene Nacht denken.

Adam war ins Bett gekrochen und fast auf der Stelle eingeschlafen. Als sie sein regelmäßiges Atmen gehört hatte, war sie näher an ihn herangerutscht. Im Schlaf hatte er den Arm um sie geschlungen und ihren Namen gemurmelt.

Nell erinnerte sich an ihre erste Begegnung mit Adam auf einer Cocktailparty. Ihr erster Gedanke war, dass sie einem so attraktiven Mann wohl noch nie begegnet war. Es war vor allem sein Lächeln, sein zurückhaltendes, freundliches Lächeln. Gemeinsam hatten sie die Party verlassen und waren zum Essen gegangen. Er erzählte, er müsse für eine Weile geschäftlich verreisen und werde sie nach seiner Rückkehr anrufen. Erst vierzehn Tage später hatte er sich gemeldet – für Nell die längsten zwei Wochen ihres Lebens.

In diesem Augenblick läutete das Telefon. Adam, dachte sie und griff nach dem Hörer.

Es war ihr Großvater. »Nell, ich habe gerade die Zeitung gelesen. Hoffentlich hat Adam wegen der Ermittlungen gegen Walters und Arsdale nichts zu befürchten. Er hat während der fraglichen Zeit dort gearbeitet. Falls also etwas faul war, muss er es gewusst haben. Er soll uns alles haarklein berichten. Ich will nicht, dass du seinetwegen die Wahl verlierst.«

Nell holte tief Luft, bevor sie antwortete. Obwohl sie ihren Großvater von Herzen liebte, trieb er sie manchmal in den Wahnsinn. »Mac, Adam hat bei Walters und Arsdale gekündigt, weil er mit vielem, was sich dort tat, nicht einverstanden war. Also brauchst du, was ihn angeht, nichts zu befürchten. Außerdem habe ich dich erst gestern gebeten, nicht ständig über ihn herzuziehen.«

»Tut mir leid.«

»Das klingt aber gar nicht so.«

Mac ignorierte ihren Einwand. »Wir sehen uns heute Abend. Übrigens habe ich Gerti angerufen, um ihr zum Geburtstag zu gratulieren, und ich muss leider sagen, dass sie nicht mehr alle Tassen im Schrank hat. Sie hat mir erzählt, dass sie den Tag bei irgendeiner verdammten Séance verbringt. Zum Glück hat sie das Essen heute Abend nicht vergessen, und sie freut sich schon darauf. Außerdem möchte sie gern deinen Mann wiedersehen. Sie meinte, sie habe ihn schon eine Ewigkeit nicht mehr getroffen. Aus unerfindlichen Gründen vergöttert sie ihn.«

»Ja, ich weiß.«

»Sie hat mich gefragt, ob sie ein paar dieser Spiritisten mitbringen kann, mit denen sie sich immer herumtreibt, aber das habe ich mir verbeten.«

»Aber Mac, es ist immerhin *ihr* Geburtstag.«

»Kann sein, doch in meinem Alter habe ich keine Lust darauf, dass irgendwelche Spinner mich – wenn auch nur aus der Ferne – beobachten, um herauszufinden, ob sich meine Aura verändert oder sogar nachlässt. Ich muss los. Bis heute Abend, Nell.«

Nell legte auf und lehnte sich zurück. Sie stimmte ihrem Großvater darin zu, dass Gerti ziemlich exzentrisch war, allerdings nicht übergeschnappt, wie er behauptete. Nach dem Tod ihrer Eltern war Gerti ihr eine große Hilfe gewesen und für sie eine Mischung aus Ersatzmutter und Großmutter geworden. Und weil sie an das Übernatürliche glaubte, hatte sie auch verstanden, was Nell meinte, als sie ihr Gefühl schilderte, ihre Eltern seien bei ihr gewesen – am Tag ihres Todes und als sie in Hawaii in die Springtide geraten war. Gerti konnte das nachvollziehen, denn sie kannte solche Erlebnisse aus eigener Erfahrung.

Nur, dass es für Gerti mehr als »Gefühle« sind, dachte Nell mit einem Schmunzeln. Sie beschäftigt sich schon seit vielen Jahren mit übernatürlichen Phänomenen. Nein, um Gertis Verstand machte Nell sich keine Sorgen, eher um ihre Gesundheit, denn ihre Großtante kränkelte schon seit einer Weile. Aber immerhin hat sie es geschafft, mehr oder weniger frisch und munter fünfundsiebzig zu werden. Also ist es von Adam nicht zu viel verlangt, sich heute Abend blicken zu lassen, überlegte Nell. Sie wird schrecklich enttäuscht sein, wenn er nicht kommt.

Nach dieser Erkenntnis war Nells Lust, Adam anzurufen, um die Probleme zwischen ihnen aus der Welt zu schaffen, mit einem Mal wie weggeblasen. Irgendwann würde sich schon alles klären, dessen war sie sicher. Doch den ersten Schritt wollte sie nicht machen – jedenfalls nicht jetzt gleich.

8

Dan Minor hatte zwar die Körpergröße und die breiten Schultern seines Vaters geerbt, aber nicht dessen Gesicht. Preston Minors markante, aristokratische und ebenmäßige Züge hatten sich mit denen der sanften, hübschen Kathryn Quinn vermischt.

Dans Augen, eisblau wie die seines Vaters, wirkten in seinem Gesicht viel dunkler und wärmer. Mund und Kinn waren gerundeter und weniger scharf geschnitten. Außerdem hatte Dan dem quinnschen Erbgut einen hellblonden Wuschelkopf zu verdanken.

Ein Kollege hatte einmal angemerkt, dass Dan selbst in Khakihosen, Turnschuhen und T-Shirt aussah wie ein typischer Arzt, und diese Beobachtung traf zu. Wenn Dan jemanden begrüßte, geschah das mit aufrichtigem Interesse – gefolgt von einem forschenden Blick, so als wolle er sichergehen, dass seinem Gegenüber auch wirklich nichts fehlte. Vielleicht hatte das Schicksal ihn dazu bestimmt, Arzt zu werden, jedenfalls war das von jeher sein größter Wunsch gewesen. Sogar das Fachgebiet stand für ihn von Anfang an fest: die Kinderchirurgie. Diese Entscheidung hatte sehr persönliche Gründe, von denen nur sehr wenige Menschen wussten.

Dan war in Chevy Chase, Maryland, bei den Eltern seiner Mutter aufgewachsen. Schon als kleiner Junge hatte er seinem Vater bei dessen seltenen Besuchen zunehmend die kalte Schulter gezeigt, eine Abneigung, die sich schließlich in Verachtung verwandelte. Seine Mutter hatte er seit seinem sechsten Lebensjahr nicht mehr gesehen, doch er trug immer ein Foto von ihr in einem Geheimfach seiner Brieftasche bei sich. Auf dem Bild, das an seinem zweiten Geburtstag entstanden war, schlang sie lächelnd die Arme um ihn, während der Wind ihr das Haar zerzauste. Eine anderes Erinnerungsstück an sie hatte er nicht.

Dan hatte seinen Abschluss an der Johns Hopkins Universität gemacht und dann im St. Gregory's Hospital in Manhattan als Assistenzarzt gearbeitet. Als man ihm einige Jahre später dort eine Stelle als Chefarzt der neu gegründeten Abteilung für Brandverletzte anbot, sagte er zu. Denn da er von Natur aus ein unruhiger Geist war, hatte er beschlossen, den Beginn des neuen Jahrtausends zum Anlass zu nehmen, sein Leben grundlegend zu verändern. An einem Krankenhaus in Washington hatte er sich auf Brandverletzungen spezialisiert und sich in diesem Fachgebiet einen Namen gemacht. Inzwischen war er sechsunddreißig. Seine Großeltern planten, nach Florida in eine Altenwohnanlage zu ziehen, und obwohl er sie noch genauso liebte wie früher, fühlte er sich nun nicht mehr verpflichtet, in ihrer Nähe wohnen zu bleiben. Das Verhältnis zu seinem Vater hatte sich nicht verbessert. Etwa zur Zeit des Umzugs seiner Großeltern nach Florida heiratete er wieder einmal. Aber Dan ließ sich auf der vierten Hochzeit seines Vaters ebenso wenig blicken wie auf der dritten.

Am ersten März sollte er die neue Stelle in Manhattan antreten. Er überwies seine Privatpatienten an Berufskollegen und nahm sich ein paar Tage Zeit, um in New York eine Wohnung zu suchen. Im Februar kaufte er sich eine Eigentumswohnung in SoHo, am unteren Ende von Manhattan, und transportierte die wenigen Dinge, die er behalten wollte, aus seinem spärlich möblierten Apartment in Washington dorthin. Zum Glück überließen ihm seine Großeltern ein paar schöne Stücke, weshalb er sein neues Zuhause recht stilvoll einrichten konnte.

Da Dan ein geselliger Mensch war, hatte er Spaß an den Abschiedsfeiern, die seine Freunde für ihn veranstalteten. Zu seinem Freundeskreis gehörten auch einige Frauen, mit denen er im Laufe der Jahre ausgegangen war. Einer seiner Freunde schenkte ihm eine elegante neue Brieftasche, und als Dan Führerschein, Kreditkarten und Geld hineinräumte, steckte er nach kurzem Zögern das alte Foto seiner Mutter in das Familienalbum, das seine Großeltern nach Florida mitnehmen wollten. Er wusste, dass es Zeit war, die damit verbundenen Erinnerungen hinter sich zu lassen. Doch eine Stunde später überlegte er es sich anders und holte das Foto wieder heraus.

Er fühlte sich wehmütig und erleichtert zugleich, als er seine Großeltern zum Zug brachte. Dann stieg er in seinen Jeep und fuhr nach Norden. Vom Bahnhof im District of Columbia bis zu seiner neuen Adresse war es eine Fahrt von vier Stunden. In Manhattan angekommen, stellte er seine Koffer in die Wohnung, räumte alle anderen Sachen aus dem Auto und stellte den Wagen dann in einem nahe gelegenen Parkhaus ab. Da er darauf brannte, das Viertel zu erkunden, machte er sich auf die Suche nach einem Restaurant, um dort zu Abend zu essen. Dass es hier so viele Restaurants gab, gefiel ihm an SoHo am besten. Er entdeckte eines, das er auf seinen bisherigen Ausflügen noch nicht ausprobiert hatte, kaufte sich eine Zeitung und setzte sich an einen Tisch am Fenster.

Nachdem er einen Drink bestellt hatte, studierte er die Titelseite. Bald jedoch hob er den Blick, um die Leute auf der Straße zu beobachten. Er musste sich zwingen, sich wieder auf den Artikel zu konzentrieren. Denn einer seiner guten Vorsätze fürs neue Jahrtausend war gewesen, die sinnlose Suche endlich aufzugeben. Da seine Mutter überall und nirgendwo sein konnte, bestand kaum eine Chance, sie aufzuspüren.

Doch noch während er sich das vor Augen hielt, flüsterte ihm eine innere Stimme beharrlich ein, dass er genau aus diesem Grund nach New York gezogen war. Denn hier war sie zuletzt gesehen worden.

Als er einige Stunden später im Bett lag und den Motorengeräuschen lauschte, die gedämpft von der Straße heraufdrangen, beschloss er, noch einen letzten Versuch zu wagen. Wenn er bis zum ersten Juni keinen Erfolg hatte, wollte er endgültig das Handtuch werfen.

Dan war voll und ganz damit beschäftigt, sich im Krankenhaus einzuarbeiten und sich an die neue Stadt zu gewöhnen. Am 2. Juni musste er eine Notoperation durchführen und deshalb mit seinem – wie er sich schwor – letzten Versuch, seine Mutter wieder zu finden, bis zum nächsten Tag warten. Diesmal war sein Ziel die südliche Bronx, ein heruntergekommener Stadtteil von New York, auch wenn sich die Zustände dort in den letzten zwanzig Jahren ein wenig gebessert hatten. Obwohl er sich eigentlich keine großen Hoffnungen machte, stellte er die üblichen Fragen und zeigte das Foto herum, das er immer noch bei sich trug.

Und dann geschah es. Eine schäbig gekleidete Frau, die er auf etwa fünfzig schätzte, begann plötzlich zu lächeln. Ihre stumpfen Augen leuchteten auf, und ihr zerfurchtes Gesicht erhellte sich. »Ich glaube, Sie suchen meine Freundin Quinny«, sagte sie.

9

Die zweiundfünfzigjährige Winifred Johnson wurde jedes Mal von Ehrfurcht ergriffen, wenn sie die Vorhalle des Hauses Park Avenue 925 betrat, wo ihr Arbeitgeber residierte. Drei Jahre lang arbeitete sie nun schon für Adam Cauliff, zuerst bei Walters und Arsdale und seit dem letzten Herbst in Adam Cauliffs eigenem Architekturbüro. Er hatte sich schon immer voll und ganz auf sie verlassen.

Doch wenn sie ihn privat aufsuchen musste, befürchtete sie jedes Mal, der Pförtner könnte sie eines Tages anweisen, den Lieferanteneingang um die Ecke zu benutzen.

Sie wusste, dass diese Haltung durch ihre Eltern beeinflusst war, die ihr Leben lang gegen eingebildete Kränkungen angekämpft hatten. Seit Winifred denken konnte, hatten sie ihr über Leute, die sie angeblich herablassend behandelten, die Ohren vollgejammert. »*Sie missbrauchen ihr bisschen Macht dafür, unseresgleichen zu schikanieren, weil wir uns nicht wehren können. Damit musst du immer rechnen, Winifred. So ist die Welt nun einmal.*« Ihr Vater hatte bis zu seinem Tod über die Ungerechtigkeiten geklagt, die ihm sein Arbeitgeber in vierzig Jahren zugefügt hatte. Ihre Mutter lebte inzwischen in einem Pflegeheim und beschwerte sich auch weiterhin unablässig darüber, wie sehr man sie dort beleidige und vernachlässige.

Winifred dachte gerade an ihre Mutter, als der Pförtner ihr lächelnd die Tür aufhielt. Vor ein paar Jahren hatte sie es ihr ermöglichen können, in ein teures, neues Pflegeheim umzuziehen, doch auch das hatte dem ständigen Genörgel keinen Einhalt geboten. Offenbar war es ihrer Mutter nicht möglich, zufrieden, geschweige denn glücklich zu sein. Und Winifred, die diesen Wesenszug auch an sich selbst bemerkte, hatte sich dem hilflos ausgeliefert gefühlt. Aber ich habe mich gemacht…, sagte sie sich mit einem versteckten Lächeln.

Winifred war eine magere Frau, beinahe zerbrechlich. Für gewöhnlich trug sie konservative Kostüme und bis auf kleine Ohrringe und eine Perlenkette keinen Schmuck. Außerdem vergaß man wegen ihrer zurückhaltenden Art häufig, dass sie sich überhaupt im Raum befand. Gleich nach ihrer Ausbildung zur Sekretärin hatte sie bei Robert Walters und Len Arsdale angefangen. Doch in diesen vielen Jahren schien keiner ihrer beiden Arbeitgeber bemerkt zu haben, wie gut sie sich inzwischen in der Baubranche auskannte, und sie hatten es nie zu würdigen gewusst. Adam Cauliff hingegen war es sofort aufgefallen. Er schätzte sie und erkannte ihren wahren Wert. Sein Lieblingsscherz lautete: »Winifred, wenn Sie einmal Ihre Autobiographie schreiben, wird es für einige Leute ziemlich eng werden.«

Robert Walters hatte das gehört und war sehr wütend und unangenehm geworden. Aber Walters hatte Winifred ohnehin das Leben zur Hölle gemacht und nie ein freundliches Wort für sie gefunden. Dafür soll er jetzt ruhig büßen, hatte Winifred sich gedacht. Der wird noch sein blaues Wunder erleben.

Was Nell anging, war sie sicher, dass sie einen Mann wie Adam nicht verdient hatte. Adam brauchte weder eine Karrierefrau noch einen berühmten Schwiegervater, der sie so in Beschlag nahm, dass sie kaum noch Zeit für ihre Ehe hatte. »Winifred, Nell ist wieder mal bei ihrem Alten, und ich habe keine Lust, alleine zu essen«, sagte Adam manchmal zu ihr. »Besorgen wir uns einen Happen.«

Er hatte wirklich ein Anrecht auf etwas Besseres. Manchmal erzählte ihr Adam von seiner Kindheit auf einer Farm in North Dakota. Damals hatte er sich in der Bibliothek Bücher mit Bildern von schönen Häusern angesehen.

»Je größer, desto besser, Winifred«, witzelte er. »Wenn in unserer Stadt jemand ein Haus gebaut hat, das mehr als zwei Stockwerke hatte, sind die Leute eigens dreißig Kilometer weit gefahren, um es sich anzuschauen.«

Hin und wieder verwickelte er sie in eine Unterhaltung, und dann klatschten sie gemeinsam über Leute aus der Baubranche. Am nächsten Morgen fragte Winifred sich meist, ob sie nicht zu viel geredet hatte, vielleicht angeregt durch den Wein, den Adam ihr immer wieder einschenkte. Aber eigentlich machte sie sich keine Sorgen. Sie vertraute ihrem Chef – nein, sie vertrauten einander –, und Adam hatte Spaß an den Anekdoten aus den Anfangstagen von Walters und Arsdale.

»Soll das heißen, dieser selbstgerechte alte Kerl hat bei der Ausschreibung Gelder für sich selbst abgezweigt?«, rief er aus. Und als sie wegen ihrer Redseligkeit verlegen wurde, beschwichtigte er sie. Außerdem versprach er ihr, das Gesagte für sich zu behalten. Noch gut erinnerte sie sich an den Abend, als er vorwurfsvoll zu ihr gesagt hatte: »Winifred, mich können sich nicht hinters Licht führen. Es gibt einen Mann in Ihrem Leben.« Und sie hatte das bejaht und ihm sogar den Namen genannt.

Der livrierte Pförtner legte den Hörer der Gegensprechanlage auf. »Sie können hinaufgehen, Ms. Johnson. Mrs. Cauliff erwartet sie.«

Adam hatte sie gebeten, auf dem Weg zur Sitzung seinen Aktenkoffer und sein marineblaues Sakko abzuholen. Natürlich hatte er sich vielmals für diese Zumutung entschuldigt. »Ich bin heute Morgen sehr eilig aufgebrochen und habe sie vergessen«, erklärte er. »Die Sachen liegen im Gästezimmer auf dem Bett. Meine Notizen für die Sitzung sind in dem Aktenkoffer, und ich brauche mein Sakko, falls ich es mir doch noch anders überlege und mich mit Nell im Four Seasons treffe.« Winifred erkannte an seinem Ton, dass zwischen ihm und Nell etwas Ernstes vorgefallen sein musste. Und diese Erkenntnis bestätigte sie nur in der Vermutung, dass es mit der Ehe der beiden bergab ging.

Im Aufzug dachte sie an die Sitzung, die heute stattfinden sollte. Sie war froh, dass man die Jacht als Tagungsort gewählt hatte, denn sie war gerne draußen auf dem Wasser. Auch wenn es sich um einen reinen Geschäftstermin handelte, hatte es doch etwas Romantisches an sich.

Sie würden zu fünft sein. Außer ihr selbst wurden die drei Beteiligten an dem Bauvorhaben Vandermeer Tower erwartet – Adam, Sam Krause und Peter Lang. Der Fünfte war Jimmy Ryan, einer von Sams Polieren. Winifred war nicht sicher, warum er eingeladen worden war. Allerdings war Jimmy in letzter Zeit ziemlich launisch gewesen. Vielleicht wollte man ja mit ihm über das Problem sprechen.

Sie wusste, dass die Meldung, die heute in allen Zeitungen stand, Anlass zur Sorge bot, obwohl sie selbst sich keine großen Gedanken darüber machte. Sie fand die ganze Angelegenheit eher albern. Selbst wenn sie einem etwas nachweisen konnten, bekam man höchstens eine Geldstrafe aufgebrummt. Man zückte die Brieftasche, und die Sache war erledigt.

Die Aufzugtür öffnete sich, und Winifred trat in die Vorhalle, wo Nell sie bereits erwartete.

Sie bemerkte, dass das freundliche Lächeln, mit dem Nell sie willkommen hieß, mit einem Mal verflog. »Stimmt etwas nicht?«, fragte Winifred.

Mein Gott, dachte Nell erschrocken. Was ist das? Doch während sie Winifred betrachtete, spürte sie, wie eine Gewissheit in ihr wuchs: *Winifreds Stunden auf dieser Erde sind gezählt.*

10

Adam traf fünfzehn Minuten vor dem vereinbarten Termin auf der Jacht ein. Als er in die Kabine kam, stellte er fest, dass der Heimservice bereits da gewesen war und verschiedene Käseplatten und Kräcker auf der Anrichte aufgebaut hatte. Da Hausbar und Kühlschrank sicher ebenfalls aufgefüllt worden waren, sparte er sich die Mühe, das zu überprüfen.

Er hatte festgestellt, dass sich die Zungen – die seiner Partner ebenso wie die zukünftiger Kunden – in der ungezwungenen Atmosphäre an Bord, unterstützt von ein paar Drinks, meist am besten lösten. Bei diesen Gelegenheiten trank Adam anstelle seines Lieblingsdrinks, Wodka auf Eis, für gewöhnlich Wasser, allerdings ohne dass die anderen das ahnten.

Den ganzen Tag hatte er mit dem Gedanken gespielt, Nell anzurufen, doch er hatte sich schließlich dagegen entschieden. Er hasste Streit mit ihr fast ebenso wie den Anblick ihres Großvaters. Nell weigerte sich einfach zu verstehen, dass Mac sie einzig und allein aus einem Grund zu einer Kandidatur für seinen früheren Sitz überreden wollte – nämlich, um sie zu seiner Marionette zu machen. Sein Gerede, er sei mit achtzig in den Ruhestand gegangen, um nicht der älteste Kongressabgeordnete in Washington zu werden, war nichts weiter als ein Lippenbekenntnis. In Wahrheit lag es daran, dass sein Gegenkandidat von den Demokraten ein ernst zu nehmender Rivale war, der Mac die Wahl hätte kosten können. Mac dachte nicht im Traum daran, sich aufs Altenteil zurückzuziehen, er wollte nur nicht als Verlierer abtreten.

Natürlich wäre er am liebsten ewig an der Macht geblieben. Und deshalb würde er dafür sorgen, dass Nell, die bekannt, intelligent, äußerst attraktiv, wortgewandt und beliebt war, seinen Sitz gewann, damit er seinen politischen Einfluss nicht einbüßte.

Ärgerlich verzog Adam das Gesicht, als er an Cornelius MacDermott dachte. Dann überprüfte er die Tankuhr. Wie erwartet, war der Tank voll. Nachdem er in der vergangenen Woche mit der Jacht hinausgefahren war, hatte die Servicefirma nach dem Rechten gesehen und aufgetankt.

»Hallo, ich bin es.«

Adam eilte an Deck, um Winifred beim Einsteigen zu helfen. Erfreut stellte er fest, dass sie seinen Aktenkoffer und das Sakko bei sich hatte.

Allerdings erkannte er an ihren Bewegungen und der Haltung ihres Kopfes, dass sie etwas bedrückte. »Was ist los, Winifred?«, erkundigte er sich deshalb.

Vergeblich zwang sie sich zu einem Lächeln. »Du durchschaust mich immer, Adam.« Sie umklammerte seine Hand und sprang mit einem großen Schritt an Deck. »Ich muss dich etwas fragen, und ich möchte, dass du ganz offen zu mir bist«, meinte sie ernst. »Habe ich Nell irgendwie verärgert?«

»Was soll das heißen?«

»Sie war so seltsam, als ich vorhin in deiner Wohnung war. Und sie hat sich verhalten, als könne sie es nicht erwarten, dass ich wieder verschwinde.«

»Das würde ich nicht persönlich nehmen. Ich glaube, ihr Benehmen hat nichts mit dir zu tun. Nell und ich haben uns heute Morgen gestritten«, erwiderte Adam ruhig. »Wahrscheinlich war das der Grund.«

Winifred hielt immer noch seine Hand. »Wenn du darüber sprechen möchtest, bin ich immer für dich da.«

Adam machte sich los. »Das weiß ich, Winifred. Vielen Dank. Ach, da ist ja Jimmy.«

Es war offensichtlich, dass Jimmy Ryan sich nicht wohl auf der Jacht fühlte. Obwohl er den ganzen Tag auf der Baustelle verbracht hatte, hatte er es nicht für nötig befunden, sich umzuziehen. Seine Stiefel hinterließen Schmutzabdrücke auf dem Teppich der Kabine, als er wortlos Adams Aufforderung folgte, sich doch einen Drink zu mischen.

Winifred, die beobachtete, wie er sich ein großes Glas Scotch einschenkte, nahm sich vor, später mit Adam darüber zu reden.

Zunächst blieb Jimmy Ryan am Tisch sitzen, als erwarte er, dass die Besprechung jeden Augenblick begann. Aber als ihm klarwurde, dass Adam und Winifred nicht so bald herunterkommen würden, stand er auf und blieb verlegen mitten in der Kabine stehen. Offenbar hatte er jedoch keine Lust, sich zu ihnen zu gesellen.

Zehn Minuten später traf Sam Krause ein. Er fluchte über den Verkehr und die Unfähigkeit seines Fahrers. Mürrisch kam er an Bord, ging direkt in die Kabine, nickte Jimmy Ryan kurz zu, schenkte sich ein Glas puren Gin ein und kehrte an Deck zurück.

»Lang kommt wie immer zu spät«, schimpfte er.

»Ich habe mit ihm telefoniert, kurz bevor ich das Büro verließ«, erklärte Adam. »Er war im Auto und unterwegs in die Stadt. Also müsste er jeden Moment hier sein.«

Kurz darauf läutete das Telefon. Peter Langs Stimme klang gepresst. »Ich hatte einen Unfall«, stieß er hervor. »So ein verdammter Lastzug. Ich habe Glück, dass ich noch lebe. Die Polizei möchte, dass ich mich im Krankenhaus untersuchen lasse, und wahrscheinlich ist es besser, auf Nummer Sicher zu gehen. Sie können die Sitzung entweder absagen oder ohne mich anfangen, es liegt ganz bei Ihnen. Wenn ich beim Arzt fertig bin, fahre ich wieder nach Hause.«

Fünf Minuten später verließ die *Cornelia II* den Hafen. Der Wind hatte ein wenig aufgefrischt, und am Himmel zogen Wolken auf.

11

Mir ist schlecht«, jammerte der achtjährige Ben Tucker. Er stand mit seinem Vater an der Reling des Ausflugsbootes, das gerade von einer Fahrt zur Freiheitsstatue zurückkehrte.

»Ja, es hat angefangen zu schaukeln«, stimmte sein Vater zu. »Aber wir sind gleich da. Schau dir lieber die Aussicht an. So schnell kommst du nicht wieder nach New York, und ich möchte, dass du dich an alles erinnerst.«

Bens Brille war verschmiert, und er nahm sie ab, um sie zu putzen. Bestimmt erzählt er mir gleich wieder, dass die Freiheitsstatue ein Geschenk Frankreichs an die Vereinigten Staaten war, dass sie aber erst aufgestellt werden konnte, nachdem eine Frau namens Emma Lazarus ein Gedicht geschrieben hatte, um Geld für einen Sockel aufzutreiben. »Gib mir deine gebeugten Massen, die sich nach der Freiheit sehnen.« Schon gut, lass mich mit diesem Zeug in Ruhe, dachte Ben.

Der Ausflug zur Freiheitsstatue und nach Ellis Island hatte ihm eigentlich Spaß gemacht. Doch inzwischen bedauerte er es, dass er mitgekommen war, denn er fühlte sich, als müsse er sich gleich übergeben. Das Schiff stank scheußlich nach Diesel.

Neidisch betrachtete er die Jachten im Hafen von New York und wünschte sich, auch so eine zu besitzen. Wenn er eines Tages reich war, würde er sich zuallererst einen Kabinenkreuzer kaufen. Bei ihrem Aufbruch vor einigen Stunden waren viele dieser Schiffe auf dem Wasser gewesen. Doch da sich der Himmel mittlerweile bewölkte, waren es weniger geworden.

Bens Blick fiel auf eine wirklich schicke Jacht, die links

von ihnen lag. Die *Cornelia II.* Ben war so weitsichtig, dass er die Aufschrift lesen konnte, als er die Brille abnahm.

Plötzlich riss er entsetzt die Augen auf. »Neiiiiiin!«

Er wusste nicht, dass er laut gerufen hatte. Und ihm war auch nicht klar, dass er nicht als Einziger auf dem Ausflugsboot diesen Schrei – halb Entsetzen, halb Stoßgebet – von sich gegeben hatte. Auch die Menschen an der Spitze von Manhattan und in New Jersey, die zufällig in diese Richtung sahen, trauten ihren Augen nicht.

Vor Bens Augen war die *Cornelia II* in die Luft geflogen. Von einem Moment auf den anderen hatte sie sich in einen gewaltigen Feuerball verwandelt. Maschinenteile wurden hoch emporgeschleudert und verteilten sich in der Rinne, die den Atlantik mit dem Hafen verband.

Bens Vater schaffte es nicht mehr rechtzeitig, seinen Sohn wegzureißen und ihn an sich zu drücken. Bevor der Schock einsetzte und sich über die Erinnerung legte, hatte Ben noch das grausige Bild herumfliegender Leichenteile vor Augen, ein Eindruck, der sich in sein Unterbewusstsein eingraben und ihn nicht mehr loslassen sollte.

12

Und ich habe ihm noch gesagt, dass er nicht mehr nach Hause zu kommen braucht, dachte Nell, als sie am Abend diesen Tag des Grauens Revue passieren ließ. »Ich hoffe, das meinst du nicht ernst«, hat Adam geantwortet, und ich habe nicht darauf reagiert. Und obwohl ich später mit dem Gedanken gespielt habe, ihn anzurufen und die

Sache zu klären, war ich zu starrsinnig und zu stolz dazu. Mein Gott, warum habe ich ihn nicht angerufen? Den ganzen Tag hatte ich dieses furchtbare Gefühl, dass etwas Schreckliches geschehen wird.

Winifred – bei ihrem Anblick spürte ich, dass sie sterben würde. Woher konnte ich das wissen?

Es war genauso wie damals bei meinen Eltern. Ich erinnere mich, wie ich nach der Pause vom Schulhof kam und auf einmal den Eindruck hatte, sie seien bei mir. Ich nahm sogar wahr, wie Mama mich auf die Wange küsste und wie Papa mir übers Haar strich. Zu diesem Zeitpunkt waren sie schon tot, aber sie waren gekommen, um sich von mir zu verabschieden. Adam, dachte sie. Bitte verabschiede dich von mir. Gib mir eine Gelegenheit, dir zu sagen, wie leid es mir tut.

»Nell, kann ich dir irgendwie helfen?«

Sie nahm kaum wahr, dass Mac mit ihr sprach. Gewiss war es schon nach Mitternacht. Zunächst war Gertis Geburtstagsfeier verlaufen wie geplant. Niemand ahnte, was geschehen war. Nell hatte Adam mit der schwachen Ausrede entschuldigt, er habe zu einer wichtigen Sitzung gemusst. Obwohl sie sich Mühe gab, glaubhaft zu klingen, erkannte sie Gertis enttäuschte Miene. Und dass den restlichen Abend über gezwungene Fröhlichkeit herrschte, hatte ihrem Zorn auf Adam neue Nahrung gegeben.

Als Nell um zehn Uhr nach Hause kam, beschloss sie, das Thema noch am selben Abend mit Adam auszudiskutieren – vorausgesetzt natürlich, er nahm sie nicht beim Wort und blieb über Nacht fort. Sie würde ihm alles erklären, sich seine Einwände anhören und versuchen, eine Lösung zu finden. Denn die Ungewissheit und Missstimmung konnte sie keinen Tag länger ertragen. Schließlich machten Verhandlungsgeschick und Kompromissfähigkeit eine gute Politikerin aus. Und allmählich dämmerte es

Nell, dass diese Gaben auch einer Ehefrau nützlich sein konnten.

Doch als Nell die Eingangshalle des Hauses betrat, in dem sie wohnte, erreichte die bange Vorahnung, die sie schon den ganzen Tag gequält hatte, ihren Höhepunkt. Sie wurde bereits von Macs Sekretärin Liz Hanley erwartet. Neben ihr stand Detective George Brennan von der New Yorker Polizei. Sofort wusste Nell, dass etwas Schreckliches geschehen war. Doch die beiden bestanden darauf, erst oben in der Wohnung darüber zu sprechen.

So zartfühlend wie möglich berichtete Detective Brennan ihr von dem Unfall und sagte dann entschuldigend, er müsse ihr noch einige Fragen stellen.

Zeugen hätten gesehen, wie ihr Mann an Bord seiner Jacht ging, erklärte er. Ihm seien mindestens drei weitere Personen gefolgt. Ob sie wisse, um wen es sich dabei gehandelt habe?, fragte der Detective.

Nell fühlte sich benommen und hatte die Tragweite der Tragödie noch gar nicht begriffen. Sie antwortete, es sei eine geschäftliche Besprechung angesetzt gewesen. Winifred, Adams Sekretärin, sei ebenfalls erwartet worden. Sie nannte ihm die Namen der Geschäftspartner ihres Mannes und erbot sich, die Telefonnummern ausfindig zu machen. Doch der Detective lehnte ab. Er meinte, er wolle es für diesen Abend gut sein lassen, und riet ihr, zu Bett zu gehen und ein wenig zu schlafen. Sicher würden morgen früh die Journalisten über sie herfallen. Sie würde all ihre Kraft brauchen.

»Ich komme morgen wieder, Mrs. Cauliff. Es tut mir so schrecklich leid«, sagte er und ging mit Liz Hanley zur Tür.

Während der Detective sich verabschiedete, trafen Mac und Gerti ein. Sie waren von Liz verständigt worden.

»Nell, leg dich schlafen«, waren Macs erste Worte.

Macs Stimme hat die seltsame Eigenschaft, gleichzeitig barsch und besorgt zu klingen, schoss es Nell durch den Kopf.

»Mac hat Recht, Nell. Die nächsten Tage werden nicht leicht für dich sein«, ergänzte Gertrude MacDermott und setzte sich neben Nell aufs Sofa.

Nell betrachtete die beiden Menschen, die nun ihre ganze Familie ausmachten. Ein Lächeln huschte über ihr Gesicht, als sie sich an die Worte eines Mitarbeiters ihres Großvaters erinnerte: »Es ist erstaunlich, wie verschieden Gertrude und Cornelius sind, obwohl sie sich doch so ähnlich sehen.«

Das traf zu. Beide hatten einen weißen Wuschelkopf, klare blaue Augen, schmale Lippen und ein vorspringendes Kinn. Doch Gertis Miene strahlte im Gegensatz zu der ihres Bruders Gelassenheit aus. Außerdem war sie, anders als der streitlustige Cornelius, sehr zurückhaltend.

»Ich bleibe heute Nacht bei dir«, schlug Gerti vor. »Du solltest nicht allein sein.«

Nell schüttelte den Kopf. »Danke, Tante Gerti, aber das brauche ich jetzt«, erwiderte sie.

Als Liz hereinkam, um sich zu verabschieden, stand Nell auf und brachte sie zur Tür. »Nell, es tut mir so leid. Als ich es heute Abend im Radio hörte, bin ich sofort hergefahren. Ich weiß, dass Sie Mac mehr bedeuten als alles auf der Welt. Er war zwar immer ein wenig streng mit Adam, aber die Tragödie hat ihn schwer getroffen. Falls ich etwas für Sie tun kann …«

»Schon gut, Liz. Danke, dass Sie so schnell gekommen sind. Sie haben mir sehr geholfen.«

»Morgen müssen wir über die Vorbereitungen sprechen«, sagte Liz.

Die Vorbereitungen?, dachte Nell erschrocken. Vorbereitungen. Die Beerdigung. »Adam und ich haben nie darüber geredet, was er sich vorstellt, falls ihm etwas zustoßen sollte«, sagte sie. »Es erschien uns einfach unnötig. Aber ich erinnere mich, dass er einmal, als wir in Nantucket waren, vom Angeln zurückkam und meinte, er würde nach seinem Tod gern eingeäschert werden. Seine Asche sollte man dann übers Meer verstreuen.«

Als sie Liz betrachtete, erkannte sie das Mitleid in ihren Augen. Nell schüttelte den Kopf und zwang sich zu einem Lächeln. »Sieht aus, als wäre sein Wunsch in Erfüllung gegangen.«

»Ich rufe Sie morgen an.« Liz nahm Nells Hand und drückte sie sanft.

Als Nell ins Wohnzimmer zurückkehrte, stand ihr Großvater auf. Gerti suchte ihre Handtasche. Nell begleitete Mac zur Tür. »Es ist klug von dir, Gerti wegzuschicken«, brummte er. »Sie würde dich die ganze Nacht mit ihrem spiritistischen Geschwätz wach halten.« Mac blieb stehen, blickte Nell an und legte ihr die Hände auf die Arme. »Ich kann dir gar nicht sagen, wie leid es mir tut, Nell. Nachdem du deine Eltern schon auf so tragische Weise verloren hast, hast du so etwas wirklich nicht verdient.«

Vor allem nicht, weil wir uns kurz zuvor gestritten haben, dachte Nell. Sie spürte, wie der Zorn in ihr aufstieg. Mac, du warst die Wurzel des Problems, überlegte sie weiter. Deine ständigen Forderungen – manchmal ist das einfach zu viel. Es war falsch von Adam, mir die Kandidatur ausreden zu wollen, aber in diesem Punkt hat er wirklich Recht gehabt.

Als Nell schwieg, wandte ihr Großvater sich ab.

Gerti nahm Nells Hände. »Ich weiß, dass es für eine solche Situation kaum Worte gibt, die einem Trost spenden können. Aber vergiss nicht, Nell, dass du ihn nicht wirklich verloren hast. Er befindet sich jetzt auf einer anderen Ebene, doch er ist immer noch dein Adam.«

»Lass das, Gerti«, unterbrach Mac seine Schwester.

»Dieses Gerede hilft Nell im Augenblick nicht weiter. Schlaf ein wenig. Wir unterhalten uns morgen.«

Dann waren sie fort. Nell kehrte ins Wohnzimmer zurück und ertappte sich dabei, dass sie damit rechnete, jeden Moment Adams Schlüssel im Schloss zu hören. Wie eine Schlafwandlerin ging sie durch die Wohnung, rückte ein paar Zeitschriften auf einem Beistelltisch zurecht und ordnete die Sofakissen auf der gemütlichen Couch. Da das Zimmer nach Norden zeigte, hatte Nell das Sofa vor einem Jahr in einem warmen Rotton überziehen lassen. Zuerst war Adam gar nicht begeistert gewesen, aber schließlich hatte ihm die Farbe doch gefallen.

Nell sah sich um und betrachtete das Sammelsurium von Möbeln. Sie und Adam hatten beide einen sehr ausgeprägten Geschmack. Einige Einrichtungsgegenstände – Erinnerungsstücke von ihren Reisen – stammten noch aus ihrem Elternhaus und waren all die Jahre über eingelagert worden. Andere Möbel hatten sie in kleinen Antiquitätenläden oder auf seltsamen Auktionen erworben, wie Tante Gerti sie häufig ausfindig machte. Bei vielen Stücken war es zu längeren Verhandlungen gekommen. Verhandlungen und Kompromissen, dachte Nell und wurde wieder von Trauer ergriffen. Adam und ich hätten all unsere Probleme lösen können, da bin ich ganz sicher.

Sie ging zu einem dreibeinigen Tisch hinüber, in den Adam sich auf den ersten Blick verliebt hatte. Er hatte ihn bei einem seiner Ausflüge mit Tante Gerti entdeckt, während Nell eine Parteiveranstaltung besucht hatte. Adam und Gerti hatten sich auf Anhieb verstanden. Auch sie wird ihn sehr vermissen, sagte sich Nell bedrückt. Sie wusste, dass Gerti Adam vorgeschlagen hatte, den Tisch seiner Frau zu schenken.

Manchmal machte Nell sich Sorgen, jemand könne Gerti ausnutzen. Sie ist so vertrauensselig, überlegte sie. Und sie hört bei jeder ihrer Entscheidungen auf die Ratschläge von

Spiritisten und Hellsehern. Doch wenn es, wie bei diesem Sofa, ums Feilschen ging, ließ Gerti sich erstaunlicherweise kein X für ein U vormachen. Ihre Wohung in der 87. Straße auf der Ostseite von Manhatten war ein fröhliches, gemütliches und ein wenig staubiges Durcheinander von Möbeln und Kunstgegenständen, die sie im Laufe der Jahre angehäuft hatte und an denen sie inzwischen nostalgisch hing.

Bei seinem ersten Besuch dort hatte Adam lachend festgestellt, dass Gertis Wohnung an ihren Verstand erinnerte: kunterbunt, wirr und ein bisschen altmodisch. »Kein Mensch würde Art déco auf diese Weise mit falschem Rokoko kombinieren«, sagte er.

Tante Gertis Möbel! All die Sachen in diesem Zimmer! Was denke ich in so einer Situation über Tische, Stühle und Teppiche nach?, schalt sie sich. Wann werde ich endlich begreifen, dass Adam tot ist?

Doch es gelang ihr einfach nicht, sich mit der Wirklichkeit abzufinden. Denn sie wollte, dass er lebte, dass er einfach zur Tür hereinkam und sagte: »Ich muss dir etwas sagen, Nell: Ich liebe dich, und der Streit tut mir leid.«

Der Streit. Sie hatten sich schreckliche Dinge an den Kopf geworfen, und dann war Adams Jacht explodiert. Detective Brennan hatte gesagt, man könne noch nicht feststellen, ob ein Leck im Tank der Grund gewesen sei.

Adam hat beide Jachten nach mir benannt, dachte Nell, doch ich bin nur selten mit ihm rausgefahren. Seit meiner Erfahrung mit der Springtide in Hawaii fürchte ich mich vor dem Wasser. Aber er hat mich angefleht, ihn hin und wieder zu begleiten, und versprochen, sich nicht zu weit von der Küste zu entfernen.

Vergeblich hatte sie versucht, ihre Angst vor dem Meer zu bekämpfen. Inzwischen schwamm sie nur noch in Pools und wagte sich auch hin und wieder auf ein Kreuzfahrtschiff, obwohl sie sich an Bord offen gestanden immer ein wenig mulmig fühlte. Um kleinere Boote machte sie jedoch einen Bogen, denn wenn sie das Schaukeln der Wellen spürte, fühlte sie sich wieder, als würde sie jeden Moment ertrinken.

Adam hingegen liebte Schiffe und das offene Meer. Allerdings hat sich dieser Unterschied, der zum Problem hätte werden können, in unserem Fall als Vorteil erwiesen. Wenn ich Mac, wie so oft am Wochenende, zu einer politischen Veranstaltung begleiten oder wenn ich an meiner Kolumne schreiben musste, ist Adam segeln oder fischen gegangen.

Und dann kamen wir beide nach Hause und verbrachten die restliche Zeit zusammen. Kompromisse und Verhandlungen, dachte sie. Doch wir hätten eine Lösung gefunden.

Nell knipste das Licht im Wohnzimmer aus und ging ins Schlafzimmer. Ich wünschte, ich könnte etwas empfinden, sagte sie sich. Warum kann ich nicht weinen oder trauern, anstatt ständig das Gefühl zu haben, auf etwas zu warten?

Auf was? Und auf wen?

Sie zog sich aus und hängte den grünen, seidenen Hosenanzug von Escada sorgfältig auf einen Bügel. Sie hatte ihn heute das erste Mal getragen. Als er geliefert wurde, hatte Adam die Schachtel geöffnet, den Hosenanzug aus dem Seidenpapier geholt und ihn sorgfältig gemustert. »Der steht dir bestimmt großartig, Nell«, hatte er verkündet.

Nell hatte ihn an diesem Abend angezogen, weil sie insgeheim gehofft hatte, Adam würde wegen des Streits ein ebenso schlechtes Gewissen haben wie sie. Sie hatte geglaubt, dass er noch nachkommen und wenigstens zum Dessert erscheinen würde. Sehnsüchtig hatte sie sich ausgemalt, wie er eintrat, als gerade das mit einer Kerze verzierte Baiser – eine Geburtstagstradition im Four Seasons – serviert wurde.

Aber natürlich hatte er sich nicht blicken lassen. Ich wünschte, er hätte sich vor dem Unfall entschieden, doch noch zu kommen, überlegte Nell. Sie nahm ein Baumwollnachthemd aus der Schublade, wusch sich mechanisch das Gesicht und putzte sich die Zähne. Aus dem Badezimmerspiegel blickte ihr eine Fremde entgegen, eine bleiche Frau mit weit aufgerissenen, stumpfen Augen und kastanienbraunem Haar, das ihr feucht am Kopf klebte.

War es zu warm im Raum?, fragte sie sich, als sie die Schweißperlen auf ihrer Stirn bemerkte. Aber warum fror sie dann so? Sie beschloss, zu Bett zu gehen.

Gestern Nacht hatte sie nicht mit Adams Rückkehr aus Philadelphia gerechnet, und sie hatte nicht reagiert, als sie seinen Schlüssel im Schloss hörte. Weil mir so vor einem Gespräch über die Kandidatur für Macs Sitz graute, habe ich mich schlafend gestellt, dachte Nell, und sie wurde wieder wütend auf sich selbst.

Im Schlaf hatte er den Arm um sie gelegt und ihren Namen gemurmelt. Nun sprach sie seinen laut aus: »Adam, ich liebe dich. Bitte komm zurück!«

Sie wartete. Doch sie hörte nichts außer dem gedämpften Brummen der Klimaanlage und dem Heulen einer Polizeisirene.

In der Ferne jaulte die Sirene eines Krankenwagens.

Ganz sicher hat es am Hafen von Polizeibooten und Krankenwagen gewimmelt, sagte sie sich. Man suchte nach Überlebenden, obwohl Detective Brennan widerstrebend einräumen musste, dass es ein Wunder gewesen wäre, wenn jemand dieses Unglück überstanden hätte. »Das ist wie bei einem Flugzeugabsturz«, erklärte er. »Normalerweise bricht die Maschine beim Fallen auseinander. Wir wissen, dass es keine Hoffnung gibt, doch wir dürfen nichts unversucht lassen.«

Morgen oder in den nächsten Tagen würde man wahrscheinlich sagen können, warum die Jacht explodiert war. »Das Boot war nagelneu«, hatte Brennan gesagt. »Also war es wahrscheinlich technisches Versagen, ein Leck im Tank oder so etwas.«

»Adam, es tut mir leid.« Wieder sprach Nell ins leere Zimmer hinein. »Bitte antworte mir, wenn du mich hören kannst. Mama und Papa haben sich ja auch von mir verabschiedet. Und Oma ebenfalls.«

Es war eine ihrer frühesten Kindheitserinnerungen. Beim Tod ihrer Großmutter war sie vier gewesen. Da ihre Eltern gerade ein Seminar in Oxford unterrichteten, hatten sie Nell in der Obhut eines Aupairmädchens bei Mac zurückgelassen. Ihre Großmutter lag im Krankenhaus. In der Nacht war Nell aufgewacht und hatte plötzlich das Lieblingsparfüm ihrer Großmutter gerochen. Arpege. Sie benutzte es fast täglich.

Ich weiß es noch, als ob es gestern gewesen wäre, dachte Nell. Ich war sehr müde, doch gleichzeitig so froh, dass Oma wieder zu Hause war und dass es ihr besser ging.

Am nächsten Morgen war sie ins Esszimmer gelaufen. »Wo ist Oma? Ist sie schon aufgestanden?«

Ihr Großvater saß mit Gerti am Tisch. »Oma ist im Himmel«, antwortete er. »Sie hat uns gestern Nacht verlassen.«

Als ich ihm erzählte, sie sei nachts in meinem Zimmer gewesen, hielt er das für einen Traum, überlegte Nell. Aber Gerti hat mir geglaubt. Sie verstand, dass Oma nach Hause gekommen war, um sich zu verabschieden. So wie später Mama und Papa.

Adam, bitte komm zu mir zurück. Zeig mir, dass du da bist. Bitte gib mir eine Gelegenheit, mich bei dir zu entschuldigen und mich von dir zu verabschieden.

Die ganze Nacht lag Nell wach und starrte in die Dunkelheit. Als der Morgen graute, gelang es ihr endlich, um Adam zu weinen – um all die gemeinsamen Jahre und auch um Winifred und um Adams Geschäftspartner Sam und Peter, die bei ihm auf der Jacht gewesen waren.

Und sie konnte auch um ihrer selbst willen trauern, denn wieder einmal musste sie lernen, ohne einen geliebten Menschen auszukommen.

13

Peter Lang saß wohlbehalten im Fond einer Limousine und dachte an seinen Zusammenstoß mit dem Lastwagen. Er war in seinem Auto nach Manhattan unterwegs gewesen, um sich mit Adam Cauliff zu treffen. Gerade wollte er auf dem Long Island Expressway in den Midtown Tunnel einfahren, als es gekracht hatte. Ein Verkehrsunfall.

Fünf Stunden später ließ sich Lang, der sich beim Aufprall eine Platzwunde an der Lippe und eine Beule am Kopf zugezogen hatte, von einem Mietwagenservice vom Krankenhaus abholen und durch den strömenden Regen zu seinem Haus in Southampton chauffieren.

Sein Anwesen lag direkt an der Küste im teuersten Teil dieses wohlhabenden Städtchens. Seine Eltern hatten es ihm geschenkt, als sie beschlossen hatten, in Zukunft zwischen St. John's in der Karibik und Martha's Vineyard zu pendeln.

Das große, weiße Haus im Kolonialstil war um die Jahrhundertwende erbaut worden und hatte dunkelgrüne Fensterläden. Auf dem fast einen Hektar großen Grundstück befanden sich, inmitten eines samtig grünen Rasens, blühender Büsche und ordentlich gestutzter Bäume, ein Swimmingpool und ein Tennisplatz.

Lang hatte mit dreiundzwanzig geheiratet und sich mit dreißig in beiderseitigem Einvernehmen – wenn auch unter erheblichem finanziellem Verlust – wieder scheiden lassen. Die Rolle des wohlhabenden Junggesellen war ihm auf den Leib geschrieben. Er war blond, gut aussehend, gebildet, charmant, einigermaßen intelligent und schlagfertig. Außerdem hatte er einen ausgezeichneten Riecher für Grundstücke, deren Wert eines Tages steigen würde.

Dieses Talent hatte er von seinem Großvater geerbt, der vor dem Zweiten Weltkrieg hunderte von Hektar Ackerland in Long Island und Connecticut gekauft hatte. Sein Vater hatte kurz vor dem Abriss der Hochbahn viel Geld in Immobilien an Manhattans Third Avenue investiert.

»Der Apfel fällt nicht weit vom Baum – das ist ein Spruch, der für unsere Familie nur bedingt gilt, denn Peter ist der Klügste von uns«, pflegte sein Vater stolz zu verkünden, wenn er über Peter sprach.

Peter gab dem Fahrer der Limousine wie immer ein großzügiges Trinkgeld und ging ins Haus. Bereits vor vielen Jahren hatte er das Hausmeisterehepaar, das schon seit seiner Kindheit hier arbeitete, in Rente geschickt. Stattdessen beschäftigte er nun eine Haushälterin, die täglich kam, und bestellte einen Heimservice, wenn er Gäste hatte.

Das Haus war dunkel und kühl. Falls Peter wegen einer Besprechung mit seinen Geschäftspartnern in der Immobilienbranche in die Stadt musste, was normalerweise freitags geschah, übernachtete er in seiner Wohnung in Manhattan und kehrte erst früh am nächsten Morgen nach Southampton zurück. So hätte er es wohl auch heute gehalten, wenn er den Termin mit Adam und den anderen hätte wahrnehmen können. Doch der Unfall war ihm dazwischengekommen.

Nun war Peter froh, wieder zu Hause zu sein, sich in aller Ruhe einen Drink genehmigen zu können und seine Wunden zu pflegen. Sein Schädel pochte. Als er sich mit der Zunge über die Lippe fuhr, stellte er verärgert fest, dass die Schwellung zugenommen hatte.

Er erinnerte sich daran, wie sein Blick den des Lastwagenfahrers getroffen hatte, in dem Moment, als sie beide gewusst hatten, dass ein Zusammenstoß nicht mehr zu vermeiden war.

Der Anrufbeantworter blinkte, doch Peter achtete nicht darauf. Jemandem von seinem Unfall erzählen zu müssen, hätte ihm gerade noch gefehlt. Wahrscheinlich war es ohnehin nur ein Reporter. Seit er in den Kreisen der oberen zehntausend verkehrte, konnte er keinen Schritt mehr machen, ohne es am nächsten Tag in den Klatschspalten zu lesen.

Sein Glas in der Hand, ging er zur Terrassentür, öffnete sie und trat hinaus. Auf der Heimfahrt vom Krankenhaus war der Regen stärker geworden. Inzwischen schüttete es wie aus Kannen, und es wehte ein heftiger Wind, sodass ihn nicht einmal das Vordach der Veranda vor der Nässe schützte. Es war so dunkel, dass er das Meer nicht mehr sehen konnte. Doch das donnernde Rauschen der Wellen war deutlich zu vernehmen. Die Temperaturen waren stark gesunken, und es schien ihm, als wäre seit dem sonnigen Nachmittag, den er auf dem Golfplatz verbracht hatte, eine Ewigkeit vergangen. Zitternd vor Kälte kehrte er ins Haus zurück, schloss die Tür ab und ging nach oben.

Fünf Minuten später fühlte er sich nach einer heißen Dusche ein wenig wohler. Er zog den Telefonstecker heraus, machte das Radio an und stellte die Zeituhr auf fünfzehn Minuten, da er die Elf-Uhr-Nachrichten hören wollte.

Er schlief jedoch ein, bevor er die Hauptmeldung von der Explosion der *Cornelia II* im Hafen von New York hören konnte. Und deshalb erfuhr er auch nicht, dass er, Peter Lang, bekannter New Yorker Baulöwe, unter den Opfern dieses Unglücks vermutet wurde.

14

Um halb acht begann Lisa, auf das Motorengeräusch von Jimmys Auto zu warten. Sie freute sich schon darauf, ihn mit seinem Lieblingsessen zu überraschen: Hühnchen mit Reis.

Da ihre letzte Kundin im Schönheitssalon abgesagt hatte, war sie früher nach Hause gekommen. Also hatte die Zeit gereicht, einkaufen zu gehen, sodass das Abendessen für die Kinder um halb sieben auf dem Tisch stand. Sie wollte gemeinsam mit Jimmy essen, hatte den Tisch in der Essecke für zwei Personen gedeckt und sogar zur Feier des Tages eine Flasche Wein kalt gestellt. Den ganzen Tag über hatte sie ein ungutes Gefühl gehabt und deshalb beschlossen, etwas zu unternehmen. Als Jimmy am Morgen das Haus verließ, hatte er so niedergeschlagen und bedrückt gewirkt, ein Anblick, der Lisa nicht mehr aus dem Kopf ging. Deshalb wollte sie ihn unbedingt in die Arme nehmen und ihm zeigen, wie sehr sie ihn liebte.

Kyle, Kelly und Charley, ihre Kinder, saßen am Küchentisch an ihren Hausaufgaben. Kyle, der Älteste, war zwölf und musste normalerweise nicht zur Arbeit angehalten werden, denn er war ein guter Schüler. Die neunjährige Kelly hingegen war eine Träumerin. »Kelly, du hast seit fünf Minuten kein Wort mehr geschrieben«, mahnte Lisa.

Charley, der Siebenjährige, malte hingebungsvoll Buchstaben in sein Schreibheft. Er wusste, dass er in Schwierigkeiten steckte. Denn er hatte heute einen Brief von seiner Lehrerin mit nach Hause gebracht, in dem stand, dass er wieder einmal im Unterricht geschwatzt hatte.

»In der nächsten Woche gibt es striktes Fernsehverbot«, verkündete Lisa.

Wie immer erschien ihr das Haus ohne Jimmy leer. Auch wenn er sich in letzter Zeit verändert hatte und zwischen Teilnahmslosigkeit und Unruhe schwankte, war er doch der schützende Familienvater, auf den sie sich verlassen konnten. Wenn er abends nicht zu Hause war, was selten vorkam, fühlte Lisa sich seltsam und unwohl.

Vielleicht habe ich ihm zu sehr zugesetzt, dachte sie. Ständig frage ich ihn, wie er sich fühlt, bitte ihn, mir zu erzählen, was ihn bedrückt, oder flehe ihn an, zum Arzt zu gehen. Das muss aufhören, nahm sie sich vor und sah noch einmal nach dem Essen, das sie in den Ofen gestellt hatte, damit es warm blieb.

Als er heute Morgen aufgebrochen ist, sah er so bedrückt aus, überlegte sie. Habe ich ihn wirklich an der Tür »Es tut mir leid« sagen hören?

Was tat ihm denn leid?, fragte sie sich.

Um halb neun begann sie, sich Sorgen zu machen. Wo war Jimmy? Er konnte doch nicht mehr auf der Jacht sein. Das Wetter hatte gewechselt. Der Himmel hatte sich bewölkt, und ein Sturm war aufgezogen. Bei diesen Witterungsbedingungen draußen auf dem Meer herumzufahren, war gefährlich.

Bestimmt ist er schon auf dem Heimweg, sagte sie sich. Am Freitagabend war der Verkehr immer eine Katastrophe.

Eine Stunde später scheuchte Lisa die beiden Kleineren nach oben, damit sie duschten und ihre Schlafanzüge anzogen. Kyle, der seine Hausaufgaben inzwischen erledigt hatte, setzte sich ins Wohnzimmer vor den Fernseher.

Jimmy, wo bist du? Lisas Angst wuchs, als sich die Uhrzeiger der Zehn näherten. Da stimmt doch etwas nicht. Vielleicht hast du wirklich deinen Job verloren. Doch das wäre mir egal. Du wirst schon wieder etwas finden. Möglicherweise wäre es sogar besser, wenn du dem Baugeschäft den Rücken kehrst. Schließlich sagst du ja immer, dass in dieser Branche einiges faul ist.

Um halb elf läutete es an der Tür. In heller Angst lief Lisa hin und machte auf. Zwei Männer standen vor ihr und hielten ihre Ausweise hoch, damit sie sie im Schein der Außenbeleuchtung betrachten konnte – und Polizeimarken.

»Mrs. Ryan, dürfen wir reinkommen?«

Ohne nachzudenken, stellte Lisa die Frage, die ihr auf den Lippen lag. Ihr Tonfall war schleppend vor Trauer. »Jimmy hat Selbstmord begangen, stimmt's?«, schluchzte sie.

15

Nach ihrem Besuch bei Nell nahmen sich Cornelius und Gertrude MacDermott gemeinsam ein Taxi. Schweigend und gedankenverloren saßen sie da, bis der Wagen vor dem Haus an der Ecke 81. Straße und Lexington Avenue hielt, wo Gerti wohnte.

Gerti nahm den fast verächtlichen Blick des Fahrers kaum wahr. »Oh, sind wir schon da?«, sagte sie und drehte sich mühsam um, während der Pförtner ihr bereits die Wagentür aufhielt. Ein peitschender Wind trieb dicke Regentropfen vor sich her. Sie sah, dass der Pförtner trotz seines Regenschirms klatschnass wurde.

»Los, Gerti, beweg dich«, schimpfte ihr Bruder.

Sie wandte sich zu ihm um und achtete nicht auf seinen barschen Ton. Im Augenblick konnte sie nur an die schreckliche Tragödie denken. »Cornelius, Nell hat Adam über alles geliebt. Ich hatte heute Abend den Eindruck, dass es zu viel für sie ist. Sie wird unsere Hilfe brauchen.«

»Nell ist stark. Sie wird es schaffen.«

»Glaubst du das im Ernst?«

»Gerti, der arme Mann wird noch ertrinken, wenn du ihn länger warten lässt. Keine Sorge, Nell wird es überstehen. Ich rufe dich morgen an.«

Beim Aussteigen musste Gerti plötzlich an ein Wort denken, das Mac benutzt hatte: *ertrinken*. War Adam ertrunken oder von der Explosion in Stücke gerissen worden? Ihr wurde klar, dass ihrem Bruder dasselbe eingefallen war, denn er nahm ihre Hand, beugte sich vor und küsste sie auf die Wange.

Wie immer schoss ihr ein Schmerz durch die Knie, als sie aus dem Taxi kletterte. Mein Körper macht nicht mehr lange mit, überlegte sie. Adam war so stark und so gesund. Es ist eine Katastrophe.

Plötzlich fühlte sie sich sehr müde und war froh, dass der Pförtner ihren Arm stützte, als sie das kurze Stück vom Straßenrand bis zur Haustür zurücklegte. Kurz darauf war sie wohlbehalten in ihrer Wohnung angelangt, ließ sich in einen Sessel sinken, lehnte sich zurück und schloss die Augen. Als sie an Adam dachte, kamen ihr die Tränen.

Sein Lächeln hätte wohl auch das verstockteste Herz erweicht, dachte Gerti. Sie erinnerte sich an den Tag, als Nell ihn ihr vorgestellt hatte. Nell hatte übers ganze Gesicht gestrahlt, sie war sichtlich verliebt. Gerti stiegen die Tränen in die Augen, als sie Nells Hochstimmung an jenem Nachmittag mit der Verwirrung und tiefen Trauer von heute Abend verglich.

Es war, als wäre ein Licht in Nells Seele angegangen, als sie Adam kennen lernte, überlegte Gerti weiter. Cornelius hat nie verstanden, welcher Schlag es für sie war, als kleines Mädchen Mutter und Vater zu verlieren.

Natürlich hatte Cornelius alles für sie getan und jede freie Minute mit ihr verbracht. Doch niemand konnte Eltern wie Richard und Joan ersetzen, dachte Gerti bedrückt.

Seufzend stand sie auf und ging in die Küche. Als sie nach dem Teekessel griff, erinnerte sie sich schmunzelnd an Adams Frage kurz nach ihrer ersten Begegnung: Da sie so viel Tee trinke, sei es doch sinnvoller, den Kessel bis zum Rand zu füllen, damit immer warmes Wasser vorhanden sei, das sich rasch wieder erhitzen ließ.

»Es schmeckt nicht, wenn man das Wasser noch einmal heiß macht«, hatte sie erwidert.

»Gerti, das bildest du dir nur ein«, hatte er mit einem herzhaften, liebevollen Lachen geantwortet.

Wie haben wir zusammen gelacht!, dachte sie. Er war ganz anders als Cornelius, der so rasch die Geduld mit mir verliert. Adam ist sogar einige Male zu unseren Séancen gekommen. Er war aufrichtig interessiert. Und er wollte wissen, warum ich so fest daran glaube, dass es machbar ist, Kontakt mit Verstorbenen aufzunehmen.

Nun, es ist möglich. Leider fehlt mir diese Gabe, aber einige von uns können zu Verbindungsgliedern zwischen den Lebenden und den Verblichenen werden. Außerdem habe ich miterlebt, wie froh Menschen sind, wenn sie mit einem geliebten Menschen sprechen können, den sie verloren haben. Falls es Nell nicht gelingt, sich mit Adams Tod abzufinden, werde ich darauf bestehen, dass sie einer Séance beiwohnt. Es wird ihr besser gehen, wenn sie richtig mit der Tragödie abschließt. Adam wird ihr sagen, dass es besser für ihn war, zu gehen, und dass sie ihre Trauer loslassen muss, weil er ja bei ihr ist. Dann wird ihr alles leichter fallen.

Nach diesem Vorsatz fühlte Gerti sich ein wenig getröstet. Der Teekessel pfiff, sie schaltete den Herd ab und griff nach Tasse und Untertasse. Doch heute Nacht erinnerte sie das sonst so fröhliche Zischen des Dampfes, der durch die schmale Lücke im Deckel drang, an einen Klageruf, fast wie das Heulen einer verlorenen Seele aus der Hölle, dachte sie beklommen.

16

Schon in seiner Kindheit in Bayside, einem Stadtteil des New Yorker Bezirks Queens, hatte Jack Sclafani beim Räuber-und-Gendarm-Spielen mit den Nachbarskindern stets der Polizist sein wollen. Da er ein ruhiger und gewissenhafter Schüler war, bekam er zuerst ein Stipendium für die St.-John's-Oberschule und später für das Fairfield College, wo die Jesuiten seinen ohnehin schon logischen Verstand weiter schulten.

Er entschied sich gegen eine Universitätskarriere und machte den Magister in Kriminologie. Nach seinem Studienabschluss trat er seine erste Stelle bei der Polizei von New York an.

Inzwischen waren achtzehn Jahre vergangen. Jack wohnte in Brooklyn Heights, war mit einer erfolgreichen Immobilienmaklerin verheiratet und der Vater von Zwillingen. Außerdem war er ein erstklassiger Polizist und gehörte der Eliteeinheit der Staatsanwaltschaft an, worauf er sehr stolz war. Im Laufe seines Berufslebens hatte er mit vielen fähigen Polizisten zusammengearbeitet, doch sein Partner George Brennan war der Kollege, den er am längsten kannte und mit dem er am besten auskam. Eigentlich hatte Sclafani heute seinen freien Tag, doch als er hörte, wie Brennan in den Elf-Uhr-Nachrichten interviewt wurde, erhob er sich von seinem abendlichen Nickerchen auf dem Wohnzimmersofa. Die Reporter bombardierten Brennan mit Fragen über den Kabinenkreuzer, der am frühen Abend im Hafen explodiert war.

Jack stellte mit der Fernbedienung den Ton lauter, beugte sich aufmerksam vor und starrte gebannt auf den Bildschirm. Brennan stand vor einem kleinen Haus in Little Neck, nur fünfzehn Autominuten von Bayside entfernt.

»Mrs. Ryan hat bestätigt, dass ihr Mann Jimmy, Angestellter des Bauunternehmens Sam Krause, bei der heutigen Sitzung auf der Jacht, der *Cornelia II*, anwesend sein sollte«, erklärte Brennan. »Ein Mann, auf den seine Beschreibung passt, wurde gesehen, als er vor dem Ablegen des Bootes an Bord ging. Also nehmen wir an, dass Mr. Ryan zu den Opfern gehört.«

Jack lauschte interessiert, während Brennan weiter mit Fragen überhäuft wurde.

»Wie viele Menschen waren auf der Jacht?«, erkundigte sich eine Stimme aus dem Off.

»Soweit wir wissen, befanden sich außer Mr. Ryan noch vier weitere Personen an Bord, die an der Sitzung teilnehmen sollten«, entgegnete der Polizist.

»Ist es nicht ungewöhnlich, dass eine Jacht mit Dieselmotor explodiert?«

»Die Ursachen für die Explosion werden noch untersucht«, antwortete Brennan knapp und abweisend.

»Stimmt es, dass gegen Sam Krause wegen illegaler Preisabsprachen ermittelt wird?«

»Kein Kommentar.«

»Gibt es Hoffnung auf Überlebende?«

»Wir müssen immer Hoffnung haben. Die Such- und Rettungsmannschaften sind noch im Einsatz.«

Sam Krause!, dachte Jack. Er wäre ganz sicher bald unter Anklage gestellt worden. Also war er auch auf der Jacht! Nicht zu fassen! Dieser Typ verkörperte alles, was in der Baubranche faul war. Wenn man gründlich nachforscht, stößt man mit Sicherheit auf eine ganze Liste von Leuten, die ihn gerne loswerden wollten.

»Ich bin zu Hause. Wo bleiben die Jubelrufe?«, sagte plötzlich eine Stimme hinter ihm.

Jack fuhr hoch. »Ich habe dich gar nicht reinkommen hören, Schatz. Wie war der Film?«

»Hervorragend – nur eine Stunde zu lang und schrecklich deprimierend.« Joan ging zum Sofa und küsste ihren Mann auf die Wange. Sie war eine zierliche Frau mit kurzem blondem Haar und haselnussbraunen Augen, die Warmherzigkeit und Lebensfreude ausstrahlte. Sie warf einen Blick auf den Fernseher und merkte auf, als sie Brennan erkannte. »Worüber redet George da?«

»Es geht um die Jacht, die in der Nähe der Freiheitsstatue in die Luft geflogen ist. Das liegt in seinem Bezirk. Im Moment steht er offenbar gerade vor dem Haus eines der mutmaßlichen Opfer draußen in Queens.« Der Beitrag war vorbei, und Jack schaltete den Fernseher ab. Diesel explodiert nicht, dachte er. Wenn es keine Bombe war, die dieses Boot in Konfetti verwandelt hat, fresse ich einen Besen.

»Sind die Jungen oben?«, fragte Joan.

»Sie sehen sich in ihrem Zimmer einen Film an. Ich glaube, ich gehe jetzt ins Bett.«

»Ich auch. Schließt du alles ab?«

»Klar.« Jack knipste die Lichter aus und vergewisserte sich, dass Vorder- und Hintertür verschlossen waren. Dabei grübelte er weiter über die Explosion nach. Wenn sich Sam Krause wirklich an Bord befunden hatte, war ein Bombenanschlag nicht auszuschließen. Kein Wunder, dass ihn jemand aus dem Weg schaffen wollte, bevor die Polizei ihn verhören konnte. Krause wusste zu viel – und er gehörte nicht zu der Sorte Mann, die bereit war, sich mit einer langen Gefängnisstrafe abzufinden.

Ein Jammer, dass vier andere Menschen hatten sterben müssen, um Krause ins Jenseits zu befördern. Es hätte doch sicher schonendere Methoden gegeben, ihn umzulegen, dachte Jack. Die Täter kannten offenbar kein Pardon. Und ihm fielen eine ganze Menge Leute ein, auf die diese Beschreibung passte.

Mittwoch, 14. Juni

17

»Nell, ich kann dir gar nicht sagen, wie leid es mir tut. Ich kann es immer noch nicht glauben, es ist einfach unfassbar.«

Peter Lang saß Nell gegenüber in ihrem Wohnzimmer. Die Schrammen in seinem Gesicht waren noch immer zu sehen. Er wirkte aufrichtig erschüttert, und seine sonst so herablassende, selbstbewusste Art war mit einem Mal wie weggeblasen. Nell stellte fest, dass sie plötzlich ein wenig Mitleid mit ihm hatte. Bis jetzt hatte sie sich von seinem Verhalten eher abgestoßen gefühlt. »Wie ein Gockel auf dem Mist«, pflegte Mac zu höhnen.

»Als ich nach Hause kam, war ich so erledigt, dass ich einfach den Telefonstecker herausgezogen habe und ins Bett gegangen bin. Presseleute haben meine Eltern in Florida angerufen. Man kann von Glück sprechen, dass weder meine Mutter noch mein Vater einen Herzanfall gekriegt haben. Mutter konnte gar nicht mehr zu weinen aufhören, als ihr klar wurde, dass mir nichts passiert ist. Sie ist immer noch ganz aus dem Häuschen. Allein gestern hat sie mich viermal angerufen.«

»Das kann ich verstehen«, erwiderte Nell. Sie stellte sich vor, wie sie wohl empfunden hätte, hätte Adam angerufen und gesagt, er sei gar nicht auf dem Boot gewesen. Ihm sei etwas dazwischengekommen, weshalb er Sam gebeten habe, die Sitzung ohne ihn abzuhalten. Was wäre gewesen, wenn …

Doch es gab keinen Grund, sich Hoffnungen zu machen. So oder so wären die anderen nicht ohne ihn mit seinem Boot hinausgefahren, machte sie sich klar. In Adams Jacht, die meinen Namen trug. Obwohl sie nach mir benannt war, wollte ich nie einen Fuß an Bord setzen, und nun ist sie sein Sarg geworden, dachte Nell.

Nein, nicht sein Sarg. Am Sonntag hatte man Teile von Jimmy Ryans Leiche geborgen. Er würde als Einziger in einem richtigen Sarg beerdigt werden. Adam, Sam Krause und Winifred waren vermutlich verbrannt oder in Stücke zerrissen und von der starken Strömung unter der Verrazanobrücke in den Atlantik getrieben worden.

»Nicht verbrannt; eingeäschert oder auf See bestattet. Stellen Sie es sich so vor, Nell«, hatte Monsignore Durcan gesagt, als sie den Trauergottesdienst für Adam mit ihm besprach.

»Die Messe für Adam findet am Freitag statt«, meinte sie zu Lang und brach damit das Schweigen, das zwischen ihnen entstanden war.

Nach einer Weile ergriff Lang leise das Wort. »Es gehen eine Menge Gerüchte um, Nell. Hat die Polizei schon bestätigt, dass die Jacht von einer Bombe zerstört worden ist?«

»Nein, offiziell nicht.«

Doch sie wusste, dass man von einem Bombenanschlag ausging, und dieser Gedanke ließ sie nicht los. Warum sollte jemand so etwas tun? War Adam zufällig zum Opfer einer Gewalttat geworden, so, wie es Leute gab, die willkürlich Passanten auf belebten Straßen überfielen? Vielleicht war es ja auch ein Habenichts gewesen, der ihn um die schicke Jacht beneidet und sie ihm nicht gegönnt hatte. Doch ganz gleich, welche Motive der Täter auch gehabt haben mochte, sie musste ihnen unbedingt auf den Grund gehen. Denn solange diese Frage weiter im Raum schwebte, konnte sie mit dieser schrecklichen Tragödie nicht abschließen.

Auch Jimmy Ryans Frau suchte nach Antworten. Am Vortag hatte sie Nell angerufen, um herauszufinden, warum ihr Mann hatte sterben müssen. »Mrs. Cauliff, für mich ist es, als würden wir uns persönlich kennen«, hatte sie gesagt. »Ich habe Sie im Fernsehen gesehen und Ihre Kolumnen gelesen. Im Laufe der Jahre habe ich viel über Sie erfahren, auch dass Ihr Großvater Sie nach dem Tod Ihrer Eltern großgezogen hat. Ich habe großes Mitleid mit Ihnen, denn Sie haben in Ihrem Leben schon so viel durchmachen müssen. Ich weiß nicht, was man Ihnen über meinen Mann erzählt hat, doch Sie dürfen nicht glauben, dass jemand, den ich geliebt habe, schuld am Tod Ihres Gatten ist.

Jimmy ist nicht der Täter, sondern ein Opfer, so wie Ihr Mann. Ja, es stimmt, dass er an Depressionen litt und dass wir Schulden haben. Aber allmählich ging es wieder aufwärts. Ich weiß, dass er Ihrem Mann dankbar war, weil er oder jemand in seiner Firma seine Bewerbung an das Bauunternehmen Krause weitergeleitet hat. Nun jedoch deutet die Polizei an, Jimmy könnte die Bombe gelegt haben. Ich möchte Ihnen sagen, dass Jimmy, obwohl er – und das zuzugeben fällt mir schwer – vielleicht Selbstmordabsichten hatte, niemals in der Lage gewesen wäre, einen anderen Menschen umzubringen. Niemals! Er war ein guter Mensch und ein wundervoller Ehemann und Familienvater. Ich kenne ihn schon seit vielen Jahren und würde ihm so etwas nie zutrauen.«

Bilder von Jimmy Ryans Beerdigung waren auf der dritten Seite der *Post* und auf der ersten Seite der *News* erschienen. Dicht gedrängt gingen Lisa Ryan und ihre drei Kinder hinter dem Sarg her, der die zerfetzten sterblichen Überreste ihres Ehemannes und Vaters enthielt. Nell schloss die Augen.

»Nell, ich würde in der nächsten Woche gerne ein paar geschäftliche Angelegenheiten mit Ihnen besprechen«, sagte Lang leise. »Es stehen einige Entscheidungen an, und ich brauche dafür Ihre Zustimmung. Aber wir müssen nichts überstürzen.« Er stand auf. »Ruhen Sie sich ein wenig aus. Können Sie nachts schlafen?«

»Den Umständen entsprechend.«

Sie war froh, als Peter Lang endlich ging. Und sie schämte sich für ihre Wut darüber, dass das Schicksal ihn verschont hatte. Seine Verletzungen würden heilen. Die Schwellung an seiner Lippe würde in ein paar Tagen nicht mehr zu sehen sein.

»Adam«, sagte sie, und dann noch einmal leise: »Adam«, so, als könnte er sie hören.

Natürlich erhielt sie keine Antwort.

Die Wärmeperiode hatte nach dem Unwetter am Freitag ein jähes Ende gefunden. Nun war es viel zu kühl für Anfang Juni. Doch die Heizungen im Gebäude waren bereits ausgeschaltet worden. Nell hatte zwar die Klimaanlage abgestellt, aber es war trotzdem kalt in der Wohnung. Sie schlang die Arme um den Leib und ging ins Schlafzimmer, um sich einen Pullover zu holen.

Am Samstagmorgen war Liz, der rettende Engel, mit einer Tüte Lebensmittel bei ihr erschienen. »Sie müssen etwas essen«, verkündete sie energisch. »Und ich wusste nicht, was Sie noch im Haus haben. Deshalb habe ich Grapefruits, Speck und ofenfrische Bagels mitgebracht.«

Nachdem sie sich die zweite Tasse Kaffee eingeschenkt hatten, sagte sie: »Nell, eigentlich geht es mich ja nichts an – oder vielleicht doch. Mac leidet Ihretwegen sehr. Sie dürfen ihm gegenüber nicht so abweisend sein.«

»Er hat nie ein gutes Haar an Adam gelassen, und im Augenblick fällt es mir schwer, ihm das zu verzeihen.«

»Er wollte doch immer nur Ihr Bestes, und er war überzeugt, dass alles, was Ihnen gut tut – also auch die Kandidatur – ebenfalls positiv für Ihre Ehe ist.«

»Nun, wir werden es nicht mehr erfahren.«

»Denken Sie darüber nach.«

Seit diesem Tag kam Liz täglich vorbei. »Nell, Mac wartet noch immer auf Ihren Anruf«, hatte sie an diesem Morgen geseufzt.

»Wir werden uns beim Trauergottesdienst und danach bei der Totenfeier sehen. Erst einmal muss ich mich an die neue Situation gewöhnen, ohne dass er mir ständig Vorschriften macht.«

Daran, hier in dieser Wohnung zu leben, die ich drei Jahre lang mit Adam geteilt habe, überlegte sie. Daran, allein zu sein.

Vor elf Jahren, nach ihrem Abschluss an der Universität von Georgetown, hatte sie die Wohnung gekauft, und zwar mit Geld aus einem Treuhandfonds, das an ihrem einundzwanzigsten Geburtstag frei geworden war. Damals hatte der schwankende Immobilienmarkt in New York gerade eine Talsohle erreicht, die Nachfrage war gering, und so hatte sich die geräumige Eigentumswohnung als ausgezeichnete Investition entpuppt.

»Das kleine Nest, das ich uns bauen könnte, wäre ganz sicher nicht in dieser Preisklasse«, hatte Adam gewitzelt, als sie Heiratspläne zu schmieden begannen. »Aber gib mir noch zehn Jahre, dann sieht das anders aus. Ehrenwort.«

»Warum können wir diese zehn Jahre nicht hier verbringen? Zufällig liebe ich diese Wohnung.«

Nell hatte ihm einen der großen Wandschränke im Schlafzimmer abgetreten und die antike Kommode, die einst ihrem Vater gehört hatte, aus Macs Haus geholt. Nun ging sie zu dem Möbel hinüber und griff nach dem ovalen Silbertablett, das dort neben ihrem Hochzeitsfoto lag. Hier hatte Adam vor dem Zubettgehen immer seine Uhr, die Schlüssel, Kleingeld und seine Brieftasche deponiert.

Mir war gar nicht klar, wie einsam ich mich gefühlt hatte, bevor ich heiratete und mit Adam zusammenlebte, dachte sie. Am Donnerstag hat er sich im Gästezimmer umgezogen, weil er mich nicht aufwecken wollte. Und ich habe mich schlafend gestellt, da ich keine Lust hatte, über mein Gespräch mit Mac und über meinen Entschluss, für seinen Sitz zu kandidieren, zu reden.

Plötzlich erschien es ihr ebenso bedeutsam wie beunruhigend, dass sie ihn das letzte Mal nicht dabei beobachtet hatte, wie er ins Bett gegangen war. Liz hatte vorgeschlagen, ihr in der nächsten Woche beim Zusammenpacken von Adams Kleidern und persönlichen Dingen zu helfen. »Ständig wiederholen Sie, dass Ihnen sein Tod auch weiterhin unwirklich vorkommt. Und ich glaube, Sie werden ihn erst verkraften, wenn Sie sich mit der Wirklichkeit abfinden. Vielleicht glauben Sie es endlich, wenn seine Sachen nicht mehr da sind.«

Noch nicht, dachte Nell. Noch nicht!

Das Telefon läutete. Widerstrebend nahm sie ab. »Hallo.«

»Mrs. Cauliff?«

»Ja.«

»Hier ist Detective Brennan. Wäre es Ihnen recht, wenn mein Kollege, Detective Sclafani, und ich kurz vorbeikommen, um mit Ihnen zu reden?«

Nicht jetzt, schoss es Nell durch den Kopf. Ich will allein sein, etwas in der Hand halten, das Adam gehört hat, und mich ihm nah fühlen.

Tante Gerti hatte ihr erklärt, sie könne durch einen Gegenstand aus dem Besitz ihrer Eltern Kontakt mit ihnen aufnehmen. Sechs Monate nach ihrem Tod hatte sie im oberen Stockwerk von Macs Haus in einem Sessel gekauert, ein Buch in der Hand, zu dem sie eigentlich einen Aufsatz hätte schreiben müssen. Obwohl sie nicht las, hörte sie nicht, wie Tante Gerti das Zimmer betrat.

Ich habe nur dagesessen und aus dem Fenster gestarrt, dachte Nell. Wie sehr habe ich die beiden geliebt, und ich sehnte mich in diesem Augenblick schrecklich nach meiner Mutter.

Gerti kam herein und kniete sich neben mich. »Sag einen Namen«, sagte sie leise.

»Mama«, flüsterte ich.

»Das habe ich gespürt«, erwiderte sie, »und ich habe dir etwas mitgebracht. Opa wollte es eigentlich wegwerfen.« Es war das Elfenbeinschächtelchen, das Mama auf ihrer Frisierkommode stehen hatte, als ich noch klein war. Es roch ein wenig nach Holz, und ich liebte diesen Duft. Wenn Mama und Papa auf Reisen waren, schlich ich mich oft in ihr Zimmer und nahm es. Und wenn ich es aufmachte, fühlte ich mich meiner Mutter so nah.

An diesem Tag geschah es wieder. Da das Schächtelchen so lange nicht geöffnet worden war, war der Geruch sehr stark. Und in diesem Moment war es, als stünde Mama neben mir im Zimmer. Ich fragte Tante Gerti, warum sie mir ausgerechnet dieses Schächtelchen geholt hatte.

»Ich wusste es einfach«, entgegnete sie. »Deine Mutter und dein Vater werden bei dir sein, solange du sie brauchst. Und du wirst ihnen Freiheit geben, wenn du bereit bist, sie loszulassen.«

Mac kann es nicht ausstehen, wenn sie so daherredet, dachte Nell. Aber Gerti behielt Recht. Nachdem meine Eltern mich in Maui gerettet hatten, konnte ich sie loslassen. Und das habe ich auch getan. Doch Adam brauche ich noch zu sehr. Ich muss mich an einem Gegenstand festhalten, der mir das Gefühl gibt, dass er noch bei mir ist –

wenigstens für eine kleine Weile. Erst dann kann ich mich von ihm verabschieden.

»Mrs. Cauliff, fühlen Sie sich nicht wohl?«

»Oh, doch. Tut mir Leid. Ich bin immer noch ein wenig durcheinander«, entgegnete Nell mit stockender Stimme.

»Hören Sie, ich will Ihnen in Ihrer augenblicklichen Situation ja nicht zur Last fallen, aber wir müssen wirklich dringend noch heute mit Ihnen reden.«

Nell schüttelte den Kopf, eine unwillkürliche Geste, die sie von Mac übernommen hatte. Er tat es immer, wenn er mit etwas nicht einverstanden war, das aber nicht laut aussprechen wollte. »Meinetwegen. Kommen Sie vorbei, wenn es unbedingt sein muss«, meinte sie knapp zu Brennan und hängte auf.

18

Am Mittwochnachmittag holten Brenda Curren, Lisas Nachbarin, und ihre siebzehnjährige Tochter Morgan Kyle, Kelly und Charley ab, um mit ihnen ins Kino und danach zum Essen zu gehen.

»Steigt zu Morgan ins Auto«, befahl Brenda. »Ich muss noch rasch mit eurer Mutter reden.« Sie wartete, bis die drei Kinder draußen waren, und sagte dann: »Lisa, mach nicht so ein besorgtes Gesicht. Wir werden gut auf die Kleinen aufpassen. Es war richtig, sie heute nicht in die Schule zu schicken. Aber du brauchst jetzt ein wenig Zeit für dich.«

»Ach, ich weiß nicht«, erwiderte Lisa mit schleppender Stimme. »Wenn ich in die Zukunft blicke, sehe ich nur eine endlose, leere Zeit vor mir, und ich frage mich, was ich mit all den Stunden und Tagen anfangen soll.« Als sie ihre Nachbarin ansah, bemerkte sie deren forschenden Blick. »Doch natürlich hast du ganz Recht. Ich muss Jimmys Schreibtisch aufräumen und die Halbwaisenrente für die Kinder beantragen. Wenigstens ist so ein Teil des Lebensunterhalts gesichert, während ich mir überlege, wie es weitergehen soll.«

»Ihr habt doch bestimmt eine Versicherung, Lisa.« Brenda verzog besorgt das freundliche Gesicht. »Natürlich geht mich das nichts an. Aber da Ed sich ständig gegen alles Mögliche versichert, fällt mir so etwas eben zuerst ein.«

»Eine kleine«, erwiderte Lisa. Genug für Jimmys Beerdigung, mehr nicht, fügte sie im Geiste hinzu, behielt es aber für sich. Nicht einmal ihre beste Freundin brauchte das zu erfahren.

Sprich nicht über deine Vermögensverhältnisse, diese Warnung hatte ihre Großmutter ihr mit auf den Weg gegeben. *Es ist ganz allein deine Sache, was du besitzt, Lisa. Sollen sie doch selbst Vermutungen anstellen.*

Nur, dass es da nicht viel zu vermuten gibt, dachte Lisa, und sie fühlte sich, als laste eine zentnerschwere Bürde auf ihren Schultern. Wir haben noch vierzehntausend Dollar Kreditkartenschulden, und die Zinsen belaufen sich auf achtzehn Prozent.

»Wenigstens hat Jimmy das Haus immer gut in Schuss gehalten. Ed ist zwar lange nicht so handwerklich begabt wie er, aber ich soll dir von ihm ausrichten, er wird sein Möglichstes tun, falls etwas repariert werden muss. Du weißt schon, was ich meine. Klempner und Elektriker sind ja unbezahlbar.«

»Stimmt.«

»Lisa, das mit Jimmy tut uns allen so leid. Er war ein sehr netter Kerl, und wir lieben euch beide. Wir werden euch helfen, wo wir nur können. Darauf kannst du dich verlassen.«

Als Lisa sah, dass Brenda die Tränen unterdrückte, zwang sie sich zu einem Lächeln. »Das weiß ich. Ohne dich wäre ich wahrscheinlich aufgeschmissen. Also fahr schon, damit ich endlich die Kinder los bin.«

Sie begleitete Brenda zur Tür und kehrte dann in den schmalen Flur zurück. Die Küche war gerade groß genug für einen Tisch und Stühle und bot sonst nicht viel Bewegungsfreiheit. Den in die Wand eingebauten Schreibtisch hatte die Immobilienmaklerin als besonderen Vorzug gepriesen, als die Ryans das Haus vor vielen Jahren besichtigt hatten.

»Für diesen Preis bekommt man normalerweise keine Einbaumöbel«, hatte die Maklerin sich begeistert.

Lisa betrachtete den Stapel von Briefumschlägen auf dem Schreibtisch: Die Raten für das Haus, die Gasrechnung und die Telefonrechnung waren schon fast eine Woche überfällig. Wenn Jimmy nach Hause gekommen wäre, hätten sie sich am Wochenende zusammengesetzt und die Schecks ausgefüllt, damit keine Mahngebühren anfielen. Jetzt ist es meine Aufgabe, dachte Lisa. Etwas, womit ich mir die Zeit vertreiben kann.

Bedrückt stellte sie die Schecks aus und griff dann nach einem weiteren Stapel von Kuverts, der von einem Gummiband zusammengehalten wurde. Die Kreditkartenrechnungen – es waren so viele. In diesem Monat würde sie nur winzige Summen abzahlen können.

Dann überlegte sie, ob sie die Schreibtischschublade aufräumen sollte. Sie war breit und tief, und inzwischen sammelte sich die Werbepost darin, die sie eigentlich sofort hätte wegwerfen müssen. Da sind ja die Rabattcoupons, die wir nie eingelöst haben, dachte Lisa. Und die Bilder, die Jimmy aus Katalogen ausgerissen hat, obwohl wir es uns gar nicht leisten konnten, etwas zu bestellen. All die

Sachen, die er sich kaufen wollte, falls wir irgendwann einmal zu Geld kämen.

Als sie einen Zettelhaufen herausnahm, entdeckte sie einen Umschlag, auf dem Zahlenkolonnen standen. Sie brauchte sie sich nicht näher anzusehen, denn sie wusste genau, worum es sich handelte. Wie oft hatte sie Jimmy beobachtet, wie er an seinem Schreibtisch saß, die Rechnungen addierte und angesichts der hohen Summen in Verzweiflung versank? Ein vertrauter Anblick in den letzten Jahren.

Und dann ging er in den Keller, machte sich ein paar Stunden an seiner Werkbank zu schaffen und tat so, als repariere er etwas, dachte Lisa. Er wollte mir verheimlichen, welche Sorgen er sich machte.

Doch warum war er nicht beruhigt gewesen, nachdem er einen Arbeitsplatz gefunden hatte?, grübelte sie weiter. Erneut beschäftigte Lisa diese Frage, die sie bereits seit einigen Monaten quälte. Ganz automatisch stand sie auf und ging zur Kellertür. Als sie die Treppe hinunterstieg, versuchte sie, nicht daran zu denken, wie Jimmy sich abgemüht hatte, um den düsteren Keller in einen gemütlichen Hobbyraum und eine Werkstatt zu verwandeln.

In der Werkstatt knipste Lisa das Licht an. Die Kinder und ich haben diesen Raum fast nie betreten, sagte sie sich. Er war Jimmys Heiligtum. Außerdem befürchtete er immer, jemand könnte sich an einem scharfen Werkzeug verletzen. Traurig stellte Lisa fest, wie peinlich sauber die Werkstatt war. Ganz im Gegensatz zu sonst, wenn sich die für Jimmys augenblickliches Vorhaben nötigen Gerätschaften auf der Werkbank türmten. Nun hingen alle in Reih und Glied an der Werkzeugwand über dem Tisch. Die Sägeböcke, auf denen oft Bretter oder Pressspanplatten lagen, lehnten nebeneinander in einer Ecke am Aktenschrank.

In diesem Aktenschrank bewahrte Jimmy Steuerbescheide und andere Papiere auf, die vielleicht noch einmal gebraucht wurden. Auch hier muss ich irgendwann alles durchsehen, dachte Lisa. Sie zog die oberste Schublade auf und betrachtete die ordentlich beschrifteten Aktendeckel. Wie erwartet, enthielten sie Einkommensteuererklärungen in chronologischer Reihenfolge.

Als sie die zweite Schublade öffnete, stellte sie fest, dass Jimmy die Trennwände entfernt hatte. Säuberlich gefaltete Pläne und Tabellen lagen hier aufeinander gestapelt. Lisa erkannte die Papiere auf Anhieb: Jimmys Projekte. Die Entwürfe zum Umbau des Kellers, für die Schlafkojen in Kyles Zimmer und den Wintergarten vor dem Wohnzimmer.

Vielleicht sind sogar die Pläne für unser Traumhaus dabei, dachte sie. Für das Haus, in dem wir eines Tages leben wollten. Er hat sie mir vor zweieinhalb Jahren zu Weihnachten geschenkt, kurz bevor er seine Stelle verlor. Ich musste ihm genau beschreiben, wie das Haus aussehen sollte, das ich mir wünschte. Und er hat dann alles in einen Plan eingezeichnet.

Begeistert von dieser Vorstellung, hatte Lisa ihrer Phantasie freien Lauf gelassen: eine Küche mit einem Oberlicht, die in ein Wohnzimmer mit offenem Kamin überging. Außerdem ein Esszimmer mit eingebauter Eckbank am Fenster und ein Ankleidezimmer neben dem Elternschlafzimmer. Nach ihren Angaben hatte Jimmy ein maßstabsgetreues Modell gebaut.

Hoffentlich hat Jimmy diese Pläne aufgehoben, dachte Lisa. Sie griff in die Schublade und holte die Papierstapel heraus. Es waren nicht so viele, wie sie erwartet hatte, und darunter, auf dem Boden der Schublade, entdeckte sie eine große, mit Isolierband verklebte Schachtel. Nein, es waren sogar zwei. Da sie sich in der Schublade verklemmt hatten, musste Lisa in die Knie gehen und die Finger darunter schieben, um sie freizubekommen.

Sie stellte die Schachteln auf den Tisch, nahm ein spitzes Werkzeug von der Wand, schlitzte das Isolierband auf und öffnete die erste.

Entsetzt und ungläubig starrte sie auf die Geldbündel, die ordentlich aufgereiht in der Schachtel lagen: Zwanziger, Fünfziger, Hunderter, einige gebraucht, andere nagelneu. In der zweiten Schachtel befanden sich hauptsächlich Fünfziger.

Eine Stunde später, nachdem Lisa die Scheine zweimal sorgfältig durchgezählt hatte, kam sie entgeistert zu dem Ergebnis, dass Jimmy Ryans Versteck im Keller fünfzigtausend Dollar enthielt. Jimmy Ryan, ihr geliebter Mann, der auf einmal ein Fremder geworden war.

19

In den zwei Jahren seit ihrem Umzug von Florida nach New York hatte sich Bonnie Wilson, Wahrsagerin und Medium, einen soliden Kundenstamm geschaffen, den sie in ihrer Wohnung in der West End Avenue empfing.

Bonnie war dreißig Jahre alt und schlank und hatte schwarzes, glattes, dichtes Haar, das ihr bis auf die Schultern fiel. Ihre Haut war bleich, ihr Gesicht beneidenswert ebenmäßig. Auch wenn Bonnie eher wie ein Fotomodell als wie eine Meisterin für das Übersinnliche aussah, war sie in Fachkreisen sehr bekannt. Vor allem Menschen, die mit einem geliebten verstorbenen Angehörigen in Kontakt treten wollten, wandten sich gern an sie.

»Wir alle verfügen über hellseherische Fähigkeiten«, pflegte sie neuen Klienten zu erklären. »Einige mehr, andere weniger. Doch wir können diese Talente in uns entwickeln. Mir wurden sie in die Wiege gelegt. Schon als Kind konnte ich spüren, was in anderen vorging. Ich konnte mich in ihre Sorgen und Nöte einfühlen und ihnen dabei helfen, die Antworten zu finden, die sie suchten.

Ich habe mich eingehend damit befasst, gebetet und mich Gruppen von Menschen angeschlossen, die diese Gabe teilen. Wenn jemand mich um Rat fragte, stellte ich fest, dass seine geliebten Angehörigen, die ihm ins Jenseits vorangegangen waren, sich zu uns gesellten. Manchmal hatten sie klare Botschaften. Andere wollten ihren Hinterbliebenen nur mitteilen, dass sie glücklich und wohlauf waren und dass sie sie für immer lieben würden. Im Laufe der Zeit gelang es mir immer besser, mit ihnen zu kommunizieren. Einige Leute empfinden das, was ich ihnen sage, als verstörend. Doch den meisten spendet es großen Trost. Ich möchte all denen helfen, die zu mir kommen, und ich bitte sie nur darum, mich und meine Gabe mit Respekt zu behandeln. Ich will etwas für die Menschen tun, denn Gott hat mir diese Fähigkeit geschenkt. Und deshalb ist es meine Pflicht, sie mit anderen zu teilen.«

Bonnie wohnte regelmäßig den Sitzungen der New Yorker Gesellschaft für übersinnliche Phänomene bei, die am ersten Mittwoch jeden Monats zusammentrat. Wie erwartet war Gerti MacDermott, die sonst ebenfalls nie ein Treffen versäumte, heute nicht anwesend. Mit gedämpfter Stimme erörterten die übrigen Mitglieder die schreckliche Tragödie, die über ihre Familie hereingebrochen war. Gerti, die ohnehin zur Redseligkeit neigte, war ausgesprochen stolz auf ihre erfolgreiche junge Nichte und sprach häufig über ihre hellseherischen Fähigkeiten. Am liebsten wäre es ihr gewesen, wenn sie sich der Gruppe angeschlossen hätte, doch bis jetzt hatte sie sie noch nicht zu einer Zusammenkunft locken können.

»Ich habe den Mann ihrer Nichte, Adam Cauliff, bei einer Cocktailparty in Gertis Wohnung kennen gelernt«, sagte Dr. Siegfried Volk zu Bonnie. »Offenbar hatte Gerti ihn sehr gern. Ich glaube nicht, dass er sich sehr für unsere Arbeit oder für übersinnliche Phänomene allgemein interessierte, doch sie war sehr froh, dass er zu der Party erschienen war. Ein sehr charmanter Mann. Ich habe Gerti ein Beileidsschreiben geschickt und werde sie nächste Woche besuchen.«

»Ich auch«, sagte Bonnie. »Ich möchte ihr und ihrer Familie helfen, wo ich nur kann.«

20

Am Vormittag unternahm Jed Kaplan einen Spaziergang. Wie meistens führte ihn sein Weg von der Wohnung seiner Mutter, Ecke 14. Straße und First Avenue, zum Hudson River und zur North Cove Marina, wo Adam Cauliffs Kabinenkreuzer vor Anker gelegen hatte. Nun legte Jed schon den fünften Tag hintereinander diesen Fußmarsch zurück, der für gewöhnlich eine gute Stunde dauerte, je nachdem, ob er unterwegs von irgendetwas aufgehalten wurde. Und jeden Tag hatte er mehr Spaß an diesem Zeitvertreib.

Wie schon in den letzten Tagen saß Jed da und blickte, ein leichtes Lächeln auf den Lippen, über den Hudson hinaus. Dass die *Cornelia II* nicht mehr stolz auf den Wellen tanzte, löste in ihm ein fast sinnliches, angenehmes Prickeln aus. Genüsslich stellte er sich vor, wie Adam Cauliff in Stücke zerrissen worden war. Er dachte an Adams

Entsetzen in der Sekunde, in der ihm klarwurde, dass sein letztes Stündlein geschlagen hatte. Dann war er in die Luft geflogen und ins Wasser geschleudert worden. Jedes Mal wenn Jed diese Situation in Gedanken durchspielte, gefiel sie ihm besser.

Den ganzen Tag über war es kälter und kälter geworden. Inzwischen ging die Sonne unter, und vom Fluss wehte ein kühler und schneidender Wind hinauf. Als Jed sich umblickte, stellte er fest, dass, anders als in den letzten vier Tagen, fast alle Tische des Straßencafés unbesetzt waren. Die Passagiere, die die Fähren aus Jersey City und Hoboken verließen, suchten rasch Schutz in den umliegenden Gebäuden. Waschlappen, dachte Jed verächtlich. Im Busch wären die aufgeschmissen.

Er beobachtete ein Kreuzfahrtschiff, das durch die Fahrrinne gelotst wurde, und fragte sich, wohin es wohl wollte. Nach Europa? Nach Südamerika? Verdammt, warum bereiste er nicht einmal selbst diese Länder? Es wurde allmählich Zeit, sich wieder auf die Socken zu machen. Seine Mutter trieb ihn in den Wahnsinn, und vermutlich war es umgekehrt genauso.

»Jed, du bist mein Sohn, und ich habe dich sehr gern«, hatte sie erst am Morgen beim Frühstück gesagt. »Aber ich halte dein ständiges Gejammer nicht mehr aus. Du musst endlich einen Schlussstrich ziehen. Ganz egal, was du glaubst – Adam Cauliff war ein sympathischer Mann. Wenigstens dachte ich das damals. Nun ist er leider tot, also hast du keinen Grund, ihn weiter zu hassen. Mach endlich etwas aus deinem Leben. Ich gebe dir ein bisschen Geld, damit du anderswo neu anfangen kannst.«

Anfangs hatte sie ihm fünftausend Dollar angeboten. Doch während des Frühstücks gelang es ihm, sie auf fünfundzwanzigtausend hochzuhandeln. Außerdem hatte sie ihm ihr Testament gezeigt, das ihn als Alleinerben auswies.

Bevor er sich schließlich einverstanden erklärt hatte, die Stadt zu verlassen, hatte er ihr beim Grabe seines Vaters das Versprechen abgenommen, das Testament nie zu ändern.

Cauliff hatte ihr achthunderttausend Dollar für das Anwesen bezahlt. Da sie ausgesprochen sparsam war, würde der Großteil des Geldes sicher noch vorhanden sein, wenn sie einmal den Löffel abgab.

Natürlich hatte Jed auf mehr gehofft, das Grundstück war etwa zehnmal so viel wert. Doch was konnte er noch tun, nachdem sie praktisch sein Erbe verschenkt hatte? Er zuckte die Achseln und malte sich erneut Adam Cauliffs Tod aus.

Ein Zeuge der Explosion hatte sich an Bord eines Ausflugsschiffes befunden, das gerade von der Freiheitsstatue zurückkehrte. Die *Post* zitierte ihn wie folgt: »Die Jacht hat sich nicht bewegt. Ich dachte, sie hätten Anker geworfen, und die Leute an Bord würden sich jetzt ein paar Drinks genehmigen. Die See wurde unruhig. Ich weiß noch, dass ich mir überlegte, dass die Party wohl nicht mehr lange dauern würde. Und dann plötzlich hat es gekracht. So, als ob eine Atombombe hochgegangen wäre.«

Jed hatte sich diesen Bericht ausgeschnitten und bewahrte ihn nun in seiner Hemdtasche auf. Er las ihn immer wieder gern und stellte sich vor, wie Leichen und Trümmer von der Wucht der Explosion hoch in die Luft geschleudert wurden. Ein Jammer, dass er es nicht mit eigenen Augen gesehen hatte.

Natürlich war es schade, dass auch noch andere ihr Leben hatten lassen müssen. Doch schließlich hatte es sich bei ihnen um Mitarbeiter von Cauliff gehandelt, also auch nur um Gesindel, wie Jed sich sagte. Wahrscheinlich waren sie an seinen Machenschaften beteiligt, alten Witwen ihre Grundstücke für einen Bruchteil des tatsächlichen Wertes abzuschwatzen. Nun, wenigstens würde es keine *Cornelia III* mehr geben.

»Entschuldigen Sie, Sir.«

Jäh aus seinen Tagträumen gerissen, sprang Jed auf, nahm Verteidigungshaltung ein und wollte den Störenfried schon auffordern, sich zu verdünnisieren. Doch statt des erwarteten Obdachlosen stand ein Mann vor ihm, der ihn mit wissendem Blick ernst betrachtete.

»Detective George Brennan«, sagte der Mann und hielt Jed seine Polizeimarke hin.

Zu spät. Jed gestand sich ein, dass es vermutlich der größte Fehler seines Lebens gewesen war, sich am Hafen herumzutreiben.

21

Endlich zeichneten sich bei Dan Minors Suche nach seiner Mutter die ersten Erfolge ab. Da die Frau im Obdachlosenheim sie auf dem Foto erkannt und sogar »Quinny« genannt hatte, schöpfte er zum ersten Mal seit langer Zeit wieder Hoffnung. Und da er nun schon viele Jahre – leider vergeblich – alles tat, um seine Mutter zu finden, genügte der winzigste Anhaltspunkt, um ihn in Aufregung zu versetzen.

Heute war er so guter Dinge, dass er sich am Nachmittag nach seinem Dienst im Krankenhaus sofort umzog und in den Central Park lief, um dort seine Nachforschungen fortzusetzen.

Ihm schien es, als suche er seine Mutter schon sein Leben lang, und in gewisser Weise traf das auch zu. Sie war verschwunden, als er sechs Jahre alt gewesen war, kurz nach dem Unfall, der ihn fast das Leben gekostet hätte.

Er erinnerte sich noch genau, wie sie weinend neben seinem Krankenhausbett gekniet hatte, als er aufgewacht war. Später erfuhr er, dass sie nach dem Unfall wegen Vernachlässigung der Aufsichtspflicht angeklagt worden war, denn sie war betrunken gewesen, als es geschah. Aus Angst vor einer Gerichtsverhandlung und der öffentlichen Schande und auch, weil sie ganz sicher das Sorgerecht für ihren Sohn verloren hätte, hatte sie sich einfach aus dem Staub gemacht.

Hin und wieder bekam Dan zu seinem Geburtstag eine Karte ohne Unterschrift, doch er wusste, dass sie von seiner Mutter stammte. Diese Grüße waren das einzige Lebenszeichen von ihr. Und dann, eines Tages vor sieben Jahren, hatte er mit seiner Großmutter zu Hause vor dem Fernseher gesessen und durch die Sender gezappt. Ein Bericht über Obdachlose in Manhattan hatte sein Interesse geweckt.

Einige Interviews waren in Obdachlosenunterkünften, andere auf der Straße aufgenommen worden. Eine der Befragten stand an einer Straßenecke am nördlichen Broadway. Dans Großmutter las gerade, doch als die Frau zu sprechen begann, schreckte sie hoch und starrte auf den Bildschirm.

Der Journalist fragte die Obdachlose nach ihrem Namen, und diese erwiderte: »Die Leute nennen mich Quinny.«

»Oh, Gott, das ist Kathryn!«, rief die Großmutter aus. »Dan, schau, *das ist deine Mutter*!«

Erinnerte er sich wirklich an ihr Gesicht, oder lag das nur an den unzähligen Fotos von ihr, die er im Laufe der Jahre betrachtet hatte, dass er diese Frau für seine Mutter hielt? Die Frau auf dem Bildschirm wirkte verbraucht, ihre Augen waren stumpf. Und trotzdem erkannte man noch, dass sie einmal sehr hübsch gewesen sein musste. Das dunkelbraune Haar war inzwischen grau meliert und fiel ihr in einer struppigen Mähne über die Schultern. Doch er fand sie noch immer wunderschön. Sie trug einen schäbigen, viel zu großen Mantel. Ihre Hand lag beschützend auf einem Einkaufswagen voller Plastiktüten.

Zum Zeitpunkt dieser Sendung war sie fünfzig Jahre alt, dachte Dan oft. Aber sie sah viel älter aus.

»Wo kommen Sie her, Quinny?«, hatte der Journalist gefragt.

»Inzwischen von hier.«

»Haben Sie Familie?«

Sie blickte in die Kamera. »Früher hatte ich einen wunderbaren kleinen Jungen. Ich hatte ihn nicht verdient. Da es ihm ohne mich besser ging, habe ich mich davongemacht.«

Am nächsten Tag hatten seine Großeltern einen Privatdetektiv damit beauftragt, Quinny zu finden, doch sie war wie vom Erdboden verschluckt. Allerdings erfuhr Dan einiges über ihr Leben und über ihren Gemütszustand, was ihn sehr traurig machte. Seinen Großeltern brach es fast das Herz.

Und nun, da er vor wenigen Tagen endlich jemandem begegnet war, der seine Mutter auf dem Foto erkannte, war er noch fester entschlossen als zuvor, sie zu finden. Sie ist in New York, sagte sich Dan. Ich werde herausfinden, wo sie ist. Ganz bestimmt. Aber wie soll ich sie ansprechen? Wie werde ich mich verhalten?

Eigentlich gab es gar keinen Grund zur Sorge, denn er hatte das Wiedersehen unzählige Male in Gedanken durchgespielt. Er hatte sich vorgenommen, sie zu trösten und aufzurichten: »Hör auf, dich selbst zu bestrafen. Es war ein Unfall. Warum kannst du dir nicht verzeihen? Schließlich habe ich dir längst verziehen."

Er hatte Lilly Brown, der Frau aus dem Obdachlosenasyl, seine Visitenkarte gegeben. »Wenn Sie sie sehen, rufen Sie mich bitte an«, sagte er zu ihr. »Aber verraten Sie ihr nicht, dass ich sie suche. Sonst verschwindet sie vielleicht wieder.«

»Quinny kommt bestimmt zurück«, versicherte ihm Lilly. »Wie ich sie kenne, ist sie sicher bald wieder da. Sie verlässt New York nie für lange, und im Sommer gefällt es ihr am besten im Central Park. Das ist ihr absoluter Lieblingsplatz. Ich werde mich für Sie umhören. Möglicherweise hat sie ja jemand gesehen.«

Zurzeit muss ich mich wohl mit dieser Auskunft zufrieden geben, dachte Dan, während er durch den Central Park joggte. Es war noch hell, aber die Sonne ging bereits unter. Außerdem wurde es zunehmend kühler, und ein kalter Wind strich über seinen schweißfeuchten Rücken und seine Beine. Und dabei war der Sommer doch fast schon da. Bitte, lass diesen Abend keinen Vorgeschmack auf den New Yorker Sommer sein, sonst friert sie sich zu Tode, sagte sich Dan. Und er hoffte, dass die Frau, die sich »Quinny« nannte, irgendwo hier auf einer Parkbank saß.

22

Um Punkt sechs Uhr stand Cornelius MacDermott vor Nells Wohnungstür. Als sie ihm aufmachte, sahen die beiden einander eine Weile schweigend an. Schließlich streckte MacDermott die Arme aus und drückte seine Enkelin an sich.

»Nell«, sagte er. »Erinnerst du dich an den Spruch, mit

dem die alten Iren bei Beerdigungen die Trauernden trösten? ›Ihr Verlust tut mir leid.‹ Du fandest diese Bemerkung immer schrecklich dämlich. Und in einem altklugen Tonfall hast du verkündet: ›Nicht der Verlust tut einem leid, sondern der Mensch, der ihn erlitten hat.‹«

»Ich habe es nicht vergessen«, sagte Nell.

»Und was habe ich dir geantwortet?«

»Du hast mir erklärt, der Ausspruch bedeute, dass geteiltes Leid halbes Leid ist.«

»Richtig. Also stell dir vor, ich wäre einer dieser alten Iren. Ich fühle mit dir. Und deshalb musst du mir glauben, dass ich Adams Tod sehr bedauere. Ich würde alles tun, um dir den Schmerz, den du zurzeit empfindest, zu ersparen.«

Sei nicht ungerecht zu ihm, sagte Nell sich. Mac ist zweiundachtzig. Mein ganzes Leben lang hat er mich geliebt und für mich gesorgt. Vielleicht war er einfach eifersüchtig auf Adam. Nach Omas Tod hätte Mac noch gute Chancen bei den Frauen gehabt, und wahrscheinlich hat er sich meinetwegen auf keine neue Beziehung mehr eingelassen.

»Das weiß ich«, erwiderte sie. »Und ich freue mich, dass du hier bist. Wahrscheinlich brauche ich einfach nur Zeit, um alles zu begreifen.«

»Aber leider hast du keine«, entgegnete Mac knapp. »Komm und setz dich. Wir müssen miteinander reden.«

Nell, die keine Ahnung hatte, was sie erwartete, folgte ihm gehorsam ins Wohnzimmer.

Sobald sie sich hingesetzt hatten, begann Mac: »Nell, mir ist klar, dass der Zeitpunkt äußerst ungünstig ist, doch es gibt einiges zu besprechen. Ich sollte dich nicht jetzt, noch vor Adams Trauergottesdienst, mit Fragen quälen, und ich entschuldige mich für diesen Überfall. Ich würde verstehen, wenn du mich gleich hinauswirfst. Doch es gibt nun einmal Dinge, die nicht warten können.«

Nun wusste Nell, was er ihr sagen wollte.

»Wir haben kein gewöhnliches Wahljahr, denn es finden zusätzlich die Präsidentschaftswahlen statt. Sicher bist du dir ebenso wie ich darüber im Klaren, dass noch alles Mögliche dazwischenkommen kann. Aber unser Mann liegt weit vorne, und falls er keine ausgesprochene Dummheit begeht, wird er der nächste Präsident der Vereinigten Staaten.«

Bestimmt wird er das, dachte Nell, und gewiss auch ein guter. Zum ersten Mal seit Adams Tod spürte sie, wie sich in ihr wieder Gefühle regten – offenbar war sie im Begriff, zu den Lebenden zurückzukehren. Sie blickte ihren Großvater an und stellte fest, dass seine Augen funkelten wie schon lange nicht mehr. Es gibt nichts Besseres als einen Wahlkampf, um dieses alte Streitross zu beflügeln, schoss es ihr durch den Kopf.

»Nell, ich habe soeben erfahren, dass noch ein paar Jungs für meinen alten Sitz kandidieren wollen. Tim Clancey und Salvadore Bruno zum Beispiel.«

»Tim Clancey kriegt im Stadtrat nicht den Mund auf, und Sal Bruno hat öfter Wahlen für den Senat verloren, als bei einer Mutter von zehn Kindern die Periode ausbleibt«, schimpfte Nell.

»Jetzt klingst du wieder ganz wie früher. Du hättest den Sitz gewinnen können.«

»*Hätte*? Wovon redest du, Mac? Ich *werde* kandidieren. Ich *muss* einfach.«

»Vielleicht lässt man dich jetzt nicht mehr.«

»Ich wiederhole: Wovon redest du, Mac?«

»Tja, wie soll ich es ausdrücken, Nell? Heute Morgen waren Robert Walters und Len Arsdale bei mir. Ein Dutzend Bauunternehmer haben schriftlich bestätigt, dass sie an die Firma Walters und Arsdale Bestechungsgelder in Millionenhöhe bezahlt haben, um an große Aufträge heranzukommen. Robert und Len sind zwei anständige Männer, Nell. Ich kenne sie schon mein ganzes Leben. Zu so etwas wären sie nie fähig gewesen. Sie haben sich nicht schmieren lassen.«

»Was soll das heißen, Mac?«

»Dass Adam wahrscheinlich in die eigene Tasche gewirtschaftet hat, Nell.«

Nell starrte ihren Großvater an und schüttelte den Kopf. »Nein, Mac, das kann nicht sein. So etwas hätte er nie getan. Aber es ist ja so leicht und bequem, einen Toten als Sündenbock hinzustellen. Hat jemand behauptet, er hätte Adam das Geld persönlich übergeben?«

»Winifred war die Botin.«

»*Winifred!* Um Himmels willen, Mac. Diese Frau war so arglos wie ein Gänseblümchen. Wie kommst du darauf, dass sie an einem Bestechungskomplott beteiligt gewesen sein könnte?«

»Genau das ist der springende Punkt. Robert und Len sind sich einig, dass Winifred die Branche zwar kannte wie ihre Westentasche, aber nie in der Lage gewesen wäre, einen solchen Betrug zu planen. Und sie stimmen mir auch zu, dass sie nie etwas allein unternommen hätte.«

»Mac«, widersprach Nell, »du solltest dich einmal reden hören. Du glaubst deinen alten Kumpeln, sie wären so rein wie frisch gefallener Schnee, während mein Mann angeblich ein Verbrecher war. Könnte es denn nicht möglich sein, dass er ihnen durch seinen Tod eine willkommene Gelegenheit geliefert hat, sich aus der Affäre zu ziehen und ihm den Schwarzen Peter zuzuschieben?«

»Gut, dann will ich dich etwas fragen: Woher hatte Adam das Geld, um das Anwesen in der 28. Straße zu kaufen?«

»Von mir.«

Cornelius Mac Dermott starrte sie an. »Heißt das, du hast Geld aus dem Treuhandfonds genommen?«

»Schließlich gehört er mir. Ich habe Adam das Geld geliehen, um das Haus kaufen und ein Büro eröffnen zu können. Hätte er mich denn anpumpen müssen, wenn er bestechlich gewesen wäre, wie du behauptest?«

»Ja, wenn er keine dokumentierten Spuren hinterlassen wollte. Und eines muss dir klar sein, Nell: Falls sich herausstellt, dass dein Mann in einen Schmiergeldskandal verwickelt war, kannst du deinen Sitz im Kongress vergessen.«

»Mac, im Augenblick geht es mir eher darum, Adams guten Ruf zu retten, als um meine politische Karriere.« Das darf doch nicht wahr sein, dachte Nell und schlug kurz die Hände vors Gesicht. Gleich werde ich aus diesem Albtraum aufwachen. Adam wird hier sein, und das alles ist nie geschehen.

Unvermittelt stand sie auf und ging zum Fenster. Winifred, überlegte sie weiter. Die ruhige, schüchterne Winifred. Als sie aus dem Aufzug kam, wusste ich sofort, dass sie sterben würde. Hätte ich es verhindern können?, fragte sie sich. Hätte ich sie warnen müssen?

Mac zufolge sind Walters und Arsdale sicher, dass Winifred krumme Geschäfte gemacht hat. Ich kann mir nicht vorstellen, dass Adam sie bei sich beschäftigt hätte, wenn er sie für unehrlich gehalten haben würde.

Also liegt die Lösung doch auf der Hand: Falls wirklich jemand bestochen wurde, ahnte Adam ganz sicher nichts davon.

»Nell, bist du dir darüber im Klaren, dass die Explosion nun in einem ganz anderen Licht dasteht«, riss Mac sie aus ihren Gedanken. »Es handelte sich eindeutig nicht um einen Unfall. Man hat die Jacht gesprengt, um sicherzugehen, dass jemand, der sich an Bord befand, nicht mit der Staatsanwaltschaft redet.«

Es ist wie damals bei der Springtide, dachte Nell und drehte sich zu ihrem Großvater um. Eine Welle nach der anderen stürmt auf mich ein, und ich kann mich nicht mehr über Wasser halten. Es zieht mich immer weiter aufs offene Meer hinaus.

Sie erörterten noch eine Weile die Explosion und das Bestechungskomplott, wie es sich aus Walters und Arsdales Sicht darstellte. Da Mac spürte, wie Nells Geistesabwesenheit wuchs, schlug er vor, gemeinsam zum Essen zu gehen. Aber sie lehnte ab.

»Mac, ich würde jetzt keinen Bissen herunterbringen. Wir holen es bald nach, Ehrenwort. Sicher dauert es nicht mehr lange, bis ich über diese Dinge sprechen kann«, meinte sie.

Nachdem er fort war, ging Nell ins Schlafzimmer und öffnete Adams Wandschrank. Das marineblaue Sakko, in dem er aus Philadelphia zurückgekehrt war, befand sich noch auf dem Bügel, wo sie es an jenem Morgen aufgehängt hatte. Offenbar habe ich Winifred das andere mitgegeben, als sie am Freitagnachmittag kam, dachte sie. Es sah genauso aus wie das hier, nur dass es Silberknöpfe hatte. Dann ist es also das Letzte, was er vor seinem Tod getragen hat.

Nell nahm das Sakko vom Bügel und schlüpfte hinein. Eigentlich hatte sie damit gerechnet, dass es sie trösten würde, so, als legten sich Adams Arme um sie. Doch stattdessen fühlte sie sich auf unheimliche Weise fremd und erinnerte sich an den heftigen Streit an jenem Morgen, den Grund, warum er ohne Sakko aus dem Haus gestürmt war.

Dennoch behielt sie es an und lief unruhig im Zimmer auf und ab. Dabei nahm ein unwillkommener Gedanke immer mehr Gestalt an. Schon seit Monaten war Adam nervös gewesen. Hatte ihn – abgesehen von den Schwierigkeiten, die die Gründung einer Firma eben so mit sich brachte – noch etwas anderes belastet? War es möglich, dass er in Dinge verwickelt gewesen war, von denen sie nichts ahnte? Hatte er Grund gehabt, sich vor den polizeilichen Ermittlungen zu fürchten?

Kurz blieb sie stehen und wägte die Dinge gegeneinander ab, die Mac ihr erzählt hatte. Dann schüttelte sie den Kopf. Nein, nein, ich weigere mich, das zu glauben, sagte sie sich.

Donnerstag, 15. Juni

23

Nach dem Anruf seines Partners, er habe am Vortag einen Mann am Pier aufgegriffen und ihn zum Verhör mitgenommen, fuhr Jack Sclafani sofort nach Manhattan zu George Brennan.

»Ich finde, es geht zu glatt auf«, meinte Brennan. »Auf den ersten Blick sieht es so aus, als wäre dieser Typ nicht nur der Täter, sondern hätte auch noch seelenruhig rumgesessen und gewartet, bis wir ihn abholen kommen.«

Er gab Jack Jed Kaplans Kurzbiographie: »Achtunddreißig Jahre alt, aufgewachsen in Manhattan, drüben an der Ostseite in Stuyvesant Town, 14. Straße. Immer in Schwierigkeiten. An seine Jugendstrafen kommen wir nicht heran. Doch als Erwachsener hat er ein paar Mal wegen Wirtshausschlägereien kurze Haftstrafen auf Rykers Island abgesessen. Offenbar kann er wirklich unangenehm werden, wenn er betrunken ist oder Drogen nimmt.«

Angewidert schüttelte Brennan den Kopf und fuhr fort: »Vater und Großvater waren solide Kürschner. Die Mutter ist eine nette Frau. Die Familie besaß ein Haus in der 28. Straße. Vor einem Monat ist Kaplan, der fünf Jahre in Australien verbracht hat, nach New York zurückgekehrt. Nach Aussage der Nachbarn ist er ausgeflippt, als er erfuhr, dass seine Mutter das Haus verkauft hatte.

Offenbar hat er sich am meisten darüber aufgeregt, dass sich das Grundstück inzwischen im Wert verdreifacht hat. Denn die Vandermeer-Villa, ein altes Gebäude gleich nebenan, das unter Denkmalschutz stand, ist im letzten September abgebrannt. Und da ein Haufen Asche nicht mehr unter Denkmalschutz fällt, wurde das Land an Peter Lang verkauft, einen Baulöwen, der, wie du dich sicher erinnerst, eigentlich auch an Bord der Jacht hätte sein sollen, als sie explodierte. Aber er hat den Termin nicht wahrnehmen können, da er auf dem Weg in die Stadt einen Unfall hatte.«

Brennan betrachtete die Schreibtischplatte und griff nach dem Kaffeebecher, dessen Inhalt inzwischen kalt geworden war. »Adam Cauliff und Lang wollten auf den zusammengelegten Grundstücken einen schicken Häuserblock mit Wohnungen und Büros bauen. Ein Turm sollte genau an der Stelle stehen, wo die Kaplans früher ihre Pelze bearbeitet haben. Der junge Kaplan war außer sich, weil das Grundstück weit unter Wert verkauft worden ist. Also haben wir ein Motiv. Und er hätte auch die Gelegenheit zu der Tat gehabt. Doch das reicht nicht, um ihn zu verhaften und zu verurteilen. Leider nicht, aber es ist zumindest ein guter Anfang. Komm mit. Er sitzt drüben.«

Jack erkannte Kaplan auf den ersten Blick als Kleinkriminellen. Alles an ihm wies ihn als üblen Kunden aus: der verschlagene Blick, das ständige überhebliche Grinsen und die Art, wie er am Tisch kauerte, als wolle er jeden Moment zuschlagen oder die Flucht ergreifen. Außerdem haftete seiner Kleidung ein leicht süßlicher Haschischgeruch an.

Ich wette, der hat auch in Australien ein Vorstrafenregister, dachte Jack.

»Bin ich verhaftet?«, fragte Kaplan.

Die beiden Detectives wechselten Blicke. »Nein, sind Sie nicht«, entgegnete George Brennan.

Kaplan schob seinen Stuhl zurück. »Dann kann ich ja gehen.«

George Brennan wartete, bis Kaplan den Raum verlassen hatte. Dann wandte er sich an seinen alten Freund und meinte nachdenklich: »Was hältst du von dem?«

»Von Kaplan? Eine miese Kröte«, erwiderte Jack Sclafani. »Und ob ich ihm zutraue, eine Jacht in die Luft zu sprengen? Ja, durchaus.« Er hielt inne. »Mich stört nur eines: Wenn er diese Leute wirklich ins Jenseits befördert hat, wäre es doch ausgesprochen dumm von ihm gewesen, sich weiter am Hafen rumzudrücken. Der Typ ist zwar schmierig, aber ein Idiot ist er nicht.«

24

Kurz vor Morgengrauen wurden Ken und Regina Tucker von Angstschreien aus dem Kinderzimmer geweckt. Schon zum zweiten Mal seit der verhängnisvollen Reise nach New York hatte Ben einen furchtbaren Albtraum.

Sie sprangen auf, eilten den Flur entlang, stießen die Kinderzimmertür auf, machten Licht und stürzten hinein. Ken nahm den kleinen Jungen in die Arme und drückte ihn fest an sich.

»Ist schon gut, mein Kleiner, alles in Ordnung«, versuchte er ihn zu beruhigen.

»Mach, dass die Schlange weggeht«, schluchzte Ben. »Mach, dass sie weggeht.«

»Ben, das war nur ein Albtraum«, sagte Regina und strich ihm über die Stirn. »Wir sind ja bei dir. Dir kann nichts passieren.«

»Erzähl uns von deinem Traum«, forderte Ken ihn auf.

»Wir sind in einem Schiff auf dem Fluss gefahren, und ich habe über die Reling geschaut. Und dann ist das andere Schiff…« Bens Augen waren geschlossen. Seine Stimme begann zu zittern und verstummte schließlich.

Seine Eltern wechselten Blicke. »Er bebt am ganzen Leibe«, flüsterte Regina.

Es dauerte fast eine halbe Stunde, bis Ben eingeschlafen war. Als die Eltern wieder in ihrem Zimmer waren, sagte Ken leise: »Ich glaube, wir sollten Ben zu einem Therapeuten schicken. Ich bin zwar kein Experte auf diesem Gebiet, doch nach dem, was ich gelesen und im Fernsehen gesehen habe, leidet er eindeutig an einem posttraumatischen Stresssyndrom.«

Er setzte sich auf die Bettkante. »Was für ein Pech. Man unternimmt mit seinem Sohn einen Ausflug nach New York, um ihm eine Freude zu machen. Und er wird ausgerechnet Zeuge, wie eine Jacht mit vier Menschen darauf in die Luft fliegt. Warum sind wir nur nicht hier in Wilmington geblieben?«

»Denkst du, er hat wirklich gesehen, wie die Leute zerrissen wurden?«

»Wegen seiner Weitsichtigkeit vermutlich schon. Der arme Kleine. Aber er ist noch jung und wird darüber hinwegkommen. Mit ein wenig Hilfe hat er es sicher in kurzer Zeit überwunden. Ich weiß, dass wir bald aufstehen müssen, aber lass uns noch ein paar Minuten schlafen. Ich habe einen langen Tag vor mir, und ich möchte nicht, dass mir bei der Arbeit die Augen zufallen.«

Regina Tucker knipste das Licht aus und kuschelte sich Trost suchend an ihren Mann. Warum träumt Ben nur von Schlangen?, fragte sie sich. Vielleicht liegt es daran, dass ich mich selbst entsetzlich vor ihnen fürchte, sagte sie sich dann. Bestimmt habe ich in seiner Gegenwart zu oft davon gesprochen. Doch das erklärt immer noch nicht, warum er meine Angst vor Schlangen in seine Albträume von der Jacht einbaut.

Sie fühlte sich elend und hatte ein schlechtes Gewissen, als sie die Augen schloss und einzuschlafen versuchte. Ständig spitzte sie die Ohren, für den Fall, dass Ben wieder zu schreien anfing.

25

Der Trauergottesdient für Adam Cauliff fand am späten Donnerstagvormittag statt. Nell saß zwischen ihrem Großvater und ihrer Großtante in der ersten Bankreihe der Kirche. Sie fühlte sich wie in einem Film, fast so, als beobachtete sie die Zeremonie unbeteiligt von außen. Während die Messe ihren Lauf nahm, schossen ihr immer wieder Erinnerungen und unzusammenhängende Gedanken durch den Kopf.

Vor genau zweiundzwanzig Jahren hatte sie in eben dieser Bank gesessen – während des Trauergottesdienstes für ihre Eltern. Und wie bei Adam waren auch ihre Leichen in tausend Stücke zerrissen worden, als ihr Flugzeug explodierte und ausbrannte.

Adam war Einzelkind gewesen, und auch seine Eltern hatten keine Geschwister.

Ich bin ebenfalls Einzelkind, dasselbe galt auch für meine Eltern.

Adam hatte seinen Vater schon während seiner Highschoolzeit verloren, seine Mutter kurz nach dem Studienabschluss.

Hatte sie sich zu ihm hingezogen gefühlt, weil sie beide Waisen waren?

»Ich fahre nicht mehr nach North Dakota«, hatte er ihr bei ihrer ersten Verabredung anvertraut. »Ich habe dort keine Verwandten, und inzwischen fühle ich mich meinen ehemaligen Studienkollegen näher als den Nachbarskindern, mit denen ich aufgewachsen bin.«

Keiner dieser Freunde aus dem College hatte sich nach Adams Tod bei ihr gemeldet. Und sie glaubte nicht, dass einer von ihnen zum Gottesdienst erschienen war.

Mein Leben war so erfüllt, dachte sie. Immer war ich so beschäftigt, es war ständig irgendetwas los. Adam habe ich in meinen Tagesablauf eingebaut wie eine neue Aufgabe oder einen Auftrag. Und ich habe ihn einfach genommen, wie er war. Nie habe ich ihn gedrängt, über seine Kindheit zu sprechen. Und ich habe nie gefragt, ob er vielleicht einen seiner alten Freunde zu uns einladen möchte.

Andererseits hatte Adam selbst diesen Vorschlag auch nie gemacht.

Ich wäre sofort einverstanden gewesen, sagte sich Nell.

In der Kirche drängten sich ihre Freunde, Macs Freunde und Bewohner des Wahlkreises, die sie als Teil der Familie betrachteten.

Nun fasste Mac sie am Arm und zog sie von ihrem Sitz hoch. Monsignore Duncan verlas das Evangelium.

Lazarus, der von den Toten auferstanden war.

Komm zurück, Adam, komm zurück, flehte Nell.

Dann sprach der Monsignore über sinnlose Gewalt, die das Leben von vier unschuldigen Menschen gefordert hatte. Nach diesen Worten wandte er sich zum Altar um.

Gleich wird er die Gemeinde segnen, dachte Nell, doch dann bemerkte sie, dass Mac auf den Gang hinausgetreten war und nun die Stufen zum Altar emporstieg.

Er stellte sich ans Rednerpult. »Adam war mein angeheirateter Enkelsohn«, begann er.

Jetzt hält Mac eine Trauerrede für Adam, dachte Nell. Davon hat er mir gar nichts erzählt. Und dann fiel ihr zu ihrer Bestürzung ein, dass sich möglicherweise kein anderer Redner gefunden hatte. Niemand kannte Adam so gut oder war eng genug mit ihm befreundet, um bei seiner Beisetzung zu sprechen.

Kurz fühlte sie sich, als würde sie jeden Moment in hysterisches Gelächter ausbrechen, denn sie erinnerte sich an einen Witz, den Mac hin und wieder auf Wahlkampfveranstaltungen erzählte, wenn er einen politischen Gegner lächerlich machen wollte: »Pat Murphy ist gestorben. In der Messe steht der Priester auf und fragt, ob einer der Anwesenden ein paar freundliche Worte über ihn zu sagen hat. Doch aus nachvollziehbaren Gründen hatte Pat keinen Freund auf der Welt, weshalb sich auch niemand meldet. Der Priester sucht noch einmal einen Freiwilligen unter den Trauergästen. Aber wieder vergeblich. Dann fragt der Priester ein drittes Mal, und schließlich ruft er erbost: ›Niemand verlässt diese Kirche, bis jemand etwas Nettes über Pat Murphy sagt.‹ Daraufhin erhebt sich ein Mann und meint: ›Sein Bruder war noch schlimmer.‹«

Adam, warum hält niemand eine Trauerrede für dich?, dachte Nell. Warum hat dich jemand so gehasst, dass er dich töten wollte?

Inzwischen hatte Mac wieder Platz genommen. Der Segen wurde gesprochen, die Orgel erklang. Die Messe war vorüber.

Als Nell mit Mac und Gerti die Kirche verlassen wollte, wurde sie von einer Frau aufgehalten. »Kann ich Sie sprechen?«, fragte sie. »Bitte. Es ist sehr wichtig.«

»Natürlich.« Nell ließ Mac und Gerti vorausgehen. Ich kenne diese Frau, überlegte sie. Aber woher?

Die Fremde war schätzungsweise in Nells Alter und ebenfalls schwarz gekleidet. Ihre Augen waren geschwollen, und Sorgenfalten durchzogen ihr Gesicht. Das ist Lisa

Ryan, dachte Nell. Ihr Mann Jimmy war mit Adam auf der Jacht. Sie hat mich angerufen, als die Zeitungsberichte erschienen, die andeuteten, Jimmy habe die Explosion in selbstmörderischer Absicht verursacht und sei für den Tod der Passagiere verantwortlich. Am Telefon hat sie zugegeben, dass ihr Mann Depressionen hatte. Doch sie war überzeugt, dass er nicht in der Lage gewesen wäre, anderen Menschen wehzutun.

»Mrs. Cauliff«, begann Lisa hastig zu sprechen. »Ich würde mich gerne unter vier Augen mit Ihnen unterhalten. Und zwar bald, denn es ist sehr dringend.« Nervös sah sie sich um. Plötzlich weiteten sich ihre Augen vor Entsetzen; sie schien von Panik ergriffen. »Tut mir leid, dass ich Sie belästigt habe«, stammelte sie, drehte sich um und eilte die Kirchentreppe hinunter.

Die Frau hat Angst, dachte Nell. Aber wovor? Und was will sie von mir?

Als sie sich umdrehte, stellte sie fest, dass Detective Brennan mit einem anderen Mann aus der Kirche trat und auf sie zukam. Warum haben die beiden Polizisten Jimmy Ryans Witwe so aus der Fassung gebracht?, fragte sie sich.

26

Am Donnerstagnachmittag rief Bonnie Wilson Gerti MacDermott an und erkundigte sich, ob diese mit einem kurzen Besuch einverstanden sei.

»Bonnie, wenn ich ehrlich bin, ist es mir heute gar nicht recht«, erwiderte Gerti. »Am Vormittag hat der Trauergottesdienst für Adam Cauliff stattgefunden, und danach hat mein Bruder ein paar der Gäste zum Mittagessen ins Plaza Athenée eingeladen. Ich bin eben erst nach Hause gekommen. Es war ein langer Tag.«

»Gerti, ich muss Sie einfach kurz sehen. In zwanzig Minuten bin ich bei Ihnen und verspreche, nicht länger als eine halbe Stunde zu bleiben.«

Gerti seufzte, als es in der Leitung klickte. Sie hatte sich nach diesem aufreibenden Tag darauf gefreut, es sich im Morgenmantel zu Hause gemütlich zu machen und ein Tässchen Tee zu trinken.

Ich wünschte, ich hätte irgendwann im Leben gelernt, meinen Willen besser durchzusetzen, sagte sie sich. Andererseits hat Cornelius so viel Willenskraft mitgekriegt, dass es vermutlich für uns beide reicht.

Es war gut, dass er so freundlich über Adam gesprochen hat, dachte sie. Das hatte sie ihm auch nach der Trauerfeier mitgeteilt.

»Ein Politiker, der sein Geld wert ist, kann über jeden eine hübsche Rede halten, Gerti«, hatte er nur gebrummt. »Das solltest du eigentlich wissen. Schließlich hörst du mir schon seit Jahren beim Heucheln zu.«

Gerti hatte sich über seine Unverblümtheit geärgert und ihn beschworen, das nur nicht Nell zu erzählen. Und man musste ihm zugute halten, dass er sich zusammengenommen hatte, als sie sich bei ihm bedankte.

Ach, die arme Nell, seufzte Gerti. Und sie erinnerte sich an das Verhalten ihrer Nichte beim Gottesdienst. Wenn sie doch bloß Gefühle gezeigt hätte. Aber stattdessen hatte sie nur wie betäubt dagesessen. Es war fast genauso wie bei dem Trauergottesdienst für Richard und Joan vor so vielen Jahren.

Damals hatte Cornelius während der ganzen Messe geweint. Die zehnjährige Nell hatte ihm die Hand getätschelt, ihn getröstet und wie heute keine Träne vergossen.

Ich wünschte, sie würde mir erlauben, eine Weile bei ihr

zu wohnen, dachte Gerti. Sie kann sich mit Adams Tod nicht abfinden und versucht einfach, ihn zu ignorieren. Beim Essen nach dem Gottesdienst hatte sie wieder gesagt, ihr käme alles vor wie ein Traum.

Seufzend ging Gerti ins Schlafzimmer, wo sie einen Schrank öffnete. Lieber Gott, warum muss Bonnie ausgerechnet jetzt herkommen? Aber wenigstens reicht die Zeit noch, dass ich mir vorher etwas Bequemeres anziehe.

Sie schlüpfte in eine Hose, einen Baumwollpullover und ihre gemütlichen Hausschuhe. Nachdem sie sich das Gesicht gewaschen und das Haar gebürstet hatte, fühlte sie sich ein wenig frischer. Als sie wieder ins Wohnzimmer kam, surrte die Gegensprechanlage, und der Pförtner fragte, ob Gerti eine Ms. Wilson erwarte.

»Ich weiß, Ihnen wäre lieber gewesen, dass ich meinen Besuch verschiebe«, meinte Bonnie beim Eintreten. »Aber ich hielt es für notwendig.« Sie musterte Gerti mit einem eindringlichen Blick aus grauen Augen. »Keine Sorge«, sagte sie ruhig. »Ich glaube, ich kann Ihrer Nichte helfen. Bestimmt wollten Sie sich gerade ein Tässchen Tee machen. Wir sollten beide einen Schluck trinken.«

Kurz darauf saßen die beiden Frauen einander gegenüber am kleinen Küchentisch.

»Ich erinnere mich noch, wie meine Großmutter die Zukunft aus Teeblättern gelesen hat«, sagte Bonnie. »Ihre Prognosen waren erstaunlich zutreffend. Sicher besaß auch sie angeborene übersinnliche Kräfte, derer sie sich selbst nicht bewusst war. Nachdem sie einer Cousine eine schwere Krankheit prophezeit hat, die dann auch eintrat, hat mein Großvater sie angefleht, anderen Menschen nicht mehr die Zukunft vorherzusagen. Er hat sie überzeugt, dass die Cousine vor lauter Angst krank geworden wäre.«

Bonnies lange Finger schlangen sich um die Tasse. Ein paar Teeblätter waren durchs Sieb gerutscht, und sie studierte sie nachdenklich. Das schwarze Haar fiel ihr übers Gesicht. Als Gerti die junge Frau betrachtete, wurde ihr mulmig. *Sie weiß etwas*, dachte sie. Bestimmt hat sie schlechte Nachrichten für mich.

»Gerti, Sie kennen gewiss den Begriff ›indirekte Stimme‹«, ergriff Bonnie unvermittelt das Wort.

»Ja, natürlich. Oder besser gesagt, ich habe davon gehört. Soweit ich informiert bin, ist das ein seltenes Phänomen.«

»Ganz richtig. Gestern kam eine neue Klientin zu mir. Ich konnte mit ihrer Mutter im Jenseits in Verbindung treten, und ich glaube, das hat meiner Klientin geholfen, deren Tod zu verarbeiten. Doch als ihre Mutter mir sagte, sie sei müde und müsse uns nun verlassen, spürte ich, dass mich noch jemand erreichen wollte.«

Gerti stellte ihre Tasse weg.

»Meine Klientin ging, und ich saß eine Weile ruhig da und wartete ab, ob ich eine weitere Botschaft erhalten würde. Dann hörte ich eine Männerstimme. Sie war so leise, dass ich zunächst nichts verstehen konnte. Also wartete ich weiter, und ich spürte, wie sehr er sich bemühte, zu mir durchzudringen. Ich stellte fest, dass er ständig einen Namen wiederholte: ›Nell. Nell. Nell.‹«

»War es …?« Gerti stockte.

Bonnies Augen hatten sich geweitet und schienen wie von selbst zu leuchten. Die dunkelgraue Iris hatte sich pechschwarz verfärbt. Sie nickte. »Ich bat ihn, mir seinen Namen zu nennen. Da seine Energie fast aufgebraucht war, konnte er kaum noch mit mir kommunizieren. Doch bevor er mich verließ, sagte er: ›Adam. Ich bin Adam.‹«

27

Nach dem Mittagessen bestand Nell darauf, allein vom Plaza Athenée nach Hause zu gehen. Sie wusste, dass der zehn Häuserblocks weite Fußmarsch ihr gut tun würde, und außerdem brauchte sie Zeit zum Nachdenken.

»Mac, es ist alles in Ordnung«, beschwichtigte sie ihren Großvater. »Bitte mach dir keine Sorgen um mich.«

Es gelang ihr, sich davonzuschleichen, während er inmitten der letzten Gäste Hof hielt, alten Freunden, die zufällig auch einflussreiche Persönlichkeiten in der Partei waren. Einige von ihnen hatten sich kaum mit Beileidswünschen aufgehalten und sofort begonnen, mit Nell über Politik zu sprechen.

»Um offen zu sein, hat Bob Gorman in den beiden Jahren, die er nun Macs Sitz innehat, nicht das Geringste zustande gebracht«, vertraute Mike Powers ihr an. »Gut, dass er bei einer dieser neuen, schicken Internetfirmen angeheuert hat. Wir sind froh, ihn los zu sein. Wenn Sie kandidieren, werden wir gewinnen.«

Irrt er sich nicht?, fragte sich Nell, während sie die Madison Avenue entlangschlenderte. Oder wird er seine Meinung ändern, wenn er herauskriegt, dass die früheren Arbeitgeber meines Mannes versuchen, ihre Schmiergeldpraktiken Adam und Winifred in die Schuhe zu schieben?

Es ist so leicht, Menschen zu beschuldigen, die sich nicht mehr verteidigen können, überlegte sie zornig. Und auch so überaus bequem.

Dennoch musste Nell zugeben, dass ihr ein Gedanke einfach nicht aus dem Kopf wollte: Hatten Adam und Winifred vielleicht sterben müssen, weil sie zu viel über den Bestechungsskandal wussten, in dem die Staatsanwaltschaft zurzeit ermittelte?

Falls Adam – wenn auch nur am Rande – die Finger im Spiel gehabt hatte, würde die Partei ihretwegen den Sitz verlieren. Zumindest wenn die Sache ans Licht kam, nachdem sie ihre Kandidatur öffentlich angekündigt hatte.

Und was hatte der Zwischenfall heute Vormittag in der Kirche zu bedeuten? Warum war Lisa Ryan beim Anblick der beiden Detectives, die die Explosion untersuchten, in Panik geraten? War es möglich, dass Jimmy die Jacht in die Luft gesprengt hatte? Oder hatte der Täter es auf ihn abgesehen gehabt? Den Zeitungen zufolge war Jimmy eine ganze Weile arbeitslos gewesen, und zwar, weil er sich laut Aussage seiner Frau über die minderwertige Qualität der beim Bau verwendeten Materialien beschwert hatte. Wusste er sonst noch etwas, das ihn zu einer Gefahr machte?

Beim Weitergehen spürte Nell plötzlich die Sonne auf ihrem Gesicht. Schließlich hob sie den Kopf, sah sich um und stellte fest, dass es ein wunderschöner Juninachmittag war. Adam und ich sind so oft auf der Madison Avenue spazieren gegangen, erinnerte sie sich traurig. Sie machten gerne einen Schaufensterbummel, obwohl sie fast nie etwas kauften. Hin und wieder leisteten sie sich ein Mittagessen in einem der zahlreichen Restaurants oder genehmigten sich einen Kaffee.

Es versetzte Nell immer wieder in Erstaunen, wie all die vielen Restaurants in New York überleben konnten. Das Café, an dem sie gerade vorbeikam, hatte winzige schmiedeeiserne Tische und Stühle auf dem Gehweg aufgebaut.

Während sie hinsah, ließen sich zwei Frauen an einem der Tische nieder und stellten ihre Einkaufstüten daneben. »Wenn ich in einem Straßencafé sitze, fühle ich mich immer wie in Paris«, meinte eine der beiden.

Adam und ich haben unsere Flitterwochen in Paris verbracht, erinnerte sich Nell. Er war noch nie dort gewesen, und es hat mir großen Spaß gemacht, ihm alles zu zeigen.

Mac war es gar nicht recht gewesen, dass sie und Adam schon so bald geheiratet hatten. »Gebt euch ein Jahr Zeit«, hatte er geraten. »Dann veranstalte ich für euch eine Hochzeit, über die die ganze Stadt sprechen wird. Das ist auch gut fürs Renommee.«

Er verstand nicht, warum Nell gegen ein rauschendes Hochzeitsfest war. Für sie jedoch lag der Grund auf der Hand: Große Hochzeiten war etwas für Leute mit vielen Angehörigen. Nell hingegen hatte keine Cousinen, die als Brautjungfern fungieren konnten, keine Großmütter, die sentimentale Geschenke machten, und keine Nichten, die Blumen streuten und ihr die Schau stahlen.

Sie und Adam hatten über dieses Thema gesprochen. Auch noch so viele Freunde konnte keine Familie ersetzen, ohne die einem derartigen Fest einfach die Atmosphäre fehlte. Und da Mac und Gerti die einzigen Verwandten waren, hatten sie beschlossen, im kleinen Kreis zu heiraten.

»Also eine schlichte Hochzeit mit wenigen Gästen«, hatte Adam gesagt. »Wir brauchen keine Reporter und kein Blitzlichtgewitter. Und wenn ich anfange, meine Freunde einzuladen, wird es sowieso eine Massenveranstaltung.«

Wo waren diese Freunde heute?, fragte sich Nell.

Als sie Mac eröffnet hatte, dass sie und Adam heiraten würden, hatte er einen Wutanfall bekommen.

»Wer zum Teufel ist dieser Bursche, Nell? Du kennst ihn ja kaum. Gut, er ist Architekt, stammt aus North Dakota und hat hier in New York mit einem miesen Job angefangen. Aber was weißt du sonst über ihn?«

Also hatte er – typisch Mac – Erkundigungen über ihn eingezogen. »Das College, das er besucht hat, ist unterste Kategorie, Nell. Glaub mir, der Kerl ist ganz bestimmt nicht der Stararchitekt des neuen Jahrtausends. Und bis jetzt hat er nur in winzigen Architekturbüros gearbeitet, kleinen Klitschen, die Einkaufszentren und Altenwohnanlagen planen. Also nichts von Bedeutung.«

Aber er hat sich – eben auch typisch Mac – doch wieder von mir erweichen lassen, dachte Nell. Nachdem er sich mit ihrer Entscheidung abgefunden hatte, hatte er Adam mit seinen Freunden Robert Walters und Len Arsdale bekannt gemacht, die ihn prompt eingestellt hatten.

Inzwischen stand sie vor ihrer Haustür. Als sie die Wohnung vier Jahre zuvor gekauft hatte, hatte sie gerade das College abgeschlossen. Mac hatte einfach nicht eingesehen, warum sie nicht zu ihm in sein Backsteinhaus wollte.

»Du wirst mein New Yorker Büro leiten und abends Jura studieren. Also spar dein Geld«, sagte er.

»Es ist Zeit, dass ich auf eigenen Füßen stehe, Mac«, widersprach sie.

Damals hatte Carlo, der Pförtner, seine Stelle eben erst angetreten. Sie wusste noch, wie er ihr geholfen hatte, die Sachen aus dem Auto auszupacken und das wenige, das sie aus Macs Haus mitgenommen hatte, nach oben zu tragen. Heute war seine Miene besorgt, als er ihr die Tür öffnete. »War sicher ein schwerer Tag für Sie, Ms. MacDermott«, sagte er und sah sie mitleidig an.

»Stimmt, Carlo.« Nell empfand die Anteilnahme des Mannes als tröstend.

»Hoffentlich können Sie sich jetzt endlich ausruhen.«

»Genau das habe ich vor.«

»Wissen Sie, ich habe eben an die Dame gedacht, die bei Mr. Cauliff gearbeitet hat«, sprach Carlo weiter.

»Winifred Johnson?«

»Genau. Sie war doch am Tag des Unfalls hier.«

»Richtig.«

»Wenn sie herkam, war sie immer so nervös und wirkte sehr schüchtern.«

»Richtig«, sagte Nell noch einmal.

»Als ich sie letzte Woche aus dem Haus ließ, hat ihr Mobiltelefon geklingelt, und sie ist stehen geblieben, um das Gespräch anzunehmen. Ich konnte nicht anders, als sie zu belauschen. Es war ihre Mutter. Offenbar ist sie in einem Pflegeheim.«

»Ja, in Old Woods Manor oben in White Plains. Der Vater eines Freundes von mir war auch dort. Es ist einigermaßen erträglich dort, soweit man das überhaupt von einem Pflegeheim sagen kann.«

»Ich hörte, wie Miss Johnsons Mutter sich beklagte, sie fühle sich sehr niedergeschlagen«, fuhr Carlo fort. »Hoffentlich hat die alte Dame noch jemanden, der sie besucht, jetzt, da Miss Johnson ja tot ist.«

Nell duschte und zog Hosen und eine Jeansjacke an. Eine Stunde später fuhr sie mit dem Aufzug hinunter in die Tiefgarage und stieg ins Auto. Sie schämte sich, denn sie hatte die ganze Woche über völlig vergessen, sich mit Winifreds Mutter in Verbindung zu setzen. Sie musste ihr wenigstens ihr Beileid aussprechen und sie fragen, ob sie etwas für sie tun konnte.

Doch als Nell sich durch den Verkehr auf dem wie immer verstopften FDR Drive schlängelte, musste sie zugeben, dass der Spontanbesuch im Old Woods Manor auch noch andere Gründe hatte. Der Freund, dessen Vater dort untergebracht gewesen war, hatte ihr erzählt, es handle sich um ein sehr teures Heim. Nun fragte sich Nell, wie lange Mrs. Rhoda Johnson wohl schon dort lebte und wie Winifred sich das leisten konnte.

Wie sie sich erinnerte, hatte Adam gesagt, Winifred wisse alles, was in der Baubranche vor sich ging. Und Mac hatte angedeutet, Winifred könnte möglicherweise doch kein so graues Mäuschen gewesen sein.

Ob Winifred vielleicht ihrer kranken Mutter zuliebe ihre

Informationen über geheime Vereinbarungen in klingende Münze verwandelt hatte? War sie über die Schmiergelder, die Walters und Arsdale Mac gegenüber erwähnt hatten, im Bilde gewesen? Und war sie gar der Grund für die Explosion an Bord, die Adam das Leben gekostet hatte?

28

Peter Lang hatte sich fest vorgenommen, den Trauergottesdienst für Adam Cauliff zu besuchen. Doch in letzter Minute hatte er einen Anruf von Curtis Little erhalten. Little war leitender Angestellter bei der Overland Bank, einem der potenziellen Investoren für das Vandermeer-Projekt. Er wollte seinen Vorgesetzten John Hilmer über den neuesten Stand der Verhandlungen unterrichten. Und der einzig mögliche Termin für diese Besprechung überschnitt sich leider mit dem Gottesdienst.

Sie trafen sich im Sitzungssaal in Peters geräumigem Büro, Ecke 49. Straße und Avenue of the Americas.

»Mein Vater hat ständig darüber geschimpft, dass man die Sixth Avenue in Avenue of the Americas umbenannt hat«, sagte Peter zu Hilmer, während sie sich an den Konferenztisch setzten. »Früher war das hier sein Büro, und bis er in den Ruhestand ging, erzählte er allen Leuten, er arbeite in der Sixth Avenue. Er ist ein sehr bodenständiger Mann.«

Hilmer schmunzelte. Es war seine erste Begegnung mit dem legendären Peter Lang, der seiner Ansicht nach überhaupt nichts Bodenständiges an sich hatte. Trotz der Schnittwunden und Blutergüsse war er gut aussehend, strahlte Selbstbewusstsein aus und trug seine teuren Anzüge mit lässiger Eleganz.

Der leicht scherzhafte Ton verflog, als Lang auf einen mit einem Tuch bedeckten Gegenstand auf dem Tisch zeigte. »Curt, in wenigen Minuten werde ich Ihnen und John das Modell eines Gebäudekomplexes mit Wohnungen, Büros und Läden zeigen, der von Ian Maxwell entworfen wurde. Wie Sie sicher wissen, hat Maxwell vor kurzem ein fünfundfünfzig Stockwerke hohes Wohn- und Geschäftsgebäude am Ufer des Lake Michgan fertig gestellt, für das er auch einige Preise gewonnen hat. Meiner Ansicht nach handelt es sich um eines der phantasievollsten und schönsten Bauwerke, die in den letzten zwanzig Jahren in Chicago entstanden sind.«

Er hielt inne, und die anderen bemerkten, wie er vor Schmerz das Gesicht verzog.

Mit einem entschuldigenden Lächeln steckte Lang eine Tablette in den Mund und spülte sie rasch mit Wasser hinunter.

»Ich weiß, dass ich aussehe, als hätte mich jemand zusammengeschlagen, aber am meisten tut mir die gebrochene Rippe weh«, erklärte er.

Curtis Little war weißhaarig und über fünfzig und wirkte stets ein wenig angespannt. »Unter den gegebenen Umständen sollten Sie froh sein, dass Sie mit ein paar Beulen und einem Rippenbruch davongekommen sind, Peter«, meinte er nun spöttisch. »Ich wäre es jedenfalls.« Nervös trommelte er mit den Fingern auf die Tischplatte. »Womit wir beim Thema wären. Wie sieht es mit Adam Cauliffs Grundstück aus?«

»Sie sind zwar voll und ganz auf dem Laufenden, Curt, doch John braucht sicher noch einige Hintergrundinformationen«, begann Peter. »Wie Ihnen bestimmt bekannt ist, sollen die Häuserblocks zwischen der 23. und der 31. Straße auf der Westseite von Manhattan saniert werden.

Die Renovierungsarbeiten sind bereits in vollem Gange. Schon seit einiger Zeit habe ich versucht, die Vandermeer-Villa von den Denkmalschutzauflagen befreien zu lassen. Wir sind uns alle einig, dass es ein Skandal ist, wertvollen Baugrund mitten in Manhattan rührseligen Gefühlen zu opfern. Nutzlose Ruinen wie diese hätten schon vor Jahren abgerissen werden sollen. Die Vandermeer-Villa war ein besonders eindrucksvolles Beispiel dafür, was geschieht, wenn die Bürokratie überhand nimmt. Sie war nicht nur ein schauderhafter Anblick, sondern ohnehin kein architektonischer Geniestreich.«

Lang lehnte sich in seinem Sessel zurück und machte es sich bequem. »Trotz meiner Überzeugung, dass es das Gebäude nicht verdiente, unter Denkmalschutz gestellt zu werden, ging ich zugegebenermaßen nicht davon aus, die Behörden dazu bringen zu können, es von der Liste zu streichen. Deshalb habe ich mich auch nie für das angrenzende Grundstück der Kaplans interessiert. Allerdings habe ich mich weiter bemüht, das Amt für Denkmalschutz unter Druck zu setzen, und schließlich hatte ich Erfolg. Es war Ironie des Schicksals, dass das Gebäude – mit der bedauernswerten Frau darin – nur wenige Stunden nach der Entscheidung der Behörde abbrannte.« Er lächelte traurig.

Lang griff nach dem Wasserglas und kühlte sich die geschwollene Lippe, bevor er fortfuhr. »Wie Sie wissen, erwarb Adam Cauliff das Grundstück der Kaplans, während ich noch mit der Denkmalschutzbehörde beschäftigt war. Ich habe ihm das Doppelte des Kaufpreises angeboten, doch er war auf etwas anderes aus. Stattdessen schlug er mir vor, ihn mit der Planung des Gebäudekomplexes zu beauftragen und Sam Krause in das Projekt einzubeziehen.«

Curtis Little rutschte auf seinem Stuhl herum. »Peter, wir sind nicht bereit, in ein Gebäude nach Adam Cauliffs

Plänen zu investieren. Es ist unoriginell, langweilig, phantasielos und ein Mischmasch aus allen möglichen architektonischen Stilrichtungen.«

»Zufällig bin ich Ihrer Ansicht«, erwiderte Lang. »Adam glaubte, er könne sich gleichzeitig mit dem Verkauf des Grundstückes einen Auftrag als Architekt sichern. Offenbar dachte er, wir würden alles tun, um das Anwesen der Kaplans zu bekommen. Doch das war ein Irrtum. Und das wiederum bringt mich zu Maxwells Entwurf. Einige meiner Geschäftspartner haben in der Vergangenheit mit Ian zusammengearbeitet. Auf ihren Wunsch hin habe ich ihn angerufen.«

Peter beugte sich vor und entfernte das Tuch von dem Gegenstand auf dem Tisch. Es war ein maßstabsgetreues Modell eines Gebäudes mit postmoderner Art-déco-Fassade.

»Ian war vor einigen Wochen in der Stadt. Ich habe ihm das Grundstück gezeigt und ihm das Problem erklärt. Das ist sein Vorschlag, wie wir unseren Gebäudekomplex errichten können, ohne dazu das Kaplan-Gelände zu brauchen, das Adam Cauliff gehörte. Vergangene Woche habe ich Adam eröffnet, dass wir einen alternativen Plan entwickelt hätten.«

»Cauliff wusste, dass wir seinen Vorschlag ablehnen?«, fragte Little.

»Ganz richtig. Er hat ein eigenes Büro eröffnet in der Annahme, dass wir von ihm abhängig sind, doch das war ein Fehler. Gestern habe ich seine Frau, oder besser gesagt Witwe, aufgesucht und ihr eröffnet, ich müsse sie nächste Woche in einer dringenden geschäftlichen Angelegenheit sprechen. Dann werde ich ihr erklären, dass wir ihr Grundstück zwar nicht brauchen – nennen wir es der Klarheit halber das Kaplan-Grundstück –, ihr aber einen fairen Marktpreis bezahlen, falls sie verkaufen will.«

»Und wenn sie mitmacht ...«, begann Curtis Little.

»Wenn sie mitmacht, wird uns Ian Maxwell ein Gebäude planen, bei dem sich der Turm wie ursprünglich vorgesehen an der Seite befindet. Ansonsten bauen wir ihn, wie ich Adam bereits erklärte, dahinter, was genauso – wenn nicht gar besser – funktionieren wird.«

»Wäre Adam Cauliff mit einem fairen Marktpreis für das Kaplan-Grundstück einverstanden gewesen?«, fragte John Hilmer.

Peter Lang lächelte. »Natürlich. Adam neigte zwar zu Größenwahn und Selbstüberschätzung, was seine Fähigkeiten als Architekt und Geschäftsmann anging, aber er war kein Narr. Das soll nicht heißen, dass er sich vor Begeisterung überschlagen hat, als ich ihm anbot, ihm das Kaplan-Grundstück für einen bescheidenen Profit abzukaufen. Aber ich habe ihn darauf hingewiesen, dass er, wenn er unser Angebot ablehnt, das Grundstück genauso gut der Stadt stiften kann, damit die dort einen kleinen Park anlegt.« Er grinste böse über seinen eigenen Witz.

Curtis Little betrachtete das Modell. »Peter, natürlich können Sie den Turm hinten an das Gebäude setzen, doch dann würde es seinen ästhetischen Reiz verlieren – und außerdem eine Menge vermietbarer Quadratmeter. Ich bin nicht sicher, ob wir in diesem Fall investieren wollen.«

Peter Lang schmunzelte. »Selbstverständlich nicht. Doch das wusste Adam Cauliff nicht. Er war ein Landei, das in der falschen Liga spielte. Glauben Sie mir, er hätte uns das Grundstück verkauft, und zwar zu unserem Preis.«

John Hilmer, frisch ernannter Vizepräsident und bei der Overland Bank für Risikokapital und Investitionen zuständig, hatte sich von ganz unten hochgearbeitet. Er musterte Peter Lang über den Tisch hinweg, und als er daran dachte, wie leicht es der Immobilienmakler im Leben gehabt hatte, wurde er ihm immer unsympathischer.

Ein banaler Verkehrsunfall hatte verhindert, dass Peter Lang bei der verhängnisvollen Explosion auf Cauliffs Jacht ums Leben gekommen war. Doch während des gesamten Gesprächs über den armen Mann hatte Lang nicht mit einer Silbe erwähnt, dass er den Tod von Adam Cauliff und den anderen Opfern bedauerte.

Lang ist immer noch wütend auf Adam Cauliff, weil dieser clever genug war, ihm das Kaplan-Grundstück vor der Nase wegzuschnappen, dachte Hilmer. Er hatte Cauliff weismachen können, er habe eine Möglichkeit gefunden, auch ohne dessen Grundstück sein Bauvorhaben finanzieren zu lassen. Und nun ist Cauliff tot, und Lang lacht sich ins Fäustchen, da er sicher ist, das Grundstück nun billiger zu bekommen. Wirklich kein netter Zeitgenosse, selbst wenn man berücksichtigte, dass in der Baubranche mit harten Bandagen gekämpft wird.

Als Hilmer sich zum Gehen anschickte, schoss ihm noch ein Gedanke durch den Kopf. Sein Sohn, Verteidiger im Footballteam seines Colleges, sah nach einem Spiel häufig schlimmer aus als Peter Lang nach einem Zusammenstoß mit einem Lastzug.

29

Nach dem Trauergottesdienst besorgten sich Jack Sclafani und George Brennan warme Pastramisandwiches und dampfenden Kaffee und kehrten ins Büro zurück, wo sie, tief in Gedanken versunken, ihr Mittagessen verspeisten.

Fast gleichzeitig stopften sie die Alufolie und die übrig gebliebenen Essiggurken mit Knoblauchgeschmack in die Plastiktütchen zurück und warfen sie in den Papierkorb.

Dann tranken sie den letzten Schluck Kaffee und sahen einander an.

»Wie schätzt du die Witwe Ryan ein?«, fragte Jack Brennan.

»Sie hat Angst. Offenbar macht sie sich wegen irgendetwas große Sorgen. Als sie uns sah, ist sie abgehauen, als würde sie von wilden Furien gehetzt.«

»Wovor könnte sie sich fürchten?«

»Was es auch ist, sie will es sich sicher von der Seele reden.«

Brennan schmunzelte. »Katholische Schuldgefühle? Das Bedürfnis nach Beichte?«

Beide Männer waren gläubige Katholiken und sich schon lange darüber einig, dass jeder, der in diesem Glauben erzogen worden war, unter dem Drang litt, seine Sünden zu gestehen und um Vergebung zu bitten. Ihr Standardspruch lautete, dass ihnen dieser Umstand ihre Arbeit zuweilen sehr erleichterte.

Jack Sclafani hatte Lisa Ryan draußen vor der Kirche besser beobachten können als sein Partner. Sie hatte an Nell MacDermott vorbeigeblickt und ihn näher kommen sehen. Und in ihrem Gesicht hatte sich eindeutig Panik gezeigt. Jack hatte die Angst in ihren Augen erkannt. Ich würde viel dafür geben zu wissen, was sie der MacDermott erzählt hat – oder besser, was sie ihr *erzählt hätte*, hätte sie uns nicht vorher entdeckt. »Ich glaube, wir sollten sie besuchen«, meinte er nachdenklich. »Sie weiß etwas, das ihr Angst macht, aber nicht, wie sie das Problem lösen soll.«

»Könnte Sie einen Beweis dafür haben, dass ihr Mann die Bombe gelegt hat?«, fragte Brennan.

»Für *irgendetwas* hat sie jedenfalls den Beweis. Aber wofür, ist noch schwer zu sagen. Ist der Bericht von Interpol über Kaplan schon da?«

Brennan griff zum Telefon. »Ich rufe unten an und

erkundige mich, ob was eingegangen ist, während wir weg waren.«

Jack Sclafani bekam Herzklopfen, als er sah, wie Brennan nach dem Bericht von Interpol fragte und dann aufmerksam lauschte. Es gibt neue Informationen, dachte er.

Brennan beendete das Telefonat und legte den Hörer auf. »Wie wir vermutet haben, hat Kaplan in Australien ein Vorstrafenregister, das so lang ist wie das Barrier Reef. Meistens nur Kleinkram, bis auf eine Sache, die ihm ein Jahr Knast eingebracht hat. Pass gut auf: Man hat ihn festgenommen, weil er Sprengstoff im Kofferraum seines Autos transportierte. Damals arbeitete er für eine Abbruchfirma und hatte das Zeug auf der Baustelle gestohlen. Zum Glück hat man ihn erwischt. Doch leider fand man nie heraus, was er damit vorhatte. Man vermutete, dass er Geld dafür gekriegt hat, irgendetwas in die Luft zu jagen, aber man konnte es ihm nie nachweisen.«

Brennan stand auf. »Ich glaube, es ist Zeit, dass wir uns Kaplan noch einmal vorknöpfen, meinst du nicht?«

»Durchsuchungsbefehl?«

»Kein Problem. Bei seinem Vorstrafenregister und seinem Motiv, Adam Cauliff einen Denkzettel zu verpassen, wird uns jeder Richter einen ausstellen. Heute Nachmittag haben wir den Wisch.«

»Ich möchte trotzdem noch mit Lisa Ryan sprechen«, sagte Jack Sclafani. »Auch wenn ich Kaplan mit einer Dynamitstange in der Hand ertappt hätte, fresse ich einen Besen, wenn das, wovor sie sich fürchtet, nichts mit dem Zwischenfall auf der Jacht zu tun hat.«

30

Das Pflegeheim Old Woods Manor lag nur ein paar Häuserblocks entfernt von der viel befahrenen Route 281 in Westchester County, nördlich von New York. Als Nell in die lange Auffahrt einbog, änderte sich die Umgebung schlagartig, denn plötzlich erinnerte nichts mehr an eine Vorstadt. Das prachtvolle Steinhaus vor ihr hätte genauso gut der Landsitz eines reichen englischen Grundbesitzers sein können.

Als ihr Großvater noch Kongressabgeordneter gewesen war, hatte sie ihn oft auf den Erkundungsfahrten durch seinen Wahlkreis begleitet und auf diese Weise viele Pflegeheime von innen gesehen – Einrichtungen, die dringend geschlossen werden mussten, bescheidene, aber ausreichende Unterabteilungen kleiner Krankenhäuser und gut geführte, sorgfältig geplante, ja, manchmal sogar luxuriöse Altersresidenzen.

Sie parkte ihren Wagen, ging hinein und wurde in einem teuer eingerichteten Empfangsbereich von einer Angestellten begrüßt. Ihr Eindruck bestätigte sich, dass es sich hier um das Allerbeste handelte, was im Pflegebereich für Geld zu bekommen war.

Eine attraktive Frau von etwa Anfang sechzig begleitete Nell im Aufzug in den ersten Stock.

Sie stellte sich als Georgina Matthews vor. »Ich arbeite ein paar Nachmittage in der Woche ehrenamtlich hier«, erklärte sie. »Mrs. Johnson wohnt in Suite 116. Der Tod ihrer Tochter war ein schwerer Schlag für sie. Wir alle versuchen ihr zu helfen, aber ich muss Sie warnen. Zurzeit hat sie einen Groll auf die ganze Welt.«

Nun, da ist sie nicht die Einzige, dachte Nell.

Sie stiegen aus dem Lift und gingen den mit geschmackvollem Teppichboden ausgelegten Flur entlang. Unterwegs begegneten sie einigen Senioren mit Gehhilfen oder in Rollstühlen. Georgina Matthews hatte für jeden ein Lächeln und ein paar freundliche Worte übrig.

Nells geschulter Blick erkannte sofort, dass die Patienten ausgesprochen gepflegt und sauber wirkten. »Wie sieht denn Ihr Personalschlüssel aus?«, erkundigte sie sich.

»Eine gute Frage«, erwiderte Mrs. Matthews. »Zwei Mitarbeiter versorgen jeweils drei Bewohner. Natürlich schließt das examinierte Krankenschwestern und Therapeuten ein.« Sie blieb stehen. »Das ist Mrs. Johnsons Wohnung. Sie erwartet Sie.« Mrs. Matthews klopfte an die Tür und öffnete.

Rhoda Johnson lag in einem Fernsehsessel. Sie hatte die Augen geschlossen und die Füße auf einen Schemel gestützt und war in eine dünne Decke gewickelt. Nell hätte sich Winifreds Mutter ganz anders vorgestellt. Sie war schätzungsweise Ende siebzig, breitschultrig und hatte üppiges, grau meliertes Haar.

Dass sich Mutter und Tochter so gar nicht ähnelten, überraschte Nell. Winifred war viel zu dünn gewesen und hatte glattes, feines Haar gehabt. Nell hatte erwartet, dass ihr Äußeres dem ihrer Mutter entsprach. Doch offenbar war Rhoda Johnson aus einem anderen Holz geschnitzt.

Als die beiden Frauen hereinkamen, schlug die alte Dame die Augen auf und blickte Nell an. »Man hat mir gesagt, dass Sie kommen. Wahrscheinlich soll ich Ihnen jetzt dankbar sein.«

»Aber, Mrs. Johnson«, ermahnte Georgina Matthews die Patientin.

Aber Rhoda Johnson schenkte ihr keine Beachtung. »Winifred hat in all den Jahren bei Walters und Arsdale gut verdient. Ihre Gehaltserhöhung hat sogar dafür gereicht, mich hier unterzubringen. Das letzte Pflegeheim war einfach schauderhaft. Immer wieder habe ich ihr geraten zu bleiben, anstatt im Architekturbüro Ihres Mannes anzufangen, doch sie hat nicht auf mich gehört. Und leider habe ich Recht behalten.«

»Das mit Winifred tut mir sehr leid«, erwiderte Nell. »Ich weiß, wie furchtbar es auch für Sie sein muss. Ich wollte Sie fragen, ob ich Ihnen helfen kann.« Sie spürte, dass Mrs. Matthews ihr einen raschen Blick zuwarf. Sicher weiß sie, dass Adam tot ist, doch wahrscheinlich hat man bei meinem Anruf nicht vermutet, dass Winifred und er bei demselben Unglück ums Leben gekommen sind.

Mitleidig berührte Georgina Matthews Nell am Arm. »Ich hatte ja keine Ahnung«, murmelte sie. »Ich lasse Sie beide jetzt allein, damit Sie sich ungestört unterhalten können.« Sie wandte sich an Rhoda Johnson: »Und seien Sie bloß nett zu Mrs. Cauliff.«

Nell wartete, bis die Tür sich hinter Mrs. Matthews geschlossen hatte. »Mrs. Johnson, mir ist klar, wie traurig und erschüttert Sie sind, denn mir geht es nicht anders. Deshalb wollte ich Sie sprechen.«

Sie zog sich einen Stuhl heran und küsste Rhoda Johnson spontan auf die Wange. »Wenn es Ihnen lieber ist, dass ich wieder gehe, habe ich Verständnis dafür«, meinte sie.

»Natürlich ist es nicht Ihre Schuld.« Mrs. Johnsons Ton war mehr oder weniger versöhnlich. »Aber warum hat Ihr Mann Winifred so bekniet, die Stelle zu wechseln? Er hätte zuerst sein Büro eröffnen und abwarten sollen, wie die Geschäfte laufen. Winifred hatte einen gut bezahlten Posten und war praktisch unkündbar. Hat sie etwa an mich gedacht, als sie das alles aufgab, um für Ihren Mann zu arbeiten? Nein, hat sie nicht.«

»Hatte sie vielleicht eine Versicherung abgeschlossen, die Ihre Pflegekosten hier übernimmt?«, erkundigte sich Nell.

»Wenn ja, hat sie nie darüber gesprochen. Winifred

konnte ziemlich verschwiegen sein. Mit Versicherungen kenne ich mich nicht aus.«

»Besaß Winifred möglicherweise ein Bankschließfach?«

»Was hätte sie dort hineintun sollen?«

Nell lächelte. »Wo bewahrte sie dann Ihre persönlichen Papiere auf?«

»Zu Hause in ihrem Schreibtisch wahrscheinlich. Es ist eine sehr schöne Wohnung. Außerdem mit Mietpreisbindung. Als wir dort einzogen, war Winifred noch im Kindergarten. Wenn die Arthritis nicht wäre, würde ich noch immer dort wohnen. Aber ich kann mich nicht mehr bewegen.«

»Vielleicht könnten wir dafür sorgen, dass ein Nachbar für Sie den Schreibtisch durchsieht und Ihnen die Papiere schickt.«

»Ich will nicht, dass die Nachbarn in meinen Sachen rumschnüffeln.«

»Haben Sie einen Anwalt?«, fragte Nell.

»Wozu sollte ich einen Anwalt brauchen?« Rhoda Johnson musterte Nell prüfend. »Sie sind doch die Enkelin von Cornelius MacDermott?«

»Ja, das ist richtig.«

»Ein guter Mann, einer der wenigen aufrichtigen Politiker, die wir in diesem Land haben.«

»Danke.«

»Falls ich Ihnen erlauben würde, die Wohnung zu betreten und die Papiere zu suchen, würde er Sie dann begleiten?«

»Wenn ich ihn darum bitte, bestimmt. Ja.«

»Als Winifred noch klein war, wohnten wir in seinem Wahlbezirk. Wir haben ihn immer gewählt. Mein Mann war begeistert von ihm.«

Rhoda Johnson brach in Tränen aus. »Ich vermisse Winifred«, schluchzte sie. »Sie war so ein liebes Kind. Wie schrecklich, dass sie so sterben musste. Aber sie hatte einfach nicht genug Mumm, daran hat es bei ihr gefehlt, das arme Mädchen. Ständig wollte sie von allen geliebt werden. Und wie mich hat man auch sie nie richtig zu schätzen gewusst. Sie hat sich für die Firma krumm geschuftet. Wenigstens hat er ihr vor ein paar Jahren endlich die Gehaltserhöhung gegeben, die sie verdient hat.«

Vielleicht, dachte Nell, vielleicht auch nicht. »Ich weiß, dass mein Großvater mit mir in Ihre Wohnung gehen wird. Und wenn Ihnen etwas einfällt, was wir Ihnen mitbringen sollen, brauchen Sie es uns nur zu sagen.«

Als Rhoda Johnson in der Tasche ihres Pullovers nach einem Taschentuch suchte, bemerkte Nell zum ersten Mal, dass ihre Finger von der Arthritis völlig verkrüppelt waren. »Da stehen ein paar Fotos in Rahmen«, meinte die alte Dame, »die hätte ich gerne. Und möglicherweise finden Sie ja die Medaillen, die Winifred beim Schwimmen gewonnen hat. Als Jugendliche hat sie in allen Wettbewerben gesiegt. Der Trainer sagte, sie hätte eine zweite Esther Williams werden können, wenn sie dabeigeblieben wäre. Doch mir machte die Arthritis immer mehr zu schaffen, und ihr Vater war gestorben. Wie hätte ich da zulassen können, dass sie ständig im Land herumreist?«

31

Nachdem Bonnie Wilson gegangen war, zermarterte Gerti sich das Hirn darüber, wie sie Nell das soeben Gehörte erklären sollte. Würde ihre Nichte ihr glauben, dass Adam versuchte, mit ihr in Verbindung zu treten? Gerti war überzeugt, dass Bonnie Wilson ihr die Wahrheit gesagt hatte. Und sie wusste auch, dass Nell das als Unsinn abtun würde. Sie weigerte sich einfach anzuerkennen, dass manche Menschen über hellseherische Fähigkeiten verfügen, dachte Gerti, und dass sie diese Gabe dazu einsetzen, anderen zu helfen. Außerdem macht ihr die Vorstellung Angst, sie selbst könne diese Gabe ebenfalls besitzen. Und das ist kein Wunder, denn schließlich lacht Cornelius sie immer nur aus und redet von »Hirngespinsten«.

Tränen stiegen Gerti in die Augen, als sie sich erinnerte, wie die zehnjährige Nell in ihren Armen geschluchzt hatte: »Tante Gerti, Mama und Papa haben sich wirklich von mir verabschiedet. Weißt du noch, wie Papa mir immer übers Haar gestrichen hat? Und auf dem Pausenhof hat er es wieder getan. Dann hat Mama mich geküsst. Ich habe es ganz deutlich gespürt, und ich musste weinen. Da wusste ich, dass sie tot waren. *Ganz genau*. Aber Opa behauptet, es sei nicht so gewesen. Ich würde mir das alles nur einbilden.«

Ich habe Cornelius gefragt, wie er es sich erklärt, dass Nell dieses Erlebnis in genau dem Augenblick hatte, als das Flugzeug ihrer Eltern vom Radarschirm verschwand, überlegte Gerti weiter. Wie könne er sich so sicher sein, dass sich die Begegnung mit ihren Eltern nur in Nells Phantasie abgespielt hätte? Er antwortete, ich setzte Nell Flausen in den Kopf.

Gerti kam in den Sinn, wie Nell auch den Tod ihrer Großmutter Madeline vorausgeahnt hatte. Damals war sie erst vier, doch ich habe gesehen, wie sie die Treppe hinunterlief. Sie war so glücklich, weil Oma nachts in ihrem Zimmer gewesen war, und sie dachte, das hieß, sie sei aus dem Krankenhaus zurück. Aber Cornelius hatte auch das als Traum abgetan.

Auf keinen Fall erzähle ich ihm, was Bonnie Wilson mir gesagt hat, nahm Gerti sich vor. Ganz gleich, ob Nell selbst mit Bonnie reden will, sie muss mir versprechen, Cornelius kein Sterbenswörtchen zu verraten, schwor sie sich.

Um acht Uhr abends rief sie Nell an. Der Anrufbeantworter meldete sich nach dem dritten Läuten. Wahrscheinlich will sie heute in Ruhe gelassen werden, sagte sich Gerti. Möglichst ruhig begann sie, eine Nachricht aufzusprechen: »Nell, ich wollte mich nur erkundigen, wie es dir geht«, fing sie an, zögerte kurz und platzte dann heraus: »Nell, ich muss dir ganz dringend etwas erzählen, ich …«

Sie hörte ein Klicken, als abgehoben wurde. »Tante Gerti, ich bin zu Hause. Stimmt etwas nicht?«

An Nells belegter Stimme erkannte Gerti, dass ihre Nichte geweint hatte. Sie beschloss, kein Blatt vor den Mund zu nehmen. »Nell, ich habe Neuigkeiten für dich. Bonnie Wilson, eine Hellseherin und Freundin von mir, hat mich vorhin besucht. Sie stellt Kontakt zwischen Verstorbenen und ihren Hinterbliebenen her.

Nell, ich kann dir einige Leute nennen, die absolutes Vertrauen zu ihr haben. Sie ist keine Betrügerin. Heute hat sie mir berichtet, Adam hätte sich aus dem Jenseits mit ihr in Verbindung gesetzt und wolle mit dir sprechen. Nell, ich bitte dich, mit mir zu Bonnie zu gehen.«

All das sprudelte sie, so schnell sie konnte, hervor, da sie befürchtete, Nell könne einfach den Hörer auflegen. Außerdem kostete es sie einige Überwindung, ihrer Nichte Bonnies Besuch zu schildern.

»Gerti, ich glaube nicht an dieses Zeug«, erwiderte Nell leise. »Das weißt du doch ganz genau. Mir ist klar, wie viel es dir bedeutet, aber mir sind diese Dinge ziemlich fremd. Also verschone mich bitte in Zukunft damit, vor allem, wenn es mit Adam zu tun hat.«

Gerti zuckte zusammen, als ein Klicken ihr sagte, dass Nell eingehängt hatte. Am liebsten hätte sie gleich wieder Nells Nummer gewählt und sich für ihre ungebetene Einmischung zu diesem so ungünstigen Zeitpunkt entschuldigt.

Allerdings ahnte Gerti nicht, dass Nell zitternd vor Angst und Ungewissheit neben dem Telefon stand.

Zufällig habe ich Bonnie Wilson vergangenes Jahr in einer dieser merkwürdigen Fernsehsendungen gesehen, dachte Nell. Die Zuschauer wurden aufgefordert, sich zu melden und die hellseherischen Fähigkeiten der Studiogäste auf die Probe zu stellen. Und es war wirklich erstaunlich, welche Tatsachen Bonnie einigen Leuten im Publikum auf den Kopf zusagte. Besonders gut erinnerte sich Nell an eine Frau, die von Bonnie etwas über ihren bei einem Autounfall gestorbenen Mann wissen wollte. Die Hellseherin hatte ihr eine Szene aus ihrem Leben sehr eindrucksvoll geschildert:

»Sie haben ihn in dem Restaurant erwartet, wo sie ihre Verlobung gefeiert haben. Es war ihr fünfter Hochzeitstag. Er möchte Ihnen sagen, dass er sie liebt und dass er sich um die vielen gemeinsamen Jahre mit Ihnen, auf die er sich so gefreut hat, betrogen fühlt.«

Mein Gott, dachte Nell. Ist es möglich, dass Adam wirklich in Kontakt mit mir treten will? Ich weiß, dass Mac es nicht ausstehen kann, wenn ich über diese Dinge rede. Andererseits bin ich wirklich überzeugt davon, dass die Verstorbenen an unserem Leben teilhaben. Schließlich habe ich genau gespürt, dass Mama und Papa sich vor ihrem Tod von mir verabschiedeten. Und auch, dass sie bei mir waren, um mich zu retten, als ich in Hawaii fast ertrunken wäre. Warum also sollte es so abwegig sein, dass Adam mich jetzt erreichen will? Aber weshalb hat er sich an eine Fremde gewandt und nicht direkt an mich wie meine Eltern und Großmutter?

Nell betrachtete das Telefon; am liebsten hätte sie Gerti angerufen und ihr gestanden, wie verwirrt sie war.

32

Als Dan Minor von seiner täglichen Joggingrunde durch den Central Park zurückkam, war seine Hochstimmung einem beklommenen Gefühl gewichen. Er musste sich eingestehen, dass es zwecklos war, weiter zu hoffen, seine Mutter – »Quinny«, wie Lilly Brown sie nannte – könnte einfach so auf einer Parkbank sitzen. Und dass Lilly eines Tages anrief und meldete: »Sie ist hier im Obdachlosenasyl«, war ebenso unwahrscheinlich.

Nachdem er ausgiebig geduscht hatte, legte sich sein Unbehagen ein wenig. Er zog eine Baumwollhose, ein Polohemd und Slipper an und ging zum Kühlschrank, der in die Frühstücksbar eingebaut war. Er war noch nicht sicher, wo er zu Abend essen wollte, und beschloss, sich zuerst ein Glas Chardonnay mit Käse und Kräckern zu genehmigen.

Er ließ sich auf dem Sofa in der Sitzecke des großen, hohen Raumes nieder. Nach sechs Monaten sah die Wohnung allmählich gemütlich aus. Warum fühlte ich mich in einem Loft in Manhattan so viel mehr zu Hause als im Cathedral Parkway in Washington?, fragte er sich, obwohl er die Antwort längst kannte.

Wahrscheinlich liegt es an Quinnys Genen, sagte er sich. Seine Mutter war in Manhattan geboren, laut Lilly Brown »ihre Lieblingsstadt«, obwohl sie mit etwa zwölf Jahren mit ihren Eltern nach Virginia gezogen war.

Erinnere ich mich wirklich noch an sie oder weiß ich diese Dinge nur, weil andere sie mir erzählt haben?, überlegte Dan weiter.

Als er ungefähr drei gewesen war, hatte sich sein Vater in eine andere Frau verliebt. Seit dieser Zeit hatte Dan nicht mehr bei seinem Vater gelebt. Das einzig Gute, dachte Dan, was sich über meinen lieben, alten Vater sagen lässt, ist, dass er sich nach Mutters Verschwinden nicht um das Sorgerecht bemüht hat.

Er wusste, dass seine Großeltern keine sehr hohe Meinung von seinem Vater hatten, obwohl sie das ihrem Enkel gegenüber nie offen aussprachen. »Leider gibt es viele Ehen, die scheitern, Dan«, hatten sie ihm erklärt. »Und derjenige, der weiter an seinem Partner hängt, hat oft viel zu leiden. Doch nach einer Weile kommt man über den Schmerz hinweg. Gewiss hätte deine Mutter die Scheidung überwunden, aber das, was *dir* zugestoßen ist, konnte sie sich nicht verzeihen.«

Was macht mich eigentlich so sicher, dass ich nach all den Jahren eine Beziehung zu meiner Mutter aufbauen kann?, fragte sich Dan.

Aber wir werden es schaffen. Das weiß ich ganz genau. Der Privatdetektiv, den seine Großeltern nach der Ausstrahlung des Dokumentarfilms angeheuert hatten, hatte einiges über sie herausgefunden. »Sie hat als Altenpflegerin gearbeitet«, berichtete er. »Und offenbar war sie eine sehr gute. Doch wenn sie wieder ihre Depressionen bekommt, fängt sie an zu trinken und lebt auf der Straße.«

Der Detektiv hatte eine Sozialarbeiterin ausfindig gemacht, die einmal ein langes Gespräch mit Quinny geführt hatte. Während Dan an seinem Wein nippte, grübelte er über die Worte der Sozialarbeiterin nach: »Als ich von Quinny wissen wollte, was sie sich im Leben am meisten wünschte, sah sie mich lange an und flüsterte schließlich: ›Vergebung‹.«

Es wollte ihm nicht mehr aus dem Kopf.

Das Telefon klingelte. Dan warf einen Blick auf die Rufnummernerkennung und zog erstaunt die Augenbrauen hoch, als er feststellte, dass es Penny Maynard war. Die Modedesignerin wohnte im dritten Stock, und sie hatten ein paar Mal im Aufzug miteinander geplaudert. Sie war etwa in seinem Alter, elegant und attraktiv. Dan hatte sich überlegt, ob er sie zum Essen einladen sollte, sich aber dagegen entschieden. Er wollte keine enge Freundschaft mit einer Nachbarin, die er immer wieder im Fahrstuhl treffen würde.

Er beschloss, nicht an den Apparat zu gehen.

Der Anrufbeantworter sprang an. »Dan«, sagte Penny streng. »Ich weiß, dass du da bist. Ein paar Nachbarn sind hier, und wir alle sind uns einig, dass es an der Zeit ist, unseren Hausarzt kennen zu lernen. Also komm rauf. Du brauchst ja nicht lange zu bleiben, außer du hast Lust auf Spaghetti mit meiner improvisierten Spezialsauce.«

Im Hintergrund hörte Dan Stimmengewirr. Plötzlich hatte er das Bedürfnis, andere Menschen zu sehen. Er hob ab. »Ich nehme die Einladung gerne an«, sagte er.

Dan genoss das gesellige Beisammensein bei Penny, blieb zum Essen und kehrte in entspannter, fröhlicher Stimmung rechtzeitig zu den Zehn-Uhr-Nachrichten in seine Wohnung zurück. Eine kurze Meldung behandelte den Trauergottesdienst für Adam Cauliff, der bei einem Schiffsunglück im Hafen von New York zu Tode gekommen war.

Rosanna Scotto vom Sender Fox News berichtete: »Die Explosion, die das Leben von Adam Cauliff und drei weiteren Opfern gefordert hat, wird noch untersucht. Gerade begleitet der ehemalige Kongressabgeordnete Cornelius MacDermott Adam Cauliffs Witwe, seine Enkelin Nell, aus der Kirche. Gerüchten zufolge beabsichtigt Nell MacDermott, für den Sitz im Kongress zu kandidieren, den ihr Großvater fast fünfzig Jahre lang innehatte. Denn der augenblickliche Amtsinhaber Bob Gorman hat angekündigt, sich aus der Politik zurückzuziehen.«

Eine Nahaufnahme von Nell flimmerte über den Bildschirm. Dan Minor riss die Augen auf – sie kam ihm sehr bekannt vor. Moment mal, dachte er. Ich bin ihr doch vor vier oder fünf Jahren begegnet, und zwar bei einem Empfang im Weißen Haus. Sie war mit ihrem Großvater dort, und ich war Tischherr der Tochter des Kongressabgeordneten Dade.

Er erinnerte sich, dass er ein paar Minuten mit Nell MacDermott geplaudert und festgestellt hatte, dass sie beide Absolventen der Universität von Georgetown waren. Kaum zu fassen, dass sie seit diesem zufälligen Treffen geheiratet hatte, Witwe geworden war und nun selbst Karriere in der Politik machen wollte.

Die Kamera blieb auf Nells Gesicht gerichtet. Die Frau mit der angespannten Miene und den schmerzerfüllten Augen hatte nur wenig mit dem lebensfrohen und lächelnden jungen Mädchen gemein, mit dem sich Dan auf dem Empfang unterhalten hatte.

Ich schreibe ihr, nahm er sich vor. Vermutlich hat sie mich längst vergessen, doch ich werde es trotzdem tun. Sie sieht so traurig aus. Bestimmt war Adam Cauliff ein netter Kerl.

Freitag, 16. Juni

33

Winifred Johnson hatte an der Ecke West End Avenue und 73. Straße gewohnt. Am Freitagvormittag um zehn Uhr war Nell mit ihrem Großvater in der Vorhalle des Gebäudes verabredet.

»Verblichene Pracht«, stellte sie beim Hereinkommen fest.

Er blickte sich in der Vorhalle um, die eindeutig schon bessere Tage gesehen hatte. Der Marmorfußboden war fleckig, die Beleuchtung dämmrig. Die Möblierung bestand aus zwei schäbigen Sesseln.

»Winifreds Mutter hat heute Morgen den Hausverwalter angerufen und unseren Besuch angekündigt«, erklärte Nell, als der Hausmeister, der offenbar auch als Pförtner fungierte, sie zu dem einzigen Aufzug brachte.

»Nell, ich halte das hier für einen großen Fehler«, meinte Cornelius MacDermott, während der Aufzug rumpelnd in den vierten Stock hinauffuhr. »Ich weiß nicht, was die staatsanwaltschaftlichen Ermittlungen ergeben werden, doch wenn Winifred in die Sache verwickelt war oder Kenntnis von einer Bestechungsaffäre hatte oder …« Er beendete den Satz nicht.

»Wage es nicht, auch nur anzudeuten, mein Mann könnte etwas mit Schmiergeldern oder unlauteren Preisabsprachen zu tun gehabt haben, Mac«, zischte Nell.

»Ich deute überhaupt nichts an. Nur die Tatsache, dass die Polizei beschließen könnte, diese Wohnung zu durchsuchen. Und dass wir beide ihr zuvorgekommen sind, könnte einen schlechten Eindruck hinterlassen.«

»Mac, bitte.« Nell bemühte sich, ihre Stimme zu beherrschen. »Ich will doch nur helfen. Hauptsächlich bin ich hier, um nachzusehen, ob Winifred für ihre Mutter finanziell vorgesorgt hat. Durch eine Versicherungspolice oder so. Mrs. Johnson hat schreckliche Angst, aus dem Old-Woods-Pflegeheim ausziehen zu müssen. Sie fühlt sich wohl dort. Sie ist zwar ein recht schwieriger Mensch, doch dass sie schwer an Rheuma und Arthritis leidet, ist offensichtlich. Wenn ich die ganze Zeit Schmerzen hätte, würde ich wahrscheinlich auch nicht ständig Charme versprühen.«

»Was hat ihr Charme damit zu tun, dass wir in Winifreds Wohnung herumschnüffeln?«, fragte Mac, als sie aus dem Aufzug stiegen. »Komm schon, Nell, wir waren doch immer offen miteinander. Du bist keine Pfadfinderin, die eine gute Tat tun will. Falls bei Walters und Arsdale wirklich Bestechungsgelder angenommen wurden, hoffst du, etwas zu finden, das Winifred belastet, damit Adams Weste wieder blütenweiß und rein ist.«

Sie gingen den schäbigen Flur entlang. »Winifreds Wohnung hat die Nummer 4E«, sagte Nell. Sie holte die Schlüssel, die Mrs. Johnson ihr gegeben hatte, aus ihrer Umhängetasche.

»Ganz normale Sicherheitsschlösser«, merkte Mac säuerlich an. »Ein Profi könnte die mit einem Büchsenöffner knacken.«

Nell schloss auf und trat nach kurzem Zögern ein. Obwohl seit Winifreds Tod erst eine Woche verstrichen war, wirkte die Wohnung schon trist und verlassen.

Eine Weile blieben sie im Flur stehen, um sich zu orientieren, und machten sich dann daran, die Wohnung zu erkunden. Auf einem Tisch links von der Tür stand eine Vase mit welken Blumen, ein magerer Strauß, wie man ihn in Supermärkten kaufen konnte. Das Wohnzimmer lag geradeaus. Es war ein langer, schmaler, freudloser Raum, ausgestattet mit einem fadenscheinigen Perserteppich, einem altersschwachen roten Velourssofa, einem dazu passenden Sessel, einem Klavier und einem Beistelltisch.

Dieser war mit einem Läufer aus Spitze bedeckt, und darauf standen, ordentlich ausgerichtet, einige gerahmte Fotos und zwei identische Lampen mit Troddeln an den Schirmen. Das altmodische Arrangement erinnerte Nell an einen Film, der zur Zeit von Königin Viktoria spielte.

Sie ging zu dem Tisch hinüber, um die Fotos zu betrachten. Auf den meisten war eine junge Winifred zu sehen, die einen Badeanzug trug und gerade einen Pokal entgegennahm. Das neueste Foto zeigte sie im Alter von zwanzig Jahren, eine magere, nervös lächelnde, blässliche junge Frau. »Das müssen die Fotos sein, die ihre Mutter gerne hätte«, meinte Nell zu Mac. »Ich packe sie ein, wenn wir gehen.«

Nell kehrte in den Flur zurück und spähte nach links in die Küche. Dann wandte sie sich nach rechts und marschierte, gefolgt von ihrem Großvater, den finsteren Flur entlang. In dem größeren der beiden Zimmer standen ein Doppelbett, eine Frisierkommode und eine Truhe. Die Überdecke aus Chenille erinnerte Nell an die, die sie als kleines Mädchen bei ihrer Großmutter gesehen hatte.

Das nächste Zimmer hatte Winifred offenbar als Bibliothek und Arbeitszimmer benutzt. In dem kleinen Raum drängten sich ein Sofa, ein Fernseher, ein Korb voller Zeitschriften und ein Computertisch. Die beiden Bücherregale über dem Tisch und die Reihen eingerahmter Urkunden über dem Sofa ließen das Zimmer auf Nell noch bedrückender wirken. Die Wohnung ist so deprimierend, dachte sie. Winifred hat den Großteil ihres Lebens hier verbracht, und ich wette, sie hat bis auf dieses Zimmer nichts verändert, seit ihre Mutter im Pflegeheim ist.

»Nell, da wir die Schlossbesichtigung jetzt hinter uns haben, würde ich vorschlagen, dass du suchst, was du brauchst, damit wir endlich verschwinden können.«

Nell wusste, dass Mac sich Sorgen machte, wenn er so brummig klang. Wie sie zugeben musste, hatte sie gar nicht daran gedacht, dass die Staatsanwaltschaft ihren Besuch in Winifred Johnsons Wohnung missverstehen könnte. Doch nun hatte ihr Großvater sie mit seinen Befürchtungen angesteckt.

»Gut, Mac«, erwiderte sie deshalb. »Tut mir leid.« Sie ging zum Schreibtisch und zog mit einem unbehaglichen Gefühl die mittlere Schublade auf.

Nell traute ihren Augen nicht, denn die Schublade quoll von Papieren und Zetteln jeder erdenklichen Form und Größe über. Von Haftetiketten bis hin zu Architekturplänen war alles vorhanden. Und auf jedes Stück Papier hatte Winifred – in Druckbuchstaben, in Schreibschrift, groß oder unleserlich winzig – dieselben vier Wörter geschrieben:

WINIFRED LIEBT HARRY REYNOLDS

34

Der Geschäfsführer des Schönheitssalons, in dem Lisa Ryan arbeitete, hatte ihr angeboten, die ganze Woche freizunehmen. »Sie brauchen ein bisschen Zeit für sich, Schätzchen, damit Sie anfangen können, die Sache zu verarbeiten.«

Verarbeiten, dachte Lisa höhnisch, als sie die Kleiderhaufen auf dem Bett betrachtete. So etwas Dummes hatte sie schon lange nicht mehr gehört. Sie erinnerte sich an Jimmys verächtliche Reaktion, wenn ein Nachrichtensprecher dieses Wort nach einem Flugzeugabsturz oder einem Erdbeben benutzte.

»Die Angehörigen wurden gerade erst verständigt, die Leichen wurden noch nicht gefunden, und ein Trottel mit einem Mikro in der Hand labert schon davon, dass sie es verarbeiten müssen«, schimpfte er und schüttelte ärgerlich den Kopf.

Man hatte ihr geraten, sich von ihrem Kummer durch Beschäftigung abzulenken. Und zu den vorgeschlagenen Tätigkeiten gehörte, Jimmys Schrank und seine Schublade auszuräumen. Nun sortierte sie Jimmys Kleider und packte sie in Kartons, um sie für wohltätige Zwecke zu spenden. Besser, ich helfe damit einem armen Menschen, als dass die Sachen wie die meines Großvaters im Schrank verrotten.

Ihre Großmutter hatte alles behalten, was ihr Großvater je besessen hatte. Lisa war der Schrank damals fast wie ein Andenkenschrein erschienen. Sie erinnerte sich, wie sie als Kind die Jacken und Mäntel ordentlich neben den Kleidern ihrer Großmutter hatte hängen sehen.

Ich brauche Jimmys Sachen nicht, um mich an ihn zu

erinnern, sagte sie sich, als sie die Polohemden faltete, die die Kinder ihm letztes Jahr zu Weihnachten geschenkt hatten. Schließlich denke ich die ganze Zeit an nichts anderes als an ihn.

»Ändern Sie Ihren Tagesablauf«, hatte der Mann vom Beerdigungsinstitut ihr empfohlen. »Sitzen Sie bei Tisch nicht am selben Platz. Stellen Sie die Möbel im Schlafzimmer um. Sie werden überrascht sein, wie solche Kleinigkeiten Ihnen helfen, das erste Jahr zu überstehen.«

Wenn Jimmys Kommode leer war, wollte sie sie ins Zimmer der Jungen räumen. Das Modell ihres Traumhauses hatte sie bereits ins Wohnzimmer geschafft, denn sie konnte es nicht ertragen, es ständig anzusehen, wenn sie in dem Bett lag, das sie mit Jimmy geteilt hatte.

Morgen kommt das Bett an einen anderen Platz, und zwar zwischen die Fenster, beschloss sie, obwohl sie bezweifelte, dass das wirklich etwas nützen würde. Für sie war es unvorstellbar, dass sie eines Tages nicht mehr ständig an Jimmy denken würde.

Als sie auf die Uhr blickte, bemerkte sie erschrocken, dass es bereits Viertel vor drei war. Die Kinder würden in zwanzig Minuten zurückkehren, und sie wollte nicht, dass sie miterlebten, wie sie die Sachen ihres Vaters aussortierte.

Das Geld, schoss es ihr plötzlich durch den Kopf.

Den ganzen Tag lang hatte sie versucht, es zu vergessen. Als die beiden Polizisten gestern nach Adam Cauliffs Beerdigung aus der Kirche gekommen waren, hatte sie angenommen, dass sie mit ihr sprechen wollten. Was ist, wenn die Polizei von dem Geld erfährt?, fragte sie sich. Oder wenn sie einen Verdacht hat, sich einen Durchsuchungsbefehl besorgt und die Kartons findet? Und wenn sie dann glaubt, ich wüsste, woher Jimmy eine solche Summe hatte, und mich festnimmt? Was soll ich dann tun?

Sie konnte diese Angst nicht länger verdrängen. Ich bin

völlig ratlos, sagte sie sich. Oh, mein Gott, *wie soll ich dieses Problem nur lösen*?

Das Läuten der Türglocke hallte plötzlich durch das stille Haus. Lisa schnappte erschrocken nach Luft, ließ das Hemd fallen, das sie gerade in der Hand hielt, und eilte nach unten. Bestimmt ist es nur Brenda, beruhigte sie sich. Sie hat ja gesagt, sie wolle mich später noch besuchen.

Doch noch ehe sie die Tür öffnete, ahnte sie schicksalsergeben, dass sie gleich einem Polizisten gegenüberstehen würde.

Beim Anblick der verschwollenen Augen und des fleckigen Gesichts von Jimmy Ryans Witwe wurde Jack Sclafani von aufrichtigem Mitgefühl ergriffen. Sie sieht aus, als hätte sie den ganzen Tag geweint, dachte er. Es muss ein schrecklicher Schock für sie gewesen sein. Und mit dreiunddreißig Jahren ist sie noch viel zu jung, um mit drei Kindern allein zu sein.

Er war ihr bereits begegnet, und zwar, als er und Brennan ihr mitgeteilt hatten, die Leiche ihres Mannes sei identifiziert worden. Oder vielmehr deren Teile, verbesserte er sich. Gewiss hatte sie ihn nach dem Trauergottesdienst für Adam Cauliff vor der Kirche erkannt.

»Ich bin es wieder, Detective Jack Sclafani. Erinnern Sie sich noch an mich, Mrs. Ryan? Wenn es Ihnen nichts ausmacht, würde ich gerne kurz mit Ihnen sprechen.«

Er sah, wie die Trauer in ihren Augen von nackter Angst abgelöst wurde. Das wird ein Kinderspiel, überlegte er. Sie wird die Karten sicher bald auf den Tisch legen.

»Darf ich reinkommen?«, fragte er höflich.

Sie schien wie erstarrt, rührte sich nicht und schwieg. »Ja, natürlich. Bitte sehr«, flüsterte sie schließlich.

Vergib mir, Vater, denn ich habe gesündigt, dachte Jack, als er ihr ins Haus folgte.

Steif saßen sie einander in dem kleinen, aber gemütlichen

Wohnzimmer gegenüber. Jack musterte aufmerksam das große Familienporträt, das in einem Rahmen über dem Sofa hing.

»Das wurde in glücklicheren Zeiten aufgenommen«, stellte er fest. »Jimmy sieht aus, als gehöre ihm die Welt. Von Kopf bis Fuß ein stolzer Ehemann und Familienvater.«

Die Worte hatten die gewünschte Wirkung. Tränen stiegen Lisa Ryan in die Augen, und sie schien sich ein wenig zu entspannen.

»Die Welt gehörte wirklich uns«, erwiderte sie leise. »Ach, Sie wissen sicher, was ich meine. Natürlich lebten wir wie die meisten Leute von Zahltag zu Zahltag, doch das störte uns nicht. Wir hatten viel Spaß und große Pläne. Und auch Träume.«

Sie wies auf den Tisch. »Das ist ein Modell des Hauses, das Jimmy eines Tages für uns bauen wollte.«

Jack stand auf, ging hinüber und betrachtete es genau. »Sehr hübsch. Darf ich Sie Lisa nennen?«

»Ja, selbstverständlich.«

»Lisa, als Sie von Jimmys Tod erfuhren, war Ihre erste Frage, ob er Selbstmord begangen hätte. Das heißt doch, dass in seinem Leben einiges im Argen lag. Was war es? Ich habe den Eindruck, dass das Problem nicht Ihre Ehe war.«

»Ja, das ist richtig.«

»Machte er sich Sorgen um seine Gesundheit?«

»Jimmy war nie krank. Wir witzelten immer, dass es Verschwendung sei, für jemanden wie ihn Krankenversicherungsbeiträge zu bezahlen.«

»Also hatten sie keine Eheprobleme, und mit seiner Gesundheit stand es auch bestens. Dann müssen es wohl Geldsorgen gewesen sein«, meinte Jack.

Ins Schwarze getroffen, dachte er, als er sah, wie Lisa die Hände zusammenkrampfte.

»Wenn man eine Familie hat, sammeln sich leicht die Rechnungen an. Man braucht etwas und bezahlt mit seiner

Kreditkarte. Natürlich möchte man es in den nächsten Monaten abstottern. Doch dann sind plötzlich neue Autoreifen fällig, das Hausdach leckt, oder eines der Kinder muss zum Zahnarzt.« Er seufzte. »Ich kenne das, schließlich bin ich selbst Ehemann und Vater.«

»Wir haben nie Schulden gemacht«, rechtfertigte sich Lisa. »Wenigstens nicht, bevor Jimmy seinen Job verloren hat. Und wissen Sie, warum er arbeitslos wurde?«, brach es aus ihr heraus. »Weil er ein ehrlicher, aufrichtiger Mensch und deshalb empört darüber war, dass die Firma, bei der er arbeitete, minderwertigen Beton auf ihren Baustellen verwendete. Ja, natürlich ist ein bisschen Betrug in der Bauindustrie üblich. Doch Jimmy war der Ansicht, dass seine Firma damit Menschenleben gefährdete.

Und wegen seiner Gewissenhaftigkeit wurde er nicht nur gefeuert, sondern auch auf eine schwarze Liste gesetzt«, fuhr sie fort. »Er konnte nirgendwo eine Stelle finden. Erst dann fingen unsere finanziellen Probleme an.«

Vorsicht, ermahnte sich Lisa. Du redest zu viel. Doch Detective Sclafanis verständnisvoller Blick war Balsam für ihre Seele. Es ist erst eine Woche her, dachte sie, und schon habe ich das Bedürfnis, meine Sorgen mit einem erwachsenen Mann zu besprechen.

»Wie lange war Jimmy arbeitslos, Lisa?«

»Fast zwei Jahre. Er hat zwar hie und da eine kleine Aushilfstätigkeit bekommen, schwarz natürlich, aber das war immer nur vorübergehend und brachte nicht viel ein. Man verbreitete das Gerücht, dass er den Mund nicht halten könnte, und machte ihn damit fertig.«

»Also war er sicher ziemlich erleichtert, als Adam Cauliffs Büro anrief. Wie hat Jimmy ihn eigentlich kennen gelernt? Cauliff hatte sich ja erst vor kurzem selbstständig gemacht.«

»Jimmy hat sich überall beworben«, entgegnete Lisa.

»Und Adam Cauliff hat zufällig seinen Lebenslauf in die Hände bekommen. Seine Sekretärin hat ihn an Sam Krause weitergeleitet, und der hat ihn dann eingestellt.«

Lisa kam ein Gedanke. Natürlich, überlegte sie, so muss es gewesen sein. Jimmy hatte ihr erzählt, dass bei Krause nicht alles mit rechten Dingen zuging. Und da er für Krause arbeitete, blieb ihm nichts anderes übrig, als das stillschweigend hinzunehmen oder seinen Job zu riskieren.

»Offenbar hat Jimmy etwas sehr bedrückt, obwohl er wieder Arbeit hatte«, meinte Sclafani. »Ansonsten hätten Sie ja nicht auf Selbstmord getippt. Ich glaube, Sie wissen mehr, als Sie mir sagen, Lisa. Möchten Sie nicht darüber sprechen? Vielleicht gibt es da etwas, das Jimmy uns gerne mitteilen würde, wenn er noch könnte.«

Bestimmt war es so, überlegte Lisa weiter. Sie hörte dem Detective kaum zu. Ich bin ganz sicher. Jimmy hat auf einer von Krauses Baustellen etwas beobachtet, das ihm faul vorkam. Und man stellte ihn vor die Wahl, zu gehen oder Geld dafür zu nehmen, dass er den Missstand übersah. Er glaubte, dass es seine einzige Chance war, wusste aber gleichzeitig, dass er sich zum Komplizen machte, wenn er das Geld einsteckte.

»Jimmy war ein guter, ehrlicher Mann«, meinte sie.

Sclafani nickte in Richtung Familienbild. »Das sieht man ihm an«, stimmte er zu.

Jetzt kommt es, sie wird darüber reden, dachte er gleichzeitig.

»Zwei Tage nach der Beerdigung«, begann Lisa, doch ihre Stimme erstarb, als sie hörte, wie sich die Hintertür öffnete. Unter lautem Fußgetrappel stürmten die Kinder ins Haus.

»Mama, wir sind wieder da!«, rief Kelly.

»Ich bin hier.« Lisa sprang auf und konnte auf einmal nicht mehr fassen, dass sie beinahe einem Polizisten von dem im Keller versteckten Geld erzählt hätte, das sicher nicht auf ehrliche Weise verdient worden war.

Ich muss es loswerden, dachte sie. Es war richtig, gestern Verbindung zu Nell MacDermott aufzunehmen. Bestimmt kann man ihr vertrauen. Vielleicht wird sie mir helfen, das Geld an den Mitarbeiter von Krause zurückzugeben, dem es wahrscheinlich gehört. Schließlich hat ihr Mann Jimmy an Krause vermittelt.

Die Kinder umringten sie und küssten sie auf die Wange. Lisa sah Jack Sclafani an. »Jimmy war sehr stolz auf die drei«, sagte sie mit ruhiger Stimme. »Und dasselbe galt auch umgekehrt. Wie ich bereits sagte: Jimmy Ryan war ein guter und anständiger Mann.«

35

Also hatte Winifred einen Freund?«

»Ich bin überrascht«, gestand Nell ihrem Großvater. Inzwischen hatten sie Winifreds Wohnung verlassen und fuhren in einem Taxi nach Hause. »Ich habe Adam immer damit gehänselt, dass sie für ihn schwärmt.«

»Sie hat ihn angebetet, so wie viele Frauen die Beatles oder Elvis Presley vergöttert haben«, entgegnete Cornelius MacDermott spitz. »Schließlich ist Adam um sie herumgeschwänzelt, damit sie bei Walters und Arsdale kündigt und ihm in sein Büro folgt.«

»*Mac!*«

»Entschuldige«, sagte er rasch. »Ich meine damit nur, dass Adam viel jünger war als sie und außerdem mit einer schönen Frau verheiratet. Und Winifred war nicht auf den

Kopf gefallen. Offenbar hatte sie eine Beziehung mit einem Typen namens Harry Reynolds oder war zumindest in ihn verliebt.«

»Ich frage mich, warum sich dieser Mann nicht meldet«, wunderte sich Nell. »Immerhin ist Winifred einfach vom Erdboden verschwunden. Ihre Mutter sagt, es hätte sie niemand angerufen. Der Einzige war der Hausverwalter, der sich erkundigt hat, ob Mrs. Johnson wieder in die Wohnung einziehen oder sie aufgeben will, was bedeutet, dass er mit einer Untervermietung nicht einverstanden wäre.«

»Ich halte es immer noch für einen Fehler, dass wir in dieser Wohnung waren. Insbesondere deshalb, da Winifred dort offenbar keine Unterlagen aufbewahrt hat«, erwiderte Mac. »Du hättest es zuerst im Büro versuchen sollen.«

»Mac, ich war auf die ausdrückliche Bitte ihrer Mutter hin in der Wohnung.«

Die Fotos lagen, zu einem Päckchen verschnürt, auf Nells Schoß. Cornelius MacDermott warf einen Blick darauf. »Möchtest du, dass Liz die Sachen ins Pflegeheim schickt?«

Nell zögerte. Vielleicht besuche ich Mrs. Johnson wieder, überlegte sie, aber nicht zu bald. »Gut, Liz soll sie auf den Weg bringen«, entgegnete sie. »Ich rufe Mrs. Johnson an und teile ihr mit, dass alles erledigt ist. Und auch, dass wir in Winifreds Büro weiter nach Unterlagen suchen werden.«

Das Taxi hielt vor ihrem Haus. Sie spürte, wie Mac den Arm um sie legte. »Ich bin immer für dich da«, meinte er und drückte sie liebevoll an sich.

»Das weiß ich, Mac.«

»Wenn du dein Herz ausschütten willst, ruf einfach an. Tag und Nacht. Vergiss nicht, ich habe auch einige geliebte Menschen verloren.«

Ja, das hast du, dachte Nell. Deine Frau, deinen einzigen

Sohn und deine Schwiegertochter, und das innerhalb so kurzer Zeit. Dir muss niemand erzählen, was Trauer ist.

Sie schickte sich an auszusteigen. Carlo hielt ihr schon die Taxitür auf.

»Nell, da wäre noch etwas«, sagte Mac plötzlich.

Er klang so, als wäre ihm das Thema unangenehm, was bei ihm selten vorkam. Nell streckte einen Fuß aus dem Wagen, drehte sich um und sah ihn abwartend an.

»Nell, du und Adam habt euch doch steuerlich nicht gemeinsam veranlagen lassen, oder?«

Sie wollte ihm schon eine gereizte Antwort geben, als sie seinen tief besorgten Blick bemerkte. Bestürzt wurde ihr klar, dass man Mac in letzter Zeit sein Alter zunehmend ansah.

Wie sie sich noch erinnerte, hatte Mac ihr nach ihrer Hochzeit mit Adam geraten, getrennte Steuererklärungen abzugeben. »Nell«, hatte er verkündet, »du strebst eine politische Karriere an. Und das heißt, dass ständig die Geier über dir kreisen und versuchen werden, dir einen Fehler nachzuweisen. Du darfst ihnen keine Gelegenheit geben, dich mit Dreck zu bewerfen. Lass Adam seine eigene Steuererklärung einreichen. Denn er könnte darin in aller Unschuld etwas so darstellen, dass man dir später einen Strick daraus dreht. Versteuere dein Einkommen selbst, und zwar so einfach wie möglich, ohne komplizierte Abschreibungstricks.«

»Ja, Mac, ich habe mich getrennt veranlagen lassen«, erwiderte sie barsch. »Also zerbrich dir nicht den Kopf darüber.« Wieder wollte sie aussteigen, doch sie wandte sich noch einmal um. »Sei offen zu mir. Gibt es da etwas, das ich wissen sollte? Hast du eindeutige Beweise dafür, dass Adam in unlautere Machenschaften verwickelt war?«

»Nein«, entgegnete er zögernd und schüttelte den Kopf. »Da ist nichts.«

»Also schließt du nur aus Gerüchten, dem Leugnen von

Walters und Arsdale und aus deinem berühmten Instinkt, dass Adam bei den Umtrieben, die die Staatsanwaltschaft jetzt untersucht, die Hand im Spiel hatte?«

Er nickte.

»Mac, mir ist klar, dass du nur mein Bestes willst, und auch, dass ich dich dafür lieben sollte, aber …«

»Im Augenblick habe ich nicht den Eindruck, dass du mich besonders liebst, Nell.«

Sie zwang sich zu einem Lächeln. »Da hast du Recht. Aber eigentlich habe ich dich sehr gern. Glaub mir, die Wahrheit liegt irgendwo in der Mitte.« Mit einem entschuldigenden Blick auf Carlos stieg sie endlich aus. Als der Aufzug ihre sichere Wohnung erreichte, hatte Nell einen Entschluss gefasst.

Bis jetzt hatte sie sich nie auf ihre hellseherischen Fähigkeiten eingelassen. Und dass ein Medium in Kontakt mit Verstorbenen treten konnte, war für sie unvorstellbar; sie tat es als Hokuspokus ab. Doch wenn Bonnie Wilson angeblich mit Adam in Verbindung stand, musste sie dieser Behauptung auf den Grund gehen.

Mir bleibt nichts anderes übrig, sagte sie sich. Hier dreht es sich nicht um mich, sondern um Adam.

36

Seit der Explosion auf der *Cornelia II* durchkämmten Suchmannschaften der Küstenwache das Hafenbecken nach Überresten von Jacht und Passagieren und sammelten verschiedene Trümmer ein. Am Freitagnachmittag wurde zum ersten Mal seit vier Tagen ein wichtiger Fund gemacht.

Unweit der Verrazanobrücke trieb ein anderthalb Meter langes zersplittertes Stück Holz auf den Wellen und wurde an Land gespült. Fetzen eines fleckigen blauen, mit menschlichen Knochensplittern durchsetzten Polohemdes hatten sich darin verfangen.

Diese traurige und makabere Entdeckung bestätigte der Suchmannschaft, dass sie die Überreste eines weiteren Opfers aufgespürt hatten. Man hatte Sam Krauses Sekretärin gebeten zu beschreiben, was ihr Arbeitgeber getragen hatte, als er sich auf den Weg zu der Besprechung auf der Jacht machte. Die Frau war sicher, dass es ein langärmeliges blaues Polohemd und eine Khakihose gewesen waren.

George Brennan erfuhr davon, als er gerade im Begriff war, sein Büro zu verlassen, um sich mit Jack Sclafani in der Vorhalle des Hauses 14. Straße, Nummer 405, an der Ostseite von Manhattan zu treffen. In der Tasche hatte er ein Papier, das ihn berechtigte, die Wohnung von Ada Kaplan zu durchsuchen, deren Sohn inzwischen stark im Verdacht stand, die *Cornelia II* in die Luft gesprengt zu haben.

Sie blieben eine Weile in der Vorhalle stehen, während Brennan Jack von dem neuesten Fund erzählte. »Der Täter hat genug Sprengstoff benutzt, um einen Ozeandampfer zu Kleinholz zu verarbeiten, Jack. Am vergangenen Freitag eignete sich das Wetter hervorragend zum Bootfahren. Soweit ich informiert bin, waren eine ganze Menge kleiner Jachten draußen. Ein Glück, dass die meisten schon wieder in Richtung Hafen segelten, als Cauliffs Boot explodierte. Nicht auszudenken, wie viele Tote wir jetzt hätten, wenn noch jemand in der Nähe gewesen wäre.«

»Glaubst du, der Täter hat eine Fernbedienung oder einen Zeitzünder benutzt? Jedenfalls hat er die Sache sorgfältig geplant.«

»Ja, das kann man sagen. Entweder war es jemand, der sich mit Sprengstoff auskennt – so wie Jed Kaplan –, oder ein Amateur, der verdammtes Glück gehabt hat. Denn er hätte sich beim Zusammenbauen der Bombe leicht selbst ins Jenseits befördern können.«

Ada Kaplan wäre vor Scham fast im Erdboden versunken, und sie vergoss bittere Tränen, als sie an das Getuschel der Nachbarn dachte. Während die Vierzimmerwohnung Zentimeter um Zentimeter durchsucht wurde, saß ihr Sohn Jed mit verächtlicher Miene am Tisch in der kleinen Essecke.

Ihn scheint das alles nicht zu stören, dachte sich Jack. Wenn er die Jacht gesprengt hat, bewahrt er die Beweisstücke sicher nicht hier auf.

Allerdings errangen sie einen kleinen Sieg in Form eines Tütchens mit Marihuana, das in einer Reisetasche im Wandschrank steckte. »Machen Sie mal 'nen Punkt«, protestierte Jed. »Sie sehen doch, dass das Zeug uralt ist. Ich kann mich nicht erinnern, es je gesehen zu haben. Außerdem war ich vor fünf Jahren das letzte Mal hier.«

»Das stimmt«, sprang Ada Kaplan für ihren Sohn in die Bresche. »Ich habe die alten Taschen in den Schrank gestellt, für den Fall, dass er sie noch einmal braucht. Doch er hat sie seit seiner Ankunft nicht angefasst. Ich schwöre.«

»Tut mir leid, Mrs. Kaplan«, erwiderte Brennan. »Und auch für Sie, Jed. Doch die Menge reicht für die Vermutung, dass der Stoff nicht nur für den Eigenbedarf bestimmt ist. Ich nehme Sie wegen Drogenbesitzes fest.«

Zwei Stunden später hatten Sclafani und Brennan Jed auf dem Revier abgegeben und in eine Arrestzelle sperren lassen. »Seine Mutter stellt die Kaution. Aber wenigstens war der Richter einverstanden, ihm den Pass abzunehmen«, meinte Brennan missmutig.

»Offenbar hat er seine Lektion gelernt, als er in Australien mit Sprengstoff im Auto erwischt worden ist«, sagte

Jack Sclafani. »In der Wohnung fand sich kein Hinweis darauf, dass er mit der Explosion der Jacht etwas zu tun hat.«

Sie gingen zu ihren Autos. »Wie war dein Besuch bei Lisa Ryan?«, erkundigte sich Brennan.

»Leider erfolglos. Ich war sicher, dass sie gleich zu reden anfangen würde, aber dann kamen die Kinder aus der Schule.« Jack schüttelte den Kopf und holte den Zündschlüssel aus der Tasche. »Ich schwöre, noch zwei Minuten, und ich hätte sie so weit gehabt. Ich habe mich sogar noch ein wenig mit den Kindern unterhalten.«

»Hast du mit ihnen Plätzchen gegessen und Milch getrunken?«

»Und dann noch ein paar Tassen Kaffee mit ihrer Mutter, als die Kleinen wieder draußen waren. Glaub mir, ich habe es versucht. Doch sie hat sich nicht mehr von mir einwickeln lassen.«

»Warum hat sie plötzlich geschwiegen?«

»Schwer zu sagen«, erwiderte Sclafani. »Ich vermute, sie möchte mir nichts erzählen, was dem Andenken von Jimmy Ryan in den Augen seiner Kinder schaden könnte.«

»Bestimmt hast du Recht. Gut, also bis morgen. Vielleicht schaffen wir dann endlich den Durchbruch.«

Während George Brennan zu seinem Wagen ging, klingelte sein Mobiltelefon. Man teilte ihm mit, dass an der Küste unweit der Verrazanobrücke, wo man auch das Holzstück und das zerfetzte Hemd gefunden hatte, eine Damenhandtasche entdeckt worden war.

In der klatschnassen Brieftasche steckten die Kreditkarten und der Führerschein von Winifred Johnson.

»Angeblich war die Tasche nicht einmal angesengt«, meinte Brennan, nachdem er die Verbindung beendet hatte. »Es ist wirklich seltsam. Wahrscheinlich ist sie in die Luft geflogen und im Wasser gelandet.«

»Oder sie war nicht an Bord, als die Bombe hochging«, meinte Sclafani nach einer nachdenklichen Pause.

37

Nell verbrachte den Nachmittag mit der Beantwortung der Beileidsschreiben, die sich schon die ganze Woche auf ihrem Schreibtisch türmten. Als sie fertig war, war es fast fünf Uhr. Ich muss für eine Weile hier raus, dachte sie. Außerdem hatte ich die ganze Woche keine Bewegung.

Sie zog Shorts und ein T-Shirt an, steckte eine Kreditkarte und zehn Dollar ein und joggte die drei Häuserblocks zum Central Park. An der 72. Straße bog sie in den Park ein und lief nach Süden. Früher bin ich dreimal wöchentlich zum Joggen gegangen, dachte sie. Warum bin ich nur so nachlässig geworden?

Während sie in gewohntem lockerem Trab dahinjoggte und das Gefühl genoss, sich endlich einmal wieder frei und ungezwungen bewegen zu können, dachte sie an die vielen Beileidsschreiben, die sie erhalten hatte.

»Offenbar warst du so glücklich mit Adam ...«

»Es tut uns so Leid, dass Sie so eine Tragödie erleben mussten ...«

»Wir sind immer für dich da ...«

Weshalb habe ich in keinem einzigen Brief gelesen, was für ein netter Kerl Adam war und wie sehr man ihn vermissen wird?

Warum fühle ich mich wie benommen und kann nicht weinen?

Nell lief schneller, doch die Fragen ließen sie einfach nicht los. Sie überlegte, wo sie gelesen hatte, dass man den eigenen Gedanken nicht entfliehen kann.

Dan Minor joggte den Central Park South entlang und lief dann durch die Grünanlagen nach Norden. Ein ausgezeichneter Tag für einen Dauerlauf, sagte er sich. Jetzt, am späten Nachmittag, war die Sonne angenehm warm, und es wehte ein erfrischender Wind. Im Park wimmelte es von Joggern, Rollschuhfahrern und Spaziergängern. Die meisten Bänke waren von Leuten besetzt, die die Aussicht genossen oder lasen.

Dan wurde von Mitgefühl ergriffen, als er an einer ungepflegten jungen Frau vorbeikam, die ein zerschlissenes Kleid trug. Neben ihr sitzt niemand, dachte er, als er die überquellenden Plastiktüten zu ihren Füßen bemerkte.

Hat Quinny so den Großteil ihres Lebens verbracht?, fragte er sich. Machten die Leute ebenfalls einen Bogen um sie oder behandelten sie wie Luft?

Seltsam, dass er sie in seinen Gedanken immer Quinny nannte. »Mutter«, das war eine andere. Seine Mutter war eine hübsche, dunkelhaarige Frau, die ihn liebevoll in den Arm nahm und Danny-Boy zu ihm sagte.

Aber sie hat jeden Abend, wenn ich schon im Bett lag, zu trinken angefangen, überlegte er weiter. Manchmal bin ich aufgewacht und habe sie zugedeckt, wenn sie wieder einmal bewusstlos war.

Er joggte weiter und bemerkte aus dem Augenwinkel eine hoch gewachsene Frau mit kastanienbraunem Haar, die an ihm vorbeilief.

Ich kenne sie, dachte er.

Es war ein Reflex, ein Gefühl, das sich häufig einstellt, wenn etwas in einem eine Erinnerung auslöst. Dan blieb stehen und drehte sich um. Wer war diese Frau, und warum erschien sie ihm so vertraut?

Dieses Gesicht hatte er doch innerhalb der letzten vierundzwanzig Stunden schon einmal gesehen.

Natürlich. Es fiel ihm wie Schuppen von den Augen. Das war Nell MacDermott. Gestern wurde in den Zehn-Uhr-

Nachrichten über sie berichtet. In dem Beitrag stand sie nach dem Trauergottesdienst für ihren Mann vor der Kirche.

Dan wusste nicht, warum er kehrtmachte und zurück in Richtung Central Park South lief, immer Nell MacDermotts kastanienbraunem Haarschopf hinterher.

Als Nell sich dem Broadway näherte, verlangsamte sie ihr Tempo. An der Ecke Broadway und 57. Straße befand sich der Buchladen Coliseum. Sie hatte Geld und Kreditkarte mitgenommen, um hier auf dem Heimweg vielleicht ein Buch zu kaufen. Nun musste sie sich entscheiden.

Wenn ich wirklich mit Bonnie Wilson sprechen und ihre Behauptung nachprüfen will, sie stehe mit Adam in Verbindung, muss ich zuerst mehr über übernatürliche Phänomene erfahren, beschloss sie. Ich weiß, Mac würde mich deswegen auslachen. Er würde sagen, nur Idioten und übergeschnappte alte Weiber – womit er selbstverständlich Tante Gerti meint – glaubten an das Geschwätz von Hellsehern. Eigentlich liegt es nur an ihm, dass ich Gertis Vorschlag abgelehnt habe. Doch falls Bonnie Wilson in dieser Fernsehsendung keine faulen Tricks angewandt hat, hat sie vielleicht tatsächlich Kontakt mit Adam. Und wenn ich mich wirklich mit ihr treffe, muss ich vorbereitet sein. Ich will wissen, worauf ich achten und was ich sie fragen soll.

Dan folgte Nell den Broadway hinunter und sah sie im Buchladen verschwinden. Unschlüssig blieb er stehen, blickte ins Schaufenster, tat, als interessierte er sich für die Auslage, und überlegte, ob er ebenfalls hineingehen sollte. Aber da er keinen Cent bei sich hatte, konnte er sich schlecht als Kunde ausgeben. Außerdem war er ziemlich schnell gelaufen, bevor er ihr begegnete, und brauchte vermutlich dringend eine Dusche und saubere Sachen. Ein Bummel durch einen Buchladen kam also nicht infrage.

Mit einem Zipfel seines Sweatshirts wischte er sich den

Schweiß von der Stirn. Vielleicht sollte ich ihr einfach schreiben, dachte er.

Aber eigentlich würde ich lieber gleich mit ihr sprechen. Bestimmt hat sie eine Geheimnummer, und sie bekommt wahrscheinlich zurzeit jede Menge Post, die sie gar nicht mehr beantworten kann. Er beschloss, doch in den Laden zu gehen.

Durch das Fenster sah er, wie sie zwischen den Bücherregalen umherschlenderte. Dann bemerkte er, gleichzeitig erleichtert und aufgeregt, dass sie sich der Kasse näherte.

Sie kam aus dem Laden, eilte zur nächsten Straßenecke und streckte die Hand aus, um ein Taxi anzuhalten, das gerade den Broadway entlangfuhr.

Jetzt oder nie, sagte sich Dan und lief los.

»Nell.«

Nell blieb stehen. Der hoch gewachsene, blonde Jogger im langärmeligen Sweatshirt kam ihr bekannt vor.

»Dan Minor, Nell. Wir sind uns im Weißen Haus begegnet. Vor ein paar Jahren.«

Sie lächelten einander an. »Sie müssen zugeben, dass das ein besserer Einstieg ist als ›Kennen wir uns nicht?‹«, sagte Dan und fügte dann rasch hinzu: »Sie waren mit Ihrem Großvater dort. Ich war Gast des Kongressabgeordneten Dade.«

Ganz sicher habe ich ihn schon einmal getroffen, dachte Nell und betrachtete das sympathische Gesicht ihres Gegenübers. Dann fiel es ihr wieder ein. »Ach ja, ich erinnere mich. Sie sind Arzt«, meinte sie. »Kinderchirurg. Sie haben in Georgetown studiert.«

»Richtig.« Und wie mache ich jetzt weiter?, fragte sich Dan. Er sah, wie Nell MacDermotts spontanes Lächeln verflog. »Ich wollte Ihnen nur sagen, wie leid mir der Tod Ihres Mannes tut«, sagte er rasch.

»Danke.«

»Junge Frau, wollen Sie jetzt mit dem Taxi fahren oder

nicht?« Inzwischen hatte der Taxifahrer, den Nell herangewinkt hatte, am Straßenrand gehalten.

»Ja, Augenblick bitte.« Sie hielt Dan die Hand hin. »Schön, Sie wiederzusehen, Dan. Hat mich sehr gefreut.«

Dan blickte dem Taxi nach, das den Broadway überquerte und auf der 57. Straße nach Osten fuhr. Wie lädt man eine Frau, die seit genau einer Woche Witwe ist, zum Essen ein?, fragte er sich.

38

Am Freitagnachmittag wurde Ben Tucker in Philadelphia in die Praxis der Kinderpsychologin Dr. Megan Crowley gebracht.

Er saß allein im Wartezimmer, während seine Mutter sich in einem anderen Raum mit der Ärztin unterhielt. Ben wusste, dass auch er mit der Ärztin würde reden müssen, aber er wollte nicht, denn er war sicher, dass sie ihn nach dem Traum fragen würde. Und darüber konnte er nicht sprechen.

Inzwischen kam der Traum jede Nacht. Manchmal befürchtete Ben sogar tagsüber, die Schlange könnte hinter der nächsten Ecke lauern und ihn anspringen.

Ständig versuchten Mama und Papa, ihm zu erklären, dass diese Bilder nicht die Wirklichkeit waren und dass das alles nur an dem Schock lag. Sie sagten, es sei schwer für kleine Kinder, so eine schreckliche Explosion mit anzusehen, bei der Menschen gestorben seien. Und sie behaupteten, die Ärztin werde dafür sorgen, dass es ihm wieder besser ging.

Doch sie kapierten es einfach nicht. Es war nicht die Explosion, sondern die *Schlange*.

Dad meinte, er solle an den Besuch bei der Freiheitsstatue denken, wenn er sich an New York erinnerte. Daran, wie lustig es gewesen sei, die vielen Stufen hinaufzuklettern, und an die schöne Aussicht von der Krone aus.

Ben hatte sich wirklich Mühe gegeben. Er hatte sich gezwungen, an Dads langweilige Geschichte zu denken, und sich ausgemalt, wie sein Urgroßvater als Kind Pennys gesammelt hatte, damit man die Freiheitsstatue überhaupt aufstellen konnte. Er dachte an die vielen Leute, die aus dem Ausland kamen, mit dem Schiff an der Statue vorbeifuhren und zu ihr aufblickten, so froh waren sie, endlich in den Vereinigten Staaten zu sein. Doch so sehr er sich auch darauf konzentrierte, es nutzte nichts. Immer wieder fiel ihm die Schlange ein.

Die Tür öffnete sich, und seine Mutter kam mit einer Dame heraus.

»Hallo«, sagte die Dame. »Ich bin Dr. Megan.«

Sie war noch jung, ganz im Unterschied zu Dr. Peterson, dem Kinderarzt, der schon uralt war.

»Dr. Megan würde sich gerne mit dir unterhalten, Benjy«, sagte seine Mutter.

»Kommst du mit?«, fragte Ben und bekam große Angst.

»Nein, ich warte hier draußen. Keine Sorge, alles wird gut. Wir sind gleich wieder zusammen, und dann kriegst du eine Belohnung.«

Ben sah die Ärztin an. Er wusste, dass er sie begleiten musste. Aber über die Schlange rede ich nicht, nahm er sich vor.

Doch Dr. Megan überraschte ihn. Sie wollte gar nicht über die Schlange sprechen. Stattdessen erkundigte sie sich nach der Schule, und er antwortete, er sei in der dritten Klasse. Dann fragte sie ihn nach seiner Lieblingssportart. Ben erwiderte, Ringen mache ihm den größten Spaß, und er erzählte, wie er vor ein paar Tagen seinen Gegner in dreißig Sekunden auf die Matte gezwungen und den Kampf gewonnen hatte. Anschließend plauderten sie über den Musikunterricht, und Ben erzählte, dass er nicht genug übe, sich heute beim Flötespielen aber wacker geschlagen habe.

Sie redeten über dies und jenes, und sie fragte ihn kein einziges Mal nach der Schlange. Nachdem sie ihm erklärt hatte, seine Mutter werde ihm etwas geben, damit er besser schlafen könne, verkündete sie, sie werde ihn am Montag wiedersehen.

»Dr. Megan ist nett«, sagte Ben im Aufzug zu seiner Mutter. »Gehen wir jetzt ein Eis essen?«

Samstag und Sonntag,
17. und 18. Juni

39

Den ganzen Freitagabend lang hatte Nell in den Büchern über übernatürliche Phänomene gelesen, die sie am Nachmittag nach dem Joggen im Park gekauft hatte.

Am Samstagnachmittag hatte sie alle Kapitel zu dem Thema studiert, das sie besonders interessierte. Glaube ich das wirklich?, fragte sie sich, während sie viele Absätze wieder und immer wieder las.

Ich weiß genau, in welchem Augenblick Oma, Mama und Papa gestorben sind, dachte sie. Und ich bin auch sicher, dass Mama und Papa mich in Hawaii dazu gebracht haben, weiterzuschwimmen, als ich schon aufgeben wollte. Das sind meine eigenen Erfahrungen mit übernatürlichen Phänomenen.

Nell stellte fest, dass einige der Autoren von der »Aura« eines Menschen sprachen. Als ich am Tag der Explosion Winfred ansah, überlegte sie, schien eine schwarze Wolke um sie zu schweben. Diesen Bücher zufolge war das eine Aura. Und die schwarze Farbe symbolisiert den Tod.

Nell erinnerte sich an die Fernsehsendung mit Bonnie Wilson. Es war wirklich erstaunlich, was sie der Zuschauerin über die Todesumstände ihres Mannes erzählen konnte, sagte sie sich.

Skeptiker behaupten, dass Menschen, die sich auf übernatürliche Kräfte berufen, einfach nur geschickte Vermutungen anstellen, und zwar auf der Grundlage von Informationen, die sie ihrem Gegenüber zuerst schlau entlockt haben. Nun, ich gebe zu, dass ich eine Skeptikerin bin, dachte Nell. Aber ich muss ebenfalls einräumen, dass diese Bonnie Wilson auch mich reingelegt hat, wenn sie wirklich ein Scharlatan ist.

Spekulieren die Menschen, die angeblich Verbindung mit Verstorbenen halten, in Wahrheit nur ins Blaue hinein?, fragte sie sich. Es kann nicht sein, dass Bonnie Wilson alles, was sie der Zuschauerin in der Fernsehsendung erzählte, nur erraten hat. Und was ist mit Synchronizität?, überlegte Nell weiter. So nennt man es, wenn man an jemanden denkt und derjenige im nächsten Moment anruft. Als ob die eine Person ein Fax schickt, das die andere empfängt.

Das wäre vielleicht eine Erklärung für das gewesen, was Nell in der Sendung mit Bonnie Wilson gesehen hatte. Nell kam zu dem Schluss, dass man sich ein Medium, das angeblich in Kontakt mit Verstorbenen stand, am besten wie eine Art Faxgerät vorstellte, welches die Gedanken der Klienten weitervermittelte.

Oh, Adam, warum habe ich dir nur an jenem Tag gesagt, dass du nicht nach Hause zu kommen brauchst? Ansonsten könnte ich mich heute möglicherweise besser mit deinem Tod abfinden.

Doch selbst ohne dieses Missverständnis wären durch deinen Tod so viele Fragen offengeblieben. Wer hat dir das angetan, Adam? Und warum?

Ich habe immer geglaubt, die arme Winifred hätte für dich geschwärmt. Aber nun weiß ich, dass es in ihrem Leben einen anderen Mann gab. Ich bin froh darüber, und ich hoffe, dass es ihr vergönnt war, Liebe zu erfahren.

Mac ist so besorgt, dass im Rahmen der Ermittlungen gegen Walters und Arsdale wegen Bestechung und unlauterer Preisabsprachen dein Name fallen könnte. Auch wenn sich diese Vorkommnisse während deiner Tätigkeit in diesem Büro ereignet haben, ist es ungerecht, dir jetzt die gesamte Schuld in die Schuhe zu schieben, weil du dich nicht mehr verteidigen kannst.

Über zwei Jahre lang hast du bei Walters und Arsdale gearbeitet, und dennoch ist keiner der Firmeninhaber zum Trauergottesdienst erschienen. Ich weiß, dass sie wütend auf dich waren, weil du das Grundstück der Kaplans gekauft und dich dann selbstständig gemacht hast. Aber ist es ein Fehler, ehrgeizig zu sein? Ich zumindest habe von klein auf gelernt, wie wichtig es ist, es im Leben zu etwas zu bringen.

Hatte der Bombenleger vor, dich zu beseitigen? Galt dir der Anschlag? Oder vielleicht Sam Krause? Oder Winifred? Jimmy Ryans Witwe wollte nach dem Gottesdienst mit mir sprechen, aber dann ist sie aus irgendeinem Grund einfach davongelaufen. Beabsichtigte sie, mir etwas Wichtiges über die Sitzung auf der Jacht zu erzählen? Wusste Jimmy Ryan möglicherweise etwas, das für jemanden gefährlich werden konnte? Hatte der Täter es auf ihn abgesehen?

Am letzten Morgen hatte Adam gesagt, in der Baubranche sei Ehrlichkeit ein dehnbarer Begriff. Was hat er damit gemeint?, fragte sich Nell.

Samstagnacht tat Nell fast kein Auge zu. Ich fühle mich, als würde Adam jeden Moment hereinkommen, sagte sie sich. Endlich nickte sie ein, wachte aber um sechs Uhr wieder auf. Sonntag. Wieder ein sonniger Junimorgen. Sie duschte, zog sich an und besuchte die Sieben-Uhr-Messe.

»Mögen Adams Seele und die Seelen aller verstorbenen Gläubigen in Frieden ruhen …« Das Gebet war dasselbe wie in der vergangenen Woche. Und so würde es noch eine Weile bleiben, wenn es ihr nicht gelang, einige Antworten zu finden. Eine Erklärung für das, was geschehen war.

Wenn Adam versucht, sich mit mir in Verbindung zu setzen, gibt es sicher einen Grund, warum er keinen Frieden findet, dachte Nell.

Sie erinnerte sich an die Lehren der Kirche. An den Curé von Ars, der als Schutzpatron der Priester galt und angeblich erstaunliche Einblicke in das Jenseits gehabt hatte, und an Padre Pio, den Mystiker.

Ich weiß nicht mehr, was ich glauben soll, dachte Nell.

Auf dem Heimweg von der Messe kaufte sie sich einen ofenfrischen Bagel. Ich liebe New York am Sonntagmorgen, ging es ihr durch den Kopf, als sie die Lexington Avenue entlangschlenderte. Zu dieser Tageszeit erinnert es an eine Kleinstadt, die gerade erwacht. Die Straßen sind so leer und still.

Dieser Teil Manhattans war Macs Wahlbezirk gewesen. Seine Straßen. Wird er eines Tages auch *mein* Wahlbezirk sein?, fragte sie sich, und ihr Herz schlug schneller.

Ohne Adam brauchte sie nicht mehr darüber nachzugrübeln, ob es richtig war, zu kandidieren.

Sie schämte sich für die Erleichterung, die sie kurz überkam, die Erkenntnis, dass sich wenigstens ein Problem von selbst gelöst hatte.

40

Peter Lang verbrachte das Wochenende allein in Southampton. Die vielen Einladungen seiner Freunde zum Golf, zu Cocktails oder zum Abendessen lehnte er ab, denn im Augenblick konnte er nur noch an die Lösung der anstehenden Probleme denken. Er musste eine Möglichkeit finden, sein neues Bauvorhaben zu finanzieren. Außerdem brauchte er dazu dringend das Grundstück, das Nell MacDermotts Mann Mrs. Kaplan abgekauft hatte.

Ich habe mir nicht die geringsten Chancen ausgerechnet, dass die Behörden die Vandermeer-Villa von der Liste der denkmalgeschützten Gebäude streichen könnten, sagte er sich und schalt sich wegen seines Leichtsinns. Und als es schließlich aussah, als würde es doch passieren, war es zu spät: Cauliff ist mir zuvorgekommen und hat Ada Kaplan das Grundstück abgeschwatzt.

Ohne dieses Grundstück war es zwar möglich, ein zweckmäßiges Gebäude zu errichten, allerdings würde es keine architektonische Meisterleistung werden. Wenn er es aber bekam, würde dank seiner Bemühungen ein Bauwerk entstehen, das Manhattans Skyline einschneidend verändern würde.

Bis jetzt trug keines von Peter Langs Bauvorhaben seinen Namen. Er hatte sich Zeit damit gelassen, da er fest damit rechnete, eines Tages den besten Standort und einen fähigen Architekten zu finden, sodass das Ergebnis diese Ehre verdiente. Das Gebäude würde drei Generationen der Familie Lang ein Denkmal setzen.

Wie befürchtet, hatte Adam Cauliff sein Angebot, ihm das Grundstück der Kaplans abzukaufen, klipp und klar abgelehnt. Nur über seine Leiche werde er es herausrücken. Und auf diese Weise hatte er ihm die Geschäftspartnerschaft praktisch aufgezwungen.

Nun, es sieht ganz so aus, als hätte er das ein wenig zu wörtlich genommen, dachte Peter mit einem finsteren Lächeln.

Jetzt musste er nur noch einen Weg finden, sich an Cauliffs Witwe heranzumachen und sie zum Verkauf zu überreden. Inzwischen hatte er Erkundigungen über sie eingezogen und wusste, dass sie – zumindest in der nächsten Zeit – nicht aus finanziellen Gründen würde verkaufen müssen. Offenbar war sie ziemlich vermögend und von ihrem verstorbenen Mann unabhängig. Doch Lang hatte noch einen Trumpf im Ärmel, der ganz sicher zum Erfolg führen würde, wenn er ihn richtig ausspielte.

Es war ein offenes Geheimnis, wie enttäuscht Cornelius MacDermott gewesen war, dass seine Enkelin nicht für seinen Sitz im Kongress kandidierte, als er sich vor zwei Jahren zur Ruhe gesetzt hatte.

Sie wäre eine fähige Politikerin, dachte Peter Lang, als er am späten Sonntagnachmittag den von Blumenrabatten gesäumten Pfad entlangschlenderte, der von seinem Haus zum Meer führte. Ein Jammer, dass sie nicht schon damals kandidiert hat. Gorman ist ein Versager, und es wird nicht leicht für sie sein, die Wähler zurückzugewinnen, die sich enttäuscht von ihm abgewendet haben.

Nell MacDermott ist aus dem richtigen Holz geschnitzt. Wie ihr Großvater weiß sie sich in der Politik zu behaupten. Außerdem ist sie so klug einzusehen, dass ich viel zu ihrem Wahlsieg beitragen könnte. Für sie wäre es nur von Vorteil, wenn ich auf ihrer Seite stehe. Zum Beispiel wäre ich ihr sicher eine Hilfe, wenn die Gerichte anfangen, Adams Geschäftsgebaren unter die Lupe zu nehmen. Sie wird mich förmlich anflehen, für Adams guten Ruf zu bürgen.

Peter Lang ließ sein Badehandtuch fallen, stürmte mit großen, entschlossenen Schritten durch die Wellen und warf sich in den Atlantik.

Das Wasser war eiskalt, doch nach ein paar Metern hatte er sich daran gewöhnt. Mit eleganten Zügen schwamm er weiter und dachte daran, wie knapp er seine Verabredung mit dem Tod verpasst hatte. Er fragte sich, ob Adam Cauliff wohl noch etwas gespürt hatte, als die Jacht explodierte und das Wasser über ihm zusammenschlug.

41

Bonnie Wilson hatte Gerti gebeten, sie sofort anzurufen, falls Nell MacDermott sich entscheiden sollte, ihre Hilfe in Anspruch zu nehmen. Sie war sich darüber im Klaren, dass Nell vermutlich mit sich rang, ob sie sie aufsuchen sollte. Schließlich war sie eine beliebte Zeitungskolumnistin und in der Öffentlichkeit bekannt. Wenn sie sich nun an eine Hellseherin wandte, konnte ihr das durchaus unerwünschte Publicity einbringen. Außerdem hieß es, sie werde möglicherweise für den Kongress kandidieren. Und da die Presse immer auf Mittel und Wege sann, einen Kandidaten in den Schmutz zu ziehen, würde man ihr vielleicht einen Strick daraus drehen, wenn sie eine prominente Hellseherin wie Bonnie konsultierte.

Die Medien hatten Hillary Clinton verspottet, als diese angeblich versucht hatte, mithilfe eines Mediums Kontakt zu Eleanor Roosevelt aufzunehmen. Und auch Nancy Reagan war lange Zeit durch den Kakao gezogen worden, weil sie sich an die Ratschläge einer Astrologin hielt.

Doch dann, am Sonntagabend um zehn, erhielt Bonnie den erhofften Anruf von Gerti MacDermott. »Nell würde sich gerne mit Ihnen treffen«, sagte Gerti mit gedämpfter Stimme.

»Da stimmt doch etwas nicht, Gerti. Man braucht keine Hellseherin zu sein, um Ihnen anzuhören, dass Sie etwas bedrückt.«

»Oh, ich fürchte, mein Bruder ist schrecklich böse auf mich. Heute Abend hat er Nell und mich zum Essen eingeladen. Ich habe mich verplappert und erzählt, ich hätte mit Ihnen gesprochen. Außerdem habe ich ein paar der Dinge wiederholt, die ich von Ihnen habe. Er ist furchtbar wütend geworden und hat den Fehler begangen, Nell den Besuch bei Ihnen zu verbieten.«

»Und das hat natürlich zur Folge, dass sie mich jetzt sehen will.«

»Möglicherweise hätte sie es ohnehin getan«, erwiderte Gerti. »Obwohl ich glaube, dass sie in dieser Sache zwiegespalten ist. Doch nun ist sie fest entschlossen, Sie zu besuchen, und zwar so bald wie möglich.«

»Sehr gut, Gerti. Dann richten Sie ihr aus, morgen um drei würde mir passen.«

Montag, 19. Juni

42

Wie immer am Montag war der Schönheitssalon geschlossen. In gewisser Weise war Lisa dankbar für den zusätzlichen freien Tag, denn so hatte sie mehr Zeit, sich innerlich auf den Kontakt mit der Außenwelt vorzubereiten. Andererseits aber hätte sie die ersten Arbeitstage am liebsten schon hinter sich gehabt. Denn ihr graute vor der Begegnung mit ihren Stammkundinnen, die ihr zuerst kondolieren und sie dann nach den Einzelheiten der Explosion ausfragen würden, bei der Jimmy sein Leben verloren hatte.

Viele von ihnen waren ins Beerdigungsinstitut gekommen. Andere hatten Blumen oder Beileidskarten geschickt.

Lisa wusste, dass sich nach dem ersten Schock bei ihren Mitmenschen – wenn auch nicht bei ihr – der Alltag wieder eingestellt hatte. Inzwischen dachten ihre Kundinnen vermutlich kaum noch an ihren schweren Verlust. Vielleicht würden einige von ihnen noch eine Weile erleichtert aufatmen, wenn sie abends den Wagen ihres Mannes in der Auffahrt hörten, doch auch das würde sich bald legen. Sie hatten zwar aufrichtiges Mitleid mit ihr, waren aber gleichzeitig froh, dass sie nicht selbst Opfer eines Schicksalsschlages geworden waren.

Lisa hatte genauso empfunden, als der Mann einer ihrer

Kundinnen vor einem Jahr bei einem Verkehrsunfall gestorben war.

Damals hatte sie mit Jimmy darüber gesprochen. Seine Antwort werde ich nie vergessen, dachte sie: »Lisa, wir alle sind ein wenig abergläubisch. Insgeheim glauben wir, dass die Götter für eine Zeit zufrieden sein und uns verschonen werden, wenn jemand anderem etwas Schreckliches passiert ist.«

Um neun Uhr war sie mit der Hausarbeit fertig. Eigentlich hätte sie noch die vielen Beileidsbriefe beantworten müssen, doch sie brachte es nicht über sich.

Viele alte Freunde, die inzwischen weggezogen waren, hatten ihr geschrieben, wie entsetzt und erschüttert sie seien. Einer der schönsten Briefe stammte von einem ehemaligen Nachbarsjungen aus ihrer und Jimmys Kindheit, der inzwischen Filmmogul in Hollywood war.

»Ich weiß noch, wie Jimmy und ich in der siebten Klasse waren«, hieß es in dem Schreiben. »Wir mussten ein Referat in Physik halten. Inzwischen bin ich selbst Vater und fest davon überzeugt, dass Lehrer solche Aufgaben nur erteilen, um den Familienfrieden zu stören. Am Vorabend des Tages, an dem das Referat fällig war, hatte ich immer noch keine Zeile zu Papier gebracht. Jimmy war wie üblich längst fertig und bot mir seine Hilfe an. Er kam zu mir, bastelte eine Brücke aus Lego und schrieb dann mit mir einen Aufsatz, der erklärte, warum man beim Brückenbau die Schwingungen einberechnen muss. Er war einfach ein wunderbarer Freund.«

Und fast hätte ich seinen guten Ruf ruiniert, dachte Lisa, als sie sich an Detective Sclafanis Besuch vor ein paar Tagen erinnerte. Doch das Problem mit dem Geld würde sich durch Totschweigen nicht lösen. Sie musste es zurückgeben. Denn sie war sich ganz sicher, dass Jimmy das Geld nicht freiwillig angenommen hatte. Gewiss hatte man ihn dazu gezwungen. Eine andere Erklärung gab es nicht. Man hatte Jimmy vor die Wahl gestellt, Missstände auf den Baustellen zu übersehen oder seinen Job zu verlieren. Und indem man ihm das Geld aufnötigte, machte man ihn zum Komplizen.

Lisa kannte Nell MacDermott zwar nicht persönlich, hielt sie aber für vertrauenswürdig. Außerdem konnte Nell ihr vielleicht erklären, woran Jimmy gerade gearbeitet hatte. Schließlich hatte die Sekretärin ihres Mannes Jimmy zum Vorstellungsgespräch eingeladen und die Bewerbungsunterlagen an Sam Krause weitergeleitet. Und was zuerst wie ein Akt der Nächstenliebe wirkte, hatte letztlich zu Jimmys Tod geführt.

Das Geld in den Pappkartons hing sicher damit zusammen. Eigentlich hätte Lisa es dringend gebraucht, um die Rechnungen zu bezahlen und Lebensmittel zu kaufen, aber sie wusste, dass sie keinen Penny davon ausgeben durfte. Es war beschmutzt, Jimmys Blut klebte daran.

Um zehn Uhr versuchte Lisa, Nell MacDermott anzurufen. Nell wohnte an der Ostseite von Manhattan, irgendwo zwischen der 70. und der 79. Straße, doch Lisa musste feststellen, dass sie offenbar eine Geheimnummer hatte.

Lisa fiel ein, dass Nells Großvater, der ehemalige Kongressabgeordnete Cornelius MacDermott, inzwischen eine Beraterfirma besaß. Sie besorgte sich die Nummer bei der Auskunft und wählte. Vielleicht würde sie auf diese Weise Nells Telefonnummer bekommen.

Sie wurde sofort mit einer sympathisch klingenden Dame verbunden, die sich als Liz Hanley, Mr. MacDermotts Sekretärin, vorstellte.

Lisa kam sofort auf den Punkt. »Ich heiße Lisa Ryan und bin Jimmy Ryans Witwe. Ich muss mit Nell MacDermott sprechen.«

Liz Hanley bat sie, sich einen Augenblick zu gedulden.

Zwei Minuten später war sie wieder in der Leitung. »Wenn Sie sich beeilen, können Sie Nell unter der Nummer 212-555-6784 erreichen. Sie erwartet Ihren Anruf.«

Lisa bedankte sich, legte auf und wählte sofort die Nummer. Schon nach dem ersten Läuten wurde abgehoben. Fünf Minuten später, um zwanzig nach zehn, war Lisa Ryan unterwegs zu einem Treffen mit Nell MacDermott, der anderen Frau, die durch die Explosion auf der Jacht zur Witwe geworden war.

43

In seinen achtunddreißig Lebensjahren war Jed Kaplan schon so oft mit dem Gesetz in Konflikt geraten, dass er genau wusste, wenn er beschattet wurde. Inzwischen hatte er einen Riecher dafür, ob ihn jemand verfolgte.

Ich erkenne einen Bullen auf drei Kilometer Entfernung, brummte er vor sich hin, als er am Montagmorgen wütend das Haus verließ und zu Fuß in Richtung Süden marschierte. Hoffentlich hast du bequeme Schuhe an, mein Junge, denn wir machen jetzt einen hübschen, langen Spaziergang.

Jed wollte weg aus New York. Er hielt es nicht mehr aus, bei seiner Mutter zu wohnen. Beim Aufwachen vor einer Stunde hatte er sich nach einer Nacht auf der miserablen Matratze des Klappsofas wie gelähmt gefühlt. Als er in die Küche kam, um sich einen Kaffee zu machen, saß seine Mutter am Tisch und heulte sich die Augen aus.

»Dein Vater wäre heute achtzig geworden«, sagte sie ihm mit zitternder Stimme. »Wenn er noch lebte, würden wir seinen Geburtstag feiern. Doch stattdessen verkrieche ich mich allein in der Wohnung und schäme mich, den Nachbarn gegenüberzutreten.«

Jed versuchte ihre Sorgen zu zerstreuen und beteuerte wieder einmal seine Unschuld. Aber sie hörte einfach nicht auf und jammerte immer weiter.

»Erinnerst du dich noch an die alten Filme mit Edward G. Robinson?«, fragte sie. »Als seine Frau starb, hinterließ sie ihrem Sohn lediglich sein Kinderstühlchen. Sie meinte, nur als er darin saß, hätte er ihr Freude gemacht.«

Dann drohte Mrs. Kaplan ihrem Sohn mit der Faust. »Dasselbe könnte ich von dir behaupten, Jed. Dein Benehmen ist eine Schande, und du ziehst das Andenken deines Vaters in den Schmutz.«

Er hatte ihre Tirade eine Weile über sich ergehen lassen und sich dann rasch verdrückt. In der Wohnung fühlte er sich wie eingesperrt. Er musste weg. Doch dazu brauchte er seinen Pass. Die Polizei wusste genau, dass sie mit ihrer an den Haaren herbeigezogenen Anklage wegen Drogenbesitzes vor Gericht nicht durchkommen würde. Und deshalb hatten sie ihm den Pass abgenommen, damit er nicht verschwinden konnte.

Ich habe nie zugegeben, dass das Gras mir gehört, dachte Jed und beglückwünschte sich zu seiner Schlauheit. Es ist die Wahrheit, dass ich die Tasche seit fünf Jahren nicht angerührt habe.

Allerdings würden die Bullen ihn auch dann weiter behelligen, wenn das Verfahren gegen ihn eingestellt wurde. Sie würden sich schon etwas einfallen lassen, damit er in der Stadt blieb.

Das Problem ist, überlegte Jed, als er sich in einem Imbissladen am Broadway einen Kaffee holte, dass ich der Polizei, was die Explosion angeht, einen Tipp geben könnte. Doch den würden sie wahrscheinlich dazu benutzen, um mir die Tat anzuhängen.

44

»Tut mir leid, dass ich so spät komme«, entschuldigte sich Lisa Ryan, als Nell sie hereinbat. »Ich hätte wissen sollen, dass man hier keinen Parkplatz findet. Schließlich musste ich doch ins Parkhaus.«

Sie hoffte, dass man ihr ihre Nervosität und Unruhe nicht anmerkte. Der Verkehr in New York setzte ihr immer ziemlich zu. Und dazu noch das sündhaft teure Parkhaus: Mindestgebühr fündundzwanzig Dollar! Sie war gereizt und durcheinander.

Fünfundzwanzig Dollar war viel Geld für Lisa. Das bekam sie normalerweise als Trinkgeld für fünf bis acht Maniküren. Und nun hatte sie eine solche Unsumme verschwendet, nur um ein zehn Jahre altes Auto abzustellen. Wenn das Gespräch mit Nell MacDermott nicht so wichtig gewesen wäre, wäre sie sofort umgekehrt und wieder nach Queens gefahren.

Auf dem Weg vom Parkhaus zu dem Gebäude, wo Nell wohnte, waren ihr die Wuttränen in die Augen gestiegen. Lisa hatte stehen bleiben und ein Taschentuch hervorkramen müssen, um sie wegzuwischen. Schließlich wollte sie sich nicht mitten in Manhattan auf offener Straße lächerlich machen.

Bis jetzt hatte sich Lisa in ihrem marineblauen Hosenanzug immer gut gekleidet gefühlt. Doch beim Anblick von Nell MacDermotts maßgeschneiderter brauner Hose und der cremefarbenen Bluse kam sie sich plötzlich vor, als stammten ihre Sachen vom Wühltisch.

Die Fotos werden ihr nicht gerecht, dachte Lisa. Sie ist so hübsch. Und heute sieht sie noch besser aus als bei unserer

Begegnung nach dem Trauergottesdienst, aber das ist ja nicht weiter erstaunlich.

Nell MacDermot hatte sie herzlich und freundschaftlich begrüßt. Sie bot Lisa an, sie Nell zu nennen. Sofort fasste Lisa Vertrauen zu ihr, was unter den gegebenen Umständen sehr wichtig war.

Auch die Ruhe und Gelassenheit, die Nell MacDermott ausstrahlte, trugen dazu bei, dass Lisas Nervosität sich legte. Außerdem wirkte Nell auf sie wie eine Frau, die von klein auf an eine so elegante Umgebung gewöhnt war.

Als sie Nell ins Wohnzimmer folgte, dachte sie wieder einmal an Jimmy. Wie oft hatte er sie wegen ihrer Schwäche für Wohnzeitschriften gehänselt. Lisa erinnerte sich an die vielen Stunden, in denen sie im Geiste ihr Traumhaus eingerichtet hatte. Manchmal bevorzugte sie einen formelleren Stil mit antiken Möbeln und Perserteppichen. Dann wieder den englischen Landhausstil und hin und wieder sogar Art déco oder moderne Möbel, obwohl sie wusste, dass Jimmy mit Letzterem niemals einverstanden gewesen wäre. Traurig dachte sie daran, dass sie ihm immer gesagt hatte, sie wolle Innenarchitektur studieren, wenn die Kinder erst einmal aus dem Haus waren. Doch das kam nun nicht mehr infrage.

»Sie haben eine schöne Wohnung«, sagte sie leise und betrachtete die zusammengewürfelten, aber dennoch zueinander passenden Möbel.

»Danke. Ich fühle mich sehr wohl hier«, erwiderte Nell ein wenig wehmütig. »Meine Eltern sind viel gereist. Sie waren Anthropologen. Aus der ganzen Welt haben sie ungewöhnliche Stücke mitgebracht. Wenn man dazu noch ein paar bequeme Sofas und Sessel anschafft, ist die Wirkung phänomenal. In der letzten Woche hat mir diese Wohnung sehr viel Geborgenheit vermittelt.«

Während des Gesprächs musterte Nell MacDermott ihre Besucherin. Auch das Make-up konnte Lisa Ryans geschwollene Augen nicht verbergen, und ihre Haut war fleckig vom Weinen. Nell hatte den Eindruck, dass ihr Gast schon beim kleinsten Wort in Tränen ausbrechen würde.

»Ich habe gerade Kaffee aufgesetzt«, sagte sie. »Möchten Sie auch eine Tasse?«

Kurz darauf saßen sie sich am Küchentisch gegenüber. Lisa wusste, dass sie den Anfang machen musste. Schließlich habe ich um diesen Termin gebeten, dachte sie. Also liegt der erste Schritt bei mir. Aber wie soll ich beginnen?

Sie holte tief Luft. »Nell, mein Mann war fast zwei Jahre lang arbeitslos. Er hat sich bei der Firma Ihres Mannes beworben, und aus heiterem Himmel wurde er von Sam Krause, dessen Geschäftspartner, eingestellt.«

»Ich glaube, Krause war eher ein Geschäftsfreund als ein richtiger Partner«, erwiderte Nell. »Adam hat mit verschiedenen Leuten an Projekten gearbeitet, doch er betrachtete sie eigentlich nicht als vollwertige Teilhaber. Bei Walters und Arsdale war Adam der verantwortliche Architekt bei einigen Gebäudesanierungen. Sam Krauses Firma führte die Bauarbeiten aus. Dann eröffnete Adam sein eigenes Architekturbüro und wollte mit Krause ins Vandermeer-Projekt einsteigen.«

»Ich weiß. Jimmy war in der letzten Zeit mit der Sanierung alter Mietshäuser beschäftigt. Aber er hat mir erzählt, er würde bald bei einem wirklich wichtigen Auftrag eingesetzt werden; man wollte einen neuen Wolkenkratzer bauen, und er sollte Polier werden.«

Lisa hielt inne. »Nell«, sagte sie; dann erstarb ihre Stimme. »Nell, Jimmy hat damals seinen Job verloren, weil er ein ehrlicher Mensch war«, sprach sie nach einer Weile hastig weiter. »Er hat sich darüber beschwert, dass seine Baukolonne minderwertige Materialien verwendete. Deshalb wurde er auf eine schwarze Liste gesetzt und war lange arbeitslos. Als der Anruf kam, und man ihm eine Stelle bei Sam Krause anbot, war er so glücklich, wieder einen Job zu haben. Rückblickend betrachtet ist mir jedoch inzwischen klar, dass irgendetwas vorgefallen sein muss. Ich habe Jimmy sehr geliebt, und ich kannte ihn gut. Deshalb ist es mir sofort aufgefallen: Jimmy veränderte sich, und zwar praktisch über Nacht.«

»Was meinen Sie mit ›verändern‹?«, fragte Nell leise.

»Er konnte nicht schlafen. Er hatte keinen Appetit mehr. Und er wirkte ständig geistesabwesend.«

»Was könnte Ihrer Ansicht nach der Grund gewesen sein?«

Lisa Ryan stellte die Tasse ab und blickte Nell ins Gesicht. »Ich glaube, man hat Jimmy gezwungen, Missstände auf der Baustelle zu übersehen. Freiwillig hätte er sich nie in solche Machenschaften verwickeln lassen, doch inzwischen war er so mutlos, dass er vermutlich den Mund gehalten hat, um seinen Job nicht zu gefährden. Natürlich war das eine falsche Entscheidung, vor allem für einen Menschen wie ihn. Jimmy war von Grund auf ehrlich und konnte mit diesem Wissen nicht leben. Ich bin sicher, dass es so gewesen ist. Und es brachte ihn um den Verstand.«

»Hat Jimmy mit Ihnen darüber gesprochen, Lisa?«

»Nein«, entgegnete Lisa zögernd. Als sie fortfuhr, überstürzten sich ihre Worte. »Nell, Sie sind zwar eine Fremde für mich, aber ich muss mich jemandem anvertrauen. Ich habe, versteckt in Jimmys Werkstatt im Keller, Geld gefunden. Meiner Ansicht nach hat er es für sein Schweigen bekommen. Nach der Verpackung zu urteilen, hat er nie einen Cent davon angerührt. Doch das passte zu ihm. Er war absolut aufrichtig und hätte dieses Geld nie ausgeben können.«

»Wie viel war es?«

»Fünfzigtausend Dollar«, flüsterte Lisa.

Fünfzigtausend Dollar! Offenbar war Jimmy Ryan einer großen Sache auf die Spur gekommen, dachte Nell. Wusste

Adam davon oder hatte er einen Verdacht? War Ryan deshalb zu der Besprechung auf der Jacht eingeladen worden?

»Ich möchte das Geld zurückgeben«, sagte Lisa. »Und zwar möglichst unauffällig. Selbst wenn Jimmy deshalb wieder seine Stelle verloren hätte, hätte er es nie annehmen dürfen. Doch wie ich schon erklärt habe, ahnte er das offenbar. Deshalb war er in den letzten Monaten so niedergeschlagen, obwohl er Arbeit hatte. Da er es nicht mehr gutmachen kann, werde ich es an seiner Stelle tun. Gewiss stammt das Geld von jemandem in der Baufirma Krause. Ich will, dass derjenige es wiederbekommt. Und deshalb habe ich mich an Sie gewandt.«

Lisa hätte sich selbst nie solchen Mut zugetraut, doch nun streckte sie die Hand über den Tisch und ergriff die von Nell. »Als Jimmy sich bei der Firma Ihres Mannes bewarb, Nell, waren sich die beiden nie begegnet. Da bin ich ganz sicher. Und dann, kurz nachdem Jimmy fest bei Sam Krause angestellt worden war, ist etwas Schreckliches geschehen. Ich weiß nicht, was es war, aber bestimmt hatte es mit einem Projekt zu tun, an dem Ihr Mann und Jimmy arbeiteten. Sie müssen herausfinden, worum es sich handelte, und mir helfen, das Problem zu lösen.«

45

George Brennan und Jack Sclafani waren beide anwesend, als Robert Walters, der Seniorpartner des Architekturbüros Walters und Arsdale, in Begleitung des Chefjustiziars der Firma bei Staatsanwalt Cal Thompson erschien. Thompson gehörte dem Team der Staatsanwaltschaft an, das im Auftrag der Stadt New York die Schmiergeldzahlungen und illegalen Preisabsprachen in der Baubranche untersuchte.

Alle Parteien wussten, dass mit Walters eine Kronzeugenverabredung getroffen worden war, weshalb er Immunität genoss, falls er sich in seiner heutigen Aussage selbst belasten sollte.

Sein Anwalt hatte schon der Form halber eine Presseerklärung herausgegeben: »Die Inhaber der Firma Walters und Arsdale streiten jegliche illegale Machenschaften ab und sind sicher, dass man sie nicht unter Anklage stellen wird.«

Robert Walters gab sich zwar kühl und herablassend, doch Brennan und Sclafani merkten ihm seine Nervosität und Anspannung deutlich an. Jede seiner Bewegungen schien so wohlüberlegt, dass sie wie eingeübt wirkte.

An seiner Stelle wäre mir auch mulmig, dachte Brennan. Die Vorstände von fast zwei Dutzend vergleichbarer Firmen hatten sich aus taktischen Gründen bereits schuldig bekannt, damit nicht weiter gegen sie ermittelt wurde. Die meisten würden wohl mit einer Strafpredigt und einer Geldbuße davonkommen. Da lachten ja die Hühner! Man zahlte eine Strafe von einer Million Dollar, während die eigene Firma eine halbe Milliarde absahnte. Wenn der Staatsanwalt wirklich etwas in der Hand hatte, musste der Angeklagte in manchen Fällen ein paar Stunden gemeinnützige Arbeit leisten. Ganz selten bekam einer dieser wichtigen Männer einige Monate Haft aufgebrummt. Und was geschah nach ihrer Entlassung? Dreimal durfte man raten: Sie machten weiter, als wäre nichts gewesen.

Es ist wie eine Lizenz zum Gelddrucken, sagte sich Brennan. Die großen Baufirmen sprechen untereinander ab, wer den Auftrag bekommt. Auch das günstigste Angebot enthält noch einen kleinen Aufschlag, der Architekt oder das Planungsbüro nimmt an – und kriegt dafür eine hübsche Provision. Dann kommt das nächste Bauprojekt, und die Sache läuft wie gehabt. Diesmal reicht eine andere der großen Baufirmen das günstigste Angebot ein. Alles ist abgesprochen, eine Hand wäscht die andere, auch wenn das niemand laut sagt.

Obwohl es eigentlich sinnlos erschien, hielt Brennan es für notwendig, in diesen Fällen zu ermitteln. Wenn wir den großen Tieren Feuer unter dem Hintern machen, bekommen die kleineren Firmen vielleicht auch mal einen lukrativen Auftrag ab, lautete sein Motto. Manchmal jedoch fragte er sich, ob er die Dinge nicht zu optimistisch sah.

»In dieser Branche wird die eigentlich legitime Auszahlung von Provisionen gelegentlich ein wenig überstrapaziert«, meinte Walters.

»Was mein Mandant damit ausdrücken möchte …«, fiel sein Anwalt ihm ins Wort.

Endlich wandte sich die Vernehmung dem Thema zu, das George Brennan und Jack Sclafani besonders am Herzen lag: »Mr. Walters, war der verstorbene Adam Cauliff Mitarbeiter Ihrer Firma?«

Oh, es gefällt ihm gar nicht, diesen Namen zu hören, sagte sich Sclafani. Denn er stellte fest, dass Robert Walters bei dieser Frage die Zornesröte ins Gesicht stieg.

»Adam Cauliff war etwa zweieinhalb Jahre bei uns beschäftigt«, erwiderte Walters. Sein Tonfall war barsch und kalt, offenbar sprach er nicht gerne darüber.

»Welche Funktion hatte Mr. Cauliff bei Walters und Arsdale?«

»Er fing als Architekt bei uns an. Später haben wir ihm die Verantwortung für Gebäudesanierung und Renovierungen mittlerer Größenordnung übertragen.«

»Was würden Sie als mittlere Größenordnung bezeichnen?«

»Projekte mit einem Auftragsvolumen von weniger als hundert Millionen Dollar.«

»Waren Sie mit seiner Arbeit zufrieden?«

»Ja.«

»Sie sagen, Cauliff war mehr als zwei Jahre bei Ihnen. Warum hat er die Firma verlassen?«

»Er wollte sich selbstständig machen.« Robert Walters lächelte kühl. »Adam Cauliff war ein Mann mit Liebe zum Detail und einem Sinn fürs Praktische. Häufig begegnet man Architekten, die sich gegen die Tatsache sperren, dass man Büroflächen nach Quadratmetern vermietet. Sie sind sich zwar darüber im Klaren, dass wirtschaftliche Erwägungen eine große – wenn nicht sogar die größte – Rolle spielen, verschwenden in ihren Entwürfen aber dennoch unnötig Platz. Zum Beispiel durch übertrieben breite Flure, die, wenn man sie mit dreißig oder vierzig Stockwerken multipliziert, die vermietbare Fläche und damit den Profit drastisch einschränken.«

»Soweit ich es es verstehe, war Adam Cauliff also ein geschätzter Mitarbeiter, dem derartige Fehler nicht unterliefen?«

»Er war sehr tüchtig und erledigte seine Aufgaben. Außerdem lernte er schnell. Damals griff er sofort zu und kaufte das Grundstück neben der Vandermeer-Villa, die unter Denkmalschutz stand. Als das Gebäude diesen Status verlor, stieg der Wert des Kaplan-Grundstücks, das Adam inzwischen besaß, gewaltig.«

»Die Villa ist doch abgebrannt, richtig?«, fragte der Staatsanwalt.

»Ja, das stimmt. Doch kurz zuvor hatte man ihr den Status eines Baudenkmals aberkannt. Ohne das Feuer hätte man sie früher oder später abgerissen. Peter Lang erwarb das Grundstück und wollte dort ein Gebäude mit Wohnungen und Büroflächen errichten.«

Walters lächelte finster. »Adam Cauliff glaubte, dass Lang das Grundstück, das er den Kaplans abgekauft hatte, unbedingt brauchte. Deshalb nahm er an, Lang würde das Haus nach seinen, Cauliffs, Entwürfen bauen lassen. Doch sein Plan ging nicht auf. Wenn Adam bei uns geblieben und sich mit unseren fähigen Architekten zusammengesetzt hätte, hätte er den Auftrag vermutlich bekommen.«

»Das heißt, Ihre Firma hätte den Auftrag bekommen?«

»Nein, es bedeutet, dass ein Team phantasievoller Architekten, die schon mehrere Preise gewonnen haben, mit ihm zusammengearbeitet hätte. So wäre eine wirklich städtebauliche Innovation entstanden. Cauliffs Entwürfe hingegen waren langweilig und abgekupfert. Die Investoren lehnten sie strikt ab, und ich glaube, Lang hat ihm das auch gesagt.

Also steckte Cauliff in der Klemme. Er hätte Lang das Kaplan-Grundstück verkaufen müssen, ohne über den Preis verhandeln zu können. Sonst hätte Lang eben ohne Cauliff ein weniger ambitioniertes Gebäude errichtet. In diesem Fall wäre das Kaplan-Grundstück von allen Seiten eingemauert und praktisch wertlos geworden. Deshalb blieb Cauliff, wie Sie sehen, nicht viel anderes übrig.«

»Und tat es Ihnen nicht leid, Cauliff in einer solchen Zwickmühle zu erleben, Mr. Walters?«, fragte der Staatsanwalt.

»Ich habe Adam Cauliff eingestellt, weil ich gut mit dem ehemaligen Kongressabgeordneten Cornelius MacDermott befreundet bin, dessen Schwiegersohn er war. Cauliff hat es mir gedankt, indem er mich einfach sitzen ließ und auch noch meine Sekretärin Winifred Johnson abwarb, die zweiundzwanzig Jahre lang gewissermaßen meine rechte Hand gewesen war. Ob ich seinen Tod bedauere? Ja, als anständiger Mensch muss ich so einen Unglücksfall als Tragödie betrachten. Er war der Ehemann von Nell MacDermott, die ich schon seit ihrer Kindheit kenne. Nell ist eine wundervolle junge Frau, und ich habe tiefes Mitgefühl mit ihr, weil sie so viel durchmachen muss.«

Die Tür ging auf, und Staatsanwalt Joe Mayes kam herein. Brennan und Sclafani erkannten an seiner Miene, dass etwas Wichtiges vorgefallen war.

»Mr. Walters«, wandte sich Mayes unvermittelt an den Zeugen. »Ist Ihre Firma gerade dabei, ein Bürogebäude an der Ecke Lexington Avenue und 80. Straße zu überprüfen, das sie vor einigen Jahren renoviert hat?«

»Ja, heute Morgen teilte man uns mit, einige Steine in der Fassade seien locker. Wir haben sofort Fachleute hingeschickt.«

»Ich fürchte, die Steine sind mehr als locker, Mr. Walters. Gerade eben ist die gesamte Fassade eingestürzt und auf die Straße gefallen. Ein paar Passanten wurden verletzt, einer davon schwebt in Lebensgefahr.«

George Brennan bemerkte, dass Robert Walters' gerade noch hochrotes Gesicht mit einem Schlag aschfahl wurde. War minderwertiges Material der Grund?, fragte er sich. Oder war schlampig gearbeitet worden? Wenn ja – wen hatte man geschmiert, damit er ein Auge zudrückte?

46

Um Punkt drei Uhr nachmittags läutete Nell an der Tür von Bonnie Wilsons Wohnung an der Ecke 73. Straße und West End Avenue. Als sie innen leise Schritte hörte, spielte sie mit dem Gedanken, sich in den Aufzug zu flüchten, solange noch Zeit war.

Was zum Teufel will ich hier?, dachte sie. Mac hat Recht. Das ganze Gerede von Hellseherei und Botschaften verstorbener Angehöriger ist nichts als Hokuspokus. Ich bin eine Vollidiotin. Man wird mich auslachen, wenn es sich herumspricht, dass ich auf so etwas hereingefallen bin.

Die Tür öffnete sich.

»Nell, kommen Sie herein.«

Nells erster Eindruck war, dass Bonnie Wilson in Wirklichkeit noch viel schöner war als im Fernsehen. Ihr pechschwarzes Haar bildete einen starken Kontrast zu ihrer porzellanweißen Haut. Sie hatte große graue Augen und dichte Wimpern. Die beiden Frauen waren etwa gleich groß. Doch Bonnie war so mager, dass sie fast unterernährt wirkte.

Sie lächelte entschuldigend. »Ich habe noch nie so etwas getan«, erklärte sie, als sie Nell durchs Wohnzimmer und in ein kleines Arbeitszimmer führte. »Hin und wieder passiert es, dass sich jemand aus dem Jenseits mit mir in Verbindung setzen will, während ich eigentlich mit einem anderen Verstorbenen kommuniziere. Aber diesmal liegen die Dinge anders.«

Sie wies auf einen Stuhl. »Bitte nehmen Sie Platz, Nell. Zuerst werden wir uns unterhalten, und wenn Sie nach ein paar Minuten das Bedürfnis haben, aufzustehen und zu gehen, werde ich Ihnen nicht böse sein. Wie Ihre Tante mir erzählt hat, haben Sie Schwierigkeiten mit der Vorstellung, dass es möglich ist, Kontakt mit Verstorbenen aufzunehmen.«

»Es könnte wirklich sein, dass ich gehe, und ich freue mich, dass Sie Verständnis dafür haben«, erwiderte Nell förmlich. »Doch nach meinem Gespräch mit Tante Gerti hatte ich das Gefühl, dass ich zu Ihnen kommen muss. Ich habe in meinem Leben einige Erfahrungen gehabt, die man als übersinnlich bezeichnen könnte. Wahrscheinlich hat Gerti Ihnen das berichtet.«

»Offen gestanden, nein. Ich habe sie zwar bei einigen unserer Sitzungen gesehen und war einmal bei einer Séance in ihrer Wohnung, aber ich habe nie mit ihr über Sie geredet.«

»Bonnie, ich muss ehrlich zu Ihnen sein«, meinte Nell. »Ich glaube einfach nicht daran, dass Sie mit einem Verstorbenen sprechen können, als würden Sie zum Telefon greifen. Mich macht das misstrauisch. Außerdem erscheint es mir seltsam, dass jemand aus dem ›Jenseits‹, wie es in den Büchern heißt, gewissermaßen ebenfalls zum Hörer greift und Sie anruft.«

Bonnie Wilson lächelte. »Ich weiß Ihre Unverblümtheit zu schätzen. Dennoch besitzen einige Menschen auf dieser Welt übersinnliche Kräfte und sind aus Gründen, die wir nicht verstehen können, dazu auserwählt, zwischen Verstorbenen und ihren Angehörigen zu vermitteln. Normalerweise wenden sich die Trauernden an mich, um Kontakt zu jemandem aufzunehmen, der ihnen vorangegangen ist.

Manchmal jedoch spielt es sich anders ab. Als ich eines Tages einem Mann half, mit seiner Witwe zu kommunizieren, meldete sich ein junger Mann namens Jackie, der bei einem Autounfall ums Leben gekommen war. Ich verstand nicht, was ich für ihn tun sollte. Doch eine knappe Woche später rief mich eine fremde Frau an.«

Nell hatte den Eindruck, dass sich Bonnie Wilsons Augen beim Sprechen verdunkelten. »Diese Frau hatte mich im Fernsehen gesehen und wollte einen Termin mit mir vereinbaren. Offenbar war ihr Sohn Jackie einem Verkehrsunfall zum Opfer gefallen. Sie war die Mutter des jungen Mannes, der aus dem Jenseits zu mir gesprochen hatte.«

»Aber dass ich heute hier bin, hat nichts mit so einem Zufall zu tun. Erstens kennen Sie Gerti«, wandte Nell ein. »Zweitens standen die Berichte über die Explosion der Jacht in allen Zeitungen. Und drittens erwähnte praktisch jeder Artikel, dass Adam mit der Enkelin von Cornelius MacDermott verheiratet war.«

»Und genau deshalb hat Adam mich während einer Séance kontaktiert, mir seinen Namen genannt und nach Nell gefragt. Ich wusste, dass ich sofort mit Gerti sprechen musste.«

Nell stand auf. »Bonnie, es tut mir leid, aber ich glaube einfach nicht daran. Ich fürchte, ich habe Ihnen schon zu viel Zeit gestohlen. Ich sollte besser gehen.«

»Sie stehlen mir keine Zeit. Bitte geben sie mir die Chance herauszufinden, ob Adam eine Nachricht für Sie hat.«

Widerstrebend nahm Nell wieder Platz. Das bin ich ihr schuldig, dachte sie.

Minuten verstrichen. Bonnie hatte die Augen geschlossen und die Wange in die Hand gestützt. Plötzlich neigte sie den Kopf, als lausche sie angestrengt. Nach einer Weile senkte sie die Hand, schlug die Augen auf und sah Nell an.

»Adam ist hier«, sagte sie leise.

Trotz ihrer Zweifel spürte Nell, wie ihr ein Schauder den Rücken hinunterlief. Sei vernünftig, schalt sie sich. Das ist Unsinn. Sie bemühte sich um einen sachlichen, ruhigen Ton: »Können Sie ihn sehen?«

»Vor meinem geistigen Auge. Er betrachtet Sie mit einem sehr liebevollen Blick, Nell. Er lächelt Ihnen zu. Und er sagt, Sie glaubten natürlich nicht daran, dass er hier ist. Auf Ihre alten Tage würden Sie nicht mehr umlernen.«

Nell schnappte nach Luft. Mit dieser Redewendung hatte sie sich immer aus der Affäre gezogen, wenn Adam wieder einmal versucht hatte, ihr das Segeln schmackhaft zu machen.

»Verstehen Sie, was er damit meint, Nell?«, fragte Bonnie Wilson.

Nell nickte.

»Adam möchte sich bei Ihnen entschuldigen. Er hat mir erzählt, Sie beide hätten sich kurz vor seinem Tod gestritten.«

Den Streit habe ich niemandem gegenüber erwähnt, dachte Nell. Kein Mensch weiß davon.

»Adam meint, die Auseinandersetzung sei seine Schuld gewesen. Ich spüre, dass Sie einen Plan hatten, den er durchkreuzen wollte.«

Nell stiegen heiße Tränen in die Augen.

Reglos saß Bonnie Wilson da. »Ich verliere den Kontakt. Aber Adam möchte noch nicht gehen. Nell, ich sehe weiße Rosen über Ihrem Kopf. Sie sind ein Zeichen dafür, wie sehr er Sie liebt.«

Nell traute ihre Ohren nicht, als sie sich selbst sprechen hörte: »Sagen Sie ihm, dass ich ihn auch liebe und dass mir unser Streit leid tut.«

»Jetzt sehe ich ihn wieder ein wenig klarer. Er macht einen sehr glücklichen Eindruck, Nell. Aber er teilt Ihnen mit, Sie sollen ein neues Kapitel in Ihrem Leben beginnen. Gibt es da etwas, was Ihre Kraft und Ihre Zeit voll in Anspruch nehmen würde?«

Der Wahlkampf, dachte Nell.

Bonnie wartete ihre Antwort nicht ab. »Ich verstehe«, murmelte sie. »Er sagt: ›Richten Sie Nell aus, sie soll meine Kleider weggeben.‹ Ich sehe einen Raum voller Kleiderständer und Schütten ...«

»Ich bringe unsere abgelegten Sachen immer zu einem Secondhand-Laden ganz in der Nähe, der von einer Kirchengemeinde betrieben wird«, erklärte Nell. »Dort gibt es ein Zimmer, wie Sie es eben beschrieben haben, wo die Kleider sortiert werden.«

»Adam sagt, Sie müssen die Sachen jetzt gleich verschenken. Indem Sie anderen Menschen in seinem Namen helfen, tragen Sie zu seiner spirituellen Erfüllung bei. Und er möchte, dass Sie für ihn beten. In Ihren Gebeten sollen Sie seiner gedenken, aber Sie müssen ihn freigeben.«

Bonnie hielt inne und starrte ins Leere. »Er verlässt uns«, flüsterte sie.

»Halten Sie ihn auf!«, rief Nell. »Jemand hat seine Jacht in die Luft gesprengt. Fragen Sie ihn, ob er den Täter kennt.«

Bonnie lauschte. »Ich glaube nicht, dass er uns das beantworten wird, Nell. Das heißt, dass er es entweder selbst nicht weiß oder dass er seinem Mörder verziehen hat und möchte, dass Sie das auch tun.«

Nach einer Weile schüttelte Bonnie den Kopf und blickte Nell an. »Er ist fort«, meinte sie lächelnd. Dann griff sie sich an die Brust. »Nein, warten Sie, ich empfange seine Gedanken. Sagt Ihnen der Name Peter etwas?«

Peter Lang, dachte Nell. »Ja«, erwiderte sie leise.

»Nell, ich sehe Blut. Ich bin nicht sicher, ob dieser Peter der Täter ist, doch Adam will Sie eindeutig vor ihm warnen. Er fleht Sie an, vor diesem Peter auf der Hut zu sein und ihm nicht zu trauen …«

47

Als Dan Minor am Montagnachmittag nach Hause kam, fand er auf seinem Anrufbeantworter eine Nachricht von Lilly Brown vor. Doch als er sie abhörte, wurde er bitter enttäuscht.

Lilly klang nervös und sprach schnell: »Dr. Dan«, sagte sie. »Ich habe mich überall nach Quinny erkundigt. Aber keiner ihrer vielen Freunde hat sie in den letzten Monaten gesehen. Irgendetwas stimmt da nicht. Hin und wieder wohnt sie mit einer Gruppe von Leuten in einem verfallenen Mietshaus in der 4. Straße auf der Ostseite von Manhattan. Sie fragen sich, ob sie vielleicht krank geworden ist und in einem Krankenhaus liegt. Wenn Quinny wieder mal ihre Depressionen hat, isst sie nämlich tagelang nichts.«

Werde ich sie in einem Krankenhaus finden?, überlegte Dan bedrückt. In einer Nervenheilanstalt oder sogar an einem schlimmeren Ort? Der letzte Winter in New York war bitter kalt gewesen. Was war, wenn sie die Stadt im Herbst nicht verlassen hatte? Falls Quinny an chronischen Depressionen litt und nicht in einer Obdachlosenunterkunft betreut worden war, war ihr womöglich etwas zugestoßen.

Warum war ich so überzeugt davon, dass ich sie finden würde?, fragte er sich. Und zum ersten Mal spürte er, wie seine Entschlossenheit schwand. Aber ich darf noch nicht aufgeben, dachte er. Ich kann einfach nicht mehr untätig herumsitzen und darauf warten, dass sie von selbst auftaucht. Morgen fange ich an, die Krankenhäuser abzuklappern. Widerstrebend nahm er sich vor herauszufinden, bei welcher städtischen Behörde unidentifizierte Leichen registriert wurden.

Lilly hat mit den Obdachlosen gesprochen, die sich in den verlassenen Mietshäusern in der Nähe der 4. Straße an der Ostseite von Manhattan einquartiert haben. Am nächsten Wochenende gehe ich hin und rede selbst mit ihnen, beschloss er.

Und er konnte noch etwas tun: Lilly hatte ihm beschrieben, wie Quinny heute aussah. Ihr Haar war inzwischen ergraut und reichte ihr bis zu den Schultern. »Und sie ist sogar noch dünner als auf dem alten Foto, das Sie da haben«, hatte sie gesagt. »Ihre Wangenknochen stechen hervor. Aber man sieht ihr noch an, dass sie in ihrer Jugend sehr hübsch gewesen sein muss.«

Bestimmt kann man die Frau auf dem Foto mithilfe der Computertechnik künstlich altern lassen, überlegte Dan. Ich weiß, dass die Polizei die nötigen Programme hat.

Er beschloss, dass es nun an der Zeit war, die Suche nach Quinny aktiver zu betreiben. Auch wenn ihr etwas zugestoßen war, wollte er es unbedingt erfahren.

Als Dan Shorts und ein langärmeliges Sweatshirt anzog, um im Park joggen zu gehen, stellte er fest, dass er auf eine weitere Zufallsbegegnung mit Nell MacDermott hoffte.

Diese Vorstellung lenkte ihn ein wenig von seiner wachsenden Sorge um Quinny ab. Ihr habe ich zu verdanken, dass ich der wurde, der ich heute bin, dachte er. *Bitte gib mir die Chance, ihr das zu sagen*, schickte er ein Stoßgebet zum Himmel.

48

Am Montagnachmittag bekam Cornelius MacDermott Besuch von Tom Shea, dem Parteivorsitzenden von New York. Er wollte wissen, ob Nell sich inzwischen entschieden habe, für den von Bob Gorman aufgegebenen Sitz im Kongress zu kandidieren.

»Ich muss ja nicht eigens betonen, dass wir in diesem Jahr auch Präsidentschaftswahlen haben, Mac«, sagte Shea. »Durch eine aussichtsreiche Kandidatin für diesen Sitz wird sich die Wahlbeteiligung erhöhen, und dann bringen wir unseren Mann ins Weiße Haus. Sie sind in diesem Wahlbezirk eine Legende. Wenn Sie Nell im Wahlkampf unterstützen, werden sich die Wähler daran erinnern, was Sie für sie getan haben.«

»Kennen Sie den guten Rat, den man der Mutter des Bräutigams vor der Hochzeit gibt?«, entgegnete Mac unwirsch. »Trage Beige und halte den Mund. Und genau das habe ich vor, falls Nell kandidiert. Sie ist intelligent, attraktiv und nicht auf den Kopf gefallen. Außerdem kennt sie das Geschäft und ist eine fähigere Politikerin als die meisten, die ich kenne. Und sie hat noch Ideale. Darum sollte sie kandidieren. Aus diesem Grund sollen die Leute sie wählen. Nicht, weil sie mich für eine Legende halten.«

Liz Hanley saß ebenfalls im Büro und machte sich Notizen. Mein Gott, ist er heute wieder gereizt, dachte sie. Aber sie kannte den Grund. Mac hatte ihr anvertraut, wie es zurzeit um Nells Gefühle stand. Und er machte sich große Sorgen, dass sich ihr Besuch bei einer Hellseherin herumsprechen und bei der Presse durchsickern könnte.

»Ach, kommen Sie, Mac, Sie wissen genau, was ich meine«, erwiderte Tom Shea beschwichtigend. »Die Leute haben sich in Nell verliebt, als sie sie mit zehn Jahren auf einem Foto sahen, wie sie bei dem Trauergottesdienst für ihre Eltern Ihre Tränen trocknete. Sie ist im Licht der Öffentlichkeit aufgewachsen. Mit der Ankündigung ihrer Kandidatur können wir bis zum Bankett am Dreißigsten warten. Doch wir müssen sichergehen, dass sie den Tod ihres Mannes schon verwunden hat und den Wahlkampf durchstehen wird.«

»Nell steht alles durch«, knurrte Mac. »Sie ist ein Profi.«

Aber nachdem Shea sich verabschiedet hatte, war Macs polternde Art auf einmal wie weggeblasen. »Liz, als Nell mir gestern erzählte, sie wolle zu einer Hellseherin gehen, ist mir die Hutschnur geplatzt. Rufen Sie sie an und helfen Sie mir, mich mit ihr zu versöhnen. Sagen Sie ihr, ich möchte sie zum Essen einladen.«

»Gesegnet seien die, die Frieden stiften«, entgegnete Liz trocken, »denn sie sollen Gottes Kinder heißen.«

»Diesen Spruch habe ich von Ihnen schon öfter gehört.«

»Weil es nicht das erste Mal ist. In welches Restaurant soll ich sie bestellen?«

»Zu Neary's. Um halb acht. Sie kommen auch, einverstanden?«

49

Am Montagnachmittag, bei ihrer zweiten Sitzung mit Ben Tucker, gelang es Dr. Megan Crowley, geschickt den Tag zur Sprache zu bringen, an dem der Junge die Explosion der Jacht im Hafen von New York beobachtet hatte. Sie hätte lieber noch einen oder zwei Termine abgewartet, aber Ben hatte am Wochenende wieder Albträume gehabt, und sie merkte ihm an, wie ihn das belastete.

Am Anfang der Sitzung unterhielt sie sich mit ihm über Fähren. »Als ich klein war, verbrachten wir unseren Urlaub immer auf einer Insel namens Martha's Vineyard«, erzählte sie. »Dort hat es mir gut gefallen, doch von hier aus war es eine sehr weite Reise. Zuerst sechs Stunden im Auto und dann noch über eine Stunde auf der Fähre.«

»Fähren sind blöd«, erwiderte Ben. »Als ich das letzte Mal auf einer Fähre war, ist mir schlecht geworden. Ich will nie wieder auf eine Fähre.«

»Oh, wo bist du denn mit einer Fähre gefahren, Benjy?«

»In New York. Mein Vater wollte mir die Freiheitsstatue zeigen.« Er hielt inne. »Das war der Tag, an dem die Jacht explodiert ist.«

Megan schwieg abwartend.

Bens Miene wurde nachdenklich. »Ich habe mir die Jacht genau angeschaut. Die war echt cool. Ich habe mir gewünscht, auf so einer Jacht zu sein anstatt auf der dämlichen Fähre. Aber jetzt bin ich froh, dass ich nicht drauf war.« Er runzelte die Stirn. »Ich will nicht darüber reden.«

Megan bemerkte, wie sich Angst in seinem Gesicht malte. Sie wusste, dass er an die Schlange dachte, aber sie hatte noch immer keine Ahnung, wie diese beiden Dinge miteinander zusammenhingen. »Ben, manchmal hilft es, über die Sachen zu sprechen, die einen quälen. Schließlich ist es ziemlich schrecklich mitzuerleben, wie eine Jacht explodiert.«

»Ich konnte die Leute sehen«, flüsterte er.

»Ben, ich mache dir einen Vorschlag. Du könntest ein Bild davon malen. Ganz bestimmt fällt es dir dann leichter, die Angelegenheit zu vergessen. Malst du gerne?«

»Sehr gerne.«

Megan hatte Zeichenpapier, Markierstifte und Wachskreiden bereitgelegt. Kurz darauf saß Ben, in sein Werk vertieft, am Tisch.

Während Megan ihn beobachtete, wurde ihr klar, dass der Junge mehr Einzelheiten des Unglücks beobachtet hatte, als sein Vater ahnte. Auf der Zeichnung flogen bunte Trümmer durch die Luft, von denen manche in Flammen standen. Andere Gegenstände ähnelten zerbrochenen Möbeln und Geschirrteilen.

Mit zusammengepressten Lippen zeichnete Ben eine menschliche Hand.

Dann legte er den Stift weg. »Die Schlange will ich nicht malen«, verkündete er.

50

Nell traf überpünktlich im Restaurant ein. Als ihr Großvater und Liz hereinkamen, saß sie bereits an einem Ecktisch, nippte an einem Glas Wein und knabberte ein Brötchen.

Als sie die erstaunte Miene ihres Großvaters bemerkte, sagte sie lässig: »Ich dachte, ich spiele heute mal dein Spiel,

Mac. Verabrede dich um halb acht und erscheine um Viertel nach sieben. Und dann wirf dem anderen Unpünktlichkeit vor, um ihn aus dem Konzept zu bringen.«

»Schade, dass du nicht mehr von mir gelernt hast«, knurrte Mac, während er neben ihr Platz nahm.

Nell küsste ihn auf die Wange. Liz hatte bei ihrem Anruf am Nachmittag kein Blatt vor den Mund genommen. »Nell, ich muss Ihnen ja nicht erklären, was Mac für ein Mensch ist. Er redet eben nicht gern um den heißen Brei herum. In Wirklichkeit leidet er mit Ihnen, denn er weiß, wie sehr Adams Tod Sie mitnimmt. Er kann es nicht mit ansehen, wie schlecht es Ihnen geht. Für Sie würde er sogar einen Mord verüben. Wahrscheinlich hätte er Adams Platz auf der Jacht übernommen, um Ihnen den Schmerz zu ersparen.«

Als Nell Liz zuhörte, schämte sie sich. Ja, sie hatten ihre Meinungsverschiedenheiten. Doch Mac war immer für sie da, und sie konnte sich auf ihn verlassen, wenn sie ihn brauchte. Und deshalb hielt sie das Zerwürfnis zwischen ihnen einfach nicht aus. »Hallo, Opa«, sagte sie nun.

Sie nahmen sich bei den Händen. »Bist du immer noch mein bestes Mädchen, Nell?«

»Natürlich.«

Liz saß ihnen gegenüber. »Soll ich Sie allein lassen, damit Sie sich versöhnen können?«

»Nein. Das heutige Tagesgericht ist Rindergeschnetzeltes, Ihr Lieblingsessen. Meins auch.« Nell lächelte Liz zu und wies auf ihren Großvater. »Aber nur die Götter wissen, was unsere Legende hier essen will.«

»In diesem Fall bleibe ich. Könnten wir vielleicht über das Wetter oder über Football reden, bis ich etwas im Magen habe?«

»Wir werden es versuchen«, erwiderten Cornelius und Cornelia MacDermott im Chor und grinsten einander an. Doch als der Shrimpscocktail gebracht wurde, drehte sich das Gespräch natürlich wieder um die Wahlen. »Es ist erst vorbei, wenn das endgültige Ergebnis vorliegt, Nell«, sagte Mac. »Bei Präsidentschaftswahlen ist nicht vorauszusehen, wie die Stadt und der Bundesstaat New York sich entscheiden werden. Deshalb zählt jeder Sitz im Kongress. Menschen, die einen Kandidaten bevorzugen, wählen normalerweise auch dessen Partei. Und du bist eine Kandidatin, die uns diese Stimmen bringen kann.«

»Glaubst du das wirklich?«, fragte Nell.

»Ich weiß es«, entgegnete Mac. »Schließlich war ich nicht umsonst mein Leben lang Politiker. Also setzen wir deinen Namen auf den Wahlschein. Dann wirst du es selbst sehen.«

»Ich werde bestimmt kandidieren, Mac. Gib mir nur ein paar Tage, um mich wieder zu sammeln.«

Sie ahnte schon, welches Thema nun auf den Tisch kommen würde, da die Wahlen ja nun fürs Erste abgehakt waren.

»Warst du bei dieser Hellseherin?«

»Ja.«

»Und, hast du Jesus Christus und die Heilige Jungfrau erreicht?«

»*Mac*«, zischte Liz warnend.

Er kann nun einmal nicht aus seiner Haut heraus, sagte sich Nell. Sie legte sich ihre Antwort sorgfältig zurecht. »Ja, Mac, ich war bei ihr. Sie hat mir gesagt, Adam bedauere, dass er sich gegen meine Pläne gestellt habe. Natürlich bin ich sicher, dass sie damit meine Entscheidung gemeint hat, in die Politik zu gehen. Außerdem sagte sie, Adam wolle, dass ich mein Leben weiterlebe und für ihn bete. Sie hat mir geraten, seine Kleider wegzugeben, um damit anderen Menschen zu helfen.«

»Wenn das alles war, hat sie gar nicht so Unrecht.«

»Wahrscheinlich hätte mir Monsignore Durcan dasselbe geantwortet, wenn ich ihn gefragt hätte. Nur mit dem Unterschied, dass Bonnie Wilson es direkt von Adam weiß«, fügte sie hinzu.

Nell spürte, wie ihr Großvater und Liz sie anstarrten. »Mir ist klar, wie absurd das klingt«, fuhr sie fort. »Doch als ich bei ihr war, habe ich ihr geglaubt.«

»Und jetzt?«

»Ich finde ihre Ratschläge sinnvoll. Aber da war noch etwas, Mac. Peter Langs Name ist gefallen. Ich habe keine Ahnung, was ich davon halten soll. Wenn Bonnie Wilson die Wahrheit sagt, hat mich Adam aus dem Jenseits – wie man es nennt – vor ihm gewarnt.«

»Nell, um Himmels willen! Du nimmst das alles viel zu ernst.«

»Darüber bin ich mir im Klaren. Allerdings haben Adam und Peter Lang gemeinsam an der Erschließung des Grundstücks in der 28. Straße gearbeitet. Adam plante das Gebäude, das dort entstehen sollte. Heute am späten Nachmittag rief Peter mich an und meinte, er müsse eine wichtige geschäftliche Angelegenheit mit mir besprechen. Morgen Vormittag kommt er zu mir.«

»Pass auf«, erwiderte Mac. »Ohne ein paar krumme Geschäfte hätte Lang es sicherlich nicht so weit gebracht. Also hat er vermutlich keine weiße Weste. Ich werde jemanden damit beauftragen, Erkundigungen über ihn einzuziehen.« Er überlegte, ob es angebracht war, beim Essen ein zusätzliches Problem anzusprechen, entschied sich dann aber, offen zu sein. »Im Augenblick haben wir noch einen weiteren Grund, uns Sorgen zu machen, Nell. Bestimmt hast du mitbekommen, dass heute Nachmittag in der Lexington Avenue die Fassade eines Hauses eingestürzt ist.«

»Ja, ich hab's in den Sechs-Uhr-Nachrichten gehört.«

»Das könnte Schwierigkeiten geben, Nell. Kurz bevor ich heute Abend mein Büro verließ, erhielt ich einen Anruf von Bob Walters. Sam Krause war der Bauunternehmer, der die Arbeiten an dem Gebäude in der Lexington Avenue ausgeführt hat. Und Adam war bei Walters und Arsdale der für die Sanierung zuständige Architekt. Wenn da etwas faul war – man hört ja öfter von minderwertigen Materialien und Pfusch am Bau –, hätte Adam eigentlich davon wissen müssen. Einige Passanten wurden bei dem Unfall verletzt. Einer schwebt noch in Lebensgefahr.« Er hielt inne. »Damit will ich sagen, dass bei den polizeilichen Ermittlungen Adams Name fallen könnte.«

Mac bemerkte das Entsetzen in den Augen seiner Enkelin. »Nell«, sprach er fast flehend weiter. »Ich muss dich warnen. Es ist nicht leicht für mich, aber ich will verhindern, dass man dir wehtut.«

Nell erinnerte sich an Bonnies »Gespräch« mit Adam am Nachmittag: *Er sieht Sie so liebevoll an …*, hatte sie gesagt, *… er hat seinem Mörder verziehen …*

»Mac, ich muss alles erfahren, was über meinen Mann so geredet wird. Denn ich werde der Wahrheit auf den Grund gehen, und wenn es mich umbringt. Jemand hat eine Bombe an Bord der Jacht geschmuggelt und Adam getötet. Ich schwöre dir, dass ich den Täter finden werde. Und wenn ich ihn habe, wird er den Tag bedauern, an dem er geboren wurde. Was Walters und Arsdale betrifft, werde ich sie auf jeden Penny, den sie besitzen, verklagen, falls sie nicht aufhören, ihre eigenen üblen Machenschaften Adam in die Schuhe zu schieben. Das kannst du deinen alten Freunden ausrichten, wenn du sie das nächste Mal triffst.«

In dem darauf folgenden Schweigen räusperte sich Liz Hanley und sagte leise: »Das Essen kommt. Könnten wir uns nicht über Football unterhalten?«

Dienstag, 20. Juni

51

Während der Fahrer sich einen Weg durch den dichten Vormittagsverkehr auf der Madison Avenue bahnte, überlegte Peter Lang nervös, wie er Nell MacDermott am besten ein Kaufangebot für das Grundstück ihres verstorbenen Mannes unterbreiten sollte. Er ahnte, dass er sie mit Samthandschuhen anfassen musste, denn als er am Telefon einen Termin mit ihr vereinbart hatte, hatte er einen leicht feindseligen Unterton herauszuhören gemeint.

Seltsam, bei unserem Treffen vergangene Woche wirkte sie doch ganz freundlich, dachte er. Nell hatte erzählt, wie sehr Adam sich auf das Projekt gefreut habe und wie stolz er auf seine Entwürfe gewesen sei.

Wenn Cauliff ihr verschwiegen hat, dass die Sache für ihn gestorben war, braucht sie es jetzt auch nicht mehr zu erfahren, sagte sich Lang. Ich werde ihr einen mehr als fairen Preis bieten, damit sie keinen Grund hat abzulehnen. Doch während er die verschiedenen Möglichkeiten gegeneinander abwog, musste er zugeben, dass er in Wirklichkeit alles andere als zuversichtlich war. Er hatte das unbehagliche Gefühl, dass das Gespräch nicht sehr angenehm werden würde.

Das Auto schlich im Schneckentempo weiter. Peter Lang sah auf die Uhr: zehn vor zehn. Er beugte sich vor und tippte seinem Fahrer auf die Schulter. »Gibt es einen bestimmten Grund, warum Sie unbedingt auf dieser Fahrspur bleiben müssen?«, knurrte er.

Als Nell Peter Lang die Tür öffnete, konnte sie sich des Gedankens nicht erwehren, wie schwer der Unfall wohl gewesen sein mochte, der ihn von der verhängnisvollen Sitzung auf Adams Jacht fern gehalten hatte. Obwohl seit ihrer letzten Begegnung erst eine Woche vergangen war, konnte sie auf seinem Gesicht nicht mehr die Spur eines Blutergusses entdecken. Selbst seine stark geschwollene Lippe schien inzwischen völlig abgeheilt.

Weltgewandt. Gut aussehend. Ausgezeichnete Manieren. Ein Visionär in der Immobilienbranche. Mit diesen Worten wurde Lang in den Gesellschaftsspalten der Zeitungen beschrieben.

Ich sehe Blut. Adam will Sie warnen. Plötzlich fielen Nell die Worte der Hellseherin ein.

Er küsste sie auf die Wange. »Ich denke oft an Sie, Nell. Wie ist es Ihnen ergangen?«

»Den Umständen entsprechend«, erwiderte sie kühl.

»Aber Sie sehen fabelhaft aus«, sagte er, nahm ihre beiden Hände und lächelte entwaffnend. »Das klingt zwar seltsam, aber es stimmt.«

»Solange der äußere Schein gewahrt bleibt, was, Peter?«, entgegnete Nell, machte sich von ihm los und führte ihn ins Wohnzimmer.

»Oh, ich halte Sie für eine starke Frau, die zu stolz ist, um sich gehenzulassen.« Er blickte sich um. »Eine schöne Wohnung, Nell. Wie lange haben Sie sie schon?«

»Seit elf Jahren.« Die Antwort kam ganz automatisch, in letzter Zeit dachte sie viel über Daten nach. Ich war einundzwanzig, als ich die Wohnung kaufte, sagte sich Nell. Von dem Einkommen aus Mamas Treuhandfonds und dem Geld aus der Lebensversicherung meiner Eltern. Während des Studiums habe ich bei Mac gewohnt, doch nach dem Abschluss brauchte ich ein wenig mehr Freiheit. Mac hatte mich gebeten, sein New Yorker Büro zu leiten, und ich belegte Abendkurse in Jura an der Fordham Universität. Zuerst wollte Mac mir den Kauf der Wohnung ausreden, doch schließlich musste selbst er zugeben, dass ich ein Schnäppchen gemacht hatte.

»Vor elf Jahren also«, meinte Lang. »Damals waren die Immobilienpreise in New York im Keller. Die Wohnung ist inzwischen sicher dreimal so viel wert.«

»Ich habe nicht die Absicht, sie zu verkaufen.«

Lang bemerkte ihren kühlen Ton und schloss daraus, dass sie keine Lust hatte zu plaudern.

»Nell, Adam und ich waren gemeinsam an einem Projekt beteiligt«, begann er.

»Darüber bin ich im Bilde.«

Wie viel weiß sie?, fragte sich Lang und schwieg eine Weile. Dann beschloss er, das Risiko einzugehen. »Wie Ihnen sicher bekannt ist, stammen die Entwürfe für den geplanten Wohnturm von Adam.«

»Ja, er war ganz begeistert von dem Vorhaben«, erwiderte Nell ruhig.

»Adams erste Entwürfe haben uns sehr gut gefallen. Er war ein kreativer und origineller Architekt. Wir vermissen ihn sehr. Doch da er nun nicht mehr bei uns ist, müssen wir leider wieder von vorne anfangen. Und ein anderer Architekt wird wahrscheinlich seine eigenen Vorstellungen haben.«

»Ich verstehe.«

Also hat Adam es ihr verheimlicht, dachte Lang triumphierend. Er beobachtete sie, wie sie ihm mit gesenktem Kopf gegenübersaß. Vielleicht hatte er sich, was ihren feindseligen Ton anging, geirrt. Es konnte durchaus auch an ihren aufgewühlten Gefühlen liegen.

»Wie Ihnen sicher bekannt ist, hat Adam im letzten

August einer gewissen Mrs. Kaplan für eine knappe Million ein Haus in der Innenstadt abgekauft. Das Grundstück grenzt an das Bauland, das ich inzwischen erworben habe, und er wollte es in unser Bauvorhaben einbringen. Letzte Woche wurde der Wert des Grundstücks auf achthunderttausend Dollar geschätzt, doch ich bin bereit, Ihnen drei Millionen Dollar dafür zu geben. Sie müssen gestehen, dass das in nur zehn Monaten eine hübsche Rendite ist.«

Nell betrachtete ihren Besucher, der ihr gegenübersaß. »Warum wollen Sie einen so hohen Preis bezahlen?«, fragte sie.

»Weil wir das Grundstück brauchen, um unser Bauvorhaben in großzügigem Rahmen durchzuführen. Auf diese Weise haben wir Platz für ein paar dekorative Extras wie eine geschwungene Auffahrt und eine elegante Gartenanlage, die den Wert unseres Gebäudes steigern werden. Ich muss hinzufügen, dass unser Gebäude Ihr Haus, sofern Sie es behalten wollen, derart überragen wird, dass es vermutlich einen Teil seines Wertes verliert.«

Du lügst, dachte Nell. Sie erinnerte sich an Adams Worte, Lang könne ohne das Grundstück der Kaplans seinen Wolkenkratzer nicht wie geplant bauen. »Ich werde es mir überlegen«, sagte sie lächelnd.

Lang lächelte ebenfalls. »Natürlich habe ich Verständnis dafür. Sie wollen es sicher mit Ihrem Großvater besprechen.« Er hielt inne und fügte dann hinzu: »Nell, wahrscheinlich geht es mich nichts an, aber ich würde mich freuen, wenn wir Freunde werden könnten und wenn Sie mir vertrauen würden. Gewiss ist Ihnen klar, dass in der Stadt einige Gerüchte über Sie im Umlauf sind.«

»Ach ja? Was für Gerüchte?

»Es heißt – und ich hoffe, es stimmt –, dass Sie für den Kongress kandidieren wollen, und zwar für den ehemaligen Sitz Ihres Großvaters.«

Nell stand auf. Offenbar hielt sie das Gespräch für beendet. »Über Gerüchte unterhalte ich mich nicht, Peter«, sagte sie. Ihrer Miene war nichts zu entnehmen.

»Offenbar heißt das, dass Sie den Zeitpunkt, um Ihre Kandidatur öffentlich zu machen, selbst bestimmen wollen.« Lang verstand den Wink und erhob sich ebenfalls. Nell konnte nicht verhindern, dass er ihre Hand ergriff. »Nell, ich wollte nur sagen, dass ich voll und ganz hinter Ihnen stehe.«

»Vielen Dank«, erwiderte sie und zog die Hand zurück. Und du bist so diskret wie ein Vorschlaghammer, dachte sie.

Kaum hatte sich die Tür hinter Lang geschlossen, als schon das Telefon läutete. Detective Jack Sclafani verlangte, dass Nell ihm und seinem Partner Detective Brennan Zutritt zu Adams Büro gewährte und sie den Inhalt von Winifred Johnsons Schreibtisch und Aktenschrank durchsuchen ließ.

»Wir könnten uns auch einen Durchsuchungsbefehl besorgen«, erklärte Sclafani. »Aber so sparen wir uns den Papierkrieg.«

»Kein Problem. Wir treffen uns dort«, antwortete Nell und fügte zögernd hinzu: »Ich muss Ihnen noch sagen, dass ich mit der Erlaubnis ihrer Mutter in Winifreds Wohnung war und mich in ihrem Schreibtisch umgesehen habe. Mrs. Johnson hatte mich gebeten nachzuprüfen, ob Winifred durch Versicherungspolicen oder Sparguthaben für die Zukunft ihrer Mutter vorgesorgt hatte. Da ich dort nichts entdecken konnte, wollte ich sowieso noch nachschauen, ob ihre persönlichen Papiere vielleicht im Büro liegen.«

Kurz vor Nell trafen die beiden Detectives in der 27. Straße ein. Sie standen vor dem Büro und betrachteten das Modell im Fenster.

»Ziemlich schick«, meinte Sclafani. »Wer sich so etwas ausdenkt, verdient bestimmt viel Kohle damit.«

»Wenn Walters gestern die Wahrheit gesagt hat«, entgegnete sein Partner, »sieht es für uns wahrscheinlich beeindruckender aus als für Leute, die sich mit Architektur auskennen. Schließlich hat er ja behauptet, man hätte den Entwurf abgelehnt.«

Nell war aus dem Taxi gestiegen, hatte sich den beiden Polizisten von hinten genähert und so Brennans letzte Bemerkung gehört.

»Was?«, fragte sie. »Sagten sie eben, Adams Entwurf wäre abgelehnt worden?«

Sclafani und Brennan wirbelten herum. Beim Anblick von Nells entgeisterter Miene wurde Sclafani klar, dass sie völlig ahnungslos war. Sie hatte nicht gewusst, dass man ihrem Mann den Auftrag entzogen hatte. Wann hatte Cauliff selbst es erfahren?, überlegte er.

»Mr. Walters wurde gestern von der Staatsanwaltschaft vernommen, Ms. MacDermott«, erwiderte er. »So lautete seine Aussage.«

Unwillig verzog Nell das Gesicht. »Walters würde ich kein Wort glauben.« Damit machte sie auf dem Absatz kehrt, marschierte zur Tür und läutete nach dem Hausmeister. »Ich habe keinen Schlüssel«, erklärte sie barsch, »und der von Adam ist vermutlich mit der Jacht untergegangen.«

Nell kehrte den beiden Männern den Rücken zu und versuchte sich zu beruhigten. Wenn das stimmt, hat Peter Lang mich vor knapp einer Stunde angelogen, dachte sie. Warum? Und aus welchem Grund hat Adam es mir verschwiegen? Er hätte es mir anvertrauen sollen. Vielleicht hätte ich ihm helfen können. Ich hätte seine Enttäuschung verstanden.

Der Hausmeister, ein kräftiger Mann Ende fünfzig, erschien und öffnete ihnen die Tür. Er sprach Nell sein Beileid aus, sagte dann, er habe schon Interessenten für das Büro, und fragte, ob sie beabsichtige, es aufzugeben.

Am Blick seines Partners erkannte Jack Sclafani, dass Adam Cauliffs Büro auf George Brennan denselben Eindruck machte wie auf ihn: gut eingerichtet, aber erstaunlich klein. Eigentlich bestand es nur aus einem Empfangsbereich und zwei Büroräumen, der eine ziemlich groß, der andere eher eine Besenkammer. Er fand, dass die Räumlichkeiten etwas Kaltes und Unpersönliches ausstrahlten. Ganz sicher kein einladender Ort, kein Büro, das unbedingt Vertrauen in die kreativen Fähigkeiten der dort tätigen Menschen vermittelte. Die Wand des Empfangsbereichs wurde nur von einem Bild geschmückt, und zwar von einem Gemälde, das das geplante Gebäude darstellte und in dieser Umgebung schäbig wirkte.

»Wie viele Angestellte hatte Ihr Mann?«, fragte Sclafani.

»Nur Winifred. Heutzutage erledigt ein Architekt den Großteil seiner Arbeit mit dem Computer, und wenn man eine Firma gründet, muss man die Festkosten möglichst gering halten. Einen Teil des Auftrags wollte Adam an freie Mitarbeiter vergeben, Bauingenieure zum Beispiel.«

»Also ist das Büro seit dem …« – Brennan zögerte – »Unfall geschlossen?«

»Ja.«

Nell bemerkte, dass sie den Großteil der vergangenen zehn Tage damit verbracht hatte, sich um eine ruhige und gelassene Wirkung zu bemühen. *Nun ist die Schraube noch ein wenig fester angezogen worden* – dieser Satz wollte ihr nicht aus dem Kopf, als sie bis zum Morgengrauen schlaflos im Bett gelegen hatte. Inzwischen fiel es ihr immer schwerer, den Schein zu wahren.

Was würden diese Polizisten von Lisa Ryans Bitte halten, dachte sie. Eigentlich handelte es sich eher um eine Forderung: *Finden Sie heraus, warum jemand meinem Mann fünfzigtausend Dollar Schweigegeld gegeben hat, und helfen Sie mir, es wieder gutzumachen.* Wo soll ich anfangen?, fragte sie sich seitdem ständig.

Und wie würden diese sachlichen und vernünftigen Detectives wohl Bonnie Wilson einschätzen?, überlegte sie weiter. Nach einer Stunde zu Hause in meiner gewohnten Umgebung habe ich selbst angefangen, an ihren Worten zu zweifeln. Ich glaubte auch nicht mehr, dass sie wirklich mit Adam gesprochen hatte. Allerdings kann sie offenbar meine Gedanken lesen. Andererseits habe ich in diesem Augenblick nicht gedacht, dass ich *auf meine alten Tage nicht mehr umlerne*, und Bonnie hat es trotzdem erwähnt. Außerdem habe ich keiner Menschenseele von meinem und Adams Streit erzählt.

Und was ist mit der eingestürzten Fassade in der Lexington Avenue? Wird man versuchen, Adam dafür die Schuld zu geben? Fragen, nichts als Fragen. Nell fühlte sich zwischen den verschiedenen Fronten zerrieben. Sie brauchte Zeit, um zu überlegen und die einzelnen Stücke zusammenzusetzen. Sie war völlig ratlos.

Auf einmal bemerkte sie, dass die beiden Detectives sie forschend und besorgt musterten. »Tut mir leid«, sagte sie. »Offenbar habe ich geträumt. Hier zu sein fällt mir schwerer, als ich vermutet hatte.«

Sie ahnte nicht, dass Brennans und Sclafanis verständnisvolle und mitleidige Mienen nur dazu dienten zu verbergen, was wirklich in ihnen vorging. Denn die Polizisten waren mit einem Mal sicher, dass Nell MacDermott ebenso wie Lisa Ryan ihnen aus Angst etwas verheimlichte.

Winifreds Schreibtisch war abgeschlossen, doch George Brennan zog einen Schlüsselbund aus der Tasche; einer der Schlüssel passte tatsächlich. »Ihre Handtasche wurde gefunden«, erklärte er Nell. »Diese Schlüssel waren darin. Seltsamerweise war die Tasche kaum versengt. Bei Explosionen geschehen manchmal merkwürdige Dinge.«

»In den letzten Tagen hat sich eine ganze Menge merkwürdiger Dinge ereignet«, entgegnete Nell. »Zum Beispiel der Versuch von Walters und Arsdale, sämtliche Unregelmäßigkeiten, die Sie möglicherweise in ihrer Firma aufdecken, meinem Mann in die Schuhe zu schieben. Heute Morgen habe ich mit Adams Steuerberater gesprochen. Er hat mir versichert, dass alle Unterlagen komplett sind und auch der kritischsten Überprüfung standhalten werden.«

Hoffentlich, dachte George Brennan. Offenbar hat jemand bei Walters und Arsdale eng mit Sam Krause zusammengearbeitet. Dieser Schluss liegt auf der Hand, denn beim Bau der Fassade, die gestern eingestürzt ist, wurden minderwertige Materialien verwendet. Und so etwas ist nicht auf einen Irrtum zurückzuführen, sondern auf verbrecherische Machenschaften.

»Ich möchte Sie nicht aufhalten«, sagte Brennan zu Nell. »Sehen wir uns doch rasch Ms. Johnsons Schreibtisch an, damit wir wieder gehen können.«

Wenige Minuten später hatten sie sich vergewissert, dass der Schreibtisch nichts Außergewöhnliches enthielt. »Genauso wie in ihrem Schreibtisch zu Hause«, sagte Nell zu den Polizisten. »Nur ganz alltägliche Rechnungen, Quittungen und Notizen. Aber wenigstens haben wir einen Umschlag mit ein paar Versicherungspolicen und der Besitzurkunde für das Grab ihres Vaters gefunden.«

In den obersten beiden Schubladen des Aktenschrankes neben dem Schreibtisch befanden sich tatsächlich Akten. In der unteren wurden Kartons mit Papier für Kopierer und Drucker, Bogen von dickem, braunem Packpapier und Spulen mit Paketschnur aufbewahrt.

Jack Sclafani blätterte die Akten durch. »Geschäftskorrespondenz«, verkündete er. Dann nahm er Winifreds Adressbuch zur Hand. »Haben Sie was dagegen, wenn wir es uns ausleihen?«, erkundigte er sich bei Nell.

»Natürlich nicht. Wahrscheinlich sollte man es sowieso an ihre Mutter schicken.«

Nur einen Unterschied gibt es zu ihrem Schreibtisch zu Hause, dachte Nell. Nirgendwo steht der Name Harry Reynolds. Wer mag das wohl sein? Vielleicht hat er Winifred geholfen, die hohen Pflegekosten für ihre Mutter zu bezahlen.

»Ms. MacDermott, dieser Schließfachschlüssel wurde in Ms. Johnsons Brieftasche gefunden.« Beim Sprechen holte George Brennan einen Schlüssel aus einem kleinen, braunen Umschlag und legte ihn auf Winifreds Schreibtisch. »Die Nummer 332 ist darauf eingraviert. Wissen Sie, ob der Schlüssel aus diesem Büro stammt oder ob er Ms. Johnson persönlich gehörte?«

Nell musterte den Schlüssel. »Ich habe keine Ahnung. Außerdem bin ich nicht darüber informiert, welche Schlüssel es in diesem Büro gibt. Ich habe schon seit Jahren mein eigenes Schließfach. Soweit ich weiß, besaß Adam keines, weder geschäftlich noch privat. Können Sie den Schlüssel nicht zur Bank bringen und dort nachfragen?«

Brennan schüttelte den Kopf. »Leider sehen Schließfachschlüssel alle gleich aus, und es steht nicht darauf, von welcher Bank sie kommen. Die neueren sind nicht einmal mehr nummeriert. Nur wenn wir die Bank kennen, finden wir auch das Schließfach, und das könnte eine Weile dauern.«

»Das ist ja, als würde man eine Nadel in einem Heuhaufen suchen.«

»Da haben Sie Recht, Ms. MacDermott. Aber wahrscheinlich wurde der Schlüssel von einer Bank ausgegeben, die etwa im Umkreis von zehn Blocks entweder in der Nähe von Winifreds Wohnung oder diesem Haus liegt.«

»Ich verstehe«, meinte Nell. Sie zögerte, weil sie unsicher war, ob sie es ansprechen sollte. »Hören Sie, vielleicht ist es nicht wichtig, aber offenbar hatte Winifred eine Beziehung mit einem Mann namens Harry Reynolds.«

»Woher wissen Sie das?«, erkundigte sich Brennan.

»Als ich den Schreibtisch in ihrer Wohnung durchsuchte, entdeckte ich eine Schublade, die mit allen möglichen Zetteln voll gestopft war – von Architekturplänen bis hin zu alten Briefumschlägen und Papiertaschentüchern. Und auf jeden hatte sie ›Winifred liebt Harry Reynolds‹ geschrieben. Für mich sah es aus wie das Gekritzel einer Fünfzehnjährigen, die ganz furchtbar für jemanden schwärmt.«

»Ich würde es eher Besessenheit nennen als Schwärmerei«, merkte Brennan an. »Soweit ich informiert bin, war Winifred Johnson eine zurückhaltende Frau, die immer mit ihrer Mutter zusammengelebt hat, bis diese in ein Pflegeheim ging.«

»Stimmt.«

»Und genau diese Sorte von Frauen verliebt sich meistens Hals über Kopf in den falschen Kerl.« Er zog die Augenbraue hoch. »Wir werden diesen Harry Reynolds mal unter die Lupe nehmen.« Mit einem entschlossenen Schubs schob Brennan die Schublade zu. »Ms. MacDermott, eigentlich sind wir fertig hier und wollten einen Kaffee trinken gehen. Möchten Sie nicht mitkommen?«

Nell zögerte, entschied sich aber dann anzunehmen. Aus irgendeinem Grund wollte sie nicht in Adams Büro allein sein. Auf der Fahrt im Taxi hatte sie sich überlegt, ob sie Adams Schreibtisch ausräumen sollte. Doch als sie sich jetzt umsah, wusste sie, dass heute nicht der richtige Tag dafür war. Adams Tod erschien ihr immer noch unwirklich. Und sie konnte sich nicht erklären, warum sich dieses Gefühl seit dem Besuch bei Bonnie Wilson eher verstärkt hatte, anstatt nachzulassen.

Wie lange hatte Adam gewusst, dass seine Pläne für den Vandermeer Tower abgelehnt worden waren? Sie erinnerte sich, wie stolz er gewesen war, als er ihr davon erzählte. »Nell, Peter Lang war heute bei mir. Er hat das Vandermeer-Grundstück gekauft und möchte dazu noch das der

Kaplans erwerben. Ich habe zugesagt, aber nur unter der Bedingung, dass er mich als Architekten nimmt. Seine Investoren haben mich damit beauftragt, die Pläne vorzubereiten und ein Modell zu bauen.«

Damals habe ich ihn gefragt, was geschehen würde, falls seine Entwürfe abgelehnt werden sollten. Und ich habe seine Worte noch genau im Gedächtnis: *»Das Kaplan-Grundstück ist für Langs Bauvorhaben unverzichtbar. Also wird er annehmen.«*

»Danke, ja, ich hätte auch Lust auf einen Kaffee«, erwiderte sie. »Heute Morgen hatte ich eine Besprechung mit Peter Lang, von der ich Ihnen gerne erzählen würde. Dann werden Sie vielleicht verstehen, warum ich diesen Mann für einen Lügner und Intriganten halte, und meine Meinung möglicherweise teilen. Lang gehört eindeutig zu den Menschen, die vom Tod meines Mannes profitieren.«

52

Wie seine Enkelin hatte auch Cornelius MacDermott eine schlaflose Nacht verbracht. Am Dienstag ging er erst kurz vor der Mittagszeit ins Büro. Als er hereinkam, stellte Liz Hanley zu ihrer Bestürzung fest, dass seine sonst so gesunde Gesichtsfarbe einem fahlen Grauton gewichen war.

Er brauchte nicht lange, um ihr zu erklären, warum er so erschöpft wirkte. Bald hatte er sie überzeugt, dass seine Enkelin Gefahr lief, ihre Wahl in den Kongress unwiderbringlich zu verspielen. Doch in Wirklichkeit lag es eher an der Sorge um seine Gesundheit, dass Liz seinem Plan schließlich zustimmte: Er wollte Nell beweisen, dass die berühmte Hellseherin Bonnie Wilson nichts weiter war als eine Betrügerin.

»Vereinbaren Sie einen Termin«, wies er Liz an. »Und zwar unter dem Namen Ihrer Schwester, nur für den Fall, dass Gerti Sie je gegenüber dieser Wilson erwähnt hat. Ich traue ihr nicht über den Weg, und mich würde interessieren, wie Sie sie einschätzen.« Seine Stimme klang ungewöhnlich angespannt.

»Wenn ich von hier aus anrufe und sie eine Rufnummernerkennung hat, weiß sie sofort, wer ich bin«, widersprach Liz.

»Kluges Mädchen. Ihre Schwester wohnt doch in Beekman Place.«

»Ja.«

»Fahren Sie gleich hin und rufen Sie von dort aus an. Es ist sehr wichtig.«

Um drei Uhr war Liz wieder im Büro.

»Ich habe um vier Uhr heute Nachmittag einen Termin bei Bonnie Wilson, und zwar als Moira Callahan«, verkündete sie.

»Ausgezeichnet. Und wenn Sie zufällig mit Nell oder mit Gerti …«

»Mac, Sie wollten mich doch nicht etwa ernsthaft bitten, meinen Mund zu halten.«

»Schon gut«, brummte er verlegen. »Danke, Liz. Ich wusste, dass ich mich auf Sie verlassen kann.«

53

Am Dienstag nahm Lisa ihre Arbeit im Schönheitssalon wieder auf. Sie ließ die erwarteten Reaktionen ihrer Kolleginnen und Kundinnen – eine Mischung aus aufrichtiger Anteilnahme und unverhohlener Neugier – über sich ergehen und beantwortete die Fragen zu der Explosion, die Jimmys Leben gefordert hatte.

Als sie um sechs Uhr nach Hause kam, wurde sie von ihrer besten Freundin Brenda Curren in der Küche erwartet. Es duftete köstlich nach Brathuhn. Der Tisch war für sechs Personen gedeckt. Ed, Brendas Mann, half Charley, dem Zweitklässler, gerade bei seinen Hausaufgaben im Lesen.

»Du bist zu gut, um wahr zu sein«, sagte Lisa leise.

»Quatsch«, erwiderte Brenda fröhlich. »Wir haben uns einfach gedacht, dass du nach deinem ersten Arbeitstag vielleicht ein bisschen Gesellschaft brauchst.«

»Gute Idee.« Lisa ging ins Bad und wusch sich das Gesicht. Du hast den ganzen Tag nicht geweint, sagte sie sich streng. Also fang bloß nicht jetzt damit an.

Beim Essen kam Ed Curren auf Jimmys Werkzeug im Keller zu sprechen. »Lisa, ich weiß, was Jimmy da unten gebastelt hat, und er hatte ein paar sehr teure Werkzeuge. Du solltest sie so schnell wie möglich verkaufen, bevor sie an Wert verlieren.«

Er tranchierte das Brathuhn. »Wenn du möchtest, gehe ich gerne runter in seine Werkstatt und sortiere alles aus.«

»Nein!«, stieß Lisa hervor. Als sie merkte, wie ihre Freunde und ihre Kinder sie entgeistert anstarrten, wurde ihr klar, dass sie ein gut gemeintes nachbarschaftliches Hilfsangebot übertrieben heftig abgelehnt hatte.

»Tut mir leid«, sagte sie. »Aber der Gedanke, die Sachen aus Jimmys Werkstatt zu verkaufen, hat mir wieder vor Augen geführt, dass er wirklich nicht zurückkommt. Irgendwie kann ich mich noch nicht damit auseinander setzen.«

Sie sah die Trauer auf den Gesichtern ihrer Kinder und versuchte die Situation durch einen Scherz zu retten. »Könnt ihr euch vorstellen, was Daddy für ein Gesicht machen würde, wenn er wiederkäme und seine Werkstatt leer fände?«

Als die Currens gegangen waren und die Kinder schliefen, schlich Lisa sich in den Keller, zog die Schublade des Aktenschrankes auf und betrachtete die Geldpäckchen. Es ist wie eine Zeitbombe, dachte sie. Ich muss es loswerden!

54

Am Dienstagnachmittag tauschte Dan Minor mit einem Kollegen die Schicht und suchte die Vermisstenabteilung der Polizei von New York, Police Plaza Nummer 1, auf.

Bald jedoch musste er feststellen, dass man ihm hier bei seiner Suche nach Quinny nicht weiterhelfen konnte.

Der Detective hatte zwar Verständnis für ihn, schilderte ihm jedoch schonungslos die nackten Tatsachen. »Es tut mir furchtbar leid, Dr. Minor, aber Sie wissen ja nicht einmal, ob Ihre Mutter zum fraglichen Zeitpunkt überhaupt in New York war. Sie sind nicht sicher, ob sie verschwunden ist, nur, dass Sie sie nicht finden können.

Haben Sie eigentlich eine Vorstellung davon, wie viele Menschen jedes Jahr in dieser Stadt als vermisst gemeldet werden?«

Enttäuscht und niedergeschlagen verließ Dan das Gebäude und fuhr mit dem Taxi nach Hause. Er beschloss, dass es vermutlich das Beste war, sich in der Umgebung der 4. Straße an der Ostseite von Manhattan umzusehen.

Er wusste nicht, wie er die Obdachlosen ansprechen sollte, die grüppchenweise in den verlassenen Mietshäusern lebten. Ich kann doch nicht einfach bei ihnen hereinplatzen, sagte er sich. Also werde ich mich mit denen anfreunden, die ich draußen auf der Straße treffe, Quinnys Namen erwähnen und abwarten, wie sie darauf reagieren. Schließlich hat es auch etwas genutzt, Lilly das alte Foto zu zeigen, hielt er sich vor Augen, und seine Zuversicht wuchs wieder ein wenig. Wenigstens weiß ich jetzt, wie ihre Freunde sie nennen.

Er zog einen leichten Jogginganzug und Turnschuhe an. Als er aus dem Haus gehen wollte, begegnete er Penny Maynard, die gerade hereinkam.

»Was hältst du von einem Drink um sieben bei mir?«, fragte sie und lächelte ihm freundlich zu.

Sie war wirklich sehr hübsch, und Dan hatte das Abendessen mit ihr und den anderen Nachbarn vor ein paar Abenden sehr genossen. Dennoch lehnte er, ohne zu zögern, ab und sagte, er habe bereits etwas vor. Ich will kein vertrauliches Verhältnis zu einem Menschen, der mit mir Tür an Tür wohnt, dachte er wieder, als er raschen Schrittes die Stadt durchquerte.

Er ging schneller und schneller und hatte dabei Nell MacDermotts Gesicht vor Augen. Seit ihrer zufälligen Begegnung im Park geschah das öfter. Im Telefonbuch stand sie nicht, das hatte er bereits überprüft. Doch die Beraterfirma ihres Großvaters war verzeichnet, und er hatte sich schon ein paar Mal überlegt, sie auf diesem Wege zu erreichen.

Ich könnte anrufen und nach ihrer Nummer fragen, dachte er. Oder vielleicht wäre es klüger, wenn ich Mr. MacDermott gleich einen Besuch abstatte. Schließlich haben wir uns bei dem Empfang im Weißen Haus kennen gelernt. Dann könnte er sich vergewissern, dass ich seine Enkelin nicht bedrohen oder mit romantischen Schwärmereien belästigen will.

Der Gedanke an ein Wiedersehen mit Nell MacDermott heiterte Dan ein wenig auf, als er zwei Stunden lang die Umgebung der 4. Straße an der Ostseite von Manhattan durchkämmte und jeden, dem er begegnete, nach Quinny fragte.

Er hatte sich mit einem Stapel Visitenkarten ausgerüstet, auf denen seine Telefonnummer stand. Diese verteilte er nun an die Passanten. »Fünfzig Dollar für jeden, der mir einen Hinweis gibt«, versprach er.

Um sieben Uhr warf er schließlich das Handtuch, fuhr mit dem Taxi zurück in den Central Park und fing an zu joggen. Und auf Höhe der 72. Straße traf er tatsächlich wieder mit Nell zusammen.

55

Nach dem Gespräch mit Nell MacDermott fuhren Jack Sclafani und George Brennan auf direktem Weg ins Revier. Als ob sie es im Voraus verabredet hätten, erörterten sie die Ergebnisse dieser Unterredung erst, als sie wieder in ihrem Büro saßen.

Jack ließ sich an seinem Schreibtisch nieder und trommelte mit den Fingern auf die Armlehne seines Stuhls. »Die MacDermott hat mehr oder weniger deutlich gesagt, sie verdächtige Lang, die Jacht in die Luft gesprengt zu haben. Doch wir haben ihn überprüft; der Autounfall gibt ihm ein scheinbar wasserdichtes Alibi.«

»Soweit ich mich erinnere, hat er angeblich beim Fahren telefoniert und ist dabei von der Sonne geblendet worden. Und dann ist er mit einem Lastwagen zusammengestoßen. Sein Gesicht sah ja wirklich recht verbeult aus.«

»Mag sein. Allerdings hat er die Karambolage verschuldet, nicht der Lastwagenfahrer«, wandte Brennan ein. »Es hätte Absicht sein können. Jedenfalls hat Nell MacDermott eine Menge interessanter Fragen in den Raum gestellt.« Brennan zog einen Notizblock heraus und schrieb mit. »Vor allem mit einer sollten wir uns meiner Meinung nach ein wenig eingehender befassen: Was für ein Haus will Lang eigentlich auf dem Vandermeer-Grundstück bauen, und wie notwendig braucht er das Kaplan-Grundstück, um sein Vorhaben in die Tat umzusetzen? Das könnte ein Motiv sein.«

»Und ich hätte da noch etwas«, ergänzte Sclafani. »Wann hat Lang Cauliff mitgeteilt, dass sein Entwurf abgelehnt wurde?«

»Das bringt mich wiederum zur nächsten Frage, Jack. Aus welchem Grund hat Cauliff seiner Frau verschwiegen, dass Lang ihn aus dem Projekt geworfen hat? Wenn man davon ausgeht, dass ihre Ehe glücklich war, hätte er es ihr doch eigentlich erzählen müssen.«

»Apropos glücklich: Wie ist Winifreds Freund Harry Reynolds in die Sache verwickelt?«, merkte Sclafani an.

»Ich habe noch einen Vorschlag zu machen«, sagte Brennan. »Stöbern wir doch ein bisschen herum und stellen fest, ob Lang und unser alter Freund Jed Kaplan einander kennen.«

Sclafani nickte, schob seinen Stuhl zurück, stand auf und ging zum Fenster. »Ein schöner Tag«, meinte er. »Meine Frau fände es prima, wenn wir ein verlängertes Wochenende bei ihrer Familie in Cape May verbringen könnten. Aber ich glaube nicht, dass das so bald klappen wird.«

»Stimmt«, pflichtete Brennan ihm bei.

»Und wenn wir schon einmal dabei sind, uns zusätzliche Arbeit aufzuhalsen, hätte ich noch einen Namen für unsere Liste.«

»Lass mich raten: Adam Cauliff.«

»Genau. Kaplan hatte eine Mordswut auf ihn. Sein ehemaliger Chef Robert Walters konnte ihn nicht ausstehen. Lang hat ihm den Laufpass gegeben. Anscheinend war Cauliff nicht unbedingt ein Traumprinz. Ich frage mich, wer sonst noch etwas davon gehabt haben könnte, dass seine Jacht nicht mehr in den Hafen zurückgekehrt ist.«

»Okay. Dann also los«, sagte Brennan. »Zuerst werde ich ein paar telefonische Erkundigungen über Cauliff einziehen.«

Eine Stunde später steckte Brennan den Kopf in Sclafanis Büro. »Ich habe einen Kollegen in North Dakota angerufen und von ihm ein paar Vorabinfos bekommen. Offenbar war Cauliff bei seinem ehemaligen Arbeitgeber etwa so beliebt wie ein Ameisenschwarm bei einem Picknick. Dieser Hinweis könnte uns weiterbringen.«

56

Als Nell neben Dan Minor durch den Central Park joggte, stellte sie fest, dass sie seine Gegenwart als beruhigend empfand. Er strahlte Kraft und Durchsetzungsvermögen aus, was sich auch an seinem entschlossen vorgeschobenen Kiefer und seinen gleichmäßigen Schritten bemerkbar machte. Als sie einmal ins Stolpern geriet, umfasste er beherzt ihren Arm und verhinderte, dass sie stürzte.

Sie liefen nach Norden bis zum Wasserspeicher, umrundeten dann den Park und kehrten dann zur 72. Straße an der Ostseite von Manhattan zurück.

Atemlos blieb Nell stehen. »Hier verlasse ich Sie«, verkündete sie.

Nach dieser zweiten Zufallsbegegnung wollte Dan sie auf keinen Fall ziehen lassen, ohne ihr vorher ihre Adresse und Telefonnummer entlockt zu haben. »Ich begleite Sie nach Hause«, schlug er deshalb prompt vor.

Unterwegs bemerkte er beiläufig: »Ich weiß nicht, wie es Ihnen geht, Nell, aber ich kriege allmählich Hunger. Allerdings sehe ich bestimmt um einiges vorzeigbarer aus, wenn ich dusche und saubere Sachen anziehe. Was halten Sie davon, wenn wir in etwa einer Stunde zusammen essen gehen?«

»Oh, ich glaube nicht …«

»Oder haben Sie schon etwas anderes vor?«, fiel er ihr ins Wort.

»Nein.«

»Vergessen Sie nicht, dass ich Arzt bin. Auch wenn Sie meinen, dass Sie keinen Hunger haben, müssen Sie etwas essen.«

Nachdem er noch eine Weile all seine Überredungskünste eingesetzt hatte, verabredeten sie schließlich ein Treffen im Il Tinello in der 56. Straße an der Westseite von Manhattan. »Lieber erst in anderthalb Stunden«, sagte Nell. »Außer alle Ampeln springen bei Ihrem Anblick automatisch auf Grün um.«

Nach ihrer Rückkehr aus Adams Büro hatte Nell einige Stunden damit verbracht, seine Sachen zu sortieren und zusammenzufalten. Nun waren Bett und Sessel im Gästezimmer mit Stapeln von Socken, Krawatten und Unterwäsche bedeckt. Seine Anzüge, Hosen und Sakkos hatte sie dort in den Schrank gehängt.

Überflüssige Arbeit, dachte sie, während sie, die Kleiderbügel in der Hand, zwischen den Zimmern hin- und herlief. Doch sie hatte sich fest vorgenommen, Adams Sachen aus dem Schlafzimmer zu entfernen, und wollte ihr Vorhaben auch zu Ende führen.

Seine inzwischen leere Kommode hatte sie vom Hausmeister in den Keller schaffen lassen. Dann hatte sie die Möbel im Schlafzimmer so umgestellt wie vor ihrer Hochzeit.

Als sie nun aus dem Park kam und im Schlafzimmer rasch aus Shorts und T-Shirt schlüpfte, erschien ihr der Raum vertrauter als zuvor. Nun konnte sie sich hier wieder geborgen fühlen.

Wahrscheinlich hat mich der Anblick seiner Kommode und seiner Kleider im Schrank ständig an seinen plötzlichen Tod erinnert, überlegte sie. Ich hatte keine Gelegenheit, mich von ihm zu verabschieden. Außerdem musste ich dauernd an unseren letzten Streit denken, daran, dass er wütend aus dem Haus und für immer aus meinem Leben gestürmt ist.

Da all diese Erinnerungsstücke nun fort waren, wusste sie, dass sie endlich würde schlafen können, wenn sie heute Abend aus dem Restaurant zurückkehrte.

Nachdem sie rasch geduscht hatte, blickte sie in den nun geräumig wirkenden Wandschrank. Sie entschied sich für einen grünen Hosenanzug aus Seide, den sie im letzten Jahr am Ende der Saison gekauft und inzwischen ganz vergessen hatte. Erst beim Umräumen des Schrankes war sie wieder darauf gestoßen, und sie hatte sich erinnert, wie gut er ihr damals beim Anprobieren gefallen hatte.

Und das Beste daran war, dass Adam, dem immer aufgefallen war, was sie trug, das Stück nie gesehen hatte.

Als Nell im Il Tinello eintraf, wartete Dan Minor schon an einem Tisch. Allerdings war er so in Gedanken versunken, dass er sie erst wahrnahm, als sie dicht vor ihm stand. Ihn beschäftigt etwas, sagte sich Nell. Während der Oberkellner ihr den Stuhl zurechtrückte, sprang Dan auf und lächelte sie an.

»Offenbar hatten Sie wirklich eine grüne Welle«, witzelte Nell.

»Beinahe. Sie sehen bezaubernd aus, Nell. Schön, dass Sie gekommen sind. Ich fürchte, ich habe Ihnen keine Chance gelassen abzulehnen. Das ist eben das Problem mit uns Ärzten. Wir verlangen von unseren Mitmenschen bedingungslosen Gehorsam.«

»Sie haben mich nicht unter Druck gesetzt. Ich freue mich, dass Sie mich überredet haben, vor die Tür zu gehen. Und um ehrlich zu sein, sterbe ich vor Hunger.«

Das stimmte. Im Restaurant roch es köstlich nach italienischen Gerichten, und als Nell sich umblickte, stellte sie fest, dass der Duft von einem Teller Spaghetti stammte, den der Kellner gerade am Nebentisch servierte. Lachend drehte sie sich wieder zu Dan um. »Am liebsten würde ich dem Ober den Teller aus der Hand reißen.«

Bei einem Glas Wein plauderten sie über gemeinsame Bekannte in Washington. Als Parmaschinken und Melone gebracht wurden, waren die Präsidentschaftswahlen an der

Reihe, und sie stellten fest, dass sie nicht dieselbe Partei wählten. Und während sie ihre Spaghetti verspeisten, erzählte Dan von seinen Gründen, nach New York zu ziehen.

»Unser Krankenhaus spezialisiert sich gerade auf Brandverletzungen bei Kindern, und da das mein Fachgebiet ist, habe ich so Gelegenheit, etwas dazu beizutragen.«

Er sprach auch über seine Suche nach seiner Mutter.

»Heißt das, dass sie einfach verschwunden ist?«, rief Nell aus.

»Sie litt unter schweren Depressionen und war Alkoholikerin. Deshalb glaubte sie, dass ich bei meinen Großeltern besser aufgehoben wäre.« Er zögerte. »Es ist eine sehr lange Geschichte«, sagte er dann. »Wenn es Sie interessiert, erkläre ich Ihnen eines Tages alles. Der springende Punkt ist, dass meine Mutter nun älter wird. Der Himmel weiß, wie sehr sie ihre Gesundheit in all den Jahren vernachlässigt und geschädigt hat. Hier in New York kann ich etwas tun, um sie zu finden. Eine Weile dachte ich, ich wäre fast am Ziel. Aber nun ist sie wie vom Erdboden verschluckt. Seit dem letzten Herbst hat sie niemand gesehen.«

»Glauben Sie denn, sie will von Ihnen gefunden werden, Dan?«

»Sie ist fortgegangen, weil ich einen beinahe tödlichen Unfall hatte, an dem sie sich die Schuld gab. Ich möchte ihr sagen, dass dieser Unfall sich im Nachhinein als positiver Anstoß entpuppt hat, aus dem ich viel gelernt habe.«

Er berichtete von seinem Besuch in der Vermisstenabteilung der Polizei und fügte hinzu: »Ich kann mir nicht vorstellen, dass es etwas gebracht hat.«

»Vielleicht könnte Mac Ihnen helfen«, schlug Nell vor. »Er hat großen Einfluss, und ich weiß, dass es ihn nur ein paar Anrufe kosten würde, damit die Polizei gründlich in ihren Akten nachsieht. Ich werde mit ihm reden, aber wahrscheinlich wäre es das Beste, wenn Sie sich selbst bei ihm melden. Ich gebe Ihnen seine Visitenkarte.«

Als der Espresso serviert wurde, sagte Dan: »Nell, jetzt spreche ich schon den ganzen Abend nur über mich. Wenn es Ihnen zu viel ist, brauchen Sie es bloß zu sagen. Nun habe ich eine Frage an Sie: Wie geht es Ihnen *wirklich*?«

»Mir?« Nell warf ein Stück Zitronenschale in ihre Espressotasse. »Was soll ich nur darauf antworten? Wenn ein Mensch stirbt und man weder eine Leiche, noch einen Sarg oder einen Trauerzug zum Friedhof hat, ist es schwer, einen Schlussstrich zu ziehen. Es ist fast, als wäre dieser Mensch noch da, obwohl man weiß, dass das nicht stimmt. So fühle ich mich zurzeit. Mir kommt es immer noch ein wenig unwirklich vor. Ständig sage ich mir: ›Adam ist tot. Adam ist tot‹, doch die Worte scheinen nichts zu bedeuten.«

»War es beim Tod Ihrer Eltern auch so?«

»Nein. Ich wusste, dass sie gestorben waren. Der Unterschied ist, dass sie im Gegensatz zu Adam – und da bin ich ganz sicher – bei einem Unfall ums Leben kamen. Überlegen Sie mal. Vier Menschen wurden auf der Jacht getötet. Jemand wollte einen von ihnen oder womöglich sogar alle vier loswerden. Und der Täter läuft noch frei herum, genießt das Leben und isst vielleicht gerade zu Abend, so wie wir.« Sie hielt inne, betrachtete ihre Hände und blickte ihn dann an. »Dan, ich muss rauskriegen, wer es war, und das nicht nur um meinetwillen. Lisa Ryan, eine junge Frau mit drei kleinen Kindern, braucht ebenfalls Gewissheit. Ihr Mann war eines der vier Todesopfer.«

»Ist Ihnen klar, Nell, dass jemand, der vorsätzlich vier Menschen umbringt, möglicherweise gefährlich sein könnte?«

Er sah, wie Nell MacDermott, die ihm gegenübersaß, plötzlich das Gesicht verzog und ängstlich die Augen aufriss.

»Nell, was ist los?«, fragte Dan entsetzt.

Sie schüttelte den Kopf. »Gar nichts. Alles in Ordnung«, erwiderte sie, nicht nur, um ihn zu überzeugen, sondern auch, um sich selbst zu beruhigen.

»Das ist nicht wahr, Nell! Was bedrückt Sie?«

Kurz fühlte sie sich wie damals in jenen schrecklichen Augenblicken, als die Springtide sie ergriffen hatte. Sie war gefangen, und sie bekam keine Luft mehr. Nur dass sie sich diesmal bemühte, eine Tür aufzustoßen, anstatt um ihr Leben zu schwimmen. Und anstelle des kalten Wassers spürte sie Hitze. Furchtbare Hitze und die Gewissheit, dass sie sterben würde.

Mittwoch, 21. Juni

57

Das Bauvorhaben auf dem Vandermeer-Grundstück ist nur *eines* von vielen, die mein Unternehmen betreut«, sagte Peter Lang kühl.

Offenbar war es ihm gar nicht recht, dass die Detectives Jack Sclafani und George Brennan an diesem Mittwochmorgen einfach in seinem Büro im obersten Stockwerk des Hauses in der Avenue of the Americas Nummer 1200 erschienen waren.

»Beispielsweise«, sprach er in herablassendem Ton weiter, »gehört *dieses* Gebäude uns ebenfalls. Ich könnte Sie kreuz und quer durch Manhattan fahren und Ihnen unsere übrigen Liegenschaften zeigen, zusätzlich derer, die wir als Immobilienagentur verwalten. Doch jetzt möchte ich Sie bitten, mir den Grund Ihres Besuchs zu nennen, meine Herren, bevor Sie mir hier weiter die Zeit stehlen.«

Der Grund unseres Besuches, alter Junge, dachte Sclafani, ist, dass wir Sie mittlerweile des vierfachen Mordes verdächtigen. Also kommen Sie runter von Ihrem hohen Ross.

»Mr. Lang, wir wissen, dass sie ein viel beschäftiger Mann sind«, sagte George Brennan beschwichtigend. »Doch sicher werden Sie Verständnis dafür haben, dass wir Ihnen ein paar Fragen stellen müssen. Ist es richtig, dass Sie gestern bei Nell MacDermott waren?«

Lang zog die Augenbraue hoch. »Das stimmt. Und warum interessiert Sie das?«

Diese Frage ist ihm anscheinend unangenehm, sagte sich Sclafani. Bis jetzt hat er die Spielregeln bestimmt und sich dabei ziemlich sicher gefühlt. Aber wenn wir ihm einen vierfachen Mord nachweisen können, sind all sein Geld, sein gutes Aussehen und seine Herkunft keinen Pfifferling mehr wert, und das weiß er ganz genau.

»Weshalb haben Sie Ms. MacDermott aufgesucht?«

»Rein geschäftlich«, entgegnete Lang und warf einen Blick auf die Uhr. »Meine Herren, ich fürchte, Sie müssen mich jetzt entschuldigen. Ich habe eine Besprechung.«

»Sie sitzen gerade in einer Besprechung, Mr. Lang.« Brennans Stimme klang hart wie Stahl. »Bei unserer letzten Unterhaltung vor etwa zehn Tagen sagten Sie, Sie hätten mit Adam Cauliff eine geschäftliche Zusammenarbeit geplant. Er sollte als Architekt für Sie tätig werden.«

»Das ist korrekt.«

»Könnten Sie uns dieses Projekt ein wenig genauer schildern?«

»Ich glaube, das habe ich bereits bei unserem früheren Treffen getan. Adam Cauliff und ich besaßen aneinander angrenzende Grundstücke in der 28. Straße. Wir beabsichtigten, diese zusammenzulegen und ein Wohn- und Bürohaus dort zu errichten.«

»Und Mr. Cauliff wäre der verantwortliche Architekt gewesen?«

»Adam Cauliff wurde aufgefordert, einen Entwurf einzureichen.«

»Wann haben Sie diesen Entwurf abgelehnt, Mr. Lang?«

»Ich würde es nicht als Ablehnung bezeichnen. Der Entwurf musste an vielen Stellen überarbeitet werden.«

»Seiner Frau haben Sie aber etwas ganz anderes erzählt.«

Peter Lang stand auf. »Ich habe mich bemüht, Ihnen behilflich zu sein. Doch offenbar wissen Sie das nicht zu schätzen. Ein freundschaftliches Gespräch mit Ihnen ist anscheinend nicht möglich. Ich empfinde Ihren Tonfall und Ihr Verhalten als unangemessen, und wenn das so weitergeht, muss ich darauf bestehen, meinen Anwalt anzurufen.«

»Nur noch eine Frage, Mr. Lang«, meinte Detective Sclafani. »Sie haben für das Vandermeer-Grundstück Vorkaufsrecht beantragt, nachdem das Haus von der Liste der denkmalgeschützten Gebäude gestrichen wurde, richtig?«

»Die Stadt brauchte dringend ein anderes Grundstück, das mir gehörte. Also habe ich getauscht. Die Stadt hat dabei das bessere Geschäft gemacht.«

»Da wäre noch etwas: Hätte Adam Cauliff Ihnen das Grundstück verkauft, wenn Sie ihm den Auftrag nicht gegeben hätten?«

»Es wäre äußerst dumm von ihm gewesen, uns das Grundstück nicht zu verkaufen. Aber leider ist er gestorben, bevor ein Vertrag abgeschlossen werden konnte.«

»Wie ich annehme, war das der Anlass Ihres Besuches bei seiner Witwe. Was ist, wenn Nell MacDermott sich jetzt weigert zu verkaufen?«

»Die Entscheidung liegt natürlich bei ihr.« Peter Lang erhob sich wieder. »Meine Herren, Sie müssen mich jetzt entschuldigen. Falls Sie noch Fragen haben, wenden Sie sich an meinen Anwalt.« Er schaltete die Gegensprechanlage ein. »Mr. Brennan und Mr. Sclafani möchten gehen«, teilte er seiner Sekretärin mit. »Bringen Sie sie bitte zum Aufzug.«

58

Am Mittwochmorgen rief Gerti MacDermott Nell an. »Bist du nachher zu Hause?«, erkundigte sie sich. »Ich habe heute einen Streuselkuchen gebacken, den magst du doch so gerne.«

Nell saß an ihrem Schreibtisch. »Leidenschaftlich gern, Tante Gerti. Klar, komm nur vorbei.«

»Wenn du zu viel zu tun hast …«

»Ich schreibe an meiner Kolumne, aber ich bin fast fertig.«

»Um elf bin ich da.«

»Ich setze schon mal das Teewasser auf.«

Um Viertel vor elf schaltete Nell den Computer ab. Die Kolumne war mehr oder weniger druckreif, doch sie beschloss, den Text noch eine Weile liegen zu lassen und ihn dann endgültig zu überarbeiten.

In den letzten beiden Jahren hat mir das Schreiben Spaß gemacht, dachte sie, während sie Wasser in den Teekessel füllte. Aber jetzt ist es eindeutig Zeit für einen Neuanfang.

Obwohl es eigentlich ein Rückschritt ist, überlegte sie weiter und holte die Teekanne aus dem Schrank. Zurück in eine Welt, in die sie hineingeboren war, zurück zu Wahlkampf, Wahlabend, dann der Einzug ins Kapitol, vorausgesetzt natürlich, sie bekam die nötigen Stimmen. Und zurück zu Überstunden und dem ständigen Pendeln zwischen Manhattan und Washington.

Wenigstens weiß ich, worauf ich mich einlasse, wenn ich gewinne, sagte sie sich. Menschen wie Bob Gorman halten den Druck nicht aus. Vielleicht hatte Mac ja Recht mit seiner Einschätzung, dass Gorman den Posten nur als Übergangslösung gesehen hat.

Um Punkt elf rief der Pförtner an und meldete, Ms. MacDermott sei auf dem Weg nach oben. Mac hat mich und Gerti zur Pünktlichkeit erzogen, dachte Nell. Nur Adam kam immer zu spät, ein Wesenszug, der Mac in den Wahnsinn trieb.

»Du siehst schon viel besser aus«, lauteten Gertis erste Worte, bevor sie ihre Großnichte küsste. Sie hatte eine Kuchenform in der Hand.

»Zum ersten Mal seit fast zwei Wochen habe ich wieder eine Nacht durchgeschlafen«, erwiderte Nell. »Das hilft.«

»Ganz richtig«, stimmte Gerti ihr zu. »Ich habe gestern Abend versucht, dich anzurufen, aber du warst nicht da. Bonnie Wilson hat sich nach dir erkundigt.«

»Das ist aber nett von ihr.« Nell nahm den Kuchen von ihrer Großtante entgegen. »Komm rein. Wir trinken ein Tässchen Tee.«

Nell stellte fest, dass Gertis Hand mit der Teetasse leicht zitterte. Eigentlich nicht ungewöhnlich bei einer Frau in ihrem Alter, dachte sie. Lieber Gott, ich will sie und Mac noch lange um mich haben.

Sie erinnerte sich an Dan Minors Worte beim Essen: »Ich wünschte, ich hätte Geschwister. Vielleicht finde ich meine Mutter nie wieder. Und wenn meine Großeltern gestorben sind, habe ich keine Familie mehr.« Dann hatte er hinzugefügt: »Meinen Vater zähle ich nicht mit. Leider hat er keinen Anteil an meinem Leben. Wir haben uns schon vor einer Weile aus den Augen verloren.« Er lächelte. »Natürlich habe ich noch eine sehr hübsche Stiefmutter und zwei Ex-Stiefmütter.«

Nell nahm sich vor, Mac anzurufen und ihm zu sagen, dass Dan sich bei ihm melden würde.

Um Punkt halb zwölf stand Gerti auf. »Ich muss los, Nell. Und noch etwas: Wenn du traurig bist und Gesellschaft brauchst, weißt du ja, wen du anrufen kannst.«

Nell umarmte sie. »Dich.«

»Genau. Hoffentlich hast du Bonnies Rat angenommen, Adams Sachen wegzugeben. Sie hält es für sehr wichtig.«

»Ich habe schon mit dem Zusammenpacken angefangen.«

»Brauchst du Hilfe?«

»Eigentlich nicht. Der Hausmeister will mir ein paar Kartons besorgen. Ich lade sie ins Auto und bringe sie am Freitagmorgen weg. Das ist doch immer noch der Tag, an dem sie Spenden annehmen, oder?«

»Richtig. Und am Freitag bin ich auch dort, weil ich Dienst habe und die Sachen durchsehen muss.«

Eine kleine Kirche an der Ecke First Avenue und 85. Straße betrieb einen Secondhand-Laden, in dem Gerti als freiwillige Helferin arbeitete. Nell brachte all ihre abgelegten Kleider dorthin. Der Laden nahm nur gut erhaltene Kleidung an und verkaufte sie zu Niedrigpreisen.

Es versetzte Nell einen Stich, als sie sich an den Samstag vor Thanksgiving erinnerte. Sie hatte ihren Schrank ausgemistet und alles aussortiert, was sie nicht mehr anzog. Und sie hatte Adam so lange gequält, bis er das Gleiche tat. Dann hatten sie die Sachen zusammengepackt und zum Secondhand-Laden gebracht.

Stolz auf ihre gute Tat, hatten sie danach in einem thailändischen Restaurant Ecke Second Avenue und 81. Straße gegessen. Beim Essen hatte Adam ihr gestanden, wie schwer es ihm fiel, Kleider wegzugeben, die noch tragbar waren. Das habe er von seiner Mutter, die sich nie von etwas trenne, da man es in schweren Zeiten vielleicht noch gebrauchen könne.

»In dieser Hinsicht bin ich ihr offenbar sehr ähnlich«, sagte er. »Wenn du mich nicht dazu gezwungen hättest, würde das Zeug weiter in meinem Schrank hängen, bis die Kleiderbügel zusammenbrechen.«

Nell dachte nicht unbedingt gerne an dieses Gespräch.

59

Liz Hanley klopfte an Cornelius MacDermotts Bürotür und öffnete sie gleichzeitig. »Ich gehe jetzt«, verkündete sie.

»Ich wollte Sie gerade daran erinnern. Es ist schon halb drei.«

»Und der Termin ist um drei.«

»Ich habe ein schlechtes Gewissen, dass ich Ihnen das zumute, Liz, aber es ist wirklich wichtig.«

»Mac, wenn diese Frau mich verhext, ist das ganz allein Ihre Schuld.«

»Nachdem Sie mit ihr fertig sind, kommen Sie sofort zurück.«

»Und was ist, wenn sie stattdessen mich fertig macht?«

Liz nannte dem Taxifahrer Bonnie Wilsons Adresse in der Westside. Dann lehnte sie sich zurück und versuchte ruhig zu werden.

Wie sie sich selbst eingestehen musste, glaubte sie daran, dass es wirklich Menschen mit übersinnlichen Fähigkeiten gab – Psi, oder wie auch immer man das bezeichnete. Als sie das Mac anvertraute, hatte er natürlich sofort eine Antwort parat.

»Meine Mutter dachte zwar nicht, dass sie übersinnliche Kräfte hatte, aber sie war schrecklich abergläubisch«, erwiderte er. »Wenn es um Mitternacht dreimal an der Tür klopfte, wenn ein Bild von der Wand fiel oder wenn eine Taube zum Fenster hereinflog, holte sie ihren Rosenkranz heraus. Sie war felsenfest davon überzeugt, dass diese Zeichen einen Todesfall ankündigten.« Er hielt inne. Offenbar hatte er Spaß an seiner Geschichte.

»Und wenn Sie dann ein halbes Jahr später einen Brief aus Europa bekam, in dem stand, ihre achtundneunzigjährige Tante sei gestorben, sagte sie zu meinem Vater: ›Siehst du, Patrick, als es letztens dreimal nachts geklopft hat, habe ich dir noch gesagt, dass etwas Schlimmes passiert.‹«

Bei Mac klingt das sehr überzeugend, und es hört sich wirklich lächerlich an, dachte Liz. Aber es gibt hunderte von dokumentierten Fällen, in denen sich Verstorbene von ihren Angehörigen verabschiedet haben. Vor Jahren hat *Reader's Digest* einen Artikel über Arthur Godfrey gebracht, einen vor langer Zeit berühmten Fernsehstar. Als junger Bursche diente er im Zweiten Weltkrieg auf einem Marineschiff und träumte, sein Vater habe am Fuß seiner Koje gestanden. Am nächsten Morgen erfuhr er, dass sein Vater in genau diesem Augenblick gestorben war. Ich werde den Artikel heraussuchen und ihn Mac zeigen, nahm Liz sich vor. Vielleicht glaubt er wenigstens Arthur Godfrey.

Nein, das wird auch nichts nützen, seufzte sie, als das Taxi am Straßenrand hielt. Mac wird immer ein Gegenargument finden.

Bonnie Wilson entsprach dem Bild, das Liz sich nach Nells Schilderung beim Abendessen im Neary's von ihr gemacht hatte. Sie war eine ausgesprochen attraktive Frau, allerdings jünger, als Liz vermutet hätte. Die Atmosphäre in der Wohnung jedoch deckte sich eher mit Liz' Erwartungen: Trotz des sonnigen Juninachmittags herrschte im Flur eine überraschend düstere Stimmung.

»Die Klimaanlage wird gerade repariert«, erklärte Bonnie. »Und wenn man hier drinnen nicht gebraten werden will, muss man die Sonne aussperren. Alte Häuser wie dieses haben wunderschöne große Zimmer, aber allmählich fällt hier alles auseinander.«

Fast hätte Liz erwidert, dass sie in einem ähnlichen Haus in der York Avenue wohnte. Gerade noch rechtzeitig fiel ihr ein, dass sie den Termin ja als Moira Callahan, wohnhaft am Beekman Place, vereinbart hatte. Ich bin eine miserable Lügnerin, dachte sie. Und jetzt, mit zweiundsechzig, werde ich es vermutlich auch nicht mehr lernen.

Wortlos folgte sie Bonnie Wilson in ein Arbeitszimmer, das rechts von dem langen Flur abging.

»Warum setzen Sie sich nicht aufs Sofa?«, meinte Bonnie. »Ich nehme mir einen Sessel. Ich würde gerne kurz Ihre Hände halten.«

Liz, der immer mulmiger wurde, gehorchte.

Bonnie Wilson schloss die Augen. »Sie tragen einen Ehering, aber ich spüre, dass Sie schon lange verwitwet sind. Ist das richtig?«

»Ja.« Mein Gott, woher weiß sie das so schnell?, fragte sich Liz.

»Gerade hatten Sie ein wichtiges Jubiläum. Ihren vierzigsten Hochzeitstag. In den letzten Wochen waren Sie ein wenig bedrückt, denn Sie hätten ihn so gerne gefeiert. Sie haben im Juni geheiratet.«

Liz nickte entgeistert.

»Ich höre den Namen Sean. Gab es einen Sean in Ihrer Familie? Ich glaube nicht, dass es Ihr Mann ist. Eher ein Bruder, ein jüngerer Bruder.« Bonnie Wilson legte die Hand an die Schläfe. »Ich fühle hier große Schmerzen«, murmelte sie. »Offenbar starb Sean bei einem Unglück. Ein Verkehrsunfall, richtig?«

»Sean war erst siebzehn«, erwiderte Liz mit belegter Stimme. »Er ist zu schnell gefahren und hat die Kontrolle über den Wagen verloren. Er erlitt einen Schädelbruch.«

»Er ist im Jenseits bei Ihrem Mann und Ihren anderen Angehörigen, die von uns gegangen sind, und er übermittelt Ihnen liebe Grüße von allen. Sie werden ihnen noch lange nicht nachfolgen. Doch das bedeutet nicht, dass wir nicht immer von unseren Lieben umgeben sind und dass sie uns nicht leiten, während wir noch auf dieser Welt weilen. Das ist die Wahrheit, die Sie trösten wird.«

Wie benommen folgte Liz Hanley Bonnie den düsteren Flur entlang. An der Ecke, um die man biegen musste, um wieder in die Vorhalle zu kommen, stand ein Tisch mit einem Spiegel darüber. In einer Silberschale lagen Bonnies Visitenkarten. Liz hielt inne und nahm eine davon. Plötzlich lief ihr ein Schauder den Rücken hinunter, und sie blieb wie angewurzelt stehen. Sie sah in den Spiegel, doch ein fremdes Gesicht blickte ihr entgegen. Es wurde von ihrem Spiegelbild überlagert und starrte sie an. Doch als sie es näher betrachten wollte, war es wieder verschwunden.

Als Liz erschüttert und verstört im Taxi zurück ins Büro fuhr, war sie ganz sicher, dass ihr im Spiegel Adam Cauliffs Gesicht erschienen war.

Und ebenso sicher war sie, dass sie keinem Menschen auch nur ein Sterbenswörtchen von diesem Erlebnis erzählen würde.

60

Am Montag und am Dienstag hatte Ben Tucker wieder Albträume, die jedoch nicht mehr so Angst einflößend waren wie die früheren. Seit er die explodierende Jacht gezeichnet und von Dr. Megan gehört hatte, es sei ganz normal, dass ein Kind auf eine derart schreckliche Erfahrung mit Furcht und Verwirrung reagierte, fühlte er sich allmählich ein wenig besser.

Es störte ihn nicht einmal, dass er wegen des heutigen Termins zu spät zum Baseball kommen würde, obwohl seine Mannschaft heute gegen das zweitbeste Team in ihrer Liga antreten musste. Das sagte er auch zu Dr. Megan, gleich als er ihre Praxis betrat.

»Ach, das freut mich aber, Benjy«, erwiderte sie. »Möchtest du heute wieder ein paar Bilder für mich malen?«

Diesmal fiel es ihm leichter, da ihn die Schlange nicht mehr so erschreckte. Außerdem hatte Ben inzwischen bemerkt, dass die »Schlange« eigentlich gar nicht wie eine Schlange aussah. Da er sich in seinen Träumen in den letzten beiden Nächten nicht mehr so gefürchtet hatte, hatte er sie genauer betrachten können.

So sehr war er in seine Zeichnung versunken, dass er sich auf die Zunge biss. Vor Schmerz verzog er das Gesicht und sagte zu Dr. Megan: »Meine Mutter lacht immer, wenn mir das passiert.«

»Wenn dir was passiert, Ben?«

»Wenn ich mir auf die Zunge beiße. Sie sagt, ihr Vater hätte das auch getan, wenn er sich sehr konzentrieren musste.«

»Schön, dass du deinem Großvater ähnlich bist. Mal einfach weiter.«

Bens Hand bewegte sich zielstrebig und sicher. Er zeichnete gerne, konnte es sehr gut und war ziemlich stolz auf diese Begabung. Er verachtete diejenigen unter seinen Mitschülern, die ständig nur Witze rissen und Unsinn kritzelten, anstatt die Dinge so zu zeichnen, wie sie wirklich aussahen.

Er war froh, dass Dr. Megan ein wenig abseits an ihrem Schreibtisch saß, etwas schrieb und nicht auf ihn achtete. So fiel es ihm viel leichter.

Als das Bild fertig war, legte er den Stift weg, lehnte sich zurück und betrachtete kritisch sein Werk.

Er fand es ziemlich gelungen, obwohl die Darstellung ihn selbst überraschte. Nun erkannte er ganz deutlich, dass die »Schlange« gar keine Schlange war. Offenbar hatte er sich geirrt, da er wegen der Explosion so durcheinander gewesen war und sich gefürchtet hatte.

Keine Schlange war aus dem Boot ins Wasser geglitten, sondern ein Mensch, der einen eng anliegenden, glänzenden schwarzen Anzug trug. Wahrscheinlich ein Mann, und der Gegenstand in seiner Hand war anscheinend eine Damenhandtasche.

61

Am Mittwochnachmittag erhielt Lisa Ryan im Salon einen Anruf von Kellys Klassenlehrerin Mrs. Evans. »Sie trauert schrecklich um ihren Vater«, sagte Mrs. Evans. »Heute im Unterricht hat sie zu weinen angefangen.«

»Ich dachte, sie kommt von den dreien am besten damit zurecht«, erwiderte Lisa bestürzt. »Zu Hause wirkt sie ganz ruhig.«

»Ich habe versucht mit ihr zu sprechen, aber sie schweigt«, fuhr Mrs. Evans fort. »Allerdings ist sie für eine Zehnjährige sehr erwachsen, und ich habe den Eindruck, dass sie Sie nicht zusätzlich belasten will, Mrs. Ryan.«

Kelly darf nicht das Gefühl haben, mich schonen zu müssen, dachte Lisa verzweifelt. Umgekehrt wäre es richtiger. Ich bin zu sehr um mich selbst gekreist und habe ständig über das verdammte Geld nachgegrübelt. Ich will es keinen Tag länger im Haus haben.

Sie suchte in ihrer Tasche den Zettel mit der Nummer

und ging zum Telefon. Während ihre Kundin strafend auf die Uhr sah, lief Lisa nach dem Anruf ins Büro und teilte dem Geschäftsführer mit, sie müsse die letzten beiden Termine leider absagen.

Als er widersprach, entgegnete sie knapp: »Ich habe heute Abend etwas sehr Wichtiges zu erledigen. Aber zuerst brauchen meine Kinder ihr Abendessen.«

»Lisa, wir haben Ihnen eine Woche freigegeben, damit Sie Ihre Angelegenheiten regeln können. Lassen Sie das hier nicht zur Gewohnheit werden.«

Sie eilte ins Behandlungszimmer zurück und lächelte ihrer Kundin entschuldigend zu. »Tut mir leid. Ich hatte einen Anruf von der Schule. Eines meiner Kinder hat im Unterricht geweint.«

»Das ist ja furchtbar, Lisa. Aber können wir jetzt weitermachen? Ich habe selbst eine Menge zu tun.«

Um sieben Uhr wollte Morgan Curren kommen, um auf die Kinder aufzupassen. Das Essen stand um halb sechs auf dem Tisch. Lisa hatte den Rat des Beerdigungsunternehmers befolgt und die Stühle umgestellt. Und da sie nun nur noch zu viert waren, hatte sie den Ausziehtisch um das Mittelstück verkürzt, sodass er nun wieder rund war wie damals, als Charley noch im Kinderstühlchen gesessen hatte. Traurig erinnerte sie sich an die kleine Zeremonie zur Feier des großen Ereignisses, dass er nun wie ein großer Junge einen richtigen Stuhl brauchte.

Aufgerüttelt durch den Anruf am Nachmittag, beschloss sie, in Zukunft mehr auf die Gefühle ihrer Kinder zu achten. Sie bemerkte Kyles bedrückte Miene und die tiefe Trauer in Kellys Augen. Und sie wusste nun auch, warum der kleine Charley so untypisch still war.

»Wie war die Schule heute?«, fragte sie gezwungen fröhlich in die Runde hinein.

»In Ordnung«, erwiderte Kyle steif. »Bestimmt erinnerst du dich noch, dass wir Jungen nächstes Wochenende über Nacht wegfahren wollten.«

Lisa erschrak. Er meinte damit den Ausflug für Väter und Söhne nach Greenwood Lake, wo einer von Kyles Freunden wohnte. »Was ist damit?«, erkundigte sie sich.

»Sicher wird Bobbys Vater anrufen und sagen, dass Bobby und er sich freuen würden, wenn ich mitkomme. Aber ich will nicht. Bitte, Mama, zwing mich nicht hinzufahren.«

Am liebsten wäre Lisa in Tränen ausgebrochen. Kyle würde der einzige Junge auf dem Ausflug sein, der keinen Vater hatte. »Wahrscheinlich würde es dir nicht sehr viel Spaß machen«, stimmte sie zu. »Ich sage Bobs Vater, dass du diesmal lieber zu Hause bleibst.«

Ein weiterer Rat des Beerdigungsunternehmers fiel ihr ein: »Sorgen Sie dafür, dass die Kinder sich auf etwas freuen können«, hatte er gemeint. Und Brenda Curren hatte sie es zu verdanken, dass sie diese Möglichkeit auch besaß.

»Gute Nachrichten«, verkündete sie vergnügt. »Die Currens mieten in diesem Jahr ein größeres Haus in Breezey Point und möchten, dass wir die Wochenenden bei ihnen verbringen. Und jetzt kommt das Beste: *Das Haus liegt direkt am Meer*!«

»Wirklich, Mama! Das ist ja spitze!«, sagte Charley mit einem sehnsüchtigen Seufzer.

Charley, die Wasserratte, dachte Lisa, und sie war überglücklich, als sie sein begeistertes Lächeln bemerkte.

»Sehr schön, Mama.« Kyle, der sichtlich erleichtert schien, war offenbar auch damit einverstanden.

Lisa sah Kelly an, die weiterhin teilnahmslos dasaß. Es war, als hätte sie gar nicht zugehört. Ihr Teller mit Spaghetti war fast unberührt.

Lisa wusste, dass sie sie nicht unter Druck setzen durfte. Sie brauchte mehr Zeit, um den Verlust zu verarbeiten. Doch Lisa durfte sich jetzt nicht weiter mit diesen Problemen beschäftigen. Sie musste den Tisch abräumen, die Kinder an die Hausaufgaben setzen und um halb acht in Manhattan sein.

»Kyle«, sagte sie, »kannst du mir gleich nach dem Essen helfen, ein paar Päckchen aus Daddys Werkstatt nach oben zu tragen? Sie gehören einem Arbeitskollegen, und ich bringe sie zu einer Dame, die sie zurückgeben wird.«

62

Gleich nach seinem Dienst im Krankenhaus suchte Dan Minor Cornelius MacDermott am Mittwochnachmittag in dessen Büro auf. Als er telefonisch einen Termin vereinbaren wollte, hatte er erfahren, dass Nell seinen Anruf bereits bei ihrem Großvater angekündigt hatte.

MacDermott begrüßte ihn herzlich. »Wie ich höre, haben Sie und Nell beide in Georgetown studiert.«

»Ja, aber ich war sechs oder sieben Jahre über ihr.«

»Und wie gefällt es Ihnen in New York?«

»Meine beiden Großmütter sind hier geboren, und meine Mutter wuchs bis zu ihrem elften Lebensjahr in Manhattan auf. Dann sind sie in die Umgebung von Washington gezogen. Also hatte ich schon immer das Gefühl, dass ich von meinem Familienerbe her mit einem Fuß in New York und mit dem anderen in Washington stehe.«

»Mir ging es genauso«, meinte MacDermott. »Ich bin in diesem Haus geboren, damals war das hier noch kein wohlhabendes Viertel. Die Leute witzelten sogar, es genüge, die Dämpfe aus der Brauerei Jacob Rupert einzuatmen, um einen Rausch zu bekommen.«

Dan schmunzelte. »Billiger als ein Kasten Bier.«

»Aber der Genuss fehlt.«

Beim Plaudern kam Cornelius MacDermott zu dem Schluss, dass ihm Dr. Dan Minor sehr sympathisch war. Zum Glück ist er nicht nach seinem Vater geraten, dachte er. Im Laufe der Jahre war er Dans Vater bei vielen offiziellen Veranstaltungen in Washington begegnet, und er fand ihn aufgeblasen und langweilig. Offenbar war Dan aus einem anderen Holz geschnitzt. Die meisten Männer hätten einer Mutter, die sie verlassen hatte, wahrscheinlich keine Träne nachgeweint, vor allem nicht, wenn es sich bei dieser Frau um eine obdachlose Alkoholikerin handelte. Dieser Sohn hingegen wollte sie finden und ihr helfen. Ein Mann nach meinem Geschmack, sagte sich MacDermott.

»Ich werde sehen, ob ich ein paar dieser Bürokraten aus ihrem Schlaf aufscheuchen und sie auf Quinnys – wie Sie sie nennen – Fährte ansetzen kann«, meinte er. »Sie haben mir erzählt, sie sei zuletzt in den besetzten Häusern am Tompkins Square gesehen worden, und zwar im September, vor etwa neun Monaten.«

»Ja, aber ihre Freunde hier vermuten, sie könnte die Stadt verlassen haben«, erklärte Dan. »Aus dem wenigen, was ich erfahren konnte, schließe ich, dass sie damals wieder an Depressionen litt, und in diesem Zustand zieht sie sich von anderen Menschen zurück. Sie sucht sich dann immer irgendwo ein Loch, um sich zu verkriechen.«

Beim Sprechen wuchs Dans Gewissheit, dass seine Mutter nicht mehr am Leben war. »Wenn sie noch lebt, möchte ich mich um sie kümmern. Aber vielleicht ist sie ja inzwischen gestorben«, meinte er zu Cornelius. »Wenn das so ist und wenn sie in einem Armengrab bestattet wurde, werde ich sie in unser Familiengrab in Virginia überführen lassen. Wie dem auch sei, für meine Großeltern wäre es sicher eine Erleichterung, zu wissen, dass sie nicht mehr krank und vielleicht verwirrt durch die Straßen wandert«, fügte er hinzu. »Auch ich könnte dann wieder Frieden finden«, gab er zu.

»Haben Sie Fotos von ihr?«, fragte Cornelius.

Dan holte das Bild, das er immer bei sich trug, aus seiner Brieftasche, und reichte es Nells Großvater.

Als Cornelius MacDermott das Foto betrachtete, spürte er plötzlich einen Kloß in der Kehle. Die Liebe zwischen der hübschen jungen Frau und dem kleinen Jungen in ihren Armen schien ihm aus der abgegriffenen Schwarz-Weiß-Aufnahme entgegenzuleuchten. Mutter und Sohn hatten vom Wind zerzaustes Haar und pressten die Wangen aneinander. Der Kleine hatte die Ärmchen fest um ihren Hals geschlungen.

»Ich habe auch ein Bild von ihr, das aus einem Dokumentarfilm über Obdachlose stammt. Die Sendung wurde vor sieben Jahren von PBS ausgestrahlt. Ich habe es per Computer künstlich altern und so verändern lassen, dass es dem entspricht, wie sie laut der Schilderung ihrer Freunde im letzten Sommer aussah.«

MacDermott rechnete nach, dass Dans Mutter etwa sechzig sein musste. Doch die abgezehrte Frau mit dem schulterlangen grauen Haar auf dem Foto wirkte wie achtzig. »Wir werden es vervielfältigen und in der Stadt plakatieren lassen«, versprach er. »Und ich werde ein paar Jungs, die ohnehin nichts Besseres zu tun haben, an die Akten setzen, um herauszufinden, ob seit September eine unbekannte Frau, auf die diese Beschreibung passt, in einem Armengrab beerdigt wurde.«

Dan stand auf. »Ich muss los. Ich habe Ihre Zeit schon genug in Anspruch genommen, Herr Kongressabgeordneter. Ich bin Ihnen sehr dankbar.«

MacDermott forderte ihn auf, sich wieder zu setzen. »Meine Freunde nennen mich Mac. Hören Sie, es ist halb sechs, Zeit für einen Cocktail. Was möchten Sie?«

Liz Hanley kam unangemeldet herein, als die beiden

Männer gerade gemütlich einen sehr trockenen Martini tranken. Sie bemerkten sofort, wie aufgewühlt sie war.

»Nach meinem Besuch bei Bonnie Wilson war ich kurz zu Hause«, sagte sie leise. »Ich war ziemlich durcheinander.«

MacDermott sprang auf. »Was haben Sie, Liz? Sie sind ja ganz blass!«

Auch Dan war aufgestanden. »Ich bin Arzt …«, begann er.

Doch Liz schüttelte den Kopf und ließ sich in einen Sessel sinken. »Es geht schon wieder. Mac, schenken Sie mir bitte ein Glas Wein ein. Das wird mich wieder aufmuntern. Es ist nur … Mac, Sie wissen, wie skeptisch ich war, aber ich muss zugeben, dass ich meine Meinung geändert habe. Bonnie Wilson ist keine Betrügerin. Ich bin sicher, dass sie wirklich hellseherische Fähigkeiten hat. Und das bedeutet, dass man ihre Warnung an Nell wegen Peter Lang ernst nehmen muss.«

63

Nachdem Gerti fort war, setzte sich Nell wieder an ihren Schreibtisch, um die Kolumne zu überarbeiten, die in der Freitagsausgabe des *Journal* erscheinen sollte. Der Artikel behandelte den Umstand, dass der Wahlkampf um das Präsidentenamt in den Vereinigten Staaten zunehmend länger dauerte und immer erbitterter geführt wurde.

In ihrer nächsten – und wenn alles nach Plan lief, letzten – Kolumne wollte sie sich von ihren Lesern mit den Worten verabschieden, sie beabsichtige, sich nun selbst ins Wahlkampfgetümmel zu stürzen und für den ehemaligen Sitz ihres Großvaters im Kongress zu kandidieren.

Ich habe mich bereits vor Wochen entschieden, dachte Nell, während sie ihren Text korrigierte. Ermutigt von Mac, hatte sie schon immer gewusst, dass sie in die Politik gehen wollte. Doch sie hatte sich zu lange von ihren Ängsten und Befürchtungen bremsen lassen.

Hat Adam mir diese Zweifel eingeimpft?, fragte sie sich. Sie saß in ihrem Arbeitszimmer und erinnerte sich an die unzähligen Diskussionen über ihre mögliche Kandidatur. Ich begreife einfach nicht, warum er seine Meinung geändert hat, überlegte sie weiter. Als wir vor drei Jahren heirateten, war er ganz begeistert davon, dass ich mich um Macs Sitz bewerben wollte. Doch dann ist seine Haltung nicht nur skeptisch, sondern regelrecht ablehnend geworden. Weshalb dieser drastische Stimmungswandel?

Sie musste sich eingestehen, dass sie diese bohrende Frage seit Adams Tod noch mehr beschäftigte. Hatte es in seinem Leben dunkle Punkte gegeben, die ihn das Licht der Öffentlichkeit scheuen ließen? Sie stand auf, lief unruhig durch die Wohnung und blieb vor den Bücherregalen stehen, die im Wohnzimmer rings um den Kamin angebracht waren. Adam hatte die Angewohntheit gehabt, ein Buch, das er noch nicht kannte, aus dem Regal zu nehmen, es kurz durchzublättern, und es dann willkürlich irgendwohin zurückzustellen. Nell las die Buchtitel und räumte die Bücher um, bis ihre Lieblingswerke in Reichweite ihres gemütlichen Lesesessels standen.

Ich saß in diesem Sessel und schmökerte in einem Roman, als er mich das erste Mal anrief, kam ihr in den Sinn. Ich war ein wenig traurig, weil ich lange nichts von ihm gehört hatte. Wir hatten uns auf einer Cocktailparty kennen gelernt, und es hat sofort gefunkt. Aber zwei Wochen später wartete ich immer noch auf seinen Anruf. Ich war enttäuscht.

Gerade war ich von Sue Leones Hochzeit in Georgetown zurückgekommen. Die meisten in unserer alten Clique waren schon verheiratet und tauschten Babyfotos aus. Ich sehnte mich sehr nach einer festen Beziehung. Gerti und ich witzelten darüber, und sie sagte, bei mir melde sich wahrscheinlich der Mutterinstinkt.

Außerdem hat Gerti mich gewarnt, nicht mehr zu lange zu warten. »*Ich* war zu wählerisch«, sagte sie. »Rückblickend betrachtet, hätte es einige Männer gegeben, die an mir interessiert gewesen wären, der Himmel weiß, warum ich mich nicht entscheiden konnte.«

Und dann rief Adam an. Es war etwa zehn Uhr abends. Er sagte, seine Geschäftsreise habe länger gedauert als vermutet. Er habe mich vermisst, mich aber nicht anrufen können, da er meine Nummer in seiner New Yorker Wohnung vergessen habe.

Ich wollte mich unbedingt verlieben, und Adam war so charmant. Damals arbeitete ich bei Mac. Adam hatte gerade seine erste Stelle in einem kleinen Architekturbüro angetreten. Wir hatten so viel vor. Unser Leben fing gerade erst an. Die Verlobungszeit dauerte nicht lange. Schon drei Monate später heirateten wir im engsten Familienkreis ohne seine Angehörigen. Doch das störte mich nicht, dachte Nell. Ich hatte sowieso keine Lust auf eine große Feier.

Nell schmiegte sich in ihren Sessel und erinnerte sich an jene berauschende, wunderschöne Zeit. Alles war so schnell gegangen, und es war schrecklich aufregend gewesen. Was hatte sie so an Adam angezogen?, fragte sie sich nun und dachte an den Mann, den sie so sehr geliebt und so plötzlich verloren hatte. Ich weiß, was es war, sagte sie sich. Es war sein Charme. Bei ihm fühlte ich mich, als wäre ich etwas Besonderes.

Natürlich gab es auch andere Gründe, gestand sie sich ein. Ich muss ehrlich zu mir sein. Adam war das ganze

Gegenteil von Mac. Mir ist klar, wie viel ich Mac bedeute, aber er würde eher ersticken, als das Wort »Liebe« auszusprechen. Ich sehnte mich nach einem Menschen, der mir ständig und leidenschaftlich beteuerte, wie sehr er mich liebte.

Andererseits waren Adam und Mac in vieler Hinsicht auch sehr ähnlich. Adam war weniger rabiat als Mac, hatte aber dasselbe Durchhaltevermögen. Außerdem hatten beide einen starken Freiheitsdrang. Adam hat sich sein ganzes Studium selbst finanziert.

»Meine Mutter wollte die Studiengebühren bezahlen, doch ich habe das nicht zugelassen«, hatte Adam erklärt. »Ich sagte ihr, sie wäre doch diejenige gewesen, die mir geraten hatte, nie Geld zu borgen oder zu verleihen. Und das habe ich mir gemerkt.«

Das habe ich an ihm bewundert, dachte Nell. Ich glaubte, dass Adam wie Mac sein letztes Hemd verschenken, aber nie im Traum daran denken würde, Schulden zu machen. »Was man sich nicht leisten kann, muss man sich eben verkneifen, Nell«, das hat Mac mir immer gepredigt.

Doch das änderte sich später. Adam hatte keine Schwierigkeiten, mich zu bitten, mehr als eine Million Dollar von meinem Treuhandkonto abzuheben und es ihm zu leihen, überlegte Nell. Was war aus seiner Abneigung gegen Schulden geworden? Aber damals hatte sie ihn nicht danach gefragt.

Gleich nach ihrer Hochzeit hat Adam Mac gebeten, ihm eine bessere Stelle zu vermitteln. So hatte er den Job bei Walters und Arsdale bekommen.

Dann verließ er die Firma, um sich mit dem Rest des Geldes, das er sich von mir geborgt hatte, selbstständig zu machen.

Die letzten zwei Wochen waren ein Albtraum gewesen. Zuerst hatte sie ihren Mann verloren und sich dann Andeutungen anhören müssen, er habe ihr all die Jahre etwas verheimlicht. Ich will nicht glauben, dass er an illegalen Preisabsprachen und Schmiergeldaffären beteiligt war, sagte sie sich. Warum hätte er das tun sollen? Er brauchte das Geld doch nicht. Die Jacht war sein einziger Luxus. Und wenn er Schmiergelder kassiert hätte, hätte er sich doch nichts von mir leihen müssen, überlegte sie.

Aber weshalb hat er mir verschwiegen, dass Peter Lang seinen Entwurf abgelehnt hat? Auf diese Frage fand sie einfach keine Antwort.

Und aus welchem Grund war er urplötzlich dagegen, als ich ernsthaft mit dem Gedanken spielte, für Macs Sitz zu kandidieren? Er schob es darauf, dass er wütend auf Mac war. Und er sagte, Mac würde mich immer weiter unterdrücken und Macht über mich ausüben, sodass ich als Marionette meines Großvaters enden würde. Nun, ich habe ihm geglaubt. Aber inzwischen frage ich mich, ob Adam mir nicht nur etwas eingeredet hat.

Was – abgesehen von seiner Abneigung gegen Mac oder vielleicht gegen die Politik im Allgemeinen – könnte Adam dazu bewogen haben, mich vom Scheinwerferlicht der Medien fern zu halten?, grübelte sie.

Als Nell alles, was sie in den vergangenen Tagen erfahren hatte, Revue passieren ließ, drängte sich ihr eine Antwort auf ihre quälenden Fragen auf, die Sinn ergab, die sie jedoch bis ins Mark erschaudern ließ: Adam wusste, dass die Presse und meine politischen Gegner im Fall einer Kandidatur unsere Vergangenheit gründlich unter die Lupe genommen und nach Leichen im Keller gesucht hätten. Ich bin sicher, dass ich eine weiße Weste habe. Wovor also hatte Adam Angst?

Ist vielleicht doch etwas Wahres an den Gerüchten, er habe Schmiergelder angenommen? War er vielleicht für den Pfusch an dem Haus in der Lexington Avenue verantwortlich, dessen Fassade vor ein paar Tagen eingestürzt ist?

Um sich von diesen unangenehmen Gedanken abzulenken, beschloss Nell, eine der Aufgaben in Angriff zu nehmen, die sie schon eine Weile vor sich herschob. Der Hausmeister hatte ihr einen Stapel Kartons gebracht, in die sie Adams Kleider verpacken konnte. Also ging Nell ins Gästezimmer und stellte den ersten Karton aufs Bett. Bald waren ordentlich gefaltete Unterwäsche und Socken darin verschwunden.

Zweifel erzeugen immer wieder neue Zweifel, dachte Nell. Während sie Adams Sachen in den Kartons verstaute, beschloss sie, sich der Frage zu stellen, der sie schon seit einigen Tagen bewusst auswich: *Habe ich Adam wirklich geliebt, oder hatte ich einfach nur das Bedürfnis, mich zu verlieben?*

Hätte die anfängliche Begeisterung nachgelassen, wenn wir nicht Hals über Kopf geheiratet hätten? Habe ich nur das in ihm gesehen, was ich sehen *wollte*? Warum habe ich ständig die Augen vor der Wahrheit verschlossen? Offen gestanden war unsere Ehe nicht sehr glücklich – wenigstens nicht für mich. Ich habe ihm verübelt, dass ich seinetwegen meine beruflichen Ziele aufgeben musste. Und es tat mir auch nicht leid, wenn Adam die Wochenenden auf seiner Jacht verbrachte, angelte oder einfach nur herumfuhr. Ich war gern allein, und außerdem hatte ich so die Zeit, mich mit Mac zu treffen.

Oder haben meine Zweifel andere Gründe?, überlegte Nell, als sie einen Karton schloss, ihn auf den Boden stellte und zum nächsten griff. Liegt es vielleicht daran, dass ich in meinem Leben schon genug getrauert habe und jetzt nach einem Vorwand suche, um so etwas nicht noch einmal durchmachen zu müssen?

Ich habe gelesen, dass viele Menschen mit Wut reagieren, wenn ein geliebter Mensch stirbt. Ist das bei mir auch der Fall?, fragte sie sich.

Ordentlich faltete Nell Freizeitkleidung – Baumwollhosen, Jeans und kurzärmelige Hemden – zusammen und legte sie in den Karton. Als Letztes wurden Krawatten, Taschentücher und Handschuhe weggepackt. Endlich waren alle auf dem Bett herumliegenden Kleidungsstücke verstaut. Nell hatte nicht mehr die Kraft, auch noch den Schrank auszuräumen. Das kann bis morgen warten, beschloss sie.

Am Nachmittag hatte Mrs. Ryan angerufen und darauf bestanden, Nell noch heute zu sehen. Ihre Stimme hatte barsch, ja, fast unhöflich geklungen, sodass Nell die Frau am liebsten in ihre Schranken gewiesen hätte. Allerdings wusste sie, dass Lisa Ryan sehr litt und noch eine Weile brauchen würde, um ihren Verlust zu verarbeiten.

Nell sah auf die Uhr. Es war nach sechs. Lisa Ryan hatte ihren Besuch für halb acht angekündigt. Also hatte Nell noch genug Zeit, sich frisch zu machen und sich ein paar Minuten auszuruhen. Ein Glas Chardonnay wäre jetzt auch nicht zu verachten, dachte sie.

Der Fahrstuhlführer half Lisa, die beiden Pakete in Nells Wohnung zu tragen. »Wo soll ich sie hinstellen, Ms. MacDermott?«, fragte er.

»Einfach dort drüben«, antwortete Lisa und wies auf den runden Tisch am Fenster, das auf die Park Avenue hinausging.

Der Fahrstuhlführer warf Nell einen Blick zu, und diese nickte.

Nachdem die Tür sich hinter ihm geschlossen hatte, sagte Lisa trotzig: »Nell, ich habe Albträume, die Polizei könnte mit einem Durchsuchungsbefehl kommen, das verdammte Geld finden und mich vor den Augen meiner Kinder verhaften. Mit *Ihnen* würde man nie so umspringen. Und deshalb müssen *Sie* es hier behalten, bis Sie es dem Besitzer zurückgeben können.«

»Lisa, das ist absolut unmöglich«, entgegnete Nell. »Ich

freue mich über Ihr Vertrauen, doch dass ich das Geld, das Ihr Mann für illegale Machenschaften erhalten hat, aufbewahre oder weiterleite, kommt überhaupt nicht infrage.«

»Woher wissen Sie, dass Ihr Mann nicht auch in die Sache verwickelt war?«, antwortete Lisa. »Die Umstände, unter denen Jimmy die Stelle bekommen hat, waren doch ziemlich merkwürdig. Er hat seine Bewerbungsunterlagen an sämtliche Baufirmen geschickt, doch Ihr Mann hat als Einziger reagiert. Hatte Adam Cauliff etwa ein Herz für Arbeitslose, die wegen Ehrlichkeit auf der schwarzen Liste standen? Oder hat er ihm den Job bei Sam Krause deshalb besorgt, weil er glaubte, jemand, der auf dem letzten Loch pfiff wie mein armer Jimmy, könnte ihm vielleicht nützlich sein? Das würde mich brennend interessieren.«

»Da bin ich auch überfragt«, erwiderte Nell zögernd. »Ich weiß nur, dass ich ohne Rücksicht auf persönliche Empfindlichkeiten herausfinden muss, warum Jimmy mit diesen Leuten gemeinsame Sache gemacht hat.«

Lisa Ryan erbleichte. »Nur über meine Leiche lasse ich Sie Jimmy in diese Geschichte hineinziehen!«, rief sie. »Lieber nehme ich das verdammte Geld und werfe es in den Fluss. Das hätte ich gleich tun sollen.«

»Lisa, hören Sie mich an«, flehte Nell. »Sie haben doch sicher gelesen, dass in der Lexington Avenue eine Fassade eingestürzt ist. Drei Menschen wurden verletzt, einer schwebt in Lebensgefahr.«

»Mein Jimmy hat nie in der Lexington Avenue gearbeitet!«

»Das habe ich auch gar nicht behauptet. Aber er war Angestellter von Sam Krause, und diese Firma hat die Sanierungsarbeiten durchgeführt. Wenn Krause Pfusch abgeliefert hat, stehen die Chancen hoch, dass es nicht das einzige Mal war. Vielleicht wurde auf einer anderen Baustelle, auf der Jimmy tätig war, ebenfalls betrogen und minderwertiges Material verwendet. Möglicherweise stehen in dieser Stadt noch weitere einsturzgefährdete Häuser, wo jederzeit ein Unglück geschehen kann. Jimmy Ryan hat das Geld versteckt und nie etwas davon ausgegeben. Sie sagen, dass er sehr depressiv war. Wie ich ihn einschätze, würde er wollen, dass sie alles tun, um einen weiteren tragischen Unfall zu verhindern.«

Lisas trotzige, wütende Miene verflog, und sie begann bitterlich zu weinen. Nell legte die Arme um sie. Sie ist so zerbrechlich, dachte sie mitleidig. Sie ist nur wenige Jahre älter als ich und trägt die Verantwortung, drei Kinder mit einem winzigen Einkommen großziehen zu müssen. Und dennoch würde sie lieber fünfzigtausend Dollar in den Fluss werfen, als ihre Kinder mit unehrlich erworbenem Geld zu ernähren und zu kleiden.

»Lisa«, sagte sie. »Ich weiß, was Sie durchmachen. Ich muss mich auch erst an den Gedanken gewöhnen, dass mein Mann in illegale Preisabsprachen verwickelt war oder zumindest geduldet hat, dass minderwertige Materialien verwendet wurden. Gut, ich habe keine Kinder zu versorgen. Doch wenn ans Licht kommt, dass Adam von betrügerischen Machenschaften wusste, könnte das das Ende meiner politischen Karriere bedeuten. Trotzdem bitte ich Sie um Erlaubnis, mit den Detectives zu sprechen, die wegen der Explosion ermitteln.

Ich werde sie inständig bitten, Jimmys Namen aus den Untersuchungen herauszuhalten. Aber sind Sie sich im Klaren darüber, Lisa, dass Jimmy vielleicht Ziel des Bombenanschlags auf der Jacht war, weil er zu viel gewusst haben könnte?«

Nell hielt inne und sprach dann das aus, was ihr schon im Kopf herumspukte, seit Lisa ihr am Montag von dem Geld erzählt hatte. »Lisa, einige Leute könnten sich überlegen, ob Jimmy Ihnen möglicherweise erzählt hat, woher das Geld stammt. In diesem Fall könnte man auch Sie für eine

Bedrohung halten. Haben Sie daran schon einmal gedacht?«

»Aber er hat es mir doch nicht erzählt!«

»Das wissen nur wir beide.« Sanft berührte Nell ihre Besucherin am Arm. »Begreifen Sie jetzt, warum die Polizei von dem Geld erfahren muss?«

Donnerstag, 22. Juni

64

Am Donnerstagvormittag suchten Jack Sclafani und George Brennan Ada Kaplan erneut in ihrer Wohung an der Ecke 14. Straße und First Avenue auf.

»Ist Jed zu Hause?«, fragte Sclafani.

»Er schläft noch.« Ada Kaplan war wieder den Tränen nahe. »Sie wollen doch nicht etwa noch einmal meine Wohnung durchsuchen? Ich ertrage das nicht mehr. Haben Sie bitte Verständnis mit mir.« Wegen ihrer dunklen Augenringe wirkte ihre Haut noch blasser.

»Nein, wir durchsuchen Ihre Wohnung nicht, Mrs. Kaplan«, beruhigte sie Brennan. »Und es tut uns leid, dass wir Ihnen Unannehmlichkeiten bereitet haben. Könnten Sie Jed bitten, aufzustehen und sich anzuziehen? Wir möchten nur mit ihm sprechen.«

»Vielleicht redet er ja mit *Ihnen*. Mit mir wechselt er kaum noch ein Wort.« Flehend sah sie die beiden Polizisten an. »Was hätte er denn davon gehabt, Adam Cauliff umzubringen?«, wollte sie wissen. »Natürlich war Jed wütend, weil Cauliff mir das Haus abgeschwatzt hat, für einen zu geringen Preis, wie er findet. Aber offen gestanden hätte ich das Grundstück anderenfalls an Mr. Lang, den Baulöwen, verkauft. Das habe ich Jed klipp und klar gesagt.«

»Peter Lang?«, hakte Brennan nach. »Haben Sie sich mit ihm über Ihr Grundstück unterhalten?«

»Selbstverständlich. Gleich nach dem Brand in der alten Villa kam er zu mir – mit einem Scheck in der Hand.« Ihre Stimme senkte sich zu einem Flüstern. »Er hat mir *zwei Millionen Dollar* geboten. Und erst einen Monat zuvor hatte ich es für eine knappe Million an Mr. Cauliff verkauft! Es brach mir das Herz, ihm antworten zu müssen, dass mir das Anwesen nicht mehr gehört. Jed habe ich verheimlicht, wie viel ich dafür hätte bekommen können.«

»War Lang verärgert, als er erfuhr, dass Sie bereits verkauft hatten?«

»Oh, ja, das war er. Wenn er Mr. Cauliff in die Finger gekriegt hätte, hätte er ihn wahrscheinlich mit bloßen Händen erwürgt.«

»Redest du über mich, Mutter?«

Die drei drehten sich um und sahen einen unrasierten Jed Kaplan in der Tür stehen.

»Nein, überhaupt nicht«, erwiderte Ada Kaplan ängstlich. »Ich habe den Herren nur erzählt, dass Peter Lang auch Interesse an meinem Grundstück hatte.«

Höhnisch verzog Jed Kaplan das Gesicht. »An *unserem* Grundstück, Mutter. Vergiss das nur nicht.« Er wandte sich an Brennan und Sclafani. »Was wollen Sie?«

Die Polizisten erhoben sich. »Uns vergewissern, ob Sie immer noch so charmant sind wie eh und je«, entgegnete Sclafani. »Außerdem möchten wir Sie daran erinnern, dass sie weder einen Urlaub noch eine andere Reise planen sollten, bis wir Ihnen unser Okay geben. Solange die Ermittlungen andauern, müssen wir wissen, wo Sie sind. Also seien Sie nicht überrascht, wenn wir Ihnen hin und wieder einen kleinen Besuch abstatten.«

»Es war mir eine Freude, Sie wiederzusehen, Mr. Kaplan«, sagte Brennan.

»Denkst du dasselbe wie ich?«, fragte Sclafani, als sie im Aufzug nach unten fuhren.

»Ja. Meiner Ansicht nach ist Kaplan nur ein Kleinkrimineller. Wir vergeuden unsere Zeit mit ihm. Andererseits gibt es genügend Gründe, Lang ein wenig gründlicher unter die Lupe zu nehmen. Er hatte ein Motiv, Adam Cauliff aus dem Weg zu räumen. Und dass er mit dem Leben davongekommen ist, weil er die Sitzung auf der Jacht verpasst hat, war wirklich ein glücklicher Zufall.«

Als sie um elf wieder im Revier waren, trafen sie dort einen unerwarteten Besucher an. »Der Mann heißt Kenneth Tucker«, erklärte die Empfangsdame. »Er kommt aus Philadelphia und möchte mit den Beamten sprechen, die die Explosion auf der Jacht vor ein paar Wochen untersuchen.«

Sclafani zuckte die Achseln. Sobald ein Fall in der Presse breitgetreten wird, melden sich Horden von Spinnern mit heißen Tipps oder unsinnigen Theorien, dachte er. »Geben Sie uns noch zehn Minuten, damit wir uns einen Kaffee holen können.«

Er versuchte keine Miene zu verziehen, als Tucker in sein Büro geführt wurde. Er wirkte auf ihn wie ein typischer Jungmanager, und seine ersten Worte – »Ich möchte Ihnen ja nicht die Zeit stehlen« – ließen in den beiden Polizisten die Überzeugung wachsen, dass er genau das vorhatte.

»Ich komme am besten gleich auf den Punkt«, begann Tucker. »Mein Sohn und ich waren an Bord eines Ausflugsdampfers im Hafen von New York, als vor zwei Wochen die Jacht explodierte. Seitdem leidet der Junge unter Albträumen.«

»Wie alt ist Ihr Sohn, Mr. Tucker?«

»Benjy ist acht.«

»Und Sie glauben, diese Albträume hätten etwas mit der Explosion zu tun?«

»Eindeutig. Benjy und ich waren beide Zeugen. Wir kehrten gerade von einer Besichtigung der Freiheitsstatue zurück. Ich habe offen gestanden nicht viel erkennen können, aber Benjy hat etwas gesehen, das vielleicht wichtig ist.«

Sclafani und Brennan wechselten Blicke. »Mr. Tucker, wir haben einige Personen vernommen, die sich an Bord der Fähre befanden. Einige von ihnen haben die Explosion beobachtet, doch sie sind sich alle einig, dass sich aus dieser Entfernung keine Einzelheiten ausmachen ließen. Ich kann verstehen, dass ein kleiner Junge, der eine solche Katastrophe miterleben musste, Albträume hat. Aber ich versichere Ihnen, dass er zu weit weg war, um etwas Wichtiges zu sehen.«

Kenneth Tucker lief rot an. »Mein Sohn ist stark weitsichtig«, erwiderte er gelassen. »Normalerweise trägt er deshalb eine Brille, die er auch zum Lesen braucht. Doch kurz vor der Explosion hatte er sie abgenommen. Wie ich Ihnen bereits sagte, fingen die Albträume kurz darauf an. Er erzählte immer wieder, dass im Traum eine Schlange von der explodierenden Jacht sprang und auf ihn zukam. Wir sind mit ihm zu einer Kinderpsychologin gegangen. Nach einigen Sitzungen konnte sie ihn dazu bringen, das zu zeichnen, was er beobachtet hat.«

Er reichte den Polizisten Bens Zeichnung. »Er glaubt, er hätte jemanden in einem Taucheranzug gesehen, der eine Damenhandtasche bei sich hatte und im Augenblick der Explosion über Bord sprang. Möglicherweise handelt es sich wirklich um die blühende Phantasie eines kleinen Jungen, doch ich denke, Sie sollten sich die Zeichnung zumindest anschauen. Ich bin mir darüber im Klaren, dass Sie nach so einem Vorfall jede Menge Anrufe von Spinnern erhalten. Und ich ging davon aus, dass die Zeichnung in einer Schublade verschwinden würde, wenn ich sie Ihnen mit der Post schicke, und das wollte ich unter allen Umständen vermeiden. Vielleicht bringt Sie die Zeichnung ja nicht weiter, aber ich hielt es für meine Pflicht, sie Ihnen zu zeigen.«

Er stand auf. »Selbstverständlich konnte Ben wegen der Taucherbrille das Gesicht des Froschmannes nicht erkennen. Wenn Sie die Zeichnung ernst nehmen, werden Sie hoffentlich verstehen, dass es zwecklos wäre, ihn zu verhören. Gestern hat er zum ersten Mal in zwei Wochen wieder eine Nacht durchgeschlafen. Und natürlich dürfen die Medien nichts davon erfahren.«

Brennan und Sclafani wechselten wieder Blicke.

»Mr. Tucker, wir sind Ihnen sehr dankbar«, sagte George Brennan. »Um festzustellen, ob die Zeichnung Ihres Sohnes von Bedeutung ist, müssen wir zuerst weiter ermitteln. Bens Name wird nicht erwähnt werden, das verspreche ich Ihnen. Und ich bitte Sie, unsere Unterredung niemandem gegenüber zu erwähnen. Selbst wenn es jemandem gelungen ist, von der Jacht zu entkommen, sind mindestens zwei weitere Menschen, wahrscheinlich sogar ein dritter, bei der Explosion gestorben. Also haben wir es mit einem mehrfachen Mord zu tun, und der Täter ist vermutlich äußerst gefährlich.«

»Dann haben wir uns ja verstanden.«

Nachdem sich die Tür hinter Kenneth Tucker geschlossen hatte, stieß Sclafani einen Pfiff aus. »Die Medien haben nie erfahren, dass unsere Jungs Winifred Johnsons Handtasche gefunden haben«, sagte er. »Also konnte der Junge es gar nicht wissen.«

»Richtig.«

»Das würde auch erklären, warum die Tasche fast unversehrt war. Jemand hat sie von der Jacht entfernt.«

»Und sie während der Explosion wahrscheinlich im Wasser verloren. Wenn der Kleine Recht hat, ist der Mensch, der von Bord gesprungen ist, in letzter Minute entwischt.«

»Welcher von den vieren war es deiner Ansicht nach?«, fragte Sclafani.

Ohne anzuklopfen, öffnete Cal Thompson, der Staatsanwalt, der Robert Walters vernommen hatte, die Tür und streckte den Kopf herein. »Ich dachte mir, Sie wären an den neuesten Entwicklungen interessiert. Wir haben schon wieder einen Kronzeugen. Sam Krauses Bürochef war gerade mit seinem Anwalt hier. Er gibt zu, dass auf vielen Baustellen minderwertige Materialien verwendet worden sind. Außerdem hätten sie Walters und Arsdale grundsätzlich überhöhte Rechnungen ausgestellt.«

»Hat er gesagt, wer bei Walters und Arsdale ihr Verbindungsmann war?«

»Nein, seiner Meinung nach seien es Walters und Arsdale selbst gewesen, doch beschwören kann er es nicht. Die Kontaktperson bei diesen Deals war Winifred Johnson. Sie hätten sogar einen Spitznamen für sie gehabt: ›Winnie, die Frau mit der Tasche.‹«

»Außerdem ist sie offenbar eine ausgezeichnete Schwimmerin«, stellte Brennan fest.

Thompson zog die Augenbrauen hoch. »Wenn mich nicht alles täuscht, hat es sich für sie ausgeschwommen.«

»Vielleicht, vielleicht auch nicht«, erwiderte Sclafani.

65

Am Donnerstag stand Nell schon bei Morgengrauen auf. Sie hatte nur wenig geschlafen, Albträume gehabt und war nachts immer wieder von eingebildetem Lärm aufgeschreckt worden. Manchmal war ihr Gesicht beim Aufwachen tränennass gewesen.

Sie fragte sich, ob sie um Adam geweint hatte. Doch sie

wusste es nicht. Als sie im Bett lag und sich enger in die Decke schmiegte, musste sie zugeben, dass sie völlig ratlos war. Abends beim Schlafengehen war es kühl genug gewesen, um die Klimaanlage abzuschalten und die Fenster weit zu öffnen.

Deshalb waren die Geräusche New Yorks die ganze Nacht in ihr Schlafzimmer gedrungen – der Straßenverkehr, die Sirenen von Polizeiautos und Krankenwagen und leise Musik aus der Wohnung unter ihr, deren Besitzer Tag und Nacht die Stereoanlage dudeln ließ.

Doch in ihrem Zimmer fühlte Nell sich sicher und geborgen. Ohne Adams hohe Kommode sah der Raum viel größer aus. Ihre eigene Kommode stand nun wieder an ihrem angestammten Platz, und im Schein des kleinen Nachtlichts konnte sie jedes Mal beim Aufwachen die Fotos ihrer Eltern sehen.

Dieser Anblick löste in ihr glückliche Erinnerungen aus. Vor ihrer Einschulung hatten ihre Eltern sie manchmal auf ihre Forschungsreisen nach Südamerika mitgenommen. Dunkel hatte sie noch im Gedächtnis, wie sie mit den Bewohnern abgelegener Dörfer gesprochen und mit anderen Kindern gespielt hatte. Sie hatten einander die Namen der verschiedenen Körperteile wie Nase, Ohren, Augen und Zähne beigebracht.

Nell wurde klar, dass sie an jene Zeit dachte, weil sie sich ganz ähnlich fühlte wie damals. Ihr war, als befände sie sich in einem unbekannten Land und versuchte eine fremde Sprache zu lernen. Nur mit dem Unterschied, dass ich nun keine Eltern mehr habe, die auf mich aufpassen und auf mein Wohlergehen achten, sagte sie sich.

Beim Aufwachen hatte Nell auch einige Male Dan Minors Gesicht vor Augen gestanden, ein Bild, das sie als sehr beruhigend empfand. Er war ihr Leidensgenosse, denn auch seine Kindheit war von tragischen Ereignissen erschüttert worden – und er suchte ebenfalls nach Antworten.

Nach dem Aufstehen beschloss Nell bei einer Tasse Kaffee, die Päckchen zu öffnen und das Geld zu zählen, das Lisa Ryan ihr am Vorabend anvertraut hatte. Angeblich waren es fünfzigtausend Dollar, und Nell hielt es für ratsam, sich zu vergewissern.

Sie trug die Päckchen zum Esstisch, löste sorgfältig die Knoten der Paketschnur und stellte dabei fest, dass darin ein grüner Faden eingewebt war. Auch das braune Einwickelpapier erinnerte sie an ihre Kindheit, denn so verpackt hatten ihre Eltern ihren Freunden auf der ganzen Welt Geschenke geschickt.

Paketschnur und Einwickelpapier.

Ohne auf das merkwürdige Gefühl zu achten, das sie plötzlich ergriff, öffnete Nell den ersten Karton und betrachtete die ordentlich gestapelten, von Gummibändern zusammengehaltenen Banknotenbündel.

Vor dem Zählen untersuchte sie eingehend den Karton. Er war etwa zwei Drittel so groß wie die Schachteln, die in Kaufhäusern normalerweise zum Verpacken von Damenkostümen verwendet wurden. Und er trug keinen Firmen- oder Produktnamen. Ganz sicher steckte Absicht dahinter: Man wollte verhindern, dass sich seine Herkunft nachvollziehen ließ.

Nell schenkte sich noch einen Kaffee ein und holte den Taschenrechner hervor. Dann zählte sie jeden Stapel zweimal und tippte das Ergebnis ein. Der erste Karton enthielt achtundzwanzigtausend Dollar, zum Großteil in Fünfzigern.

Sie öffnete den zweiten und begann wieder zu zählen. Ihr fiel auf, dass der Inhalt aus abgenutzten, kleineren Scheinen, Fünfern, Zehnern und Zwanzigern und nur wenigen Fünfzigern, bestand. Keine Hunderter, dachte sie. Der anonyme Spender war schlau genug, um zu wissen, dass es Aufmerksamkeit erregen würde, wenn Jimmy Ryan mit Hundert-Dollar-Scheinen um sich warf.

In dem zweiten Karton befanden sich genau zweiundzwanzigtausend Dollar. Also betrug die Gesamtsumme exakt fünfzigtausend, die Jimmy vermutlich für irgendeinen Dienst versprochen worden waren. Aber warum hatte er nichts davon ausgegeben?, fragte sie sich. Hatte er so ein schlechtes Gewissen, dass er es nicht wagte, das Geld anzurühren?

Als Nell über Jimmy Ryans Motive nachgrübelte, fiel ihr die Bibelstelle ein, in der Judas voller Schuld versucht, die dreißig Silberlinge zurückzugeben, die er für den Verrat an Jesus bekommen hat.

Und dann hat er sich erhängt, dachte sie, während sie das Geld in den zweiten Karton zurücklegte. War Jimmy Ryan vielleicht lebensmüde gewesen?

Sie wickelte das braune Papier um das erste Päckchen, und plötzlich fiel es ihr wie Schuppen von den Augen. Das also war es, was ihr den ganzen Morgen an diesen Kartons so seltsam erschienen war! Sie hatte dieses dicke Packpapier schon einmal gesehen und auch die Paketschnur mit dem eingewebten grünen Faden.

In Winifreds Aktenschrank.

66

Die ganze Nacht hatte Lisa Ryan sich herumgewälzt und den vertrauten nächtlichen Geräuschen gelauscht, die von draußen hereindrangen. Einige davon waren beruhigend, ja, fast tröstend, zum Beispiel das Rascheln des Windes im Ahornbaum, der im Vorgarten stand. Doch dann war da auch noch das Brummen des Motors, als ihr

Nachbar, ein Barkeeper, in den frühen Morgenstunden seinen Wagen in der Auffahrt abstellte. Und kurz darauf hörte sie das Rattern eines Güterzuges von den nahe gelegenen Gleisen.

Um fünf Uhr gab sie es auf. Sie schlüpfte aus dem Bett und zog ihren Chenillebademantel an. Als sie den Gürtel zuband, bemerkte sie, wie viel sie seit Jimmys Tod abgenommen hatte.

Auch eine Methode, Diät zu machen, dachte sie finster.

Lisa war felsenfest davon überzeugt, dass die zuständigen Detectives sofort wieder bei ihr erscheinen würden, nachdem Nell MacDermott ihnen alles erzählt hatte. In seinen neun Monaten bei Sam Krause war Jimmy auf verschiedenen Baustellen tätig gewesen. Nun wollte Lisa herausbekommen, welche Baustellen das genau gewesen waren – und wann. Vielleicht würde sie der Polizei dann erklären können, womit genau er sich beschäftigt hatte, als seine schweren Depressionen einsetzten.

Sie war sicher, dass die Lösung des Rätsels, was er für das Schmiergeld getan – oder *nicht* getan – hatte, auf der Baustelle zu finden war.

Auf dem Weg nach unten warf Lisa einen Blick in die Kinderzimmer. Kyle und Charley schliefen tief und fest in ihren Betten, die nebeneinander standen und sich in dem kleinen Raum fast berührten.

Im fahlen Morgenlicht betrachtete sie ihre Gesichter. Kyles Kiefer wurde schon markanter und wies darauf hin, dass er bald ein junger Mann sein würde. Er wird immer mager sein, das hat er von meiner Familie, dachte sie.

Charley war kräftiger gebaut, er würde einmal breitschultrig werden wie Jimmy. Beide Jungen hatten sein rotes Haar und die haselnussbraunen Augen geerbt.

Kelly bewohnte das kleinste Zimmer – eher ein Wandschrank, hatte Jimmy immer gesagt. Ihr schlanker Körper war auf dem Bett zusammengerollt. Das lange, hellblonde Haar fiel ihr über Wange und Schultern.

Unter ihrem Kopfkissen lugte ihr Tagebuch hervor. Sie schrieb fast jeden Tag etwas hinein. Angefangen hatte es als Schulprojekt, doch sie hatte die Gewohnheit beibehalten. »Es ist streng vertraulich«, hatte sie feierlich verkündet. »Und die Lehrerin hat gesagt, unsere Familien müssten unsere Privatsphäre achten.«

Alle hatten hoch und heilig geschworen, es nicht zu lesen. Und da Jimmy bemerkte, dass Kyle und Charley verschwörerische Blicke wechselten, hatte er für Kelly einen Kasten mit einem Schloss gebaut, der auf ihrer Kommode stand. Zu dem Kasten gab es zwei Schlüssel. Einen trug Kelly an einer Kette um den Hals, den anderen hatte Lisa in ihrer Kommode versteckt, falls der andere einmal verloren gehen sollte.

Kelly hatte Lisa das große Indianerehrenwort abgenommen, dass sie den Kasten nie öffnen würde. Und bis jetzt hatte Lisa ihr Versprechen auch gehalten. Doch als sie nun ihr schlafendes Kind betrachtete, wurde ihr klar, dass sie gezwungen war, es zu brechen.

Es lag nicht nur daran, dass sie wissen musste, was Kelly, der Liebling ihres Vaters, im Augenblick dachte und fühlte. Viel wichtiger war, was die feinfühlige, aufmerksame Kelly möglicherweise über Jimmy geschrieben hatte, in der Zeit, als er in Depressionen verfiel.

67

Am frühen Donnerstagmorgen traf Dan Minor im Krankenhaus ein. Er hatte drei Operationen vor sich, von denen die erste um sieben Uhr angesetzt war. Später an diesem Tag konnte er zu seiner Freude einen fünfjährigen Patienten entlassen, der einen Monat lang im Krankenhaus gelegen hatte.

In seiner üblichen scherzhaften Art wehrte er die Dankesbekundungen der Eltern ab. »Nehmen Sie ihn besser gleich mit, die Schwestern sammeln nämlich schon Unterschriften, um ihn zu adoptieren.«

»Ich hatte solche Angst, er könnte für den Rest seines Lebens entstellt sein«, sagte die Mutter.

»Na, ein paar Narben wird er schon zurückbehalten, doch die werden ihm in zehn oder zwölf Jahren bei den Mädchen nicht schaden.«

Erst um eins hatte Dan Zeit, sich in der Kantine ein Sandwich und einen Becher Kaffee zu holen und in Cornelius MacDermotts Büro anzurufen, um nachzufragen, ob man etwas über seine Mutter in Erfahrung gebracht hatte. Er wusste, dass es unwahrscheinlich war, schließlich war erst ein Tag vergangen. Aber er konnte einfach nicht anders. Gewiss ist er zu Tisch, dachte er, als er die Nummer wählte.

Liz Hanley nahm nach dem ersten Läuten ab. »Er ist in seinem Büro, Herr Doktor«, sagte sie. »Doch ich muss Sie warnen. Auch wenn der Herrgott selbst auf einem Dreirad die Fifth Avenue entlangfahren würde, könnte ihm das heute kein Lächeln entlocken. Nehmen Sie es also nicht persönlich, falls er Sie beschimpft.«

»Dann sollte ich heute wohl besser nicht mit ihm reden.«

»Doch, doch, das geht schon. Hoffentlich stört es Sie nicht, ein wenig zu warten. Er spricht gerade auf der anderen Leitung. Ich verbinde Sie, sobald er fertig ist.«

»Bis dahin können sie mir ja erzählen, wie es Ihnen heute geht, Liz. Ich weiß nicht, ob Ihnen klar ist, dass Sie gestern einen leichten Schock hatten.«

»Ach, inzwischen ist alles wieder in Ordnung. Allerdings hatte ich gestern ein Erlebnis, das mich wirklich erschüttert hat, Herr Doktor. Sie müssen mir einfach glauben, dass Bonnie Wilson übernatürliche Kräfte besitzt. Deshalb bin ich ganz sicher, dass ich gesehen habe … Nun, lassen wir das lieber.«

An Liz Hanleys plötzlich verändertem Tonfall erkannte Dan, dass sie am Vorabend etwas Beängstigendes durchgemacht hatte, über das sie jedoch nicht sprechen wollte. »Gut, Hauptsache, es geht Ihnen wieder besser«, meinte er.

»Das tut es wirklich. Ach, Augenblick, Herr Doktor. Der Großmeister beehrt gerade mein Büro durch seine Anwesenheit. Es ist Dr. Dan, Herr Kongressabgeordneter«, hörte Dan sie sagen.

Eine kurze Pause entstand, während der Telefonhörer übergeben wurde. Cornelius MacDermotts dröhnende Stimme drang an sein Ohr. »Liz ist wie Nell. Wenn sie wütend auf mich ist, nennt sie mich Herr Kongressabgeordneter. Also muss sie sauer auf mich sein. Wie geht es Ihnen, Dan?«

»Gut, Mac. Ich wollte mich nur für Ihre gestrige Hilfsbereitschaft bedanken.«

»Nun, ich habe heute Morgen ein wenig herumtelefoniert und meine Leute auf die Akten angesetzt. Falls es Aufzeichnungen über Ihre Mutter gibt, werden sie sie finden. Hat Liz Ihnen übrigens schon erzählt, dass ich ein Problem habe?«

»Sie sagte nur, Sie hätten sich über irgendetwas geärgert«, erwiderte Dan vorsichtig.

»Das ist noch milde ausgedrückt. Sie waren doch gestern mit Nell beim Essen. Hat sie Ihnen verraten, dass sie für meinen früheren Sitz kandidieren will?«

»Ja, hat sie. Offenbar freut sie sich schon sehr darauf.«

»Vor einer halben Stunde hat sie mich angerufen und mir mitgeteilt, ich solle den Parteivorstand davon in Kenntnis setzen, dass sie nicht kandidiert.«

Dan war wie vom Donner gerührt. »Warum hat sie es sich anders überlegt? Sie ist doch nicht etwa krank geworden?«

»Nein, aber allmählich glaubt sie, dass ich, was das Geschäftsgebaren ihres verstorbenen Mannes angeht, Recht haben könnte. Adam Cauliff oder seine Sekretärin waren möglicherweise in den Schmiergeldskandal verwickelt, von dem Sie sicher schon gelesen haben.«

»Das hat doch nichts mit Nell zu tun.«

»In der Politik hat alles und jedes miteinander zu tun. Ich habe sie gebeten, sich noch nicht endgültig zu entscheiden. Sie soll mindestens noch bis nächste Woche warten.«

Dan beschloss, es zu wagen. »Was für ein Mensch war Adam Cauliff denn, Mac?«, fragte er zögernd.

»Entweder war er ein schlauer, vielleicht sogar skrupelloser Geschäftsmann oder ein gerissener Betrüger, der sich übernommen hatte. Wahrscheinlich werden wir die Antwort nie erfahren. Aber eines weiß ich genau. Er war nicht der richtige Mann für meine Enkelin.«

68

Nach ihrem Telefonat mit Mac wählte Nell sofort Detective Sclafanis Nummer, legte aber gleich wieder auf. Sie beschloss, die Paketschnur und das Packpapier aus Winifreds Aktenschrank in Adams Büro zu holen, bevor sie mit ihm sprach.

Also duschte sie und zog eine weiße Baumwollhose, eine kurzärmelige Bluse, eine dünne Jeansjacke und Sandalen an.

Ich muss bald wieder zum Friseur, dachte sie, als sie sich das Haar zu einem Knoten aufsteckte. Der Anblick, der sich ihr im Spiegel bot, ließ sie zusammenzucken. Ihr Gesicht mit den angespannten, verängstigten Zügen wirkte auf sie wie das einer Fremden. Diese Tragödie fordert eindeutig ihren Tribut, musste sie anerkennen. Wenn ich nicht bald eine Lösung finde, breche ich noch zusammen.

Sie gestand sich ein, dass sie auch weiterhin für den Kongress kandidieren wollte. Und sie war froh, dass Mac sie gezwungen hatte, mit einer endgültigen Entscheidung noch eine Woche zu warten. Vielleicht würden sich einige ihrer Fragen bis dahin beantwortet haben. Sie überlegte, ob Adam nur zu naiv gewesen war und nicht bemerkt hatte, dass in seiner Firma krumme Dinger gedreht wurden.

Nell erinnerte sich genau, dass Packpapier und Paketschnur in Winifreds Aktenschrank lagen. Außerdem wusste sie, dass Winifred mit einem Mann namens Harry Reynolds zu tun gehabt hatte, obwohl sie immer noch im Dunkeln tappte, wer dieser Reynolds war. Mehr als zwanzig Jahre hatte Winifred bei Walters und Arsdale gearbeitet, lange bevor Adam seine Stelle dort antrat. Hatte sie sein Vertrauen missbraucht, als sie seine engste Mitarbeiterin geworden war? Schließlich war er neu in der Firma und hatte weder Erfahrung noch Verbindungen, während sie die Baubranche – und auch deren unschöne Seiten – kannte wie ihre Westentasche.

Beim Verlassen der Wohnung dachte Nell an das Geld, das Lisa Ryan ihr aufgedrängt hatte. Ich darf es nicht einfach auf dem Tisch liegen lassen, sagte sie sich. Vielleicht litt sie ja schon an Verfolgungswahn, aber sie hatte das Gefühl, dass jeder, der die Wohnung betrat, auf den ersten Blick sehen würde, dass die Päckchen Banknoten enthielten.

Allmählich kann ich nachvollziehen, wie Lisa sich gefühlt hat, als sie dieses Zeug noch unter ihrem Dach hatte, schoss es ihr durch den Kopf, während sie die Päckchen ins Gästezimmer trug und auf den Boden des Wandschranks stellte.

Adams Anzüge, Sakkos, Hosen und Mäntel hingen immer noch dort. Nell stand in der Tür des Wandschranks und betrachtete die Kleidungsstücke. So viele davon hatte sie gemeinsam mit ihm ausgesucht. Nun schienen sie sie vorwurfsvoll anzusehen, weil sie an der Unschuld des Mannes zweifelte, der sie so gern getragen hatte. Ihr war, als machten sie ihr Vorhaltungen für ihr Misstrauen gegenüber dem Mann, mit dem sie immerhin verheiratet gewesen war.

Nell schwor sich, noch vor dem Abend sämtliche Kleider zu verpacken und sie gleich am Samstagmorgen zum Secondhand-Laden zu bringen.

Am Central Park South bog der Taxifahrer rechts ab. An der Seventh Avenue ging es nach links, also nach Süden, zu Adams Büro. Einen Häuserblock davon entfernt kamen sie an dem Bauzaun vorbei, den man rings um die Ruine der Vandermeer-Villa errichtet hatte. Das schäbige, schmale Haus daneben gehörte jetzt Nell, und Peter Lang wollte es unbedingt haben.

Adam ebenfalls, schoss es Nell durch den Kopf. »Ich möchte hier raus«, sagte sie zum Taxifahrer.

Sie stieg an der Ecke aus und ging zurück zu ihrem Grundstück. Die meisten umliegenden Häuser waren alt, doch sie bemerkte die ersten Anzeichen dafür, dass das Viertel sich veränderte. Auf der anderen Straßenseite wurde ein Apartmenthaus gebaut. Eine Bautafel verkündete, dass ein paar Meter weiter bald das nächste entstehen sollte. Als Adam sich das Geld für dieses Grundstück von ihr geliehen hatte, hatte er gemeint, dass die Immobilienpreise in dieser Gegend bald astronomisch steigen würden.

Die Vandermeer-Villa hatte auf einem ziemlich großen Grundstück gestanden, während Nells Parzelle eigentlich nur ein schmaler Streifen war. Inzwischen waren alle Mieter ausgezogen. Das Haus wirkte verlassen und heruntergekommen. Die Graffitischmierereien verstärkten den desolaten Eindruck der dunklen Steinfassade noch.

Was hatte Adam nur damit vor?, fragte sie sich. Wie viel Geld hätte er gebraucht, um das Haus abzureißen und an seiner Stelle ein neues zu bauen? Als Nell das Grundstück betrachtete, wurde ihr zum ersten Mal richtig klar, dass es nur einen Wert besaß, wenn man es mit dem Vandermeer-Grundstück zusammenlegte.

Warum also war Adam so versessen darauf?, überlegte sie weiter. Besonders seltsam erschien es ihr in Anbetracht der Tatsache, dass die Vandermeer-Villa zum Zeitpunkt des Kaufs noch unter Denkmalschutz gestanden hatte.

Wusste Adam vielleicht früher als alle anderen, dass die Vandermeer-Villa von der Liste der denkmalgeschützten Gebäude gestrichen werden sollte?

Das war eine weitere Besorgnis erregende Möglichkeit.

Nell machte kehrt und ging die restlichen anderthalb Häuserblocks zu Adams Büro zu Fuß. Bei ihrem Besuch mit den Detectives am Dienstag hatte der Hausmeister ihr den Ersatzschlüssel zur Vordertür übergeben. Sie schloss auf, und als die Tür hinter ihr zufiel, wurde sie wieder von heftigem Unbehagen ergriffen.

Sie betrat Winifreds winziges Büro. Bildlich konnte sie sich vorstellen, wie die Sekretärin an ihrem Schreibtisch saß und jedem Besucher schüchtern entgegenlächelte.

Vor dem Schreibtisch blieb Nell stehen. Am besten erinnerte sie sich an den Ausdruck in Winifreds Augen: stets nervös und fast flehend, als rechnete sie jeden Moment mit Kritik.

War das nur Schauspielerei gewesen?

Sie öffnete die unterste Schublade des Aktenschrankes, holte das braune Packpapier und die Schnur heraus und verstaute sie in der mitgebrachten Einkaufstasche. Auch ohne die beiden Schnüre miteinander zu vergleichen, wusste sie genau, dass diese hier und die um die Geldbündel dasselbe Webmuster hatten.

Obwohl sie sich erst seit wenigen Minuten in diesem Raum befand, hatte sie das Gefühl, dass es immer wärmer wurde. Da ist es wieder, dachte sie, während sich Verwirrung in ihr breitmachte.

Ich muss hier raus, sagte sie sich.

Nell knallte die Schublade zu, griff nach der Einkaufstasche und eilte durch Winifreds Büro und den Empfangsraum zum Ausgang.

Sie packte den Türknauf und rüttelte daran, aber nichts geschah. Die Tür klemmte. Der Knauf fühlte sich heiß an, und Nell musste husten. In panischer Angst trat sie gegen die Tür und spürte, wie sie sich die Handfläche verbrannte.

»Stimmt etwas nicht, Ms. Cauliff? Klemmt die Tür wieder?« Plötzlich stand der Hausmeister neben ihr und drückte ruhig mit der Schulter die Tür auf. Nell taumelte an ihm vorbei auf die Vortreppe. Die Knie gaben ihr nach, sodass sie sich auf die unterste Stufe setzen musste. Sie schlug die Hände vors Gesicht.

Da ist es wieder, dachte sie. Es ist eine Warnung. Der Hustenreiz ließ nach, und sie rang nach Luft. Dann betrachtete sie ihre Hände; von den Brandblasen, die sie gespürt hatte, war nichts zu sehen.

»Wahrscheinlich ist es noch zu viel für Sie, das Büro Ihres Mannes zu betreten«, sagte der Hausmeister mitleidig. »Wenn man sich überlegt, dass er und Ms. Johnson nie zurückkommen werden.«

Wieder zu Hause, fand Nell eine Nachricht von Dan Minor auf dem Anrufbeantworter vor. »Nell, ich habe eben mit Mac gesprochen«, sagte er. »Wir werden noch dicke Freunde. Er hat seine Leute darauf angesetzt, die Akten nach Informationen über meine Mutter zu durchsuchen. Haben Sie heute Abend Lust, mit mir essen zu gehen? Ich rufe später noch mal an.«

Immer noch erschüttert von dem merkwürdigen Erlebnis in Adams Büro, spielte Nell die Nachricht ein zweites Mal ab. Dans Stimme hatte eine beruhigende Wirkung auf sie. Wahrscheinlich hat Mac ihm eine Menge über mich erzählt, dachte sie.

Dann sah sie Jack Sclafanis Visitenkarte neben dem Telefon liegen und wählte wieder seine Nummer. Diesmal legte sie nicht auf. Er hob nach dem ersten Läuten ab.

»Ich muss Sie unbedingt sprechen. Könnten Sie bitte zu mir kommen«, sagte sie schnell. »Am Telefon möchte ich lieber nicht darüber reden.«

»Wir sind in einer Stunde da«, erwiderte er.

Um sich von den angsterfüllten Momenten in Adams Büro abzulenken, ging Nell ins Gästezimmer und fing an, den Wandschrank auszuräumen. Als sie die Sakkos, Anzüge und Hosen von den Bügeln nahm, fiel ihr auf, wie konservativ Adam sich im Grunde gekleidet hatte. Er hatte nur Marineblau, Grau und Braun getragen. Sie erinnerte sich, wie sie vor einem Jahr versucht hatte, ihn zum

Kauf eines dunkelgrünen Sommerjacketts zu überreden, das sie bei Saks im Schaufenster gesehen hatte. Doch er hatte sich wieder für einen marineblauen Blazer entschieden.

Ich habe ihm gesagt, dass er genauso aussieht wie der, den er schon hat, überlegte sie, während sie ein marineblaues Sakko aus dem Schrank holte. Das da ist absolut identisch.

Doch als sie das Kleidungsstück hochhielt, bemerkte sie, dass sie sich geirrt hatte: Dieses hier war das neuere der beiden, was man am Gewicht erkannte. Verblüfft betrachtete Nell das Sakko. Eigentlich wollte ich es Winifred mitgeben, als sie hier war, um seine Sachen zu holen. Er hatte es herausgelegt. Das andere wäre zu warm gewesen.

Natürlich, schoss es ihr durch den Kopf, als sie sich wieder an die Abfolge der Ereignisse erinnerte. An seinem letzten Abend hatte Adam sich im Gästezimmer umgezogen und die Sachen, die er am nächsten Tag tragen wollte, auf dem Bett ausgebreitet. Nach unserem Streit am Morgen ist er aus dem Haus gestürmt. Ich habe seinen Aktenkoffer ins Arbeitszimmer gestellt und das Sakko zuerst in den Schrank im Schlafzimmer und dann hierher gehängt. Winifred habe ich das falsche Sakko, das dickere, mitgegeben.

Wenn er nicht gestorben wäre, hätte er sich vermutlich darüber gefreut, überlegte sie weiter. Denn die Temperaturen waren an diesem Tag stark gesunken, und abends fing es heftig an zu regnen.

Nell wollte das Sakko schon zusammenfalten und in den Karton legen. Aber dann zögerte sie. Ihr fiel ein, wie sie sich ein paar Tage nach seinem Tod vor Trauer hineingekuschelt hatte, um seine Gegenwart zu spüren. Und nun kann ich kaum erwarten, es loszuwerden, dachte sie.

Die Gegensprechanlage im Flur surrte. Bestimmt waren

Jack Sclafani und George Brennan schon auf dem Weg nach oben.

Nell hängte den marineblauen Blazer über eine Stuhllehne. Ob ich ihn behalte, kann ich mir ja noch überlegen, sagte sie sich. Ein ungutes Gefühl überkam sie, als sie zur Tür eilte, um den Detectives aufzumachen.

69

Bei seinem Gespräch mit Dr. Dan Minor hatte Cornelius MacDermott ein Telefonat nicht erwähnt, das Liz auf der Suche nach Dans Mutter in seinem Auftrag mit der Gerichtsmedizin geführt hatte.

Liz hatte erfahren, dass im vergangenen Jahr fünfzig unidentifizierte Leichen beerdigt worden waren – zweiunddreißig Männer und achtzehn Frauen.

Auf die Bitte der Sekretärin hin hatte Liz ihr das mit dem Computer bearbeitete Foto von Quinny und auch ihre wichtigsten Lebensdaten, die Dan ihr gegeben hatte, gefaxt.

Am Nachmittag erhielt Liz einen Anruf aus der Gerichtsmedizin. »Kann sein, dass wir sie gefunden haben«, teilte ein gleichmütiger Mitarbeiter ihr mit.

70

Jack Sclafani und George Brennan saßen mit Nell im Esszimmer. Sie hatten die Geldkartons auf den Tisch gestellt und geöffnet und die Scheine noch einmal gezählt.

»Dafür, dass man ein Auge zudrückt, wenn der falsche Beton benutzt wird, kriegt man keine fünfzigtausend Dollar«, sagte Sclafani. »Für so eine große Summe war Jimmy Ryan bestimmt in etwas Größeres verwickelt.«

»Das habe ich mir auch schon gedacht«, erwiderte Nell mit ruhiger Stimme. »Und vielleicht weiß ich auch, wer es ihm gegeben hat.«

Sie holte die Einkaufstasche aus der Küche und kippte das Knäuel Paketschnur und die Packpapierbogen neben das Geld auf den Tisch. »Das stammt aus Winifred Johnsons Aktenschrank«, erklärte sie. »Die Sachen sind mir aufgefallen, als ich am Dienstag mit Ihnen im Büro war.«

Brennan verglich die Schnur der Päckchen mit einem Stück des Knäuels. »Das Labor wird es bestätigen. Ich bin fest davon überzeugt, dass die Schnur um die Päckchen von diesem Knäuel kommt«, meinte er.

Währenddessen untersuchte Sclafani das Packpapier. »Meiner Ansicht nach ebenfalls identisch. Aber das Labor wird Genaueres feststellen.«

»Hoffentlich ist Ihnen klar, dass mein Mann nicht zwangsläufig daran beteiligt gewesen sein muss, wenn Winifred Johnson Schmiergelder an Jimmy Ryan ausgezahlt hat«, verkündete Nell im Brustton der Überzeugung, obwohl sie in Wirklichkeit ganz anders empfand.

Sclafani musterte Nell, die ihm gegenübersaß. Sie weiß nicht mehr, was sie glauben soll, dachte er. Sie ist ehrlich zu uns, und sie hat Lisa Ryan überzeugt, dass es keine andere

Möglichkeit gibt, als uns das Geld auszuhändigen. Deshalb dürfen wir ihr nichts verheimlichen.

»Ms. MacDermott, vielleicht ist es nur ein Fehlalarm, aber wir haben einen Zeugen, einen achtjährigen Jungen, der gesehen haben will, wie kurz vor der Explosion ein Froschmann von der Jacht sprang.«

Nell starrte ihn an. »Ist das möglich?«

»Ms. MacDermott, alles ist möglich. Ob es wahrscheinlich ist? Nein. In diesem Teil des Hafens herrscht eine ziemlich gefährliche Strömung. Ein sehr guter Schwimmer allerdings könnte es nach Staten Island oder nach Jersey City schaffen.«

»Dann glauben Sie also, dass dieses Kind wirklich etwas beobachten konnte?«

»Ja, und zwar wegen einer Einzelheit auf dem Bild, das der Junge gezeichnet hat: Der Taucher hatte eine Damenhandtasche bei sich. Wir haben tatsächlich Winifreds Handtasche gefunden, diese Information jedoch nie an die Presse weitergegeben. Also hatte der Junge keine Möglichkeit, es zu wissen – außer, er hat es mit eigenen Augen gesehen. Ansonsten müsste er sehr phantasiebegabt sein. Es existieren noch einige weitere Tatsachen, die Ihnen vermutlich nicht bekannt sind.« Sclafani hielt inne und überlegte, wie er sich ausdrücken sollte. »Die DNS-Analyse hat ermittelt, dass Sam Krause und Jimmy Ryan tot sind. Der Tod zweier weiterer Personen hingegen konnte noch nicht bestätigt werden: Winifred Johnson und Adam Cauliff.«

Wie betäubt saß Nell da und starrte verdattert vor sich hin.

»Es besteht noch eine weitere Möglichkeit, Ms. MacDermott«, fuhr Brennan fort. »Eine fünfte Person könnte sich an Bord befunden haben, vielleicht versteckt im Maschinenraum. Unsere Untersuchungen haben ergeben, dass die Bombe dort deponiert war.«

»Selbst wenn der Junge sich nicht geirrt hat«, sagte Nell,

»begreife ich nicht, wozu jemand Winifreds Handtasche mitnehmen sollte.«

»Wir sind uns nicht ganz sicher«, entgegnete George Brennan, »obwohl wir eine Theorie haben. Der einzige Gegenstand aus dieser Handtasche, der uns vielleicht weiterhilft, ist ein Schließfachschlüssel mit der Nummer 332.«

»Können Sie ihn nicht zu der betreffenden Bank bringen und das Schließfach durchsuchen?«, fragte Nell.

»Schon, wenn wir wüssten, von welcher Bank er stammt. Sonst steht nämlich nichts auf dem Schlüssel, und es wird eine Weile dauern, sämtliche Banken der Umgebung abzuklappern. Wir haben bereits damit angefangen und werden nicht lockerlassen, bis wir die richtige Bank finden.«

»Ich habe auch ein Schließfach«, meinte Nell. »Falls ich den Schlüssel verlieren sollte, würde ich einfach meine Bank anrufen und sie bitten, mir einen nachzumachen.«

»Selbstverständlich«, erwiderte Sclafani prompt. »Aber Sie müssten sich ausweisen können. Und selbstverständlich müsste der Bank eine Unterschriftenprobe von Ihnen vorliegen. Außerdem würde es sie etwa hundertfünfundzwanzig Dollar kosten, einen Schlosser zu bestellen, der das Schließfach für Sie öffnet und Ihnen einen Schlüssel kopiert.«

»Also nützt der Schlüssel in Winifreds Handtasche nur dem Besitzer etwas?«

»Genau.«

Nell sah die beiden Polizisten an. »Es war Winifreds Handtasche. Und Winifred war Wettkampfschwimmerin, zumindest früher, in ihrer Jugend. Die Wände in ihrer Wohnung sind tapeziert mit Goldmedaillen und Fotos von Schwimmturnieren, die sie gewonnen hat. Das ist zwar schon lange her, aber vielleicht hat sie ja weiter trainiert.«

»Das untersuchen wir bereits. Wir wissen, dass sie Mitglied in einem Fitnesscenter war und jeden Tag, entweder vor oder nach der Arbeit, dort im Pool geschwommen ist.« Er zögerte. »Tut mir Leid, aber ich muss Sie noch etwas fragen. Bestimmt haben Sie Verständnis dafür: War Ihr Mann ein guter Schwimmer?«

Nell überlegte und stellte zu ihrer Überraschung fest, dass sie das nicht beantworten konnte. Obwohl sie sich noch nie darüber Gedanken gemacht hatte, bedrückte es sie, dass sie es nicht wusste. Noch etwas, das mir an Adam unbekannt war, schoss es ihr durch den Kopf.

»Als ich fünfzehn war, bin ich einmal fast ertrunken«, erwiderte sie nach einer Weile. »Seitdem habe ich Angst vor dem Wasser und bin deshalb nur sehr selten mit Adam auf der Jacht rausgefahren. Jedes Mal fühlte ich mich elend. Auf einem Kreuzfahrtschiff halte ich es so einigermaßen aus, aber nicht auf einem kleinen Boot, wo ich ständig spüre, wie nah das Wasser ist. Lange Rede, kurzer Sinn: Ich muss sie leider enttäuschen. Adam konnte schwimmen, aber wie gut, kann ich nicht sagen.«

Die beiden Detectives nickten einander zu und erhoben sich. »Wir werden Ms. Ryan einen Besuch abstatten. Sicher sind Sie sich im Klaren darüber, wie wichtig es ist, herauszufinden, woher das Geld stammt. Falls Sie mit ihr sprechen sollten, versichern Sie ihr bitte, dass wir unser Bestes tun werden, um den Namen ihres Mannes aus den Untersuchungen herauszuhalten – zumindest, was die Presse angeht.«

»Eine Frage noch.« Nell stand auf und sah die beiden Männer an. »Haben Sie unanfechtbare Beweise dafür, dass mein Mann in die Bestechungsaffäre und die illegalen Preisabsprachen verwickelt war?«

»Nein, haben wir nicht«, entgegnete Brennan prompt. »Doch wir wissen, dass Winifred Johnson die Kontaktperson bei Geldübergaben war. Es ging um große Summen, möglicherweise in Milliardenhöhe. Aus den Beweisstücken, die Sie für uns beschafft haben, lässt sich schließen, dass sie auch das Schmiergeld für Jimmy Ryan verpackt hat. Die Personen, die Gelder an Winifred gezahlt haben, haben inzwischen gebeichtet. Offenbar hatten sie den Eindruck, dass Walters und Arsdale selbst die Empfänger waren, aber bis jetzt gibt es dafür noch keine Beweise.«

»Also kann niemand belegen, dass Adam Schmiergelder kassiert hat?«, erkundigte sich Nell.

»Richtig«, erwiderte Sclafani nach kurzem Zögern. »Wir wissen nicht, welche Rolle Ihr Mann, wenn überhaupt, bei den Machenschaften von Walters und Arsdale spielte. Vielleicht hat Winifred auf eigene Rechnung gearbeitet und sich einen Plan zurechtgelegt, um in die eigene Tasche zu wirtschaften. Möglicherweise steckte sie auch mit dem geheimnisvollen Harry Reynolds unter einer Decke.«

»Was ist mit Peter Lang?«, fragte Nell.

Sclafani zuckte die Achseln. »Ms. MacDermott, die Ermittlungen laufen noch.«

In gewisser Weise waren die Informationen, die sie heute erhalten hatte, beruhigend, dachte Nell, als sie die Tür hinter den beiden Detectives schloss. Andererseits gaben sie auch Grund zur Sorge. Denn Sclafani hatte mehr oder weniger deutlich ausgesprochen, dass alle weiterhin unter Verdacht standen – also auch Adam.

Am Vormittag hatte Nell bemerkt, dass ihre Topfpflanzen dringend Pflege brauchten. Sie trug sie aus Flur, Wohnzimmer und Esszimmer zusammen und brachte sie in die Küche. Rasch und geschickt entfernte sie das vertrocknete Laub, grub die Erde um und besprühte Blätter und Knospen.

Man konnte fast zusehen, wie die Pflanzen sich erholten. Nell erinnerte sich: Kurz bevor ich Adam kennen lernte, habe ich eines Tages die Pflanzen versorgt. Und dabei wurde mir klar, dass ich mich genauso fühlte wie sie. Emotional war ich ausgetrocknet. Mac und Gerti hatten gerade eine schwere Grippe überstanden. Ich dachte, dass ich mutterseelenallein sein würde, falls ihnen etwas zustoßen sollte.

Ich brauchte Liebe, so wie diese Pflanzen jetzt Wasser brauchen.

Also habe ich mich verliebt. Aber in wen?, fragte sie sich jetzt. Vielleicht einfach nur in die Liebe … Gab es da nicht einen Schlager mit diesem Text?

Auf Winifred habe ich immer herabgesehen, überlegte Nell weiter. Ich war zwar nett zu ihr, aber ich betrachtete sie als treue, kleine Arbeitssklavin. Allmählich jedoch glaube ich, dass sie in Wirklichkeit gar nicht so brav und schüchtern war, wie sie tat. Vielleicht war sie nach Liebe ausgehungert und hat jemanden getroffen, der ihr das Gefühl vermittelte, begehrenswert zu sein. Wer weiß, was sie alles unternommen hätte, um diesem Menschen zu gefallen – und ihn zu behalten?

Ich habe Adam zuliebe meine politische Karriere aufgegeben, dachte sie. Das war mein Opfer für die Liebe.

Nachdem sie mit den Pflanzen fertig war, begann sie jede zurück an ihren angestammten Platz zu stellen. Doch plötzlich hielt sie inne und setzte einen Blumentopf zurück auf den Küchentresen. Obwohl sie es sich nie eingestanden hatte, hatte sie die Spinnenblume eigentlich nie gemocht, die Adam ihr vor zwei Jahren zum Geburtstag geschenkt hatte. Ohne lang zu überlegen, stellte sie sie hinaus in den Hausflur neben den Müllschlucker. Bestimmt hat der Hausmeister oder ein Handwerker Freude daran, sagte sie sich.

Die übrigen Pflanzen verteilte sie auf den Fensterbrettern, dem Couchtisch und der Truhe im Flur. Dann blieb sie auf der Schwelle des Wohnzimmers stehen und musterte den Raum.

Als Überraschung zum Hochzeitstag hatte Adam ihr Hochzeitsfoto von einem Maler kopieren lassen. Das Porträt, für Nells Geschmack viel zu groß, hing über dem Kamin.

Nell ging hinüber und nahm es ab. Den Künstler konnte man bestenfalls durchschnittlich nennen. Ihr Lächeln auf dem Bild wirkte leblos, und auch das von Adam machte einen unnatürlichen Eindruck. Vielleicht aber war der Maler ja auch sehr begabt gewesen und hatte das eingefangen, was der Kamera entgangen war. Nell dachte über diese Möglicheiten nach, als sie das Bild in den Abstellraum brachte. Sie vertauschte es mit einem Aquarell, welches das Dorf Adelboden darstellte. Sie hatte es vor Jahren während eines Skiurlaubs in der Schweiz erworben.

Als das Bild an der Wand hing, stellte sie sich wieder auf die Schwelle und sah sich um. Auf einmal wurde ihr klar, dass sie sämtliche Spuren von Adam aus Wohn- und Esszimmer beseitigt hatte.

Dann fielen ihr die Kleider ein, und sie beschloss, die Arbeit zu Ende zu bringen. Sie kehrte ins Gästezimmer zurück. Nach einer Viertelstunde waren Anzüge und Sakkos in Kartons verstaut. Sie verschloss und beschriftete sie.

Da bemerkte sie, dass der marineblaue Blazer noch immer über der Stuhllehne hing, und wieder kam ihr etwas ins Gedächtnis. Im letzten Sommer war sie mit Adam zum Essen gegangen. Die Klimaanlage hatte das Restaurant in einen Kühlschrank verwandelt, und Nell trug nur ein ärmelloses Kleid.

Adam war aufgestanden und hatte ihr das Sakko über die Schultern gelegt. »Komm, schlüpf hinein«, hatte er sie gedrängt.

Aber sein Hemd hatte kurze Ärmel, und ich habe entgegnet, dass er nun frieren würde. Doch er erwiderte, solange mir warm genug sei, würde ihm das nichts ausmachen.

Diese Jacke hat er an seinem letzten Abend auf dem Heimweg getragen, dachte sie. Sie hielt sich das Revers ans Gesicht und fragte sich, ob sie wohl noch einen Hauch von

Polo erschnuppern konnte, dem Eau de Cologne, das er benutzt hatte. Vielleicht eine ganz kleine Spur, sagte sie sich, aber sie war nicht sicher.

Bonnie Wilson hatte gemeint, Adam wolle, dass sie seine Kleider weggab, um anderen Menschen zu helfen. Sie überlegte, ob sie es ihm auch nach seinem Tod noch übel nahm, dass er vor ihrer Begegnung nicht so großzügig mit seinen abgelegten Sachen umgegangen war.

Nell beschloss, die Jacke gemeinsam mit seinen anderen Kleidern zu verschenken. Sie steckte die Hände in die Seitentaschen, um sich zu vergewissern, dass sie auch leer waren. Zwar hatte er beim Ausziehen immer seine Taschen ausgeräumt, doch da er diese Jacke an seinem letzten Tag hatte tragen wollen, hielt Nell es für besser, noch einmal nachzusehen.

In der linken Tasche entdeckte sie ein blütenweißes, gebügeltes Taschentuch. Die rechte Tasche war leer. Sie tastete die Brusttasche ab – ebenfalls leer.

Nell faltete die Jacke und öffnete den Deckel eines Kartons, um sie hineinzulegen. Sie wollte den Deckel schon wieder schließen, als ihr einfiel, dass das Sakko auch Innentaschen hatte. Um auf Nummer Sicher zu gehen, begann sie diese zu untersuchen.

In die rechte Innentasche war ein zuknöpfbares Täschchen eingearbeitet. Nell ertastete mit den Fingern einen flachen Gegenstand, öffnete den Knopf und holte einen winzigen, braunen Umschlag heraus.

Diesem entnahm sie einen Schließfachschlüssel. Er trug die Nummer 332.

71

Um drei Uhr erhielt Lisa Ryan während der Arbeit einen Anruf, auf den sie gewartet, den sie aber auch gefürchtet hatte.

Detective Jack Sclafani sagte, er und Detective Brennan müssten noch einmal mit ihr sprechen, wenn sie aus dem Schönheitssalon nach Hause kam.

»Wir waren gerade bei Ms. MacDermott«, ergänzte Sclafani.

Lisa musste den Anruf im Büro des Geschäftsführers entgegennehmen. »Ich verstehe«, sagte sie. Sie wandte sich ab, um die unverhohlene Neugier in den Augen ihres Chefs nicht zu sehen.

»Aber wir müssen offen reden können«, fuhr Sclafani fort. »Wir wissen, dass das letzte Woche nicht möglich war, weil die Kinder nach Hause kamen.«

»Eine Freundin von mir kann mit den Kindern zum Essen gehen. Wäre Ihnen halb sieben recht?«

»Einverstanden.«

Fröhlichkeit vorschützend überstand Lisa irgendwie den restlichen Nachmittag.

Lisa öffnete den beiden Detectives die Tür und wies auf die Kaffeetasse in ihrer Hand. »Ich habe gerade eine frische Kanne aufgesetzt. Möchten Sie welchen?«

Obwohl dieses Angebot eine reine Höflichkeitsgeste war, bejahte Jack Sclafani, auch wenn er eigentlich nie Kaffee trank, ohne dazu etwas zu essen. Er merkte Lisa Ryan trotz ihrer herzlichen Begrüßung an, dass sie sich fürchtete und glaubte, sich rechtfertigen zu müssen. Deshalb wollte er eine freundschaftliche Stimmung schaffen, um ihre Anspannung zu lösen.

»Er riecht einfach köstlich. Wie soll ich da widerstehen?«, meinte Brennan lächelnd.

»Jimmy hat meinen Kaffee immer sehr gern getrunken«, sagte Lisa und nahm die Tassen vom Regal. »Er sagte, er wäre etwas ganz Besonderes. Ich weiß, dass sich das albern anhört. Schließlich kann man beim Kaffeekochen nicht viel falsch machen. Wahrscheinlich war er voreingenommen.«

Sie setzten sich mit den Tassen ins Wohnzimmer. Sclafani erkannte sofort, dass das Modell des Traumhauses nicht mehr auf dem Tisch stand.

Lisa bemerkte seinen Blick. »Ich habe es weggeräumt«, erklärte sie. »Es war zu traurig, es immer vor mir zu haben, wenn ich mit den Kindern in diesem Zimmer saß.«

»Ich verstehe.«

Der wahre Grund ist eine Eintragung in Kellys Tagebuch gewesen, dachte Lisa.

Jedes Mal wenn ich mir Mamas Traumhaus ansehe, erinnere ich mich daran, wie Daddy mich beim Basteln hat zuschauen lassen. Er sagte, es wäre unser Geheimnis, ein Weihnachtsgeschenk für Mama. Ich habe es keiner Menschenseele verraten. Ich vermisse Daddy so sehr. Und ich vermisse es, mich auf das Traumhaus freuen zu können, vor allem auf das Zimmer, das Daddy für mich bauen wollte.

Kelly hatte in ihrem Tagebuch noch ein anderes Geheimnis erwähnt, von dem Lisa nun den Polizisten erzählen musste. Sie beschloss, ihren Fragen zuvorzukommen. »Soweit ich mich erinnere, sagten Sie, dass Sie beide Kinder haben«, begann sie. »Wenn Ihnen etwas zustieße, würden Sie sicher nicht wollen, dass Ihre Kinder oder auch andere Menschen Sie nach einem einzigen Fehler beurteilen, den zu begehen man Sie gezwungen hat.«

Sie musterte die Detectives und erkannte die Anteilnahme in ihrem Blick. Lisa hoffte, dass sie ehrlich gemeint und nicht nur dazu gedacht war, Verständnis für Jimmy vorzuspiegeln.

»Ich sage Ihnen alles, was ich weiß«, fuhr sie fort. »Aber ich flehe Sie an, Jimmys Namen aus dieser Untersuchung herauszuhalten. Die Schachteln mit dem Geld waren versiegelt. Vielleicht hat ihn ja jemand gebeten, sie für ihn aufzubewahren, ohne dass er ahnte, was sich darin befand.«

»Das glauben Sie doch selbst nicht, Lisa«, entgegnete Jack Sclafani.

»Ich weiß nicht mehr, was ich glauben soll. Aber ich bin sicher, dass Jimmy jeden Pfusch am Bau, der zu einem tragischen Unfall führen könnte, früher oder später gemeldet hätte. Und da er sich nicht mehr verteidigen kann, müssen die Karten jetzt auf den Tisch.«

»Sie haben Ms. MacDermott erzählt, Sie hätten die versiegelten Päckchen im Aktenschrank Ihres Mannes gefunden«, stellte Brennan fest.

»Ja. Der Aktenschrank steht in seiner Werkstatt. Ich habe dort nach wichtigen Unterlagen gesucht. Steuererklärungen zum Beispiel.« Der Anflug eines Lächelns huschte über Lisas Lippen. »In meiner Kindheit habe ich ständig die Geschichte gehört, wie meine Großtante eine Versicherungspolice, von der sie gar nichts wusste, im Schreibtisch meines Großonkels entdeckt hat. Sie war fünfundzwanzigtausend Dollar wert, 1947 eine Menge Geld.« Sie hielt inne und betrachtete nervös ihre Hände. »Unten im Keller bin ich zwar nicht auf eine Versicherungspolice gestoßen, dafür aber auf die Päckchen.«

»Und Sie haben keine Ahnung, woher sie stammen?«

»Nein. Doch ich glaube, ich kenne den Tag, an dem er sie sich verdient hat. Es war am 9. September vergangenen Jahres.«

»Wie können Sie da so sicher sein?«

»Das Tagebuch meiner Tochter.« Lisas Stimme erstarb. Sie krampfte die Hände ineinander. »Mein Gott, was habe ich getan?«, rief sie aus. »Ich habe Kelly geschworen, niemals ihr Tagebuch zu lesen.«

Jetzt wird sie nicht mehr weiterreden, dachte Jack Sclafani. »Lisa«, sagte er. »Sie haben Recht, wir sind beide Väter und wollen einem Kind genauso wenig schaden wie Sie. Aber bitte erzählen Sie uns, was Kelly über den 9. September geschrieben hat und warum Sie das für so wichtig halten. Dann sind wir sofort verschwunden. Ehrenwort.«

Zumindest für heute, dachte Brennan und sah seinen Partner an. Jack macht seine Sache wirklich gut. Er benimmt sich, als wäre er Lisa Ryans großer Bruder, und das Beste ist, dass er es ehrlich meint.

Mit gesenktem Kopf begann Lisa zu sprechen. »Nachdem ich das Tagebuch gelesen hatte, fiel mir ein, dass Jimmy am Donnerstag, dem 9. September, spät nach Hause gekommen ist. Er arbeitete auf einer Baustelle an der Westseite von Manhattan, auf Höhe der 100. Straße. Ich glaube, es ging um die Renovierung eines Mietshauses. Er war noch nicht zurück, als jemand anrief und ihn verlangte. Es sei dringend. Ob Jimmy ein Mobiltelefon habe? Doch Jimmy hielt nicht viel von diesen Dingern. Ich fragte, ob ich etwas ausrichten könnte.«

»War es ein Mann oder eine Frau?«

»Ein Mann. Er sprach sehr leise und hastig.«

Lisa stand auf und ging zum Fenster. »Die Nachricht an Jimmy lautete folgendermaßen: ›Der Auftrag ist storniert.‹ Ich hatte solche Angst, das könnte heißen, dass Jimmy wieder arbeitslos werden würde. Endlich, so gegen halb zehn, kam er nach Hause. Als ich ihm von dem Anruf erzählte, war er außer sich.«

»Was meinen Sie mit außer sich?«

»Er wurde kreidebleich, der Schweiß brach ihm aus, und er griff sich an die Brust. Ich dachte schon, er hätte einen Herzinfarkt. Doch dann fasste er sich wieder und sagte, der Bauherr fordere nachträgliche Veränderungen, die nun nicht mehr möglich seien.«

»Warum erinnern Sie sich noch so gut an diesen Tag?«

»Wegen einer Eintragung in Kellys Tagebuch. Damals glaubte ich, Jimmy hätte Angst, etwas sei geschehen, das ihn den Job kosten könnte. Aber nach diesem Abend vergaß ich die Sache wieder. Ich weiß noch, dass ich ungefähr eine Stunde später ins Bett gegangen bin. Er meinte, er werde noch ein Bier trinken, sich ein wenig erholen und dann nachkommen. Kelly schreibt in ihrem Tagebuch, sie sei aufgewacht und habe gehört, dass der Fernseher lief. Sie sei hinuntergegangen, denn sie hatte bei Jimmys Rückkehr schon geschlafen und wollte ihm nun gute Nacht sagen.«

Lisa holte ein Blatt Papier aus der Schreibtischschublade. »Ich habe ihren Tagebucheintrag vom 9. September abgeschrieben: *Ich saß auf Daddy Schoß. Er war sehr still und sah sich die Nachrichten an. Dann fing er auf einmal an zu weinen. Ich wollte loslaufen und Mama holen, aber er hat es mir nicht erlaubt. Er sagte, alles wäre in Ordnung, und dass er so traurig sei, sei unser Geheimnis. Er sei einfach nur müde und hätte einen scheußlichen Tag in der Arbeit hinter sich. Danach brachte er mich ins Bett und ging ins Bad. Ich hörte, dass er sich übergab. Bestimmt hatte er eine Darmgrippe.*«

Langsam faltete Lisa das Papier zusammen und zerriss es. »Ich kenne mich mit dem Gesetz nicht aus, aber ich weiß, dass so etwas vor Gericht nicht als Beweis gilt. Wenn Sie anständige Menschen sind, werden Sie es nie in der Öffentlichkeit erwähnen. Doch ich bin sicher, dass der Auftrag, der laut Jimmy nicht mehr rückgängig zu machen war, der Schlüssel zu der Frage ist, woher das Geld stammt und wofür es gezahlt wurde. Vielleicht sollte man das Haus, das Jimmy im letzten September renoviert hat, einmal gründlich unter die Lupe nehmen.«

Kurz darauf verabschiedeten sich die beiden Detectives. Als sie im Auto saßen, begann Sclafani: »Denkst du dasselbe wie ich?«

»Aber klar doch. Wir müssen uns die Aufzeichnungen sämtlicher Nachrichtensendungen besorgen, die am 9. September spätabends gelaufen sind. Vielleicht finden wir in einer davon eine Meldung, die mit der Schmiergeldzahlung an Jimmy in Zusammenhang steht.«

72

Ms. Nell MacDermott ist am Apparat, Sir«, meldete die Sekretärin entschuldigend. »Ich habe ihr erklärt, dass Sie nicht zu sprechen sind, aber sie besteht darauf, dass Sie ihren Anruf entgegennehmen. Was soll ich ihr sagen?«

Peter Lang zog die Augenbraue hoch, überlegte kurz und blickte dann seinen Firmenjustiziar Louis Graymore an, mit dem er gerade eine Besprechung hatte. »Stellen Sie durch«, erwiderte er.

Das Gespräch mit Nell dauerte nur kurz. Nachdem Lang aufgelegt hatte, sagte er: »Das ist aber eine Überraschung. Sie will mich sofort sehen. Was halten Sie davon, Lou?«

»Haben Sie mir nicht erzählt, dass sie Sie bei Ihrem letzten Treffen praktisch vor die Tür gesetzt hat? Was haben Sie mit ihr vereinbart?«

»Dass Sie am besten gleich kommen soll. In etwa zwanzig Minuten ist sie hier.«

»Möchten Sie, dass ich bleibe?«

»Das ist, glaube ich, nicht nötig.«

»Ich könnte sie sanft daran erinnern, dass Ihre Familie die Wahlkämpfe ihres Großvaters bereits unterstützt hat, als noch keiner von Ihnen beiden geboren war«, schlug der Anwalt vor.

»Ich denke, das wird nichts nutzen. Ich habe ihr gegenüber schon angedeutet, dass sie mit einer Spende von mir rechnen kann, falls sie für den Sitz kandidiert. So eine Abfuhr habe ich mir noch nie eingeholt.«

Graymore erhob sich. Der weißhaarige Anwalt mit den tadellosen Manieren war schon zur Zeit von Peter Langs Vater dessen wichtigster Berater in Immobilienfragen gewesen. »Wenn ich mir die Bemerkung erlauben darf, Peter, war es ein taktischer Fehler, ihr, was die Nutzung des Kaplan-Grundstücks angeht, keinen reinen Wein einzuschenken.« Er hielt inne. »Bei manchen Leuten kommt mit mit Ehrlichkeit am weitesten.«

Lou könnte Recht haben, dachte Peter, als seine Sekretärin kurz darauf Nell in sein Büro führte. Sie war zwar leger mit einer Jeansjacke und Baumwollhosen bekleidet, strahlte aber dennoch Stil aus. Außerdem fand er sie sehr attraktiv, und es fiel ihm auf, wie sich kleine Haarsträhnchen um ihr Gesicht lockten.

Selbst seine wohlhabendsten Besucher machten für gewöhnlich eine Bemerkung über die wunderbare Aussicht oder das elegant ausgestattete Büro. Doch er hatte den Eindruck, dass Nell weder den Blick noch die Möblierung oder die teuren Bilder an den Wänden wahrnahm.

Mit einem Nicken bedeutete er seiner Sekretärin, Nell zu den Sesseln am Fenster zu begleiten, das auf den Hudson River zeigte.

»Ich muss mit Ihnen reden«, sagte Nell unvermittelt, nachdem sie sich gesetzt hatte.

»Deshalb sind Sie wohl hier, oder nicht?«, entgegnete er lächelnd.

Nell schüttelte ungeduldig den Kopf. »Peter, wir kennen einander nicht sehr gut, obwohl wir uns im Laufe der Jahre einige Male begegnet sind. Aber das spielt jetzt keine Rolle.

Mich interessiert nur, welche Verbindungen Sie zu meinem Mann unterhielten und warum Sie mich letztens, was die Nutzung des Grundstücks, das Adam den Kaplans abgekauft hat, belogen haben.«

Lou hat den Nagel auf den Kopf getroffen, dachte Peter Lang. Offenbar kam man bei dieser Frau mit Ausflüchten wirklich nicht weiter. »Lassen Sie es mich einmal so ausdrücken, Nell. Ich habe Adam ein paar Mal getroffen, als er noch für Walters und Arsdale tätig war. Mein Unternehmen ist schon seit Jahren an Bauvorhaben dieses Büros beteiligt.«

»Würden Sie sich als Adams Freund bezeichnen?«

»Offen gestanden, nein. Ich kannte ihn, mehr aber auch nicht.«

Nell nickte. »Was hielten Sie von seinen Fähigkeiten als Architekt? Nach allem, was Sie letztens über ihn gesagt haben, könnte man meinen, die Welt hätte ein Genie verloren.«

Lang schmunzelte. »Das wäre nun wirklich zu viel gesagt. Ich wollte nur andeuten, dass wir seine Entwürfe für das Vandermeer-Projekt nicht verwenden würden. Ehrlich gesagt, habe ich nur aus Höflichkeit Ihnen gegenüber behauptet, wir hätten sie benutzt, wenn er nicht gestorben wäre. Da er Ihnen offenbar verschwiegen hatte, dass er nicht mehr an dem Bauvorhaben beteiligt war, hielt ich es für überflüssig, Sie nach seinem Tod mit einer solchen Hiobsbotschaft zu belasten.«

»Und als Sie sagten, Sie bräuchten das Grundstück nur für eine zusätzliche Gartenanlage, haben Sie ebenfalls gelogen«, stellte Nell trocken fest.

Anstelle einer Antwort ging Lang zur Wand hinüber und bediente einen Knopf. Eine beleuchtete Leinwand wurde ausgefahren. Sie zeigte eine Panoramaansicht von Manhattan. Blau umrandete, nummerierte Gebäude und Bauvorhaben waren über die ganze Karte verteilt. Auf der rechten Seite listete eine Legende in Goldbuchstaben Name und Lage der verschiedenen Liegenschaften auf.

»Die blauen Markierungen stehen für den Besitz der Firma Lang in Manhattan, Nell. Wie ich der Polizei – die mich übrigens mehr oder weniger offen beschuldigt hat, Adams Jacht in die Luft gesprengt zu haben – bereits erzählte habe, würde ich gerne das Kaplan-Grundstück erwerben. Denn wir haben nun einen atemberaubenden Entwurf, den ich unbedingt realisieren möchte. Allerdings benötige ich dazu das zusätzliche Grundstück.«

Nell näherte sich der Leinwand, betrachtete eingehend die Zeichnung, auf die er zeigte, und nickte.

Dann drückte Peter Lang wieder auf den Knopf. Die Leinwand wurde eingezogen. »Sie haben vollkommen Recht«, sagte er leise. »Ich war nicht aufrichtig zu Ihnen, und ich entschuldige mich dafür. Mir liegt viel daran, das Kaplan-Grundstück und das Vandermeer-Grundstück zusammenzulegen, denn mein Großvater hat, kurz nachdem er als achtzehnjähriger Einwanderer von Bord des Schiffes aus Irland gegangen war, an fast genau dieser Stelle gewohnt. Nun möchte ich dort ein gewaltiges Hochhaus errichten, eine Art Denkmal für das, was drei Generationen von Langs – mein Großvater, mein Vater und ich – geleistet haben. Und dazu brauche ich das Kaplan-Grundstück.«

Er sah ihr in die Augen. »Falls ich es jedoch nicht bekomme, werde ich meine Pläne eben ändern. Früher oder später wird sich in dieser Gegend eine neue Gelegenheit bieten.«

»Warum haben Sie das Kaplan-Grundstück nicht selbst gekauft?«

»Weil ich keine Verwendung dafür hatte, solange die Vandermeer-Villa unter Denkmalschutz stand. Als der Status aufgehoben wurde, war ich völlig überrascht.«

»Und weshalb, glauben Sie, hat Adam es erworben?«

»Entweder war er Hellseher, oder jemand von der Denkmalschutzbehörde hat ihm die nötigen Informationen zugesteckt. Übrigens müssen Sie damit rechnen, dass man dieser Frage nachgehen wird.«

»Mir ist aufgefallen, dass der Lang Tower bereits unter Ihren Liegenschaften aufgelistet ist.« Sie wies auf die Wand, wo gerade noch die Karte gehangen hatte. »Also waren Sie offenbar sicher, dass Sie an dieser Stelle bauen können.«

»Ich habe es gehofft, Nell, sicher war ich keineswegs. In meiner Branche ist es üblich, anzunehmen, dass man sein Ziel erreicht. Es klappt natürlich nicht immer, aber Bauunternehmer sind nun einmal Optimisten.«

Nell hatte noch eine Frage auf dem Herzen: »Kennen Sie einen Mann namens Harry Reynolds?« Sie musterte Lang argwöhnisch.

Lang sah sie verständnislos an. Dann erhellte sich seine Miene. »Ich kannte einmal einen Henry Reynolds. Er lehrte in Yale mittelalterliche Geschichte. Aber er ist vor zehn Jahren gestorben. Und niemand hat ihn je Harry genannt. Warum interessiert Sie das?«

Nell zuckte die Achseln. »Nicht weiter wichtig.«

Er begleitete sie zum Aufzug. »Nell, was Sie mit Ihrem Grundstück anfangen, ist allein Ihre Sache. Ich bin wie ein Baseballspieler, der sich voll auf den Ball konzentriert. Aber wenn er danebenschlägt, verschwendet er keine Zeit mit Reue, sondern denkt schon an den nächsten Versuch, weil er Punkte machen will.«

»Das hat sich vor ein paar Tagen noch ganz anders angehört.«

»Seitdem hat sich einiges verändert. Kein Grundstück ist es wert, dass man von der Polizei vernommen wird, als wäre man ein Mörder. Mein Kaufangebot steht. Und damit Sie merken, dass ich es ernst meine, werde ich es am Montagabend zurückziehen.«

Peter Lang, du kriegst jedenfalls keinen Pfadfinderorden für Ehrlichkeit, dachte Nell, als der Aufzug im Höllentempo vom Penthouse in die Vorhalle sauste. Du leidest an Größenwahn. Und was das Grundstück angeht, glaube ich keine Minute, dass du einfach darauf verzichtest. Ich bin überzeugt, dass du absolut versessen darauf bist. Aber das ist nicht von Bedeutung und war eigentlich auch nicht der Grund meines Besuchs. Ich brauchte die Antwort auf eine Frage, und offenbar habe ich sie bekommen.

Tief in ihrem Innersten war Nell sicher, dass sie nun alles Wichtige über Peter Lang erfahren hatte. Dieses Empfinden war der Gewissheit sehr ähnlich, die sie immer dann verspürt hatte, wenn ihre verstorbenen Eltern zu ihr gesprochen hatten.

Sie war allein im Aufzug. Und auf der rasenden Fahrt nach unten sagte sie laut: »Peter Lang, an deinen Händen klebt *kein* Blut.«

73

Dan Minor freute sich schon darauf, am Abend seinen Anrufbeantworter abzuhören. Gleichzeitig aber fürchtete er sich davor. Denn er hatte, während er Himmel und Erde in Bewegung setzte, um seine Mutter zu finden, das ungute Gefühl, dass das Ergebnis dieser Suche nicht erfreulich sein würde.

Als er am Donnerstag nach Hause kam, erwartete ihn eine Nachricht von Mac: »Rufen Sie mich zurück, Dan. Es ist wichtig.«

Cornelius MacDermotts ernstem Tonfall entnahm Dan, dass die Suche nach Quinny abgeschlossen war.

Seine Finger, die sonst die empfindlichsten chirurgischen Instrumente handhabten und die sich auch nicht den kleinsten Fehler erlauben durften, wenn er kein Menschenleben aufs Spiel setzen wollte, zitterten, als er Cornelius MacDermotts Büronummer wählte.

Es war Viertel vor fünf, die Zeit, um die Dan – wie er Mac gesagt hatte – für gewöhnlich aus dem Krankenhaus zurückkehrte. Als das Telefon läutete, wartete Mac nicht, bis Liz den Anrufer durchstellte, sondern hob selbst ab.

»Ich habe Ihre Nachricht erhalten, Mac.«

»Ich weiß nicht, wie ich es am besten ausdrücken soll, Dan. Wahrscheinlich müssen Sie morgen früh die endgültige Identifizierung vornehmen. Doch das Bild, das Sie mir gegeben haben, sieht aus wie das Foto einer Obdachlosen, die im letzten September gestorben ist. Die biographischen Daten stimmen, und an ihren Büstenhalter geheftet hatte sie dasselbe Foto, das Sie immer bei sich tragen.«

Dan schluckte, um den Kloß loszuwerden, der ihm in der Kehle saß.

»Was ist mit ihr geschehen?«

Cornelius MacDermott zögerte. Er braucht noch nicht alles zu wissen, sagte er sich. »In dem Haus, wo sie übernachtete, brach ein Feuer aus. Sie ist erstickt.«

»Erstickt!« Oh, mein Gott, dachte er bedrückt. Was für ein schrecklicher Tod.

»Dan, ich weiß, wie schwer es für Sie ist. Warum gehen wir nicht zusammen essen?«

Dan versagte die Stimme. »Nein, Mac«, brachte er mühsam heraus. »Ich glaube, ich möchte heute Abend lieber allein sein.«

»Ich verstehe. Dann rufen Sie mich morgen früh um neun an. Wir treffen uns in der Gerichtsmedizin. Dort können wir alles Weitere besprechen.«

»Wo ist sie jetzt?«

»Sie wurde in einem Armengrab beerdigt.«

»Weiß man genau, wo?«

»Ja, wir können sie exhumieren lassen.«

»Danke, Mac.«

Dan legte den Hörer auf, zog seine Brieftasche heraus, warf sie auf den Couchtisch und setzte sich aufs Sofa. Er nahm das Foto aus der Brieftasche, das er nun seit seinem sechsten Lebensjahr immer bei sich hatte, und lehnte es aufrecht daran.

Minuten verstrichen. Dann eine Stunde. Anderthalb Stunden später saß er immer noch da und ließ alle Erinnerungen an seine Mutter, mochten sie auch noch so undeutlich sein, vor seinem geistigen Auge Revue passieren.

Oh, Quinny, warum musstest du so sterben?, fragte er.

Und warum, Mutter, hast du dir die Schuld an meinem Unfall gegeben? Du warst nicht verantwortlich dafür. Ich dummer, kleiner Junge habe ihn verursacht.

Doch alles ist gut geworden und hat eine glückliche Wendung genommen. Das hätte ich dir so gerne noch gesagt.

Es läutete an der Tür. Dan achtete nicht darauf. Aber es klingelte beharrlich weiter.

Verdammt! Lasst mich in Ruhe, dachte er. Ich habe keine Lust auf einen Drink mit den Nachbarn.

Widerstrebend erhob er sich, ging zur Tür und öffnete. Nell MacDermott stand vor ihm. »Mac hat mir alles erzählt«, sagte sie. »Es tut mir so leid, Dan.«

Wortlos machte er ihr Platz. Sie trat ein. Nachdem er die Tür hinter sich geschlossen hatte, fiel er ihr um den Hals und begann zu weinen.

Freitag, 23. Juni

74

Am Freitagmorgen wurde ein Bote losgeschickt, um die Videobänder mit den Spätnachrichten vom 9. September bei New Yorks sechs größten Fernsehsendern abzuholen. Der Bote gab die Kassetten in der Staatsanwaltschaft ab.

Sclafani und Brennan erwarteten ihn schon. Sie brachten die Kassetten in den neunten Stock zur Technik, bahnten sich einen Weg durch ein Labyrinth von Kabeln und Geräten und suchten sich einen Videorekorder und einen Fernseher am anderen Ende des Raumes aus. Brennan rückte zwei Stühle heran, während Sclafani das Band des Senders CBS einlegte.

»Jetzt machen wir es uns gemütlich«, sagte er zu seinem Partner. »Hol schon mal das Popcorn.«

Die Titelmeldung handelte von dem Feuer, das die denkmalgeschützte Vandermeer-Villa an der Ecke 28. Straße und Seventh Avenue zerstört hatte.

Dana Adams von CBS berichtete live vom Unglücksort: »Die Vandermeer-Villa stand an der Stelle, wo sich früher der älteste holländische Bauernhof von New York befand. Das seit acht Jahren unbewohnte Gebäude wurde heute Nacht ein Raub der Flammen. Der Brand, der um 19:34 bei der Feuerwehr gemeldet wurde, breitete sich rasch im

Haus aus und ergriff bald das gesamte Dach. Da immer wieder Obdachlose in und rings um das Gebäude gesehen worden waren, riskierten die Feuerwehrleute ihr Leben, um das Haus zu durchsuchen. Zur allgemeinen Bestürzung wurde in einer Toilette im oberen Stockwerk eine obdachlose Frau entdeckt, die offenbar an einer Rauchvergiftung gestorben war. Vermutlich hat sie den Brand verursacht. Die Behörden glauben zwar, den Namen der Toten zu kennen, werden ihn aber unter Verschluss halten, bis sich der Verdacht bestätigt hat und die Angehörigen des Opfers verständigt werden konnten.«

Die Meldung war zu Ende, ein Werbespot wurde eingeblendet.

»Die Vandermeer-Villa!«, rief Sclafani aus. »Die gehört doch Lang, richtig?«

»Ja, und Cauliff war der Besitzer des Nachbargrundstücks.«

»Und das heißt, dass beide finanzielle Vorteile von dem Brand hatten.«

»Genau.«

»Gut, dann schauen wir uns jetzt die restlichen Videos an. Nur für den Fall, dass wir noch etwas anderes finden, für das Jimmy Ryan so viel Geld bekommen haben könnte.«

Fast drei Stunden später waren sie noch immer auf nichts gestoßen, das mit Jimmy Ryan in Zusammenhang stand. Selbstverständlich war der Brand in der alten Villa von allen Sendern ausführlich behandelt worden.

Um auf Nummer Sicher zu gehen, ließen sie die Videos von der Technik kopieren. »Und schneiden Sie die sechs Meldungen über das Feuer in der Vandermeer-Villa zusammen«, wies Sclafani den Techniker an.

Dann kehrten sie zu einer Lagebesprechung in Sclafanis Büro zurück. »Was haben wir jetzt in der Hand?«, begann Brennan.

»Nur Zufälle, und uns beiden ist klar, dass man darauf nichts geben kann. Und die Tagebucheintragung eines zehnjährigen Mädchens, das meint, sein Vater sei beim Ansehen der Nachrichten in Tränen ausgebrochen. Vielleicht hat er ja nach ein paar Bierchen den Moralischen gekriegt.«

»Lisa Ryan zufolge hat Jimmy ihr damals erzählt, der Anruf, in dem ein Mann den Auftrag stornierte, habe sich auf eine Sache bezogen, die er bereits erledigt hatte.«

»Das lässt sich vermutlich leicht überprüfen.« Brennan stand auf. »Es ist schon öfter passiert, dass Obdachlose versehentlich leer stehende Gebäude angezündet haben«, sagte er nachdenklich. »Und es sind einige Leute auf diese Weise ums Leben gekommen.«

»Betrachten wir es doch einmal anders herum«, schlug Sclafani vor. »Wenn ein Obdachloser bekanntermaßen in einem verlassenen Haus übernachtet, das dann abbrennt, geht doch jeder davon aus, dass er den Brand verursacht hat.«

»Auf jeden Fall sind wir uns wohl beide einig, dass wir die Ereignisse in der Vandermeer-Villa am 9. September gründlich unter die Lupe nehmen sollten.« George Brennan zog sein Notizbuch heraus. »Schauen wir mal. Sie stand in der 28. Straße, auf der Ostseite der Seventh Avenue. Also müsste die Akte im 13. Revier liegen.«

»Ich werde mich noch mal mit dem Schlüssel von Winnie Johnson befassen«, sagte Sclafani. »Wir müssen rauskriegen, bei welcher Bank sich das Schließfach befindet.«

»Wenn es nicht schon zu spät ist.«

»Wenn es nicht schon zu spät ist«, wiederholte Sclafani. »Denn falls der achtjährige Junge aus Wilmington Recht haben sollte, hat jemand kurz vor der Explosion die Jacht verlassen. Ich nehme an, dass es sich bei dieser Person um Winifred Johnson handelte. Und die hätte auch ohne Schlüssel an das Schließfach herankommen können.«

»Ist dir klar, dass wir zurzeit Hinweisen folgen, die von einem weitsichtigen Achtjährigen und von einem zehnjährigen Mädchen stammen, das Tagebuch führt?«, seufzte Brennan. »Meine Mutter hat mich schon immer vor diesem Beruf gewarnt.«

75

Am Freitagmorgen rief Nell im Pflegeheim Old Woods Manor an und erkundigte sich nach Winifred Johnsons Mutter. Sie wurde mit der Schwesternstation im ersten Stock verbunden.

»Sie ist wirklich sehr niedergeschlagen«, sagte die Krankenschwester. »Winifred war eine ausgesprochen fürsorgliche Tochter. Jeden Samstag ist sie zu Besuch gekommen. Manchmal sogar abends während der Woche.«

Winifred, die fürsorgliche Tochter. Winifred, die Schwimmerin. Winifred, die Frau mit der Tasche. Winifred, die Geliebte von Harry Reynolds. Wer ist diese Frau wirklich gewesen?, fragte sich Nell. Oder treffen vielleicht alle diese Eigenschaften zu? Befindet sie sich jetzt womöglich in Südamerika oder auf einer dieser karibischen Inseln, die kein Auslieferungsabkommen mit den Vereinigten Staaten haben, selbst wenn die Behörden sie dort aufstöbern?

»Kann ich etwas für Mrs. Johnson tun?«, fragte sie.

»Ich glaube, das Beste wäre, wenn Sie sie besuchen«, erwiderte die Krankenschwester offen. »Sie möchte über ihre Tochter sprechen, und ich fürchte, unsere übrigen Gäste gehen ihr aus dem Weg. Leider nörgelt sie ziemlich viel.«

»Eigentlich wollte ich erst nächste Woche kommen«, erwiderte Nell. *Sie möchte über ihre Tochter sprechen,* dachte sie. Könnte Mrs. Johnson vielleicht etwas wissen, das mich zu Winifred führt – vorausgesetzt, dass sie noch lebt?

»Aber unter diesen Umständen besuche ich sie schon heute«, versprach sie. »Ich bin gegen Mittag da.«

Sie legte auf und ging zum Fenster. Es war ein grauer, regnerischer Morgen. Nach dem Aufwachen hatte sie lange mit geschlossenen Augen mit Bett gelegen und die Ereignisse der letzten beiden Wochen Revue passieren lassen.

Sie hatte sich Adams Gesicht bis in die kleinste Einzelheit vorgestellt. An jenem letzten Morgen hatte es nicht die Spur des Lächelns gezeigt, das sie bei ihrer ersten Begegnung so begeistert hatte. Er war angespannt und nervös gewesen und hatte so dringend das Haus verlassen wollen, dass er ohne Jacke und Aktenkoffer losgegangen war.

Ohne die Jacke mit dem Schließfachschlüssel Nummer 332 in der Tasche.

Ich sollte diesen Schlüssel der Polizei übergeben, überlegte Nell, als sie ins Bad ging und die Dusche anstellte. Das ist meine Pflicht. Allerdings nicht, solange ich nicht … Sie wagte nicht, den Gedanken zu Ende zu denken.

Denn inzwischen war ihr eine – ebenso absurde wie abwegige – Idee gekommen, die sie nur mithilfe des Schlüssels bestätigen konnte.

Mit dem zweiten Schlüssel finden sie die Bank auch nicht schneller, sagte sie sich, als sie sich unter die dampfende Dusche stellte.

Fast hätte sie Dan ihre Pläne anvertraut, doch am vergangenen Abend hatte sich keine Gelegenheit dazu ergeben. Er hatte das Bedürfnis gehabt, über seine Trauer und seinen Schmerz zu sprechen. Stockend und mit zitternder Stimme hatte er ihr von dem Unfall erzählt, nach dem seine Mutter verschwunden war. Von den langen Monaten im

Krankenhaus, in denen er ständig darum gebetet hatte, die Tür möge aufgehen und sie ins Zimmer kommen. Er hatte darüber geredet, wie die Liebe seiner Großeltern ihm geholfen hatte, seine Wunden an Körper und Seele zu heilen.

Schließlich sagte er: »Ich weiß, dass ich meinen Frieden finden werde, nachdem ich sie in unser Familiengrab in Maryland habe umbetten lassen. Dann werde ich nicht mehr nachts aufwachen und mich fragen, ob sie frierend, hungrig oder krank irgendwo auf der Straße herumirrt.«

Ich habe ihm geantwortet, ich glaubte wirklich daran, dass die Menschen, die wir lieben, uns niemals verlassen, dachte Nell, während sie sich das Wasser aufs Gesicht prasseln ließ. Ich habe ihm gesagt, wie Mutter und Vater sich von mir verabschiedet haben.

Er fragte, ob es bei Adam ebenso gewesen wäre, aber ich schüttelte nur den Kopf. Gestern Abend wollte ich nicht über Adam reden.

Um zehn Uhr war Nell in die Küche gegangen und hatte sich dort umgesehen. »Offenbar gehören Sie nicht zu den Junggesellen, die leidenschaftlich gerne kochen«, stellte sie grinsend fest.

Sie fand Eier, Käse und eine Tomate, die sie zu einem Omelett verarbeitete. Dazu gab es Toast und Kaffee. Beim Essen fasste er sich wieder ein wenig und konnte sogar einen kleinen Witz machen. »Haben Sie eigentlich eine Tarnkappe, Nell? Ich überlege schon die ganze Zeit, wie Sie an meinem Pförtner vorbeigekommen sind. Der ist nämlich schlimmer als ein Gefängniswärter. Von Leuten, die nicht im Haus wohnen, verlangt er normalerweise eine Blutprobe.«

»Irgendjemand im Haus veranstaltet eine Party. Ich habe mich einer Gruppe von sechs oder sieben Leuten angeschlossen, und als sie im dritten Stock ausstiegen, habe ich dem Fahrstuhlführer erklärt, dass ich zu Ihnen wollte. Ich befürchtete, Sie würden nicht an die Sprechanlage gehen oder mich wegschicken, wenn ich mich anmelde.«

»Da haben Sie sich geirrt. Ich hätte Ihnen gesagt, Sie sollen raufkommen, weil ich Sie brauche, Nell.« Er sah ihr in die Augen.

Es war schon fast Mitternacht, als Dan sie nach unten begleitete und in ein Taxi setzte. »Ich kann mich erst gegen Mittag mit Mac im Bellevue treffen«, sagte er. »Am Vormittag habe ich einige Operationen.«

Als Nell eine Viertelstunde später nach Hause kam, fand sie eine Nachricht von ihm auf dem Anrufbeantworter vor. »Nell, ich glaube, ich habe mich noch gar nicht für Ihren Besuch bedankt. Für mich war es ein Gefühl wie damals als Kind, wenn die Tür meines Krankenzimmers aufgegangen und die wunderschöne Frau, die ich liebte, hereingekommen wäre. Ich weiß, es ist ziemlich unverschämt von mir, so daherzureden, und ich schwöre, in den nächsten sechs Monaten den Mund zu halten. Schließlich sind Sie erst seit zwei Wochen verwitwet. Aber ich freue mich einfach so darüber, dass ich Ihnen begegnet bin.«

Nell nahm das Band aus dem Gerät und legte es in eine Schublade ihrer Kommode.

Nun, als sie aus der Dusche trat, dachte sie wieder an die Kassette. Sie frottierte sich kräftig ab, föhnte sich die Haare und zog eine hellblaue Garbadinehose und eine blauweiße Hemdbluse an.

Am liebsten hätte sie die Kassette wieder aus der Schublade geholt und noch einmal abgespielt, denn für sie war sie die Verheißung einer vielleicht glücklicheren Zukunft. Aber sie wusste, dass sich das ganz besondere, fast magische Gefühl von gestern Nacht heute Morgen nicht einstellen würde.

Offen gestanden, fürchtete sie sich vor dem bevorstehenden Tag. Sie spürte, dass etwas Schreckliches geschehen würde. Schon als sie nach einer unruhigen Nacht voller

Albträume die Augen aufgeschlagen hatte, hatte sie es geahnt. Eine Katastrophe stand ihr bevor, so wie sich Tornadowolken spiralförmig am Himmel zusammenballen, bevor der Sturm zuschlägt und alles zermalmt, was sich ihm in den Weg stellt.

Obwohl sie es fühlte, wusste sie nicht, was es war und wie sie es verhindern sollte. Sie gehörte dazu, war Akteurin in einer unvermeidlichen Szene, die gespielt werden wollte. Es gab kein Entrinnen. Und dank ihrer eigenen Lebenserfahrung und Gertis Erklärungen verstand sie, dass es eine Vorahnung war.

Vorahnung: Das Voraussehen eines zukünftigen Ereignisses mithilfe übersinnlicher Fähigkeiten.

So hatte Gerti es erläutert. Sie hatte es schon ein paar Mal erlebt.

Während Nell Lipgloss auftrug, sagte sie sich, dass das alles nur Unsinn war. Vorgestern, als ich glaubte, Hitze und Flammen zu spüren und keine Luft mehr zu bekommen, hielt ich das auch für Vorahnung. Doch als Dans Mutter während des Brandes erstickte, muss sie so etwas durchgemacht haben. Habe ich vielleicht Wellen von ihr aufgefangen?

Nur die Zeit konnte das beantworten.

Wieder grübelte sie über die Fragen nach, die sie die ganze Nacht gequält hatten. War wirklich jemand von Bord gesprungen? War es Winifred, die der Explosion entkommen war? Oder vielleicht ein bezahlter Killer, der sich im Maschinenraum versteckt hatte?

Oder womöglich Adam selbst?

Sie musste es erfahren. Und sie glaubte zu wissen, wo die Antwort lag.

76

Als Dan Minor das gerichtsmedizinische Institut – Ecke 13. Straße und First Avenue – betrat, wurde er im Vorraum schon von Mac erwartet.

»Entschuldigen Sie die Verspätung«, sagte Dan.

»Nicht Sie sind zu spät«, erwiderte Mac. »Sondern ich bin wie immer zu früh. Nell behauptet, das wäre meine Methode der psychologischen Kriegsführung.« Er nahm Dans Hand. »Es tut mir schrecklich leid, dass es so gekommen ist.«

Dan nickte. »Das weiß ich. Und ich bin Ihnen dankbar für Ihre Hilfe.«

»Nell war ganz entsetzt, als ich es ihr erzählte. Sie wird sich sicher bei Ihnen melden.«

»Das hat sie schon. Sie hat mich gestern Abend besucht und mir Gesellschaft geleistet.« Ein Lächeln huschte über Dans Lippen. »Nachdem sie die Leere in meinem Kühlschrank moniert hatte, hat sie mir ein wunderbares Abendessen gekocht.«

»Typisch Nell«, meinte Cornelius MacDermott. Er wies mit dem Kopf auf eine Tür, die vom Wartezimmer abging. »Ein Mitarbeiter hat die Akte Ihrer Mutter für Sie vorbereitet.«

Man hatte Quinnys Gesicht und ihr nackte Leiche fotografiert. So mager, dachte Dan. Sicher litt sie an Blutarmut. Das Gesicht war offensichtlich das gleiche wie auf dem per Computer künstlich gealterten Foto. Doch es schien, als hätte sie im Tod ihren Frieden gefunden. Die hohen Wangenknochen, die schmale Nase und die auseinander stehenden Augen waren die der jungen Frau, an die Dan sich erinnerte.

»Außer den Wunden an ihren Handflächen wies sie keine Verletzungen auf«, erklärte der Angestellte. »Der Pathologe war der Ansicht, es handle sich um Verbrennungen.«

»Das ergibt Sinn«, erwiderte Dan mit leiser, trauriger Stimme.

Es existierte noch ein Foto, das identisch war mit dem, das Dan immer bei sich trug.

»Wo ist das Bild jetzt?«, fragte er.

»In der Asservatenkammer des 10. Reviers. Man hat es als Beweisstück abgelegt.«

»*Beweisstück?* Wofür?«

»Kein Grund, sich aufzuregen«, meinte Mac beschwichtigend. »Ganz bestimmt hat sie das Haus nicht absichtlich in Brand gesetzt. Laut Expertenaussage war es in der Nacht des 9. September für diese Jahreszeit ungewöhnlich kalt. Offenbar hat Quinny verschiedene Gegenstände in den Kamin geworfen und ein Feuer angezündet. Dann ist sie nach oben zur Toilette gegangen. Die Lüftungsklappe war geschlossen, und ihre Sachen lagen zu dicht am Kamin. Binnen Minuten stand alles in Flammen.«

»Auch wenn meine Mutter bei diesem Brand gestorben ist, hat sie ihn nicht verursacht«, widersprach Dan. »Ich erkläre Ihnen den Grund.« Er holte tief Luft. »Oder vielleicht sollte ich es Ihnen besser zeigen.«

77

Nell wollte gerade das Haus verlassen, als Gerti anrief. »Nell, mein Schatz, du wolltest doch morgen die Kartons im Secondhand-Laden abgeben.«

»Ja, das habe ich nicht vergessen.«

»Wenn du Hilfe beim Packen brauchst, komme ich gerne vorbei.«

»Danke, Tante Gerti, aber das ist schon erledigt«, entgegnete Nell. »Ich habe bereits bei der Taxizentrale angerufen und einen Kleintransporter bestellt. Der Fahrer wird die Kartons für mich dorthin bringen und dort ausladen. Also brauchst du dich um nichts mehr zu kümmern.«

Gerti lachte entschuldigend. »Ich hätte mir eigentlich denken können, dass du schon alles organisiert hast. Du bist eben furchtbar tüchtig.«

»Ich fürchte, da liegst du falsch. Ich habe mich nur so ins Zeug gelegt, weil ich sämtliche Erinnerungen aus dieser Wohnung beseitigen wollte.«

»Oh, Nell, apropos: Ich habe mir ein paar Fotos angesehen und überlegt, welche ich in mein neues Album einkleben soll, und dabei ...«

»Tante Gerti, tut mir leid, aber ich bin schon zu spät dran. Ich muss weg. In einer knappen Stunde werde ich in White Plains erwartet.«

»Ach, entschuldige, mein Liebes. Dann spute dich. Sehen wir uns morgen im Laden?«

»Abgemacht. Der Fahrer kommt um zehn. Also kannst du so gegen halb elf mit mir rechnen.«

»Ausgezeichnet, Nell. Dann fahr jetzt los. Tschüss, mein Kind, bis morgen.«

Liebe Tante Gerti, dachte Nell, als sie den Hörer auflegte. Wenn sie einmal das Zeitliche segnet, werden die Aktien ihrer Telefongesellschaft in den Keller sausen.

Bevor Nell in Mrs. Johnsons Zimmer im ersten Stock ging, meldete sie sich auf der Schwesternstation. »Ich bin Nell MacDermott und wollte Mrs. Johnson besuchen. Wir haben heute Vormittag telefoniert.«

Die Schwester, eine freundliche, grauhaarige Frau, stand auf. »Ich habe ihr gesagt, dass Sie kommen, Ms. MacDermott. Ich dachte, es würde sie aufmuntern, und das tat es auch, allerdings nur kurz. Inzwischen hat sie nämlich einen Anruf von ihrem Vermieter bekommen. Offenbar will er, dass ihre Möbel aus der Wohnung verschwinden, und das hat sie schrecklich aufgeregt. Ich fürchte, sie wird ihre Wut an Ihnen auslassen.«

Auf dem Weg den Flur entlang kamen sie an einem kleinen Esszimmer vorbei. Drei Tische waren besetzt. Gerade wurde das Mittagessen serviert. »Unten haben wir noch einen großen Speisesaal, aber manche Bewohner finden es angenehmer, morgens und mittags auf ihrer Etage zu essen. Wir versuchen, es ihnen recht zu machen«, erklärte die Schwester.

»Soweit ich es beurteilen kann, lesen Sie Ihren Gästen jeden Wunsch von den Augen ab«, stellte Nell fest.

»Wir versagen nur in einem Punkt: Wir können sie nicht glücklich machen. Und leider wäre es das, was sie am meisten brauchen. Sie sind alt. Sie haben Schmerzen. Sie vermissen ihre Ehepartner und Kinder. Manche gewöhnen sich an das Leben hier. Andere hingegen nicht, und es ist schrecklich, sie leiden zu sehen. Eine Redensart besagt, dass sich die Eigenschaften eines Menschen im Alter verstärken. Unserer Erfahrung nach haben Leute, die schon immer optimistisch eingestellt waren, die besten Chancen, einigermaßen zufrieden zu werden.«

Fast hatten sie Mrs. Johnsons Zimmer erreicht. »Vermutlich hat Mrs. Johnson sich nicht gut eingewöhnt«, bemerkte Nell.

»Sie weiß, dass sie es ausgezeichnet getroffen hat. Doch wie die meisten Menschen wäre sie lieber zu Hause in ihren eigenen vier Wänden. Und außerdem erträgt sie es nicht, dass sie nicht im Mittelpunkt steht. Ich bin sicher, Sie werden es von ihr selbst erfahren.«

Die Tür zu Mrs. Johsons Zimmer stand einen Spalt weit hoffen. Die Schwester klopfte an. »Besuch für Sie, Mrs. Johnson.«

Ohne eine Antwort abzuwarten, schob sie die Tür auf. Nell folgte ihr hinein.

Rhoda Johnson lag im Schlafzimmer der kleinen Wohnung auf ihrem Bett. Sie hatte sich auf Kissen gestützt und mit einer Wolldecke zugedeckt.

Als die beiden Frauen hereinkamen, schlug sie die Augen auf. »Nell MacDermott?«, fragte sie.

»Ja.« Entsetzt bemerkte Nell, wie sich die alte Dame seit ihrem letzten Besuch verändert hatte.

»Ich möchte, dass Sie mir einen Gefallen tun. Winifred hat mir immer Kuchen in einem Einkaufszentrum etwa anderthalb Kilometer von hier geholt. Könnten Sie das für mich erledigen? Das Essen hier bringe ich nicht runter, es ist zu fad.«

Oh, Mann, dachte Nell. »Aber gerne, Mrs. Johnson.«

»Unterhalten Sie sich gut«, sagte die Krankenschwester fröhlich.

Nell holte sich einen Stuhl und setzte sich neben das Bett. »Offenbar fühlen Sie sich heute nicht wohl, Mrs. Johnson«, meinte sie.

»Es geht so. Aber die Leute hier sind nicht sehr freundlich. Sie wissen, dass ich aus einfachen Verhältnissen stamme, und deshalb zeigen sie mir die kalte Schulter.«

»Das würde ich nicht so sehen. Die Schwester, die mich gerade hergebracht hat, hat vorgeschlagen, dass ich Sie heute besuche, weil Sie ein wenig niedergeschlagen sind. Und die Dame, die mich letzte Woche begleitet hat, schien Sie auch sehr gern zu haben.«

»Sie sind in Ordnung. Aber die Leute vom Zimmerservice und das Reinungspersonal sind ziemlich unfreundlich, seit Winifred nicht mehr da ist und ihnen immer wieder mal zwanzig Dollar zusteckt.«

»Das war sehr großzügig von ihr.«

»Und wie sich herausgestellt hat, eine Geldverschwendung. Man sollte doch meinen, dass man nach ihrem Tod ein wenig Mitleid mit mir hätte.«

Rhoda Johnson brach in Tränen aus. »Das war schon immer so … die Leute nutzen mich aus. Seit zweiundvierzig Jahren habe ich nun schon diese Wohnung, und nun verlangt der Vermieter, dass ich in zwei Wochen ausgezogen bin. In den Schränken hängen meine Kleider. Das gute Porzellan meiner Mutter steht noch da. Ob Sie es glauben oder nicht, aber ich habe in all den Jahren nicht eine einzige Tasse zerbrochen.«

»Mrs. Johnson, ich muss rasch die Krankenschwester etwas fragen. Ich bin gleich zurück«, sagte Nell.

In weniger als fünf Minuten war sie wieder da. »Gute Nachrichten«, verkündete sie. »Es ist genauso, wie ich gedacht habe. Sie können Ihre eigenen Möbel hierher holen, wenn Sie das möchten. Warum fahren wir nächste Woche nicht gemeinsam in Ihre Wohnung, und Sie suchen sich aus, was Sie gerne mitnehmen wollen. Dann kümmere ich mich darum, dass alles angeliefert wird.«

Rhoda Johnson betrachtete sie argwöhnisch. »Warum tun Sie das?«

»Weil Sie Ihre Tochter verloren haben und weil Sie mir leid tun«, erwiderte Nell. »Und es wird Ihnen besser gehen, wenn Sie Ihre Lieblingsstücke um sich haben. Ich würde Ihnen gerne dabei helfen.«

»Vielleicht glauben Sie, mir etwas schuldig zu sein, weil

Winifred auf der Jacht Ihres Mannes war. Wenn Sie bei Walters und Arsdale geblieben und nach der Arbeit gleich nach Hause gegangen wäre, würde sie heute noch leben!«

Rhoda Johnsons Gesicht verzerrte sich vor Schluchzen. Tränen flossen ihr über die Wangen. »Ich vermisse Winifred so sehr. Keinen einzigen Besuch am Samstag hat sie ausfallen lassen – nicht ein Mal. Abends während der Woche hat sie es nicht immer geschafft, aber der Samstag war immer unser Tag. Das letzte Mal habe ich sie am Abend vor ihrem Tod gesehen.«

»Das wäre der Donnerstag vor zwei Wochen gewesen«, meinte Nell. »Haben Sie sich gut unterhalten?«

»Sie war ein wenig nervös und sagte, sie habe eigentlich noch zur Bank gehen wollen, sei aber zu spät dran gewesen.«

Automatisch stellte Nell die nächste Frage: »Erinnern Sie sich noch, um wie viel Uhr sie an diesem Abend kam?«

»Es war noch nicht richtig Abend. Erst fünf Uhr. Das weiß ich noch, weil es gerade Essen gab, als sie eintraf. Ich esse immer um fünf.«

Und Banken schließen um fünf, dachte Nell. Winifred hätte genug Zeit gehabt, zu einer Bank in Manhattan zu gehen, bevor sie nach White Plains fuhr. Also wollte sie offenbar zu einer Bank hier in der Nähe.

Rhoda Johnson wischte sich mit dem Handrücken über die Augen. »Ich weiß, ich sollte mich nicht ständig beklagen. Ich werde so und so nicht mehr lange leben. Mein Herz macht nicht mehr mit, und es wird immer schlimmer. Ich habe Winifred öfter gefragt, was sie tun würde, wenn ich einmal nicht mehr bin. Und wissen Sie, was sie geantwortet hat?«

Nell wartete ab.

»Sie sagte, sie würde ihren Job kündigen und das erstbeste Flugzeug irgendwohin nehmen. Ich hielt das für einen Witz.« Sie seufzte. »Ich darf Sie nicht weiter aufhalten,

Nell. Ihr Besuch hat mir sehr gut getan. Sie hatten mir doch versprochen, mir heute noch den Kuchen zu besorgen.«

Die Bäckerei befand sich in einem Einkaufszentrum, etwa zehn Autominuten vom Pflegeheim entfernt. Nell kaufte den Kuchen und verharrte dann eine Weile auf dem Gehweg vor der Bäckerei. Der Regen hatte nachgelassen, doch der Himmel war noch immer bewölkt. In rechtem Winkel zum Einkaufszentrum stand eine große Bank mit einer eigenen kreisförmigen Auffahrt und einem separaten Parkplatz. Warum nicht?, dachte Nell, ging zum Auto und beschloss, dort den Anfang zu machen.

Sie fuhr zur Bank, parkte und trat ein. »SCHLIESSFÄCHER« verkündete ein Metallschild auf der Theke eines Schalters am Ende des Raums.

Nell schlenderte zu dem Schalter hinüber und öffnete ihre Umhängetasche. Ihrer Brieftasche entnahm sie den kleinen Umschlag, den sie in der Innentasche von Adams Sakko gefunden hatte.

Dann ließ sie den Schlüssel auf die Theke gleiten. Ehe sie fragen konnte, ob er zu einem Schließfach dieser Bank gehörte, lächelte die Angestellte und reichte ihr ein Formular, das sie unterschreiben sollte.

»Ich würde gerne den Filialleiter sprechen«, sagte Nell ruhig.

Arlene Barron, die Filialleiterin, war eine gut aussehende Schwarze Anfang vierzig. »Dieser Schlüssel steht in Zusammenhang mit polizeilichen Ermittlungen«, erklärte Nell. »Ich muss sofort die Staatsanwaltschaft in Manhattan anrufen.«

Man teilte ihr mit, Sclafani und Brennan befänden sich nicht im Haus, würden aber jeden Moment zurückerwartet. Nell hinterließ die Nachricht, sie habe das Schließfach gefunden, zu dem der Schlüssel Nummer 332 passte, und nannte Arlene Barrons Namen und Telefonnummer.

»Bestimmt kommen sie mit einem Durchsuchungsbefehl her, vielleicht sogar noch heute während der Schalterstunden«, meinte Nell.

»Ich verstehe.«

»Würde es gegen den Datenschutz verstoßen, mir zu sagen, in wessen Namen das Schließfach gemietet wurde?«

Barron zögerte. »Ich weiß nicht, ob ...«

»Ist es nur unter dem Namen einer Frau eingetragen, oder ist Harry Reynolds ebenfalls zeichnungsberechtigt?«, unterbrach sie Nell.

»Ich dürfte diese Information eigentlich nicht weitergeben«, erwiderte Arlene Barron, nickte dabei aber unmerklich.

»Das habe ich mir gedacht.« Nell stand auf. »Bitte verraten Sie mir noch eines: Ist das Schließfach seit dem 9. Juni geöffnet worden?«

»Darüber führen wir keine Aufzeichnungen.«

»Falls jemand versuchen sollte, sich Zutritt zu dem Schließfach zu verschaffen, bevor die Polizei eintrifft, halten sie denjenigen bitte auf. Sofern das Schließfach nicht schon geleert wurde, enthält es vielleicht wichtige Beweisstücke in einem mehrfachen Mord.«

Sie stand schon in der Tür, als Arlene Barron ihr nachrief: »Ms. MacDermott, Sie haben Ihre Tüte vergessen.«

Die Tüte mit dem Kuchen stand auf dem Boden neben dem Stuhl, wo Nell gesessen hatte. »Danke, ich habe gar nicht bemerkt, dass ich sie mit in die Bank genommen habe«, erwiderte Nell. »Ich muss den Kuchen einer alten Dame ins Pflegeheim bringen. Und sie hat sich wirklich jeden Bissen davon verdient.«

78

Als Sclafani und Brennan im 13. Revier eintrafen, wurden sie von Mac und Dan Minor erwartet.

»Schau mal, wer da steht«, flüsterte Brennan seinem Partner zu. »Der Kongressabgeordnete MacDermott. Was der wohl von uns will?«

»Ich kenne eine tolle Methode, das herauszufinden.« Sclafani näherte sich dem Empfangstresen. »Hallo, Rich«, begrüßte er den Dienst habenden Sergeant. Dann wandte er sich mit einem breiten Lächeln an Cornelius MacDermott. »Sir, ich freue mich, Sie zu sehen. Ich bin Detective Sclafani. Detective Brennan und ich stehen seit der Tragödie auf der Jacht in ständigem Kontakt mit Ihrer Enkelin. Sie war uns eine große Hilfe.«

»Nell hat Sie gar nicht erwähnt, aber das sollte mich nicht überraschen«, erwiderte Mac. »Ich habe sie zu unabhängigem Handeln erzogen, und vermutlich war ich ein ausgezeichneter Lehrer.« Er schüttelte Sclafani die Hand. »Doch heute bin ich in einer völlig anderen Angelegenheit hier. Dr. Minor braucht Informationen, die mit dem Tod seiner Mutter zusammenhängen.«

Brennan hatte sich zu ihnen gesellt. »Mein Beileid, Herr Doktor«, sagte er zu Dan. »Ist das gerade erst passiert?«

Mac antwortete für Dan. »Nein, vor neun Monaten. Dans Mutter war eine Frau mit vielen Problemen. Er suchte sie schon seit einiger Zeit. Sie ist bei dem Brand in der Vandermeer-Villa am 9. September an einer Rauchvergiftung gestorben.«

Die beiden Detectives wechselten Blicke. Zehn Minuten später saßen die vier Männer an einem langen Tisch im Konferenzraum des Reviers. Captain John Murphy, der

Schichtleiter, war ebenfalls zugegen. Die Akte und die Schachtel mit der persönlichen Habe von Dan Minors Mutter befanden sich auf dem Tisch.

Captain Murphy fasste die wichtigsten Punkte aus der Akte zusammen: »Gegen 19:34 wurde Rauch entdeckt, der aus dem Erdgeschoss der Vandermeer-Villa kam. Die Feuerwehr wurde alarmiert. Als viereinhalb Minuten später der erste Löschzug eintraf, stand der Großteil des Gebäudes bereits in Flammen. Offenbar hatte sich das Feuer über den Schacht des Lastenaufzugs bis zum Dach hin ausgebreitet. Ungeachtet der Gefahr machten sich vier Beamte der New Yorker Feuerwehr, verbunden durch eine Halteleine, daran, die ersten beiden Stockwerke zu durchsuchen, die völlig verqualmt waren. Mithilfe einer Feuerwehrleiter wurden weitere Beamte in den zweiten und dritten Stock geschickt. Im Badezimmer des dritten Stocks fanden sie eine weiße Frau. Sie hatte sich in die Badewanne geflüchtet und sich ein feuchtes Tuch übers Gesicht gedeckt. Man holte sie aus dem Haus, bevor die Flammen das Stockwerk erreichten. Trotz intensiver Wiederbelebungsmaßnahmen reagierte sie nicht und wurde um 21:30 für tot erklärt. Todesursache: Ersticken durch Rauchvergiftung.«

Der Captain warf Dan einen Blick zu. Dieser hörte aufmerksam zu, hatte die Augen gesenkt und die Hände auf dem Tisch verschränkt.

»Vielleicht ist es ein Trost für Sie, dass Ihre Mutter nicht den Flammen zum Opfer fiel. Sie ist durch die große Hitze und den Qualm ums Leben gekommen.«

»Vielen Dank«, erwiderte Dan. »Doch ich möchte wissen, warum man sie für den Ausbruch des Feuers verantwortlich macht.«

»Der Brand begann in der Bibliothek im Erdgeschoss. Die Fenster dieses Zimmers zerplatzten ziemlich rasch, weshalb einige Papiere auf die Straße geweht wurden.

Dabei war auch ein Sozialhilfeausweis. Deshalb haben wir Ihre Mutter zunächst falsch identifiziert. Der Ausweis gehörte einer anderen obdachlosen Frau, die behauptete, ihr sei vor einigen Stunden eine ihrer Einkaufstüten gestohlen worden.«

»Soll das heißen, dass sich eine weitere Obdachlose in dem Gebäude aufhielt?«

»Zu dieser Vermutung gibt es keine Veranlassung. Von einem zweiten Opfer ist nichts bekannt. In der Bibliothek wurden außerdem Essensreste und ein Schlafsack sichergestellt. Wir glauben, dass Ihre Mutter in der Vandermeer-Villa kampierte und versehentlich den Brand auslöste – vielleicht wollte sie sich ja etwas zu essen machen. Dann ging sie nach oben ins Bad, zufällig das Einzige, das im Haus noch funktionierte, und wurde dort von den Flammen eingeschlossen. Falls sie versucht haben sollte zu fliehen, hätte sie wahrscheinlich wegen des dichten Qualms nicht einmal die Treppe gefunden.«

»Nun möchte ich Ihnen etwas über meine Mutter erzählen«, sagte Dan. »Sie hatte eine Todesangst vor Feuer, besonders vor Flammen in einem offenen Kamin. Niemals hätte sie freiwillig einen Kamin angezündet.«

Er bemerkte die höflichen und zweifelnden Mienen der Polizisten. »Mein Vater hat meine Mutter verlassen, als ich drei Jahre alt war. Danach erkrankte sie an einer Depression und begann stark zu trinken. Tagsüber hatte sie sich im Griff, doch abends, nachdem ich im Bett war, betrank sie sich bis zur Bewusstlosigkeit.«

Dans Stimme zitterte. »Ich erinnere mich noch, welche Sorgen ich mir als Kind um sie machte. Ich wachte auf und schlich mich mit meiner Decke nach unten. Jedes Mal schlief sie auf dem Sofa, eine leere Flasche neben sich. Damals zündete sie gern ein Feuer im Kamin an und las mir daneben auf dem Sofa vor, ehe ich ins Bett ging. Als ich eines Nachts wieder nach ihr sah, lag sie bewusstlos auf dem Boden genau vor dem Kamin. Ich schüttelte die Decke aus und wollte sie zudecken, doch ein Zipfel geriet mir dabei in den Kamin. Und als ich die Decke zurückziehen wollte, fing mein Schlafanzug Feuer.«

Er stand auf, zog die Jacke aus und knöpfte sein Hemd auf. »Beinahe hätte ich diesen Arm verloren«, sagte er, während er den Ärmel hochkrempelte. »Fast ein ganzes Jahr verbrachte ich im Krankenhaus, musste unzählige Hauttransplantationen über mich ergehen lassen und wieder lernen, den Arm zu benutzen. Ich litt schreckliche Schmerzen. Meine Mutter hatte solche Schuldgefühle und große Angst vor einer möglichen Anzeige wegen Vernachlässigung der Aufsichtspflicht. Nach einer langen Nacht an meinem Krankenbett verschwand sie und kam nie zurück. Sie konnte es nicht ertragen, mein Leid mit anzusehen.

Wir wussten nicht, wo sie war, bis wir sie vor sieben Jahren in einer Fernsehdokumentation über Obdachlose in New York sahen. Ein Privatdetektiv, an den wir uns wandten, sprach mit einigen Leuten in den Unterkünften, die sie kannten. Jeder hatte etwas anderes zu berichten, doch in einem Punkt waren sie sich alle einig: Beim Anblick von offenem Feuer geriet sie in Panik.«

Dans rechter Arm war von oben bis unten mit Brandnarben bedeckt. Er schüttelte die Hand und streckte den Arm aus. »Es dauerte eine Weile, bis die Beweglichkeit zurückkehrte«, sagte er. »Und es sieht auch nicht sehr hübsch aus. Aber die Freundlichkeit der Ärzte und Schwestern, die ich als Kind erleben durfte, ist der Grund, warum ich heute ein verdammt guter Chirurg bin und die Abteilung für Brandverletzte leite.«

Er rollte den Hemdsärmel herunter und knöpfte ihn zu. »Vor ein paar Monaten begegnete ich einer Obdachlosen namens Lilly, die mit meiner Mutter befreundet war. Wir sprachen ausführlich über sie, und Lilly erwähnte ebenfalls, meine Mutter hätte große Angst vor Feuer gehabt.«

»Sie scheinen sich Ihrer Sache sehr sicher zu sein, Herr Doktor«, meinte Jack Sclafani. »Natürlich ist es durchaus möglich, dass Karen Renfrew, die Frau, deren Sozialhilfeausweis angeblich gestohlen wurde, den Brand verursacht hat. Die Villa war sehr groß. Vielleicht wusste sie gar nicht, dass Ihre Mutter sich ebenfalls im Haus aufhielt.«

»Ich halte das für wahrscheinlich. Soweit ich weiß, suchte sich meine Mutter stets einen Ort, an dem sie allein sein konnte, wenn sie wieder ihre Depressionen bekam.«

Dan zog seine Jacke an. »Ich konnte meine Mutter nicht vor sich selbst retten«, sagte er. »Dafür aber ihren Ruf. Ich möchte, dass sie nicht mehr als Verdächtigte in diesem Brandfall betrachtet wird.«

Das Telefon läutete. »Ich habe doch Anweisung erteilt, niemanden durchzustellen«, brummte der Captain, hob ab und lauschte. »Für Sie, Jack.«

Sclafani nahm den Hörer entgegen. »Sclafani am Apparat«, zischte er.

Nachdem er aufgelegt hatte, sah er Brennan an. »Nell MacDermott hat uns vor einer guten Stunde eine Nachricht hinterlassen. Sie hat die Bank gefunden, und zwar in Westchester in der Nähe des Pflegeheims, in dem Winifred Johnsons Mutter lebt. Wir werden erwartet.«

Er hielt inne. »Da wäre noch etwas. Heute Morgen habe ich in North Dakota angerufen, weil unser Mann dort sich nicht mehr gemeldet hat. Gerade hat er unsere Nachricht bekommen und zurückgerufen. Sein Bericht über Adam Cauliff ist nun vollständig. Er faxt ihn uns gerade.«

»Wovon reden Sie?«, fragte Mac. »Was hat Nell vor, und warum ermitteln Sie gegen Adam Cauliff?«

»Wie ich bereits sagte, hat Ihre Enkelin uns sehr bei unseren Nachforschungen geholfen, Sir«, erwiderte Sclafani. »Unser Kontaktmann in North Dakota hat versucht, etwas über Cauliffs Vergangenheit herauszufinden. Offenbar ist er auf einige Besorgnis erregende Informationen gestoßen. Es scheint, als hätte Adam Cauliff Geheimnisse gehabt, von denen weder Sie noch Ihre Enkelin etwas erfahren durften.«

79

Als Nell in die Stadt zurückfuhr, begann es wieder zu regnen. Sintflutartige Sturzbäche prasselten gegen die Windschutzsscheibe.

Immer wieder flackerten die Bremslichter ihres Vordermannes rot auf, während sich der zähfließende Verkehr allmählich in einen ausgewachsenen Stau verwandelte.

Nell schnappte nach Luft, denn ein leichter Zusammenstoß auf der linken Spur führte dazu, dass ein Auto unvermittelt nur wenige Zentimeter vor ihr einscherte. Sie hätte die Beifahrertür fast berühren konnen.

Obwohl ihr die Ereignisse des Vormittags nicht aus dem Kopf wollten, zwang sie sich, sich auf den Verkehr zu konzentrieren.

Erst als sie den Wagen in der Tiefgarage abgestellt hatte, gestattete sie sich, weiter über das, was sie heute erfahren hatte, nachzudenken.

Winifred hatte mit Harry Reynolds ein gemeinsames Schließfach gehabt.

Adam besaß ebenfalls einen Schlüssel zu diesem Schließfach.

Zuerst hatte Nell sich keinen Reim darauf machen können, aber nun hatte sie einen Verdacht: Adam *war* Harry Reynolds.

»Ist alles in Ordnung, Ms. MacDermott?« Manuel, der Fahrstuhlführer, betrachtete sie besorgt.

»Ja, danke. Nur ein bisschen wackelig auf den Beinen. Die Fahrt hierher war die Hölle.«

Es war fast drei Uhr, als sie ihre Wohnungstür aufschloss und eintrat.

Ein Zufluchtsort! Inzwischen wünschte sie sich nichts sehnlicher, als Adams Sachen loszuwerden. Ganz gleich, was sonst noch ans Licht kam – offenbar hatten Winifred und er ein heimliches Verhältnis gehabt. Vielleicht war es eine rein geschäftliche Beziehung gewesen, und er hatte sie nur in dem Glauben gewiegt, dass noch mehr möglich wäre. Obwohl Nell es noch immer nicht glauben wollte, war es durchaus möglich. Die Antwort mochte aussehen, wie sie wollte, jedenfalls sollte sie nichts mehr in ihrer Wohnung an Adam erinnern.

Ich bin verliebt in die Liebe ...

Das wird mir nie wieder passieren!, schwor sich Nell.

Du wirst es nie mehr nötig haben, so einen Fehler zu machen, sagte sie sich.

Ihr Anrufbeantworter blinkte, offenbar waren Nachrichten darauf. Die erste war von ihrem Großvater: »Nell, Dan und ich haben uns wegen des Todes seiner Mutter die Ermittlungsakten angesehen. Zufällig haben wir die Detectives Sclafani und Brennan kennen gelernt. Du hast ihnen etwas ausrichten lassen. Nun haben sie offenbar Informationen über Adam, die, wie ich fürchte, ziemlich unschön sind. Gegen fünf kommen die beiden zu mir ins Büro. Dan wird ebenfalls da sein, und ich möchte, dass du auch dabei bist.«

Darauf folgte eine Nachricht von Dan: »Nell, ich mache mir Sorgen um Sie. Ich habe mein Mobiltelefon bei mir. Bitte rufen Sie mich so bald wie möglich an. Die Nummer ist 917-555-1285.« Sie wollte das Gerät schon abschalten, als sie wieder seine Stimme hörte: »Nell, ich sage es noch einmal: Ich brauche Sie.«

Wehmütig lächelnd, löschte Nell die Nachrichten. Dann ging sie in die Küche und öffnete den Kühlschrank. Und ich mokiere mich noch über seine miserable Vorratshaltung, dachte sie beim Anblick des kärglichen Inhalts.

Ich habe zwar keinen Hunger, aber irgendwas muss ich essen. Sie entschied sich für einen Apfel. Beim Hineinbeißen erinnerte sie sich an eine längst vergangene Geschichtsstunde. Anne Boleyn hatte auf dem Weg zum Schaffott einen Apfel verlangt – oder sogar gegessen?

Welches von beidem stimmte? Plötzlich wollte Nell es ganz genau wissen.

Lass Tante Gerti zu Hause sein, flehte sie, als sie zum Telefon griff.

Zum Glück hob Gerti schon beim ersten Läuten ab. »Nell, mein Kind, heute ist ein wunderschöner Tag. Ich klebe gerade die Fotos ins Album, die ich bei meinen Partys von den Mitgliedern unserer Hellsehergruppe gemacht habe. Kennst du Raoul Cumberland, der inzwischen so oft im Fernsehen ist? Vor vielen Jahren war er bei mir zu Besuch. Das hatte ich ganz vergessen. Und ...«

»Tante Gerti, ich unterbreche dich ja nur ungern, aber ich habe einen verrückten Tag hinter mir«, sagte Nell. »Ich muss dich etwas fragen. Morgen bringe ich fünf Kartons mit Kleidern vorbei. Das sind viel zu viele, als dass du sie allein heben, sortieren und aufhängen könntest. Also werde ich den Fahrer wegschicken und dir bei der Arbeit helfen.«

»Das ist aber lieb von dir.« Tante Gerti lachte nervös auf. »Doch das ist gar nicht nötig, mein Schatz.« Wieder lachte sie. »Ich habe bereits eine Hilfe. Allerdings habe ich ihr versprochen, es niemandem zu verraten. Sie will sich nicht in das Privatleben ihrer Klienten einmischen, obwohl ...«

»Tante Gerti, Bonnie Wilson hat mir mehr oder weniger offen gesagt, dass sie sich als freiwillige Helferin im Secondhand-Laden zur Verfügung stellen will.«

»Hat sie das?«, fragte Gerti gleichzeitig erleichtert und überrascht. »Das ist wirklich reizend von ihr.«

»Verrate Bonnie bitte nicht, dass ich auch da sein werde«, bat Nell sie. »Bis morgen.«

»Ich bringe mein Album mit«, versprach Gerti.

80

Karen Renfrew saß gerne im Central Park auf einer Bank, unweit des Restaurants Tavern on the Green. Umgeben von ihren Plastiktüten, genoss sie den Sonnenschein, beobachtete die Rollschuhfahrer und Jogger, die Kindermädchen mit ihren Kinderwagen und die Touristen. Besonders gut gefiel es ihr, wenn die Touristen angesichts der Sehenswürdigkeiten vor Staunen die Augen aufrissen.

Ihre Sehenswürdigkeiten. *Ihr* New York. Die beste Stadt auf der ganzen Welt.

Nach dem Tod ihrer Mutter war Karen eine Weile in einem Krankenhaus gewesen. »Zur Untersuchung«, hatte es geheißen. Dann hatte man sie entlassen. Ihre Vermieterin wollte sie nicht mehr aufnehmen. »Sie machen nichts als Ärger. Sie und der ganze Müll, den sie sammeln.«

Doch das war *kein* Müll, sondern ihre Sachen. Sie freute sich, diese Dinge zu besitzen. Ihre Sachen waren ihre Freunde. Jede einzelne Tüte in ihren beiden Einkaufswagen – von denen sie einen schob und den anderen hinter sich herzog – war wichtig für sie. Und jeder einzelne Gegenstand hatte eine Bedeutung.

Karen liebte ihre Sachen, ihren Park, ihre Stadt. Heute jedoch war kein besonders schöner Tag. Es waren kaum Leute im Park, und es regnete zu stark. Karen holte ihre Plastikplane heraus und breitete sie über sich selbst und über die Einkaufswagen. Wenn die Polizei vorbeikam, würde sie sie vermutlich vertreiben. Doch bis dahin wollte sie es sich hier gemütlich machen.

Sie mochte den Park auch im Regen. Sie hatte den Regen sogar gern, denn er war sauber und freundlich. Selbst wenn er so heftig war wie heute.

»Karen, wir müssen mit dir reden.«

Als sie die barsche Männerstimme hörte, spähte sie unter ihrer Plastikplane hervor.

Neben ihren Einkaufswagen stand ein Polizist. Wahrscheinlich würde er sie wieder ausschimpfen, weil sie sich weigerte, in einer Obdachlosenunterkunft zu leben. Oder noch schlimmer: Er würde sie zusammen mit lauter schrecklichen Verrückten in irgendein Loch pferchen.

»Was wollen Sie?«, fragte sie deshalb verärgert, doch sie wusste, dass sie ihn würde begleiten müssen.

Dieser Polizist war nicht so unfreundlich wie die anderen. Er half ihr sogar mit ihren Sachen. Auf der Straße angekommen, hob er einen der Einkaufswagen in seinen Kleintransporter.

»Aufhören!«, schrie sie. »Das ist mein Eigentum. Fassen Sie es bloß nicht an!«

»Das weiß ich, Karen. Aber wir müssen dir auf dem Revier ein paar Fragen stellen. Danach fahre ich dich mit all deinen Sachen wieder zurück oder auch woandershin, wie du möchtest. Ehrenwort. Vertrau mir, Karen.«

»Was bleibt mir anderes übrig?«, höhnte Karen, während sie den Polizisten aufmerksam beobachtete, damit er ja nichts von ihrer kostbaren Habe verlor.

81

Nell wählte Bonnie Wilsons Nummer. Nach dem vierten Läuten sprang der Anrufbeantworter an.

»Um einen Termin bei der international anerkannten Hellseherin Bonnie Wilson zu vereinbaren, hinterlassen Sie bitte Namen und Telefonnummer«, verkündete eine blecherne Stimme.

»Bonnie, hier spricht Nell MacDermott. Ich störe Sie ja nur ungern«, sagte Nell in entschuldigendem Ton. »Aber es wäre mir sehr wichtig, mich noch einmal mit Ihnen zu treffen. Ich weiß nicht, ob es möglich ist, aber können Sie für mich wieder Kontakt zu Adam herstellen? Ich muss dringend mit ihm sprechen, denn ich habe eine Frage an ihn. Ich bin zu Hause und erwarte Ihren Anruf.«

Eine knappe Stunde später klingelte das Telefon. Bonnie war am Apparat. »Nell, es tut mir leid, dass ich mich so spät melde, doch ich habe Ihre Nachricht eben erst erhalten. Ich war bei einer Klientin. Natürlich können Sie sofort zu mir kommen. Ich weiß nicht, ob ich Kontakt zu Adam kriege, aber ich kann es versuchen. Ich tue mein Bestes.«

»Das glaube ich Ihnen aufs Wort«, erwiderte Nell bemüht freundlich.

82

Jack Sclafani und George Brennan holten sich Sandwiches in einem Imbiss und brachten sie ins Büro. Bevor sie Mittagspause machen konnten, hatten sie noch einiges zu erledigen. Zuerst riefen sie die Filialleiterin der Westchester Exchange Bank an. Danach besorgten sie sich einen richterlichen Durchsuchungsbefehl für das Schließfach Nummer 332. Und zu guter Letzt baten sie den Staatsanwalt, andere Kollegen mit der Öffnung des Schließfaches zu beauftragen.

Zwar waren sie neugierig auf den Inhalt, doch sie wollten unbedingt im Revier sein, wenn man Karen Renfrew fand, die Obdachlose, deren Sozialhilfeausweis vor der Vandermeer-Villa sichergestellt worden war. Sobald sie hergebracht wurde, wollten sie sie befragen.

Erst um drei Uhr hatten sie Zeit, ihre Sandwiches zu verspeisen. Essend saßen sie in Jacks Büro und lasen dabei den ausführlichen Bericht ihres Kollegen aus North Dakota.

»Der Staatsanwalt sollte diesen Typen aus Bismarck einstellen«, meinte Sclafani. »In ein paar Tagen hat er mehr Dreck zutage gefördert als ein Klatschreporter in seinem ganzen Leben.«

»Ziemlich unschöne Dinge«, merkte Brennan an.

»Cauliff stammt aus kaputten Verhältnissen. Seine Jugendstrafakte wurde gelöscht, doch schau dir an, weswegen er verknackt wurde: Ladendiebstahl und Bagatelldelikte. Mit siebzehn wurde er wegen des Todes eines Onkels vernommen, aber nicht angeklagt. Cauliffs Mutter erbte von diesem Onkel ein ordentliches Sümmchen. Deshalb konnte Cauliff das College besuchen.«

»Woher hat dein Kontaktmann all diese Informationen?«

»Ausgezeichnete Polizeiarbeit. Er hat einen pensionierten Sheriff mit gutem Gedächtnis ausfindig gemacht. Außerdem einen Professor des Colleges, der keine Angst hatte, offen zu reden. Lies weiter.«

»Chronischer Lügner. Blender. Stand in Verdacht, sich vor der Abschlussprüfung am College die Prüfungsunterlagen beschafft zu haben. Gefälschte Arbeitszeugnisse bei seiner ersten Stelle in Bismarck. Sein Chef legte ihm die freiwillige Kündigung nahe. Bei seinem zweiten Job hatte er ein Verhältnis mit der Frau des Firmeninhabers. Fristlos gekündigt. An seinem dritten Arbeitsplatz ging man davon aus, dass er den Inhalt von Angeboten an Konkurrenzfirmen verkauft hat.

Der Bericht endet mit den Worten, ich zitiere«, las Sclafani vor, »sein letzter Arbeitgeber in Bismarck sagte: ›Adam Cauliff war felsenfest davon überzeugt, dass er ein Recht darauf hatte, alles zu bekommen, was er wollte; sei es nun eine Frau oder materiellen Besitz. Ich habe seine Akte einem Freund vorgelegt, der Psychiater ist. Seiner Ansicht nach leidet Adam Cauliff an einer schweren Persönlichkeitsstörung und ist vermutlich ein ausgewachsener Soziopath. Wie viele dieser Leute ist er hochintelligent und, oberflächlich betrachtet, sehr charmant. Sein Verhalten im Alltag mag unauffällig, ja, sogar makellos sein. Doch wenn sich ihm Widrigkeiten in den Weg stellen, wird er alles tun, um seine persönlichen Ziele durchzusetzen. Wirklich alles. Offenbar fühlt er sich nicht im Mindesten an die gesellschaftlichen Normen gebunden, an die die Mehrheit der Menschen sich hält.‹«

»Hoppla!«, rief Brennan aus, nachdem er zu Ende gelesen hatte. »Wie ist eine Frau wie Nell MacDermott auf so einen Kerl hereingefallen?«

»Warum lassen sich so viele kluge Frauen auf derartige Männer ein? Ich sage dir, was ich denke«, meinte Sclafani. »Es liegt daran, dass man als ehrlicher Mensch erst einmal eine schlechte Erfahrung machen muss. Erst dann begreift man, dass sich die Adam Cauliffs dieser Erde von uns unterscheiden. Und zwar auf gefährliche Weise.«

»Jetzt stellt sich nur noch die Frage, ob Adam oder Winifred Johnson von Bord der Jacht gesprungen ist.«

»Falls es sich überhaupt so abgespielt hat. Nachdem wir das Schließfach geöffnet haben, werden wir wissen, ob einer von ihnen da war und es ausgeräumt hat.«

Das Telefon läutete. Sclafani hob ab. »Gut, wir sind unterwegs.« Er sah Brennan an. »Sie haben Karen Renfrew gefunden. Sie ist im 13. Revier. Fahren wir los.«

83

Nicht einmal der riesige Regenschirm konnte verhindern, dass Nell während der wenigen Schritte vom Taxi zu Bonnie Wilsons Haustür nass wurde. Im Windfang schloss sie den Schirm und trocknete sich das Gesicht mit einem Taschentuch ab. Dann holte sie tief Luft und drückte auf den Klingelknopf.

Bonnie wartete nicht ab, bis sie über die Gegensprechanlage ihren Namen genannt hatte. »Hallo, Nell«, sagte sie und drückte auf den Türöffner zur Vorhalle.

Der Aufzug keuchte in den fünften Stock hinauf. Als Nell aus dem Lift trat, sah sie Bonnie in der Wohnungstür stehen. »Kommen Sie rein, Nell.«

In der Wohnung war es dämmrig. Dennoch spürte Nell, wie ihr der Atem stockte, denn der zarte Lichtschein, der Bonnie umgab, schien sich zu verdunkeln.

»Nell, Sie sehen so besorgt aus. Kommen Sie«, wiederholte Bonnie.

Wie betäubt gehorchte Nell. Sie wusste, dass sie nicht verhindern konnte, was nun in dieser Wohnung geschehen würde. Es blieb ihr nichts anderes übrig, als sich in ihre Lage zu fügen. Die Szene musste bis zum Ende durchgespielt werden.

Während sie eintrat, schloss Bonnie die Tür hinter ihr. Nell hörte das Sicherheitsschloss und den Riegel einrasten.

»Die Feuertreppe wird repariert«, erklärte Bonnie mit leiser Stimme. »Der Hausmeister hat einen Schlüssel, und ich möchte nicht, dass er oder jemand anderer hereingestürmt kommt, während Sie hier sind.«

Nell folgte Bonnie durch den Flur. Es war totenstill, und ihre Schritte hallten auf dem Parkettboden. Als sie am Spiegel vorbeikamen, hielt Nell inne und starrte hinein.

Bonnie blieb stehen und drehte sich um. »Was ist, Nell?«

Sie standen Seite an Seite und betrachteten ihr Spiegelbild. *Siehst du es denn nicht?*, hätte Nell am liebsten geschrien. *Deine Aura ist fast völlig schwarz wie die von Winifred. Du wirst sterben.*

Dann sah sie zu ihrem Schrecken, wie die Dunkelheit sich ausbreitete und sie ebenfalls einhüllte.

Bonnie zupfte sie am Ärmel. »Nell, meine Liebe, kommen Sie ins Arbeitszimmer«, drängte sie. »Es ist Zeit, mit Adam zu sprechen.«

84

Dan war ins Krankenhaus gegangen, um nach zwei frisch operierten Patienten zu sehen. Erst um halb fünf konnte er sich loseisen. Wieder rief er bei Nell an, aber es war noch immer niemand zu Hause. Vielleicht hat Mac ja von ihr gehört, dachte er.

Cornelius MacDermott erwiderte, seine Enkelin habe sich zwar nicht bei ihm gemeldet, dafür aber seine Schwester. »Es ist schon schlimm genug, dass sie Nell zu einer übergeschnappten Wahrsagerin geschickt hat. Und jetzt fängt sie auch noch an, mich mit diesem Kram zu belästigen. Sie macht sich Sorgen, weil sie eine Vorahnung hat, dass Nell etwas zustoßen würde.«

»Was hat das Ihrer Ansicht nach zu bedeuten, Mac?«

»Dass sie nichts Besseres zu tun hat als herumzusitzen und zu grübeln. Schauen Sie sich diesen Regen an. Vermutlich hat sich Gertis Arthritis wieder verschlimmert, und nun deutet sie ihr eigenes Unwohlsein als eine Art übersinnliche Warnung – frei nach dem Motto, geteiltes Leid ist halbes Leid. Dan, bitte bestätigen Sie mir, dass ich noch bei Verstand bin. Liz sieht mich nämlich gerade an, als ob sie auch an diesen Unsinn glauben würde.«

»Mac, gibt es einen Grund, sich um Nell Sorgen zu machen?«, fragte Dan ängstlich. Ein Unglück kommt selten allein, dachte er. Und heute reißen die unangenehmen Ereignisse offenbar nicht ab.

»Warum sollte ich mir Sorgen machen? Ich habe Gerti gebeten, zu mir ins Büro zu kommen und sich anzuhören, was die beiden Polizisten über Adam Cauliff zu berichten haben. Gerti hat ihn in den Himmel gehoben, weil er ständig um sie herumgetanzt ist und ihr die Tür aufgehalten hat. Aber Brennan meinte, sie hätten eine Menge unschöne Dinge über diesen Typen zutage gefördert. Am Telefon wollte er mir nicht sagen, was genau in dem Bericht steht, doch es hört sich ganz danach an, als könnten wir uns freuen, ihn los zu sein.

Ich erwarte die Detectives in etwa einer Stunde. Davor müssen sie noch ins 13. Revier, wo wir beide heute schon einmal waren. Sie haben die Frau gefunden, deren Sozialhilfeausweis bei dem Brand in der Villa sichergestellt wurde. Nun wird sie befragt.«

»Ich möchte zu gerne wissen, was sie geantwortet hat.«

»Das werden Sie schon noch erfahren«, erwiderte Mac ein wenig freundlicher. »Am besten kommen Sie gleich her, damit Sie alles aus erster Hand hören. Dann rufen wir Nell an, und wir drei gehen zum Abendessen.«

»Da wäre noch etwas: Hat Nell die Angewohnheit, das Telefon nicht abzunehmen? Könnte Sie zu Hause sein und einfach nicht abheben, weil sie sich nicht wohl fühlt?«

»Mein Gott, Dan, jetzt fangen Sie auch noch an.« Doch Dan stellte fest, dass Cornelius MacDermotts Stimme besorgt klang. »Ich rufe ihren Pförtner an und erkundige mich, ob er sie heute schon gesehen hat.«

85

Ich habe eine Stunde vor dem Brand gemeldet, dass die Tüte mit meinen schönen Sachen gestohlen wurde«, sagte Karen Renfrew zornig. Sie saß mit Captain Murphy, Sclafani und Brennan in demselben Konferenzraum, wo zuvor die Besprechung mit Cornelius MacDermott und Dan Minor stattgefunden hatte.

»Wo haben Sie es denn gemeldet, Karen?«, fragte Sclafani.

»Bei einem Polizisten, der gerade im Streifenwagen vorbeifuhr. Ich habe ihn angehalten. Und wissen Sie, was er geantwortet hat?«

Ich kann es mir vorstellen, dachte Brennan.

»Er meinte: ›Ach, Lady, haben Sie nicht schon genug Müll in diesen Wagen? Was macht es schon, wenn eine Tüte rausgefallen ist?‹ Aber sie ist ganz bestimmt nicht rausgefallen. Sie wurde gestohlen.«

»Das bedeutet, dass der Dieb offenbar in der Villa kampiert hat«, stellte Captain Murphy fest. »Und auch den Brand verursacht hat, bei dem Dr. Minors Mutter ums Leben kam. Und das wiederum heißt …«

Karen Renfrew fiel ihm ins Wort: »Ich kann den Polizisten beschreiben. Er war fett, und er saß im Streifenwagen mit einem Kollegen, der Arty hieß.«

»Wir glauben Ihnen ja, Karen«, beschwichtigte sie Sclafani. »Wo waren Sie denn, als Ihre Tüte gestohlen wurde?«

»In der 100. Straße. Ich hatte einen hübschen Hauseingang gefunden, gleich gegenüber von dem alten Mietshaus, das gerade renoviert wurde.«

Sclafani merkte auf. »Welche Avenue kreuzt dort die 100. Straße, Karen?«

»Die Amsterdam. Warum?«

»Ja, was für einen Unterschied macht das?«, erkundigte sich Murphy.

»Vielleicht keinen. Oder einen sehr großen. Ein Fall, in dem wir gerade ermitteln, hat mit einem Typen zu tun, der Polier auf dieser Baustelle war. Laut seiner Frau war er sehr aufgebracht, weil seine Anweisungen, was diese Baustelle anging, plötzlich geändert wurden. Allerdings haben wir nichts Diesbezügliches erfahren können. Über eine veränderte Anweisung ist nichts verzeichnet. Also denken wir, dass seine Aufregung einen anderen Grund hatte. All das geschah an demselben Abend, an dem die Vandermeer-Villa abbrannte. Entweder handelt es sich um einen Zufall – das behauptet wenigstens seine Frau –, oder es besteht ein Zusammenhang.«

George Brennan sah seinen Partner an. Die beiden Polizisten brauchten nicht auszusprechen, dass sie gerade zu demselben Schluss gekommen waren. Jimmy Ryan hatte gegenüber der Stelle gearbeitet, wo Karen Renfrew ihr Lager aufgeschlagen hatte. Sie war Alkoholikerin. Also war es sicher nicht schwierig für ihn gewesen, ihr eine Tüte zu stehlen und sie in den Kofferraum seines Wagens zu werfen, während sie schlief. Auf diese Weise konnte man den Brand in der Villa einem Obdachlosen in die Schuhe schieben. Es war einer seltsamen Wendung des Schicksals zu verdanken, dass er die Tüte mit dem Sozialhilfeausweis erwischt hatte und dass dieser nicht verbrannt war. Endlich begannen sich die Teilchen des Puzzlespiels zusammenzufügen, und das Bild, das sich dabei ergab, war alles andere als hübsch.

Falls ich richtig liege, dachte Brennan angewidert, hat Jimmy Ryan nicht nur Brandstiftung und damit auch einen Mord auf dem Gewissen. Nein, er hat außerdem eine Obdachlose bestohlen, die verzweifelt an den Lumpen hängt, die sie sammelt.

86

»Nell, ich spüre, dass Sie sich große Sorgen machen.« Die beiden Frauen saßen an einem Tisch mitten im Raum. Bonnie hielt Nells Hände.

Bonnies Hände sind eiskalt, sagte sich Nell.

»Was möchten Sie Adam denn fragen?«, flüsterte Bonnie.

Als Nell versuchte, ihre Hände wegzuziehen, umfasste Bonnie sie nur umso fester. Sie hat Angst, schoss es Nell durch den Kopf. Und sie ist völlig ratlos. Sie hat keine Ahnung, wie viel ich bereits über Adam und die Explosion weiß und welche Vermutungen ich habe.

»Ich muss mit ihm über Winifred sprechen«, erwiderte Nell bemüht ruhig. »Ich denke, dass sie vielleicht noch lebt.«

»Warum?«

»Weil ein kleiner Junge auf einer Fähre, die gerade von der Freiheitsstatue zurückkam, die Explosion beobachtet hat. Er sagt, jemand wäre von Bord gesprungen. Ein Mensch in einem Taucheranzug. Winifred war eine ausgezeichnete Schwimmerin, und ich habe den Verdacht, dass der Junge vielleicht sie gesehen hat.«

»Möglicherweise hat er sich geirrt«, entgegnete Bonnie leise.

Nell sah sich um. Das Zimmer war dunkel. Die Jalousien waren heruntergelassen. Sie hörte nur ihr Atmen und das Prasseln des Regens gegen die Fensterscheiben.

»Ich glaube nicht, dass der Junge sich geirrt hat«, erwiderte sie mit Nachdruck. »Und ich bin fest davon überzeugt, dass jemand vor der Explosion von der Jacht entkommen ist. Im Übrigen denke ich, Sie wissen genau, wer es war.«

Sie spürte, wie Bonnie schauderte. Als ihre Hände sich zusammenkrampften, konnte Nell sich endlich losmachen.

»Bonnie, ich habe Sie im Fernsehen erlebt, und ganz bestimmt haben Sie wirklich hellseherische Fähigkeiten. Ich habe keine Ahnung, weshalb manche Menschen über diese Gabe verfügen. Auch ich hatte bereits übersinnliche Erfahrungen, die mir sehr real erschienen, aber mit der Vernunft nicht zu erklären sind. Meine Tante Gerti kennt diese Dinge ebenfalls.

Sie aber unterscheiden sich von uns. Sie haben Ihr seltenes Talent missbraucht. Wie ich mich erinnere, hat Gerti mich schon vor Jahren gewarnt, dass man seine übersinnlichen Kräfte nur für das Gute einsetzen darf. Wer sie für schlechte Zwecke nutzt, sagte sie, wird streng bestraft.«

Bonnie hörte zu und starrte Nell an. Ihre Pupillen wurden mit jedem Wort dunkler. Ihre Hautfarbe verwandelte sich in ein alabasterartiges Weiß.

»Sie haben sich an Gerti gewandt und behauptet, Adam hätte Kontakt mit Ihnen aufgenommen. Eigentlich glaube ich nicht daran, dass es möglich ist, mit Verstorbenen in Verbindung zu treten, doch damals war ich so traurig, dass ich es dennoch versuchen wollte. Als meine Eltern starben, haben sie sich von mir verabschiedet, weil sie mich liebten. Ich dachte, Adam hätte das nicht getan, weil wir uns gestritten hatten. Also wollte ich mit ihm sprechen und mich mit ihm versöhnen. Ich brauchte einen Abschied in Liebe. Deshalb war es mir so wichtig, Ihnen zu vertrauen.«

»Nell, ich bin sicher, dass Adam im Jenseits ...«

»Lassen Sie mich ausreden, Bonnie. Falls Sie tatsächlich Kontakt mit Adam hatten, war seine Botschaft an mich eine Lüge. Inzwischen weiß ich, dass er mich nicht geliebt hat. Ein Mann, der seine Frau liebt, hat keine Affäre mit seiner Sekretärin. Er eröffnet mit ihr kein Schließfach unter einem falschen Namen. Inzwischen bin ich sicher, dass ich Adam nichts bedeutet habe, denn genau das hat er nämlich getan.«

»Sie irren sich, Nell. Adam hat Sie geliebt.«

»Nein, ich habe Recht. Und außerdem bin ich nicht auf

den Kopf gefallen. Ich bin überzeugt, dass Sie entweder Adam oder Winifred helfen wollen, an den Schließfachschlüssel heranzukommen, der zufällig in Adams Sakko geblieben ist.«

Ins Schwarze getroffen, dachte Nell. Bonnie Wilson schüttelte den Kopf, doch es wirkte kaum wie ein Leugnen, eher schicksalsergeben.

»Nur zwei Menschen haben Verwendung für diesen Schlüssel: Adam und Winifred. Ich hoffte, dass Sie für Winifred arbeiten und dass Adam tot ist. Beim bloßen Gedanken, dass ich über drei Jahre lang mit einem Mann gelebt, geatmet, gegessen und geschlafen habe, der ohne mit der Wimper zu zucken drei Menschen getötet und ein Feuer gelegt hat, bei dem eine Obdachlose gestorben ist, wird mir übel.

Außerdem – und auch das ist mir wichtig – schäme ich mich bei dem Gedanken, dass ich meine Karriere, meinen Herzenswunsch, aufgegeben habe, um einem Betrüger und Dieb einen Gefallen zu tun. Dass Adam ein Verbrecher war, weiß ich nun genau. Ich kann nur beten, dass er nicht zusätzliche Menschenleben auf dem Gewissen hat.«

Nell griff in die Tasche und holte den Schließfachschlüssel heraus. »Bonnie, ich bin sicher, dass Sie den Aufenthaltsort von Adam oder Winifred kennen. Vielleicht ist Ihnen nicht klar, dass man Sie der Beihilfe zu einem mehrfachen Mord anklagen kann, wenn Sie auf irgendeine Weise mit einem der beiden zusammengearbeitet haben. Nehmen Sie diesen Schlüssel. Geben Sie ihn dem Überlebenden. Wiegen Sie ihn in dem Glauben, dass er gefahrlos nach White Plains fahren kann. Das ist Ihre einzige Chance, mildernde Umstände zu bekommen.«

»Was meinst du mit ›in dem Glauben wiegen‹, Nell?«

Sie hatte nicht gehört, dass sich Schritte näherten. Entsetzt wandte sie sich um.

Hinter ihr stand Adam.

87

Dan Minor blickte aus dem Fenster und hoffte, der sintflutartige Regen würde endlich aufhören. Doch leider goss es weiter wie aus Kannen. Die Tropfen prasselten gegen die Scheibe und flossen wie ein Wasserfall daran herunter. Seine Großmutter hatte immer gesagt, die Engel weinen, wenn es derart regnete. An diesem Tag empfand Dan diesen Gedanken als ziemlich Besorgnis erregend.

Wo ist Nell?, fragte er sich.

Sie hatten sich alle in Macs Büro versammelt: Dan, Mac, Gerti, Liz und die beiden Detectives, die soeben eingetroffen waren.

Nells Pförtner hatte bestätigt, sie sei gegen drei Uhr nach Hause gekommen und kurz nach vier wieder gegangen. Also muss sie meine Nachricht abgehört haben, dachte Dan. Warum hat sie nicht zurückgerufen?

Der Fahrstuhlführer erzählte, sie habe niedergeschlagen gewirkt.

Jack Sclafani und George Brennan wurden mit Liz und Gerti bekannt gemacht. Sclafani eröffnete den Bericht. »Fangen wir mit der Obdachlosen an, die wenige Stunden vor dem Brand in der Villa den Diebstahl einer Plastiktüte gemeldet hat. Der Polizist, an den sie sich an diesem Tag wandte, bestätigt die Geschichte. Also glauben wir, dass sie das Feuer in der Vandermeer-Villa nicht verursacht hat.

Wahrscheinlich werden wir es nie eindeutig beweisen können, doch wir sind felsenfest davon überzeugt, dass Winifred Johnson Jimmy Ryan – eines der Opfer der Explosion auf der Jacht – dafür bezahlt hat, den Brand zu legen und die Schuld einem Obdachlosen in die Schuhe zu schieben.«

»Das heißt, meine Mutter …«, fiel Dan ihm ins Wort.
»Das heißt, Ihre Mutter ist frei von jedem Verdacht.«
»Denken Sie, dass Winifred Johnson in eigenem Auftrag gehandelt hat? Oder befolgte sie Adams Anweisungen?«, erkundigte sich Mac.
»Wir nehmen an, dass Adam Cauliff der Drahtzieher war.«
»Ich verstehe nur nicht, welchen Nutzen er von dem Brand hatte«, meinte Gerti.
»Er hatte das Kaplan-Grundstück gleich neben der alten Villa gekauft. Und er war schlau genug zu wissen, dass der Wert des Grundstücks ernorm steigen würde, wenn die Villa verschwand und die Nutzung nicht mehr durch den Denkmalschutz eingeschränkt würde. Dann wollte er sich an Peter Lang, den Besitzer des Vandermeer-Grundstücks, wenden und ihm ein Geschäft vorschlagen. Außerdem war er so von sich überzeugt, dass er glaubte, den Bauunternehmer zwingen zu können, ihn als Architekten anzuheuern.«
»Laut Aussage von Mrs. Ryan rief am Abend des Brandes ein Mann an, der Jimmy Ryan anwies, den Auftrag zu stornieren«, erklärte Brennan. »Unter anderem schließen wir daraus, dass Adam und Winifred unter einer Decke steckten. Vielleicht hatten sie eben erst erfahren, dass die Vandermeer-Villa nicht mehr unter Denkmalschutz stand und ein Feuer dadurch überflüssig wurde.«
»Aber es hat ihnen beiden nichts genutzt«, stellte Liz fest. »Schließlich sind sie auf der Jacht in Stücke gerissen worden.«
»Das denken wir nicht«, erwiderte Brennan. Beim Anblick ihrer erstaunten Mienen fügte er hinzu: »Ein Zeuge sagt, er habe kurz vor der Explosion jemanden in einem Taucheranzug über Bord springen sehen. Zwei Leichen sind nicht gefunden worden – die von Adam Cauliff und die von Winifred Johnson.«
»Dank der detektivischen Fähigkeiten Ihrer Enkelin,

Herr Kongressabgeordneter«, fügte Sclafani hinzu, »haben wir Zugang zu einem Schließfach erhalten, das von einem Mann und einer Frau angemietet wurde. Sie nannten sich Harry und Rhoda Reynolds. Das Schließfach enthielt gefälschte Pässe und weitere Ausweispapiere. Den tatsächlichen Inhalt haben wir noch nicht ansehen können, doch man hat uns Kopien der Passfotos ins Büro gefaxt. Die beiden haben ihr Äußeres zwar ein wenig verändert, doch es handelt sich eindeutig um Winifred Johnson und Adam Cauliff.«

»Außerdem befanden sich in dem Schließfach noch fast dreihunderttausend Dollar in bar und zusätzlich Pfandbriefe und andere Wertpapiere im Wert von einigen Millionen«, ergänzte Detective Brennan.

Auf diese Enthüllungen folgte langes Schweigen. Schließlich fragte Gerti: »Wie um alles in der Welt haben die beiden so viel Geld angehäuft?«

»Angesichts der Bauvorhaben, die Walters und Arsdale betreuen, ist das nicht weiter schwierig. Zurzeit haben sie verschiedene Projekte mit einem Gesamtvolumen von fast acht Millionen Dollar in den Auftragsbüchern. Darüber hinaus denken wir, dass Winifred und Adam die Sache von langer Hand geplant haben.«

Als Sclafani Macs bedrückte Miene bemerkte, meinte er: »Ich fürchte, Ihre Enkelin hat einen ziemlich zwielichtigen Menschen geheiratet, Herr Kongressabgeordneter. Es ist eine traurige Geschichte; alles steht in diesem Bericht, den ich Ihnen zur Lektüre hier lasse. Es tut mir leid für Ms. MacDermott. Sie ist eine wunderbare und kluge Frau. Mir ist klar, welcher Schock das für sie sein wird, aber sie ist stark und wird mit der Zeit darüber hinwegkommen.«

»Wollte sie nicht auch hier sein?«, fragte Brennan. »Wir möchten ihr gerne für ihre Hilfe danken.«

»Wir wissen nicht, wo Nell steckt«, erwiderte Gerti, gleichzeitig verärgert und besorgt. »Niemand hört auf mich, aber ich habe schreckliche Angst um sie. Irgendetwas stimmt da nicht. Schon am frühen Nachmittag, als ich mit ihr telefonierte, habe ich ihr angemerkt, dass etwas im Argen liegt. Sie klang so anders als sonst. Sie meinte, sie sei eben aus Westchester zurückgekehrt. Warum bloß sollte sie bei diesem Wetter schon wieder unterwegs sein?«

Bestimmt gibt es da ein Problem, dachte Dan beklommen. Nell steckt in Schwierigkeiten.

Brennan und Sclafani wechselten Blicke. »Und Sie haben keine Ahnung, wo sie ist?«, fragte Sclafani.

»Finden Sie das bedenklich?«, entgegnete Mac scharf. »Warum?«

»Weil Ms. MacDermott offenbar den zweiten Schlüssel zum Schließfach entdeckt hat und so klug war, sich bei der Bank in der Nähe des Pflegeheims zu erkundigen, in dem Winifred Johnsons Mutter lebt. Und falls sie herausgekriegt hat, wo sich Winifred und Adam verstecken, und versucht mit ihnen in Kontakt zu treten, begibt sie sich in große Gefahr. Wer kaltblütig eine Jacht mit einigen Menschen darauf in die Luft sprengt, ist zu allem fähig – auch zu einem weiteren Mord, damit man ihm nicht auf die Schliche kommt.«

»Ganz bestimmt war es Winifred, die von der Jacht weggeschwommen ist«, sagte Gerti mit zitternder Stimme. »Schließlich hat Bonnie Williams mit Adam im Jenseits Verbindung aufgenommen. Er hat zu ihr gesprochen, also muss er tot sein.«

»Was hat er?«, fragte Sclafani.

»Verdammt noch mal, Gerti!«, schimpfte Mac.

»Mac, ich weiß, dass du daran nicht glaubst, ganz im Gegensatz zu Nell. Sie hat sogar Adams Rat befolgt, seine Kleider zu spenden. Ich habe es heute Nachmittag mit ihr vereinbart. Sie hat schon alles gepackt und will es morgen vorbeibringen. Bonnie Wilson hat sich erboten, mir beim Sortieren zu helfen. Das habe ich Nell auch erzählt. Bonnie war uns in den letzten Wochen eine große Stütze. Mich hat nur eines gewundert: Sie hat mir gar nicht gesagt, dass sie Adam einmal bei einer meiner Partys kennen gelernt hat. Vielleicht hat sie es ja vergessen. Ich habe ein Foto gefunden, auf dem die beiden zusammen zu sehen sind. Man möchte doch meinen, dass sie so etwas erwähnen würde.«

»Also hat sie Ms. MacDermott angewiesen, Adams Sachen wegzugeben, und dann angeboten, beim Sortieren zu helfen!« Brennan sprang auf. »Ich wette, sie versucht an den Schlüssel heranzukommen. Sie steckt mit Adam oder mit Winifred unter einer Decke.«

»Mein Gott«, stöhnte Liz Hanley. »Und ich dachte schon, er wäre wieder auferstanden.«

Die anderen starrten sie an.

»Ich habe Adams Gesicht in Bonnie Wilsons Wohnung im Spiegel gesehen und glaubte, sie hätte ihn aus dem Jenseits herbeigerufen. Aber vielleicht war er ja wirklich da.«

Dort ist Nell hingefahren, schoss es Dan durch den Kopf. Zu dieser Wilson. Ich bin ganz sicher.

Voller Angst blickte er sich um, und er erkannte an den Gesichtern der Anwesenden, dass auch ihnen der Schrecken in die Glieder gefahren war.

88

Adam stand hinter ihr.

Trotz des Dämmerlichts erkannte Nell ihn eindeutig: Es war tatsächlich Adam. Doch die eine Hälfte seines Gesichts war mit Brandblasen bedeckt. Die Haut schälte sich, und die rechte Hand und der rechte Fuß waren dick bandagiert. Sie erkannte Wut in seinen Augen.

»Du hast den Schlüssel gefunden und die Polizei angerufen«, stieß er mit heiserer Stimme hervor. »Drei Jahre lang habe ich alles geplant und dieses dämliche, rührselige Weibsstück ertragen. Fast wäre ich ums Leben gekommen, weil du ihr das falsche Sakko gegeben hast und ich ihre blöde Handtasche suchen musste. Dazu noch die Schmerzen von den Verbrennungen. Und jetzt soll diese ganze Mühe vergeblich gewesen sein!«

Er hob die linke Hand, in der er etwas Schweres hielt, das Nell nicht genau sehen konnte. Als sie aufstehen wollte, schubste er sie mit seiner bandagierten Hand zurück. Sie bemerkte, wie er gequält das Gesicht verzog, und hörte Bonnie schreien: »Adam, nein, bitte nicht!«

Dann schoss ihr ein scharfer Schmerz durch die Schläfe, und sie sank immer tiefer und tiefer …

Aus weiter Ferne hörte Nell ein seltsames Seufzen und Stöhnen. Der Kopf tat ihr furchtbar weh. Ihr Haar und ihr Gesicht waren klebrig. Nach einer Weile wurde ihr klar, dass das Geräusch von ihr selbst kam.

»Ich habe solche Kopfschmerzen«, flüsterte sie, und dann erinnerte sie sich wieder: Adam lebte. Er war hier.

Jemand berührte sie. Wer war das? Was war da los?

»Fester. Zieh es fester zu!« Das war Adams Stimme.

Wo kommen die Schmerzen in meinen Beinen her?, fragte sich Nell.

Als sie mühsam die Augen aufschlug, sah sie, dass Bonnie sich weinend über sie beugte. Sie hatte eine Rolle dicken Bindfaden in der Hand. Sie will mir die Füße fesseln, dachte Nell.

Sie versuchte zu sprechen, aber sie brachte keinen Ton heraus. *Tu es nicht, Bonnie,* wollte sie sagen. *Du hast nur noch wenige Minuten zu leben. Deine Aura ist jetzt pechschwarz. Lade so kurz vor deinem Tod keine weitere Schuld auf dein Gewissen.*

Bonnie zog ihr die Handgelenke zusammen, doch Nell spürte, wie sie ihr die Hand drückte. Sie wickelte zwar die Schnur darum, aber ziemlich locker.

Sie will mir helfen, sagte sich Nell.

»Beeil dich«, zischte Adam.

Langsam wandte Nell den Kopf. Sie bemerkte einen Haufen zerknüllter Zeitungen auf dem Boden. Adam hielt eine Kerze dagegen. Die erste Flamme züngelte empor. Mein Gott, er zündete das Zimmer an! Nun war ihr auf einmal sonnenklar, was er vorhatte.

»Jetzt zahle ich es dir mit gleicher Münze heim, Nell«, sagte Adam. »Ich will, dass du dieselben Schmerzen leidest wie ich. Alles ist nur deine Schuld. Du hast es vermasselt. Deinetwegen hatte ich den Schlüssel nicht. Und so, wie ich jetzt aussehe, konnte ich nicht einmal zur Bank gehen und die Leute dort überreden, mich an das Schließfach zu lassen. Nur wegen dir und diesem dämlichen Weib, das mir die falsche Jacke gebracht hat.«

»Adam, warum ...?«, stieß Nell hervor.

»Warum? Fragst du mich allen Ernstes, warum? Bist du denn wirklich so blöd?« Seine Stimme klang gleichzeitig wütend und verächtlich. »Nie war ich gut genug für dich, war es nicht wert, mit den erlauchten Freunden deines Großvaters zu verkehren. Kapierst du denn nicht, dass mit deiner Kandidatur für mich alles vorbei gewesen wäre? In meiner Vergangenheit gibt es einige Dinge, die für eine zukünftige Konressabgeordnete ein wenig peinlich hätten werden können. Wenn du nicht darauf bestanden hättest, Macs braves kleines Mädchen zu spielen und nach seiner Pfeife zu tanzen, hätte ich vielleicht eine Chance gehabt. Aber da du so versessen auf diesen Posten warst, blieb mir nichts anderes übrig. Ist dir nicht klar, was für ein Fest es für die Medien gewesen wäre, in meinem Vorleben herumzustochern? Das durfte ich auf keinen Fall zulassen.«

Nun kniete Adam neben dem Bett und näherte sein

Gesicht dem von Nell. »Also hast du mich dazu gezwungen, Nell. Du und Jimmy Ryan, dieser Waschlappen. Und Winifred mit ihren treuen Kuhaugen und ihren trockenen, aufgesprungenen Lippen. Tja, sei's drum. Es war sowieso Zeit für einen Neuanfang.« Er stand auf und blickte zu ihr hinunter. »Kein Problem, dass ich dafür nicht so viel Geld habe wie geplant. Ich werde es schon schaffen. Ganz im Gegensatz zu dir. Lebe wohl, Nell.«

»Adam, du kannst sie doch nicht umbringen!«, rief Bonnie und umklammerte seinen Arm. Die Flammen breiteten sich aus.

»Bonnie, entweder bist du für mich oder gegen mich. Du hast die Wahl. Du kannst hier bei Nell bleiben oder mit mir zur Tür hinausspazieren.«

In diesem Augenblick läutete es. Das schrille Geräusch hallte durch die kleine Wohnung. Die Zimmer füllten sich mit Qualm, als die Wände hinter den Tapeten Feuer fingen. »Aufmachen, Polizei!«, rief eine Stimme aus dem Treppenhaus.

Adam lief in den Flur und sah nach der Wohnungstür. Dann kehrte er zurück und betrachtete Nell. »Hörst du sie, Nell? Sie wollen dir helfen. Aber weißt du was? Sie werden zu spät kommen. Dafür werde ich schon sorgen.« Er eilte erneut zur Tür und überprüfte Sicherheitsschloss und Riegel. Danach kam er wieder ins Schlafzimmer, schloss die Tür ab, riss den Schlüssel aus dem Schloss und schob mit der Schulter die Kommode davor. Anschließend nahm er einige Zeitungen, die noch nicht brannten, und legte die angezündete Kerze darauf.

»Schnell, die Feuerleiter«, zischte er.

Die Flammen umzüngelten schon die Vorhänge. »Mach das Fenster auf, verdammt!«, brüllte er Bonnie an.

»Die Feuerleiter wird repariert, Adam. Da können wir nicht raus. Es ist zu gefährlich«, schluchzte Bonnie.

Er schob Bonnie hinaus auf die Feuerleiter in den strömenden Regen. Nell sah den wilden Blick in Adams Gesicht, als er das Fenster sorgfältig hinter sich zuzog und sie in dem Zimmer einsperrte.

Nun war sie allein in der sengenden Hitze. Es war unerträglich. Inzwischen brannte die Matratze lichterloh. Verzweifelt nahm Nell alle Kräfte zusammen, rutschte vom Bett, stellte sich aufrecht hin und bemühte sich, nicht das Gleichgewicht zu verlieren. Sie stützte sich gegen die Kommode und schaffte es, die Hände freizubekommen, da Bonnie ihr die Fesseln nur locker angelegt hatte. Dann schob sie die Kommode weg.

Die Tür stand in Flammen. Als Nell den Türknauf umdrehen wollte, war dieser glühend heiß. Die Brandblasen, der Rauch, sie hatte gewusst, dass es geschehen würde. Blut tropfte ihr in die Augen. Es gab keinen Sauerstoff im Raum, nur noch Qualm. Sie bekam keine Luft mehr.

Jemand hämmerte an die Wohnungstür. Sie hörte es ganz deutlich. Doch die Zimmertür ließ sich nicht öffnen. Der Schlüssel war verschwunden.

Zu spät, dachte sie, als sie zu Boden glitt und in Richtung Fenster kroch. Sie kommen zu spät.

89

Ein dünner Rauchfaden quoll ins Treppenhaus hinaus. »Die Wohnung brennt!«, rief Sclafani. Obwohl er, Brennan und Dan Minor sich gemeinsam gegen die Tür warfen, gab sie nicht nach.

»Ich gehe aufs Dach«, sagte Brennan.

Sclafani drehte sich um und rannte die Treppe hinunter.

Dan folgte ihm auf den Fersen. Sie eilten durch die Vorhalle hinaus auf die Straße zu der Seite des Hauses, wo sich die Feuerleiter befand. Regen prasselte ihnen ins Gesicht, als sie um die Ecke bogen.

»Mein Gott, sehen Sie!«, schrie Dan auf.

Über ihnen auf der Feuerleiter kletterten zwei Menschen stolpernd die glitschigen Sprossen hinunter.

Trotz des Dämmerlichts und des starken Regens erkannte Jack auf Anhieb das Gesicht des Mannes. Er wusste, dass es Adam Cauliff war, den Benjy Tucker im Taucheranzug gesehen hatte und der Schuld an seinen schrecklichen Albträumen trug.

Das brennende Schlafzimmer war völlig verqualmt. Blind kroch Nell über den Boden und versuchte mühsam, Luft zu holen. Der Rauch drohte sie zu ersticken. Das Fenster. Sie musste das Fenster finden. Plötzlich stieß sie mit dem Kopf an etwas Hartes. Die Wand! Offenbar hatte sie das Zimmer durchquert – hier musste das Fenster sein. Sie zog sich hoch und streckte die Hände nach dem Fensterbrett aus. Doch sie spürte nur heißes Metall. War das ein Griff? Nein, ein Kommodenbeschlag. Mein Gott, sie war im Kreis herumgekrochen und befand sich nun wieder an der Tür.

Ich schaffe es nicht, dachte sie. Ich ersticke.

Auf einmal fühlte sie sich wieder wie damals in der Springtide und wurde in einen reißenden Strudel hinabgezogen. Sie war völlig erschöpft. Sie brauchte Luft. Sie brauchte Schlaf.

Und dann hörte sie eine Stimme, doch es war nicht die ihrer Eltern – sondern die von Dan. *Nell, ich brauche dich,* sagte er.

Dreh dich um, befahl sie sich. Wo ist das Fenster? Genau geradeaus. Bleib in der Nähe des Bettes und krieche dann nach rechts. Immer noch behindert von ihrer Fußfessel, krabbelte sie durchs Zimmer.

Ich brauche dich, Nell, ich brauche dich.

Hustend und keuchend robbte Nell weiter, dem rettenden Fenster entgegen.

»Polizei, stehen bleiben!«, schrie Sclafani dem Paar auf der Feuerleiter zu. »Hände hoch!«

Adam blieb stehen und wirbelte herum, als Bonnie sich an ihm vorbeidrängen wollte. Er packte sie. »Zurück!«, rief er und stieß sie die Stufen hinauf.

Auf Höhe des zweiten Stocks rutschte er aus und griff mit der bandagierten Hand nach dem Geländer. Mit einem Schmerzensschrei kletterte er weiter.

Sie passierten das Fenster von Bonnies Wohnung im vierten Stock und erreichten schließlich den fünften. Unter sich hörten sie das Splittern von Glas und sahen Rauch aus dem Fenster steigen.

Adam blickte auf. Das Dach befand sich etwa einen Meter achtzig über ihnen.

»Es ist sinnlos, Adam!«, schluchzte Bonnie.

Adam stellte sich auf das Eisengeländer und griff nach oben. Seine Fingerspitzen berührten die Dachkante. In seiner Angst fühlte er die Schmerzen kaum, die durch seine verletzte Hand schossen, als er die Regenrinne umfasste und sich hochzuziehen versuchte.

Unter sich vernahm er ein Knirschen und spürte einen scheußlichen Ruck, als sich die Feuerleiter von der Hausmauer löste.

Unten auf der Straße hörte Dan Minor die Sirenen der Feuerwehrwagen, die die West End Avenue entlangrasten. Er verschränkte die Finger ineinander, sodass Jack Sclafani hineinsteigen und die unterste Stufe der Feuerleiter erreichen konnte. »Lassen Sie die Leiter runter!«, rief er Sclafani zu, als dieser in den ersten Stock hinaufstieg.

Kurz darauf kletterte auch Dan die glitschige Feuerleiter

empor. Über sich sah er Flammen aus einem Fenster im vierten Stock züngeln. Nell!, dachte er. Nell befand sich in dieser Flammenhölle.

Nell hatte das Fenster erreicht. Als sie sich hochzog, stolperte sie, sodass ihre Schulter die große Glasscheibe durchbrach. Sie bemerkte, dass die schreckliche Hitze hinter ihr ruckartig nach außen gesaugt wurde, und spürte, wie der Boden unter ihr nachgab. Als sie sich nach vorne warf, schlug ihr von unten kühle, feuchte Luft ins Gesicht. Endlich konnte sie wieder Atem schöpfen. Allerdings hing nur ihr Oberkörper aus dem Fenster, und sie fühlte, wie sie wieder zurückrutschte, da der Boden unter ihren Füßen schwankte. Ihre mit Brandblasen bedeckten Hände griffen nach dem Fensterrahmen. Glasscherben bohrten sich in ihre Handflächen. Der Schmerz war unerträglich. Sie wusste, dass sie nicht mehr lange durchhalten würde. Hinter ihr prasselte das Feuer. Unter ihr heulten Sirenen. Menschen schrien durcheinander. Doch in ihrem Kopf herrschte Stille. Ist das der Tod?, fragte sie sich.

Adam umfasste die Dachkante mit den Fingerspitzen. Die Verzweiflung verlieh ihm übermenschliche Kräfte, als er sich nach oben zog. Dann jedoch spürte er, wie sich Arme um seine Beine schlangen und ihn hinunterzerrten. Es war Bonnie. Er trat nach ihr, um sich zu befreien, aber es war zwecklos: Er konnte sich nicht mehr festhalten. Nach kurzem Widerstand fiel er zurück auf die Feuerleiter.

Wutentbrannt packte er Bonnie und hob sie hoch über seinen Kopf. Unter ihnen schwankte die Feuerleiter.

»Lassen Sie sie los, oder ich schieße!«, brüllte Brennan vom Dach aus.

»Das habe ich sowieso vor!«, erwiderte Cauliff.

Sclafani, der die Stufen hinaufeilte, wusste, was gleich geschehen würde. Er wird sie runterwerfen, dachte er.

Endlich erreichte er den obersten Absatz und wollte Cauliff angreifen. Doch er kam zu spät. Mit einem Aufschrei fiel Bonnie hinunter auf die Straße.

Adam sprang wieder aufs Geländer und streckte die Arme aus. Diesmal bekamen seine Fingerspitzen die Dachkante kaum zu fassen. Er rutschte ab. Einen schrecklichen Moment lang stand er schwankend da und versuchte mit rudernden Armen das Gleichgewicht zu bewahren.

Wie erstarrt sah Sclafani zu, wie der Mann einen tödlichen Tanz vollführte und schließlich in den Abgrund stürzte, ohne einen Laut von sich zu geben.

Gleich unterhalb von Sclafani hatte Dan Bonnies Schlafzimmerfenster erreicht. Er entdeckte Nell, die sich, von Flammen umzüngelt, an den Fensterrahmen klammerte, packte sie mit kräftigen Fingern an den Hangelenken und hielt sie fest, bis kurz darauf Jack Sclafani neben ihm erschien und ihm half, sie aus dem Zimmer zu ziehen.

»Wir haben sie!«, rief Jack aus. »Los, das Ding hier stürzt gleich ein.«

Die Feuerleiter schwankte wild hin und her, als sie aus dem vierten Stock nach unten kletterten. Dan schleppte die inzwischen bewusstlose Nell hinter sich her.

Bald hatten sie das ausfahrbare Endstück der Leiter erreicht. »Lassen Sie sie runter und springen Sie!«, schrie ein Feuerwehrmann zu ihm hinauf.

Dan ließ Nell in die ausgestreckten Arme des Feuerwehrmanns sinken. Dann schwangen er und Jack Sclafani sich über das Geländer und brachten sich schleunigst in Sicherheit, während das fünf Stockwerke hohe Metallgestänge in sich zusammenstürzte und die Leichen von Adam Cauliff und Bonnie Wilson unter sich begrub.

Dienstag, 7. November
Wahltag

90

Ein neuer Präsident wurde gewählt, der in den nächsten vier Jahren die Geschicke der Vereinigten Staaten von Amerika leiten würde. Der Staat New York würde von einem neuen Senator im exklusivsten Club des Landes vertreten werden. Und am Abend würde auch die Stadt New York wissen, ob der Wahlbezirk, dem Cornelius MacDermott fast fünfzig Jahre lang vorgestanden hatte, seine Enkelin Nell MacDermott als Abgeordnete haben wollte.

Aus Nostalgie und auch aus Aberglaube hatte Nell ihre Wahlkampfzentrale im Hotel Roosevelt eingerichtet, wo auch ihr Großvater seine Triumphe gefeiert hatte. Als die Wahllokale geschlossen wurden und allmählich die ersten Hochrechnungen eintrudelten, saßen sie alle in einer Suite im neunten Stock des Hotels gebannt vor drei Fernsehern – einer für jeden wichtigen Sender –, die auf einer Seite des Zimmers aufgestellt worden waren.

Gerti MacDermott war dabei, außerdem Liz Hanley und Lisa Ryan. Nur Dan Minor fehlte. Er hatte gerade angerufen, er werde sich gleich aus dem Krankenhaus auf den Weg machen. Wahlkampfhelfer gingen aus und ein und stocherten nervös auf dem köstlichen Büfett herum, das für die Gäste vorbereitet worden war. Einige der Assistenten waren optimistisch, andere rechneten sich nur geringe

Chancen aus, denn der Wahlkampf war außergewöhnlich hart gewesen.

Nell wandte sich an ihren Großvater: »Egal, ob ich gewinne oder verliere, Mac, ich bin froh, dass du mich überredet hast zu kandidieren.«

»Es gab keinen Grund, der dagegen gesprochen hätte«, brummte er. »Der Parteivorstand war einer Meinung mit mir – die Sünden eines Ehemannes darf man nicht seiner Frau anlasten. Allerdings muss ich gestehen, dass deine Kandidatur wahrscheinlich unmöglich geworden wäre, wenn es einen Prozess gegeben hätte. Du wärst unweigerlich in die Sache hineingezogen worden, und die Medien hätten ein Riesentheater veranstaltet. Doch da Adam und seine Komplizinnen tot sind, ist es Schnee von gestern.«

Schnee von gestern, dachte Nell. Schnee von gestern, dass Adam mich betrogen hat. Schnee von gestern, dass er Jimmy Ryan, Winifred Johnson und alle anderen, die ihm hätten gefährlich werden können, mit der Jacht in die Luft gehen ließ. Schnee von gestern, dass ich mit einem Ungeheuer verheiratet gewesen bin. Drei Jahre lang habe ich mit Adam zusammengelebt. Habe ich nicht immer gespürt, dass mit unserer Ehe etwas schrecklich im Argen lag? Ich hätte es mir eingestehen müssen.

Der Ermittler aus Bismarck hatte noch weitere beunruhigende Einzelheiten über Adam aufgedeckt. Bei einem seiner fragwürdigen Geschäfte in North Dakota hatte er den falschen Namen Harry Reynolds benutzt. Offenbar hatte er das Winifred verraten.

Nell sah sich im Raum um. Lisa Ryan, die ihren Blick auffing, reckte aufmunternd den Daumen in die Luft. Im Frühsommer hatte Lisa Nell angeboten, ihr im Wahlkampf zu helfen. Nell war sofort einverstanden gewesen und mit dem Ergebnis mehr als zufrieden. Lisa hatte unermüdlich gearbeitet und jeden Abend in der Wahlkampfzentrale verbracht, wo sie mit Wählern telefonierte und Broschüren versandte.

Ihre Kinder hatte Lisa für den Sommer mit den Nachbarn, Brenda Curren und deren Mann, ans Meer geschickt. Sie hielt es für besser, dass sie aus der Gegend verschwanden, bis sich das Gerede über ihren Vater gelegt hatte. Doch es war weniger schlimm gekommen als erwartet. Der Name Jimmy Ryan stand zwar in den Polizeiakten, aber die Presse hatte sich kaum für ihn interessiert.

»Die Kinder sind sich darüber im Klaren, dass ihr Vater einen großen Fehler gemacht hat«, sagte Lisa offen bei ihrer ersten Besprechung mit Nell. »Aber sie wissen auch, dass er sterben musste, weil er sich dazu bekennen wollte. Er wollte alles wieder gutmachen. Seine letzten Worte zu mir waren ›Es tut mir leid‹, und nun verstehe ich, was er damit gemeint hat. Er hat es verdient, dass ich ihm verzeihe.«

Sie hatten beschlossen, dass Lisa im Fall eines Wahlsiegs in Nells New Yorker Büro arbeiten sollte. Hoffentlich klappt es, dachte Nell und wandte ihre Aufmerksamkeit wieder den Fernsehern zu.

Das Telefon läutete. Lisa hob ab und kam dann zu Nell hinüber. »Das war Ada Kaplan. Sie betet, dass du gewinnst, und sagt, du wärst eine Heilige.«

Nell hatte Ada ihr Grundstück zurückgegeben, und zwar für genau den Preis, den sie von Adam dafür erhalten hatte.

Daraufhin hatte Ada es für drei Millionen an Peter Lang verkauft. »Kein Wort zu meinem Sohn«, sagte sie zu Nell. »Er kriegt nur das, was ich ihm versprochen habe. Die Differenz vermache ich einer jüdischen Hilfsorganisation, damit das Geld bedürftigen Menschen zugute kommt.«

»Es ist ein Kopf-an-Kopf-Rennen, Nell«, knurrte Mac ärgerlich. »Ich hätte nicht gedacht, dass es so knapp wird.«

»Mac, seit wann wirst du zappelig, wenn du dir Wahlen ansiehst?«, fragte Nell lachend.

»Seit du im Rennen bist. Schau, jetzt heißt es schon, es sei reine Glückssache, wer gewinnt!«

Es war halb zehn. Eine halbe Stunde später traf Dan ein. Er setzte sich sofort neben Nell und legte den Arm um sie. »Entschuldige, dass ich so spät komme«, sagte er. »Wir hatten ein paar Notfälle. Wie läuft es hier bei euch? Soll ich dir den Puls fühlen?«

»Spar dir die Mühe, so schnell kannst du sowieso nicht mitzählen.«

Doch um halb elf zeigten die Hochrechnungen einen Vorsprung für Nell. »Sehr gut! Weiter so«, murmelte Mac.

Um halb zwölf stand fest, dass Nells Gegner unterlegen war. Oben in der Suite wurde gejubelt, und unten im Ballsaal brach donnernder Applaus aus. Umringt von den Menschen, die sie am meisten liebte, stand Nell da, während auf dem Fernsehschirm die Menschenmenge im Ballsaal des Hotel Roosevelt erschien, die Nells Wahlsieg feierte. Die Anwesenden stimmten das Lied an, das gewissermaßen zu ihrer Wahlkampfhymne geworden war, seit eine Kapelle es bei der Ankündigung ihrer Kandidatur zum ersten Mal gespielt hatte. Es war ein Schlager aus den Jahren um die Jahrhundertwende. »Warte, bis die Sonne scheint, Nellie«.

Warte, bis die Sonne scheint, Nellie,
Bis die Wolken sich verziehn.

Und sie haben sich verzogen, dachte Nell.

Dann werden wir so glücklich sein, Nellie
Dann werden du und ich ein Paar …

»Darauf kannst du Gift nehmen«, flüsterte Dan.

Drum warte, bis die Sonne scheint, Nellie.

Das Lied war zu Ende, und das Publikum klatschte tosend Beifall. Unten im Ballsaal griff Nells Wahlkampfleiter zum Mikrofon. »Und nun scheint die Sonne!«, rief er. »Wir haben den Präsidenten bekommen, den wir wollten. Wir haben den Senator bekommen, den wir wollten. Und nun haben wir auch die Kongressabgeordnete, die wir wollten! Wir wollen Nell! Wir wollen Nell!«, jubelte er dann.

Hunderte von Stimmen schlossen sich an.

»Los, Frau Kongressabgeordnete MacDermott. Sie warten auf dich«, sagte Mac und schob Nell zur Tür.

Er führte sie, gefolgt von Dan, Liz und Gerti, den Flur entlang.

»Also, Nell, ich an deiner Stelle würde zuerst…«, begann Mac.

DANKSAGUNG

Wieder einmal ist es – wie schon so unzählige Male – an der Zeit, mich zu bedanken.

Wie immer gilt meine mit jedem Projekt zunehmende Dankbarkeit meinem langjährigen Lektor Michael Korda und dem Cheflektor Chuck Adams, die mich beide stets ermutigen, niemals aufgeben und immer die richtigen Worte finden.

Vielen Dank auch an Lisl Cade, meine PR-Beauftragte, Helferin, liebe Freundin und treue Leserin.

Dank schulde ich auch meinen Agenten Eugene Winick und Sam Pinkus. Sie haben Antworten parat, bevor ich überhaupt Fragen stelle, und sie sind wirklich gute Freunde.

Chefkorrektorin Gypsy da Silva mit ihrem Adlerblick und ihrer Engelsgeduld ist immer für mich da. Vielen, vielen Dank, Gypsy.

Außerdem möchte ich mich bei der Korrektorin Carol Scatt und dem Texterfasser Michael Mitchell für ihre sorgfältige Arbeit bedanken.

Vielen Dank auch an Oberstabsbootsmann Lionel Bryant von der Küstenwache, der mir die möglichen Folgen einer Explosion im Hafen von New York ausführlich erläutert hat.

Sergeant Steven Marron und Detective a. D. Richard Murphy, Polizeibeamte bei der Staatsanwaltschaft des Landkreises New York, haben mir den Ablauf der polizeilichen Ermittlungen in einem Fall wie dem hier geschilderten genau beschrieben. Vielen Dank. Sie waren mir eine große Hilfe.

Sehr dankbar bin ich außerdem den Architekten Erica Belsey und Philip Mahla sowie der Innenarchitektin Eve Ardia, die mir sämtliche Fragen zum Thema Design fachmännisch beantwortet haben.

Dr. Ina Winick ist immer für mich da, wenn mir das psychologische Fachwissen fehlt. Vielen Dank, Ina.

Dank auch an Dr. Richard Roukema für seine kluge Analyse meiner Theorien.

Ebenfalls vielen Dank an Diane Ingrassia, Filialleiterin der Richwood Savings Bank, die mir alles über Bankschließfächer erklärt hat.

Natürlich danke ich auch meinen Assistentinnen und Freundinnen Agnes Newton und Nadine Petry sowie Irene Clark, die den Roman während seiner Entstehung gelesen hat.

Ich bedanke mich bei meiner Tochter und Schriftstellerkollegin Carol Higgins Clark, die meine wichtigste Kritikerin ist und mich daran gehindert hat, für ihre Generation unverständliche Redewendungen zu benutzen.

Wie immer auch vielen Dank an meinen Fanclub, also meine Kinder und Enkelkinder. Einer der Kleinen fragte mich kürzlich: »Mimi, ein Buch zu schreiben, ist das so, wie wenn man ganz viele Hausaufgaben aufhat?«

Mein ganz besonderer Dank gilt meinem Mann John Coheeney, der es nach wie vor mit Würde und Humor in einer Ehe mit einer von Abgabeterminen geplagten Autorin aushält.

Wieder einmal zitiere ich voller Freude den Mönch aus dem fünfzehnten Jahrhundert: »Das Buch ist zu Ende. Lasst den Schriftsteller spielen.«

P.S.: An meine Freunde – ich hätte jetzt Zeit für ein Abendessen.